문학의 신비와 우울

문학의 신비와 우울

국립중앙도서관 출판시도서목록(CIP)

문학의 신비와 우울 / 박혜경 지음.
— 파주 : 문학동네, 2004
    p. ;    cm — (문학동네 평론집)

ISBN 89-8281-465-5 03810 : ₩10000

810.906-KDC4
895.709-DDC21                    CIP2004001934

# 문학의 신비와 우울

박혜경 평론집

문학동네

# 책머리에

생각해보면, 학교와 집밖에 모르던 내가 문학에 눈을 뜨고 글쓰기에 대한 막연한 동경을 키우기 시작했던 때가 중학교 2, 3학년 무렵이었던 것 같다. 조숙했던 한 친구와의 만남으로 뜻도 모른 채 세계문학전집을 하나씩 읽어나가기 시작했고, 학교가 파하자마자 영화관으로 연극 공연장으로 내달리기 시작했던 것도 그 무렵부터였다. 중학생 때였는지 고등학생 때였는지는 확실치 않지만 지금도 생각나는 것은, 당시 한국에서 초연되는 〈에쿠우스〉라는 연극을 보기 위해 엄마의 가발을 몰래 머리에 쓰고 오들오들 떨면서 관객석에 앉아 있던 장면이다. 누군가 뒤에서 가발을 확 낚아챌 것 같은 공포감에 전전긍긍하느라고 정작 연극은 제대로 보지도 못했지만, 연극을 보고 무사히 집에 돌아와서는 무언가 해치웠다는 기분에 가슴이 뿌듯했었던 기억이 난다. 또 생각나는 것은 〈미드나잇 카우보이〉와 같은 미성년자 관람불가 영화들을 보기 위해 가슴을 두근대며 극장으로 잠입하던 기억이다. 그때는 왜 그런 것들이 그렇게 매혹적으로 보였을까? 아마도 그것은 당시 나를 사로잡고 있었던 어떤 불량스러움에 대한 동경과 연관이 있지 않을까 싶다. 가출한 경험이 있는 친구들의 얘기가 그렇게 멋있게 들리고, 얼굴을 뻐딱하게 치켜들고 휘파람을 능숙하게 불어대는 친구들이 그렇게 부러웠었다. 그 불량기를 흉내내기 위해 한껏 시건방진 포즈로 아무 데서나 바람 빠지는 소리만 새어나오는 휘파람을 열심히 불어대다 급기야는 어떤 아저씨한테 혼이 났던 기억도 떠오른다.

생각해보면, 갈데없는 범생이던 내가 학교공부에 시들해지면서 불량스러움에 대한 동경을 키우기 시작한 것도 문학과의 만남을 통해서였던 것 같다. 여기에는 학교에서 모범생으로 분류되는 주변 친구들의 가식과 일종의 선민의식에 사로잡힌 편협한 태도에 싫증이 나 있었던 탓도 있을 것이다. 금지된 것에 대한 매혹, 내가 속해 있지 않은 다른 세계에 대한 동경, 그러면서도 정작 내가 속해 있는 세계를 벗어날 용기는 없는 나 자신의 소심함에 대한 우울한 자각, 이런 것들이 문학에 대한 동경으로 전이된 것이 아닌가 싶기도 하다. 그런 의미에서 문학은 내게 열망의 대상이면서 동시에 절망의 대상이기도 했다. 유난히 불안하고 세상 사는 일에 대한 두려움이 많았던 내게 문학은 '내가 할 수 있는 일'과 '내가 할 수 없는 일'을 동시에 가리켜 보이는 표지로 보였던 것이다. 나는 '내가 할 수 없는 일'을 통해 문학에의 열망에 이르렀지만, 문학은 좀처럼 '내가 할 수 있는 일'의 영역이 되지 못했다. 돌이켜보면 마치 신기루처럼 내 열망이 뻗어나가는 지점 저 너머로 사라져버리는 문학에 내가 그토록 매달렸던 것은 나 자신의 쓸모에 대해 아무런 확신을 가질 수 없었던 나에게 문학이 내가 이 세상에서 무언가 쓸모있는 일을 할 수 있는 존재라는 것을 증명해 보일 수 있는 단 하나의 길인 것처럼 보였기 때문이었던 것 같다. 오래 전 내가 김현 선생님의 "역설적이게도 문학은 그 써먹지 못한다는 것을 써먹는 것이다"라는 말을 처음 만났을 때의 반가움 속에는, 아마도 세상에 대한 두려움과 자신에 대한 절망으로 깜깜하기만 했던 20대 때의 내 실존의 절박함이 얹혀져 있었을 것이다.

어쨌든 나는 평론 쓰는 일에 내 삶의 둥지를 틀고 지금 여기까지 왔다. 그리고 또 한 권의 비평집을 묶어내려 하고 있다. 글을 쓰는 일이 하나의 일상처럼 되어버린 요즈음에도 글쓰는 일은 가능한 한 피하고 싶은 고통이다. 그럼에도 불구하고 내가 문학에 대한 짝사랑을 버리지 못하는 것은 내게는 문학이 여전히 내가 가보지 못한 세계에 대한 신비와 내가 몸담고 있는 세계에 대한 우울을 일깨우는 대상으로 다가오기 때문일 것이다. 비평집의 제목을 '문학의 신비와 우울'로 정한 것은 그 때문이다.

'문학의 신비와 우울'은 키리코의 〈거리의 신비와 우울(Mystère et Mélancolie d'une Rue)〉이라는 그림의 제목에서 따온 것이다. 내가 초현실주의 화가로 알려져 있는 지오르지오 데 키리코의 〈거리의 신비와 우울〉이라는 그림을 본 것 역시 중학생 때였던 것으로 기억한다. 어떤 화집에선가 그 그림을 접하고 한동안 넋을 잃고 들여다봤던 기억이 난다. 지금까지 그 그림의 영상이 생생하게 떠오르는 것을 보면 그때의 체험이 꽤나 인상깊게 내 기억 속에 자리를 잡고 있었나보다. 그림 앞부분에 드리워진 건물의 컴컴한 그림자와 환한 빛 속에 노출된 채 급격한 원근법으로 처리되어 있는 건물 사이로 검은 실루엣의 한 여자가 긴 머리카락을 뒤로 휘날리며 굴렁쇠를 밀고 달려가는 그 그림 속에서 나를 사로잡았던 것은 삶 속에 감추어진 막막한 심연의 그림자였던 것 같다. 최근 다시 찾아본 그림 속에서도, 화면을 가르는 빛과 어둠의 뚜렷한 기하학적 분할구도, 아득한 소실점을 향해 달려가다 멈춘 듯한 건물의 모습, 그리고 어둡고 음산한 건물의 뒤편에서 빛 속으로 뻗어나온 정체 모를 사람의 그림자 등은 어떤 불길하고도 신비로운 정적 속에 응고된 채 언어로 포착할 수 없는 생의 음울한 심연을 가리키는 표지들로 다가온다. 그 심연은 혹 닿을 수 없는 세계의 불안한 신비와 지금 여기의 우울이 하나로 흘러드는 지점이 아닐까? 어쩔 수 없이 언어라는 존재의 사슬에 얽매인 채 언어 너머의 심연을 들여다보는 문학은 그 생의 신비와 우울 사이에서 배회하는 영원한 방랑자의 언어가 아닐까? 이해할 수도 도달할 수도 없는, 그럼에도 불구하고 끊임없이 우리의 삶 속으로 개입해 들어오는 그 불길하고도 매혹적인 심연의 깊이를 응시하지 않고 우리는 어떻게 문학의 길과 만날 수 있을 것인가? 그런 의미에서 이 비평집의 제목 속에는 문학이 끌어안고 있는 신비의 아우라가 문학의 자리를 위협하는 욕망의 거센 파고에 휩쓸려 점차 황폐하게 고갈되어가는 듯한 요즘의 문학 주변의 상황을 지켜보는 우울한 마음이 담겨 있기도 하다.

이 책에 수록된 글들은 지금까지 평론집으로 묶이지 않은 글들 가운데 소설과 관련된 글들만을 추려낸 것이다. 책을 묶으면서 나에게 비평활동의 길을 터주었던 글(「폐쇄와 부정의 회로」)을 처음으로 함께 수록했다. 오래 전의 글이긴 하지만, 나름대로 많은 부분을 손질했고, 또 내용 가운데 어떤 부분은 아직도 유효할 것이라고 판단했기 때문이다. 무엇보다 이 글을 손질하는 과정을 통해 문학에 대한 열망을 키우던 시기의 마음자세를 되돌아볼 수 있었고, 다시 한번 글쓰기의 초발심으로 되돌아가리라는 다짐을 마음속에 새길 수 있었다.

지금까지 살아오면서 많은 분들에게 보이는, 혹은 보이지 않은 도움을 받았다. 그분들이 나를 지켜보고 있으리라는 생각은 언제나 글쓰는 나를 가장 긴장시키는 힘이다. 그 긴장을 사랑한다. 책을 내준 문학동네에 특별한 고마움을 표하고 싶다. 책의 교정을 맡아준 손미선씨께도 고마움의 말을 전한다. 충분히 함께 놀아줄 시간을 내지 못함에도 불구하고 예쁘게 잘 자라주고 있는 딸아이가 고맙고 대견스럽다.

2002년 봄

박혜경

# 차례

# 3부

# 1부

# 문학, 유령의 삶

<blockquote>

풍경이 풍경을 반성하지 않는 것처럼
곰팡이 곰팡을 반성하지 않는 것처럼
여름이 여름을 반성하지 않는 것처럼
속도가 속도를 반성하지 않는 것처럼
(······)
절망은 끝까지 그 자신을 반성하지 않는다
　　　　　　　　　　—김수영, 「절망」 중에서

그리고는 아무것도 할 얘기가 없다는 것에 대해 얘기하는 것이다. 어쩌면 그것만이 말할 수 있는 유일한 것일 것이다. 문장을 하나씩 지워가는 방식으로 쓴—마지막 남은 의미 있는 활자까지도 지워버리는—마침내 한 권의 공백으로 남게 되는 책, 그것이 내가 불완전하게 완성할 수 있는 것이라는 사실에 대해. (······) 그런데 내게 말을 강요하는 것, 말 속에서 허우적거리게 만드는 것, 이 아무것도 아닌 이것은 무엇인가?
　　　　　　　　　　—정영문, 『핏기 없는 독백』 중에서

</blockquote>

## 1. 문학의 죽음이라는 유령

가령 이런 다소 황당무계해 보이는 상상으로부터 시작해보는 것은 어떨까?

31세기로 접어든 300×년 어느 날 한 고고학자가(그 시대에도 고고학이라는 학문이 존재한다면) 오랫동안 땅속에 묻혀 있던 타임캡슐에서 오래전에 사라져버린 책이라는 이름의 인쇄된 한 뭉치의 종이뭉치를 발견한다. 그 종이뭉치 속의 문자들을 해독해나가던 중 그는 그 속에서 그가 전혀 이해할 수 없는 '섹스'라는 말이 인간의 삶과 관련된 매우 중요한 의미로 쓰이고 있음을 알게 된다. 마침내 고고학자들 사이에 '섹스'라는 말의 의미를 놓고 격렬한 논쟁이 벌어진다. '섹스'가 뭐지? 옛날 사람들은 도대체 무엇 때문에, 어떤 방식으로 이 '섹스'란 것을 즐겼던 거지?

사실 이것은 나의 상상이 아니라, 20세기가 끝나갈 무렵 어느 신문에서 읽었던 기사내용 가운데 미국의 미래학자가 인류의 미래에 대해 예측한 내용을 그때의 희미한 기억을 더듬어 내 나름대로 엉성하게 재구성해본 것이다. 그런데 만약 여기에서 '섹스'란 말을 '문학'이라는 말로 바꾸어보면 어떻게 될까? 지금의 우리에게는 어쩌면 그것이 훨씬 더 개연성이 있어 보이는 상상이라고 할 수 없을까?

이러한 상상의 개연성을 수긍한다 하더라도 천년이라는 시간은 인간의 예측이 가닿기에는 너무나 아득한 미래이다. 그 아득한 미래의 문학의 운명을 점칠 것도 없이 문학은 이미 지난 십 년간 도처에서 사망했거나 혹은 사망중이라는 풍문에 직면해왔다. 문학의 죽음을 둘러싼 풍문에 대해 "이제 문학의 죽음이라는 상황설정은 문학의 존재조건의 한계를 문제화하려는 발상 이상이 되어버렸다. 그것은 어느덧 상식의 일부로서의 힘을 가져서 문학이라는 신화를 대체할 '문학의 죽음'이라는 새로운 신화가 우리 앞에 나타나기 시작한 것이다. 이때 문학의 죽음이라는 신화는 문학의 자기 예언적 언설이며, 자신의 죽음을 들여다보고 즐기는 일그러진 거울이며, 실제의 죽음을 연기해보려는 주술이다"[1]라는 의혹이 제기되지 않은 것은 아니지만, 아니 그 풍문의 집요함 못지않게 그 풍문에 저항하는 담론들 또한 끈질기게 우리 주위를 맴돌았지만, 풍문의 날개를 단 발 없는 말의 유령들은 좀처럼 그 어지러운 비행을 멈추지 않았던 것이다. 그러나 이제는 그 풍문의 유령도 지쳐가고 있는 듯하다. 그렇다면 풍문이 그 지친 날개를 접고 착지하는 지점, 그곳은 정말 문학의

---

1) 이광호, 『소설은 탈주를 꿈꾼다』, 민음사, 1998, 238쪽.

무덤 위일까?

　나는 언젠가 어떤 세미나에서 "1990년대 들어서 문학이나 비평을 위기 국면으로 몰아온 상황적 요인이 있음을 부정할 수 없다 하더라도 위기의 상황 자체가 위기의 담론을 만들어냈다기보다는 위기의 담론이 문학 내부의 위기의식이나 무력감을 증폭시킨 측면이 있지 않은가, 다시 말해 위기가 위기의식을 만들어낸 것이 아니라 위기의식이 위기를 만들어낸 것은 아닌가"라는 말에 뒤이어 "문학이나 비평이 사회의 주변으로 밀려가고 있는 현재의 상황은 오히려 문학이나 비평이 갖고 있는 본래의 역할을 더 필요로 하는 상황이며, 문학이 놓여 있는 주변부적 위상을 통해 끊임없이 전체에 대한 성찰을 담아내는 일, 전체에 대한 반성적 담론을 생산해내는 일이 정말 문학이 해야 할 일이라고 생각한다"는 요지의 말을 한 적이 있다. 내가 이 말 속에 담아내고 싶었던 것은, 풍문의 힘에 그대로 떠밀려다니기보다는 풍문의 발생론적 상황이나 풍문 속에 숨겨진 보이지 않는 욕망의 실체를 들여다보고, 현재의 문학이 처해 있는 상황이나 문학의 지속적인 생존조건에 대한 보다 생산적인 논의의 가능성을 열어나가는 것이 우리에게 보다 절실하게 요구되는 일이라는 생각이었다. 나에게는 그것이 현재의 상황에서 우리가 문학을 살아내는 가장 바람직한 태도의 하나로 보였다.

　사실 문학의 생존을 위협하는 사태의 본질은 흔히 말하는 대로 문자문화의 위기라든가 독자층의 감소, 전자통신매체의 발달 등과 같은 외부적 현상 쪽에서보다는, 지금까지 문학을 지탱해온 근본적인 정신의 위기에서 찾아야 한다는 것이 내 생각이다. 끈질기게 떠도는 죽음의 풍문에도 불구하고 작가들은 끊임없이 작품들을 써대고 서점에는 책들이 넘쳐나고 베스트셀러 순위에는 소설이 단골메뉴로 등장한다. 여전히 문학은 출판시장의 중심을 차지하고 있는 것이다. 그러나 이러한 양적인 풍요 속에서도 문학이 느끼는 무력감과 불안은 사라지지 않는다. 지금 문학이 당면해 있는 진정한 문학의 위기는 문학을 둘러싸고 있는 사회적 존재조건의 위기이기보다는 문학 그 자체의 존재론적 위기, 다시 말해 문학을 지탱해온 예술적 정신의 자기 정체성이 심각한 균열의 상황에 직면해 있다는 데 있다. 그것은 문학이 수행해온, 그럼으로써 사회 내에서의 문학의 존재론적 위상과 품위를 지탱해온 반성적 자의식의 균열을 의미하는 것이기도 하다. 여기에서 문학적 자의식이란 사회적 제도의 안쪽에서 바깥쪽을 꿈꾸는 문학의 존재방식에 대한 인식이며, 우리가 문학의 자율성이라는 이름으로 명명해온 문학의 이상과 비판적 권능에 대한 자각이기도 하다. 지금 문학이 당면해 있는 진정한 위기는 문학을 문학이게 하는 바로 그 자율성의 위기이다. 문학의 자율성을 위협하고 훼손시키는 상황은 도처에 널려 있지만, 예술로서의 문학이 지닌 위엄을 무차별적으로 탈취해버리는 상업주의의 위력이 문학에 가하는 영향은 전자영상매체의 발달이 초래한 상황의 위협성과는 다소 다른 맥락에서 접근되어야 할 것 같다.

상업주의는 문학의 사회적 유통단계에서뿐만 아니라, 이미 문학의 생산단계에서부터 문학을 모욕적으로 장악하고 있다. 이전에 가난은 예술적 자존과 신비를 강화시키고 예술가를 세속과 구분짓는 예술가의 대표적인 존재방식으로 여겨졌다. 예술가들에게 가난은 세속적 탐욕과 무지에 사로잡힌 사회로부터 그들이 취하는 정신적 거리의 표상이었으며, 예술이 자신이 몸담고 있는 사회에 대해서 취하는 비판적 태도와 불가분의 관계를 맺고 있었다. 다시 말해 가난한, 그러나 동시에 신비한 외경의 대상이기도 했던 예술가의 이미지는 자본주의화된 사회에서의 예술의 자율성과 밀접한 상관관계에 놓여 있었던 것이다. 그러나 이제 가난은 더 이상 예술가의 미덕이 아니다. 예술가를 둘러싸고 있는 신비화된 휘광이 사라짐과 더불어 예술가의 가난은 더이상 예술적 자존심에 의해 보상받지 못한다. 물질적 풍요가 최고의 미덕이 된 시대에 가난한 예술가는 무능하고 구차스런 일상인의 모습으로 전락해가고 있는 것이다. 예술의 가치가 타락하고 예술가의 신비로운 아우라가 상실되어버린 시대에 예술/예술가는 자기 정체성에 대해 안팎에서 가해져오는 심각한 도전에 직면해 있다. "예술가들이 방세가 싼 도시 슬럼가에서 부분적으로는 바깥의 동질적인 문화에 대항하여 자율적인 공적 영역을 창출해내었던 오랜 시기가 끝났"[2]다는 선언은 예술이 상품을 둘러싸는 그럴듯한 포장지로 전락해버리고 예술적 명성이 상품의 고부가가치 창출을 위한 수단으로 소비되는 시대, 문화산업의 무자비한 폭식성이 예술의 자율성을 무력화시켜버린 오늘날의 상황을 겨냥하고 있다.

1960년대에 이미 미국에서의 소설의 죽음을 선언한 바 있었던 레슬리 피들러는 그에 대한 확인사살의 성격을 띠는 「소설의 죽음은 무엇이었던가」라는 글에서 소설의 죽음을 과거형 문장으로 표현한 글의 제목을 통해 이전에 그가 선언했던 소설의 죽음을 기정사실화하고 있다. 이 글에서 그는 예술소설에는 더이상 미래가 없다고 단정지으면서 "한때 '문학'이라고 불리기 위해 노력했던 픽션의 미래에 죽음을 의식하는 것 외에 도대체 무슨 여정이 남아 있단 말인가?"[3]라고 묻고 있다. 대중문화의 편에 서서 대중문화에 대한 경쟁력을 상실해버린 소설의 운명에 대해 단호하게 사망선고를 내리는 그의 논리에는 어떤 비극적 음영도 드리워져 있지 않다. 단호하다 못해 경쾌하고 경박한 기운마저 감도는 그의 논리 속에서 예술소설, 혹은 예술로서의 소설의 죽음은 이미 그것의 탄생에서부터 예견되었던 것이다.[4] 앨빈 커넌 또한 『문학의 죽음』에서 문학의 사라짐을 낭만주의와 모더니즘 등의, 이른바 고급문학의 범주와 관련시켜

---

2) 스탠리 아로노비츠, 「문화산업과 '위대한 예술'의 죽음」, 『21세기 문화 미리 보기』, 시각과 언어, 1996, 43쪽.

3) 김성곤 편, 『소설의 죽음과 포스트모더니즘』, 도서출판 글, 1992, 111쪽.

4) 레슬리 피들러는 이 글에서 "인쇄되고 장정된 소설은 계속해서 서점에서 팔렸고 도서관에서 대출되었다. 그러나 그것들은 제2의 인생을 살고 있거나 아니면 두 종류의 삶을 살고 있었다. 즉 한편으로는, 중고등학교나 대학의 강의실에서 교재로 채택됨으로써 도피나 재미로보다는 의무와 요구사항으로 읽히게 되었고, 또 한편으로는 책 속의 언어를 이해하지 못하는 독자들을 위해 문화의 수호자들의 의심스러운 눈초리에도 불구하고 TV나 영화 스크린 속의 시각적 이미지로 변환되었다"라는 말에 이어 "그런 면에서 소설은 정말 죽었다고 말할 수 있다―적어도 다른 매개체나 다른 형태로 전환되는 것을 거부하는 최후의 형

예견한다. 이것은 문학 앞에 놓여 있는 죽음의 운명이 예술로서의 문학을 지탱해주던 미적 자율성의 죽음과 동궤의 것임을 의미하는 것이다. 문학의 죽음을 둘러싼 우리의 논의는 그러므로 앞으로 문학의 미적 자율성이 하나의 신화로 남을 것인가, 아닌가라는 물음을 딛고 나아가야 한다. 우리에게 필요한 것은 '문학의 죽음은 무엇이었는가'라는 물음의 무책임한 냉소가 아니라 '문학의 죽음은 무엇일 것인가?'라는 조심스러운 탐색이어야 하기 때문이다.


## 2. 문학의 꿈꿀 권리


　문학의 자율성이라는 개념은 근대문학의 탄생배경과 깊은 관계가 있다. 서양에서 글이 지닌 예술적 가치에 대한 사회적 인식이 생겨나고 문학(literature)이라는 말이 특수한 예술적 형태로서의 글쓰기를 지칭하는

---

태, 최후의 목적으로서는 말이다"(같은 책, 110쪽)라고 말하고 있다. 소설에 대한 이와 같은 유형의 사망선고는 기실 소설이 지녀왔던 대중적·오락적 기능을 겨냥하고 있는 것이다. 레슬리 피들러가 이 글에서 소설의 죽음을 운위하는 것은 결국 소설이 대중적 취향으로부터 멀어졌거나 대중오락적 기능을 대신하는 다른 매체와의 경쟁력이라는 측면에서 소설이 구제할 수 없을 정도로 낙후된 장르라는 판단에 근거하고 있는 것이다. 그러나 그의 말대로 소설이 텔레비전이나 영화 속의 이미지로 변환된다고 하더라도 그것은 소설 이후의 일이다. 소설이 대중적으로 수용되는 단계에서 다른 형태로 변환된다고 해도 그 이전 단계에서 최후의 형태, 최후의 목적으로서의 소설은 여전히 존재하게 될 것이다. 이것은 최후의 형태, 최후의 목적으로서의 소설을 요구하는 수용층의 감소와 관련된 문제이지 소설 그 자체의 문제는 아니다(존 바스의 소설을 놓고 어렵다고 투덜거리면서 새로운 주제의 고갈 운운하는 그의 태도는 소설의 예술적 가치와 대중적 가치를 등가의 개념으로 간주하는 그의 의식을 여실하게 드러내 보여준다). 새로운 수용층의 취향에 발맞추어 문학이 영상매체의 속성을 자신의 문학적 전략으로 수용한다 하더라도 그것은 소설 안에서의 일이고, 또 새로운 시대적 요구에 따른 소설양식의 변화는 지금까지 늘상 있어온 일이다. 완성된 소설에 대한 대중적 수용이 어떠한 방식으로 나타나든, 정작 문제가 되는 것은 소설 그 자체가 최후의 형태, 최후의 목적으로서의 예술적 자존심을 버리고 제 스스로 영상매체의 시녀로 전락하는 길을 선택하게 되는 것이다. 바로 그때야말로 우리가 진정으로 소설의 죽음을 선언해야 할 때일 것이다.

용어로 정착되기 시작한 것은 18세기 후반 이후의 일이다. 문자로 행해지는 일반적인 서술행위나 서술형태를 가리키는 'literature'라는 말이 인간의 상상적 활동과 관련된 심미적 글쓰기의 영역을 가리키는 용어로 쓰이게 된 것은 문학이라는 이름의 글쓰기가 다른 사회적 활동과 구분되는 하나의 독자적인 정신활동 영역으로 인식되기 시작한 것과 그 시간적 궤를 같이하는 것이다. 이미 알려져 있다시피 이것은 동시에 근대문학의 존재조건이 서구 시민사회의 등장과 자본주의적 경제상황을 그 배경으로 하고 있음을 의미하는데, 인쇄술의 발달로 인한 책의 대량 보급과 시민계급을 중심으로 한 문학독자층의 형성은 근대문학 탄생의 근본적인 물적 기반을 이루었다. 심미적 교양에 대한 욕구와 그것을 해결할 만한 경제력을 지닌 부르주아 시민사회의 등장은 문학에 대한 자발적인 독자층과 문학시장의 출현을 가능케 한 원동력이 되었으며, 이로 인해 귀족의 재정적 후원(그것은 정신적 간섭의 다른 이름이기도 할 터인데)을 벗어난 문학의 경제적·정신적인 자립의 문이 열리게 된 것이다. 근대문학에서의 문학적 글쓰기에 대한 예술적 자각은 인간의 정신활동이 집단적 이념이나 가치에 종속되어 있던 시절과는 다른 의미를 지니는 것이다. 문학의 경제적 자립이라는 근대문학의 물적 기반은 개인성에 대한 점증하는 사회적 욕구와 맞물려 과거 집단적 이념이나 가치의 그늘 아래 놓여 있었던 문학을 온전한 개인적 재능의 산물, 혹은 개인의 욕망과 사회의 요구가 맞부딪치는 대결의 장으로 만들었다. 근대문학의 탄생지점이 서양의 예술사적 양식이 고전주의에서 낭만주의로 넘어가는 지점과 맞물려 있다는 것은 그런 점에서 시사적이다. 낭만주의적 예술관의 산물인 천재적 개인, 혁명적 열정, 스스로 세속적 현실로부터 고립되어 있는 고뇌에 찬 오만한 창조적 예술가의 이미지, "무한한 나의 영원한 창조행위를 유한한 정신 속에서 반복하는"[5] 위대하고 신비한 상상력의 힘, 끓어

---

5) 앨빈 커넌, 『문학의 죽음』, 최인자 역, 문학동네, 1999, 34쪽.

오르는 영감과 민감한 감수성 등은 서구적 근대를 가능케 한 개인성에 대한 자각과 밀접한 연관을 맺고 있는 것이다.

문학에 대한 근대적 인식이 개인성에 대한 자각과 맞물려 있다는 것은 서양문물의 영향 아래 이루어진 한국 근대문학의 형성과정에도 그대로 적용될 수 있다. 최초로 한국문학의 근대적인 개념적 틀을 정립하려는 시도를 보여준 「문학이란 하(何)오」에서 이광수가 사용하고 있는 문학이라는 용어는 "금일, 소위 문학이라 함은 서양인이 사용하는 문학이라는 용어를 취함이니, 서양의 literatur 혹은 literature라는 語를 문학이라는 語로 번역하였다 함이 타당하다. 고로, 문학이라는 語는 재래의 문학으로의 문학이 아니요. 서양어에 문학이라는 어의를 표하는 者로의 문학이라 할지라"[6]라는 그 자신의 말처럼, 서구로부터 받아들인 새로운 문학이념을 지칭하는 말이다. 이 글에서 그가 재래의 문학과 구별되는 새로운 문학의 이념으로 설파하고 있는 것은 '정(情)의 문학'이다. 그는 문학의 가장 중요한 기능이 '정의 만족'이라고 주장하면서 "사실상 금일의 문학은 초연히 종교윤리의 속박 이외에 立하여 인생의 사상과 감정과 생활을 극히 자유롭게, 여실하게 발표하고 묘사하나니, 현대 문명제국의 대문학이 出함이 실로 此를 因함이라"[7]라고 말하고 있다. 이 글에서 이광수는 '정'이라는 말을 '미(美)'라는 말과 연결지으면서 문학을 인간의 지적 · 도덕적 활동과 구분되는 정서의 영역에 귀속시켜야 한다는 일관된 주장을 펴고 있는데, 그 주장을 통해 그는 소박한 형태로나마 문학이 집단화된 추상적 이념의 산물이 아니라 개인의 욕망이나 경험적 현실과 관련된 미적 의욕의 산물임을 분명히 하고 있다.[8] 이처럼 개인성에 대한 자각과 겹쳐

---

6) 『이광수전집』, 삼중당, 1962, 507쪽.

7) 같은 책, 510쪽.

8) 그런데 흥미로운 것은 이광수가 이 글에서 문학이 취해야 할 바람직한 소재의 한 예로 내세우고 있는 것이 매우 통속적인 수준이라는 점이다. "문학적 걸작은 마치 인생의 某 방면, 가령 연애라 하고 연애 중에도 상류사회, 상류사회 중에도 有교육자, 有교육자 중에도 재모 有한 자, 재모 有한 자 중에도 부모의 허락을 得키 불능한 자의 연애를 과연 여실하게,

진 문학의 심미적 욕망은 서구의 낭만주의적 예술관과 그 맥을 같이하는 것이다. "이광수의 주정주의(主情主義)는 특히 유교 도덕의 전제(專制)를 비판하는 문맥에서 욕망하고 감각하는 인간, 육체를 가진 인간의 자기회복이라는 성격을 뚜렷이 보여준다. 따라서 이광수가 정의 능력을 중심으로 심리학적으로 규정한 문학의 영역은 바꿔 말해서 '미적인 것(the aesthetic)'의 영역이라고 하는 것이 좀더 정확하다. 여기서 미적인 것이란 물론 육체적·감각적 경험에 관계한다"[9]라는 황종연의 말은 이광수가 학문적 활동과 연계된 포괄적인 글쓰기를 지칭하는 '문(文)'의 개념으로부터 독자적인 예술영역으로서의 '문학'을 분리시키는 과정에서, 집단적 이념과 대립하는 개인성의 문제가 어떻게 문학을 창조적인 심미적 활동으로 인식하는 문제와 겹쳐지는가를 지적하고 있다.

낭만주의적 예술관을 바탕으로 한 문학의 근대적 개념들은 개인과 세계와의 대립, 혹은 사회적 현실에 대한 문학의 유토피아적 초월을 중요한 미학적 전략으로 끌어들이면서 문학의 예술적 자율성을 강화해나갔다. 사실 근대 이후 문학의 예술적 신비화와 관련해서 대중들 사이에 널리 유포되어온 각종 이미지들은 낭만주의 미학과 떼어놓고 생각할 수 없다. 그러나 근대문학을 가능케 한 현실적 조건은 보다 복잡미묘한 것이었다. 근대문학의 탄생을 둘러싸고 있는 두 가지 조건 ─ 문학시장의 형성과 문학에 대한 예술적 자각 ─ 은 문학의 운명에 이중적인 존재방식을 부여하는데, 문학의 이러한 이중적인 존재방식은 예술적 자율성이라는 문학의 이념을 끊임없이 내적인 긴장의 상태로 몰아넣는 것이었다.

---

眞인 듯하게 묘사하여 何人이 讀하여도 수긍하리만한 자를 謂함이니 如此한 자라야 비로소 심각한 흥미를 與하는 것이라"(509쪽)라는 말은 이광수가 문학의 미적 가치를 문학의 대중 오락적 가치와 동일한 것으로 생각했던 것이 아닌가라는 의혹을 불러일으킨다. 사실 이광수의 문학에서 통속성과 민족성은 그가 사용했던 '문학예술'이라는 용어가 지칭하는 문학의 예술적 가치와 대립하거나 불화의 관계에 있는 것이 아니라, 일종의 공모적인 관계에 놓여 있다고 보는 편이 더 정확할 것이다.

9) 황종연, 「문학이라는 역어(譯語)」, 『한국문학과 계몽담론』, 새미, 1999, 29쪽.

자기 존재의 물적 기반을 제공하는 시장의 요구와, 그와 대립의 관계에
놓일 수밖에 없는 예술적 가치라는 모순된 요구 사이에서 문학은 힘겹게
자기 정체성의 길을 모색해나갈 수밖에 없었던 것이다. 문학의 경제적
자립을 가능케 한 문학시장은 시장의 논리대로 문학에게 끊임없이 그에
대한 대가를 요구했다. 그리고 문학이 지불해야 할 그 대가는 시간이 흐
를수록 예술로서의 문학의 존립기반에 더 위협적인 요소로 작용하는 것
이었다.

작가들은 귀족들의 재정적 후원의 그늘에서 벗어나면서 불특정 다수
의, 정체를 알 수 없는, 그들이 보기에는 수시로 심술궂고 변덕스러운 요
구들을 해대는 독자대중이라는 괴물과 맞부딪히게 되었다. 그들의 문학
행위는 골방 속에서 그 보이지 않는 독자들을 상대로 하는 고독하고 고통
스러운 작업이었지만, 그들은 "자신에게 먹이를 주는 손을 물어뜯을 기회
를 호시탐탐 노리"[10]며, 그들의 새로운 재정적 후견인으로 등장한 자본주
의적 시장체제와 부르주아적 독자대중, 그리고 그 독자대중들이 신봉하
는 세속적 가치들에 대해서 예술의 이름으로 오연한 경멸과 조소의 시선
을 던지는 일을 마다하지 않았다. '이 세상 밖이면 어느 곳이든(anywhere
out of the world)' 이라는 보들레르의 저 유명한 낭만주의적 구호는 비록
극단적인 형태이긴 하지만, 근대문학이 지향했던 예술적 자율성의 이념
을 상징적으로 대변하는 것이라고 할 수 있다. "문학의 자율성이 획득한
최대의 성과는 현실의 부정적 드러냄이다"[11]라는 김현의 말과 같이, 문학
의 자율성이란 근본적으로 문학이 꿈꾸는 세계와 사회적 이념이 대립하
는 자리, 문학이 자신의 꿈꿀 권리를 통해 이 세계에 대한 반성적 담론을
생산해내는 자리이다. 자본주의 체제 내에서 문학은 끊임없이 자신의 예
술적 영혼을 길들이려는 타락한 가치들에 맞서서 자신이 속해 있는 사회
에 대한 비판과, 진정한 인간적 가치에 대한 고통스러운 내적 질문의 양

---

10) 앨빈 커넌, 앞의 책, 42쪽.
11) 김현, 「문학과 사회」, 『예술과 사회』, 민음사, 1981, 21쪽.

식으로 자기 정체성의 근거를 확보하면서 지속적인 자기 갱신의 길을 걸어왔던 것이다.

## 3. 이미지들의 습격

이제 우리의 시선을 문학의 바깥으로 돌려보자. 문학의 죽음이라는 유령이 출몰하는 세계는 각종 전자통신매체와 영상매체들이 쏟아내는 범람하는 이미지들의 세계이다. 여전히 문자는 우리에게 이 세계에 대한 인식의 길을 열어주는 영향력 있는 매체로서의 사회적 기능을 수행하고 있지만, 우리가 세계와 만나고 정보를 얻고 삶을 구성해나가는 데 있어 이미지가 갖는 힘은 빠른 속도로 자신의 영역을 넓혀가고 있다. 더군다나 이미지가 거처하는, 혹은 이미지들을 산출해내는 장소는 점차 아날로그적 공간으로부터 디지털 공간으로 그 거주지를 옮겨가고 있다. 쏟아져 나오는 디지털 관련 정보들 속에서 하나의 시대적 증후군이라 할 만큼 우리 시대의 공적 담론의 세계를 장악하고 있는 인터넷 강박증은 지금 아날로그적 세계의 종언을 선언하면서 디지털의 미래가 가져다줄 장밋빛 세계에 대한 찬미로 한층 달아올라 있다. 그러나 '기술은 도약할 수 있지만 인류학은 기어간다'라는 말처럼, 혹은 "진화생물학자들의 말이 맞다면 인간의 몸은 석기시대의 환경에 알맞도록 만들어져 있다. 석기시대 이후 몸의 시간은 문명의 시간에 비해 느리게 가고 있다. 생물학적인 기준에서 현대인은 타임머신을 타고 미래 여행을 하고 있는 석기시대인이라고 볼 수 있는 것이다"[12]라는 지적처럼, 테크놀러지의 비약적인 발전에도 불구하고 우리가 몸으로 체감하는 일상의 삶, 혹은 몸으로 이 세

---

12) 주일우, 「우리가 가는 곳, 우리가 머물 곳」, 『이다』 창간호, 문학과지성사, 1996, 14~15쪽.

계와 관계맺는 방식은 여전히 아날로그적인 단계에 머물러 있다. 디지털
은 아직까지 보다 발전된 기술적 통신수단으로 우리의 삶에 관여하고 있
을 뿐, 우리의 삶을 전면적으로 뒤흔들 만한 영향력을 행사하는 단계에
까지 이르지는 않은 것이다.

　그럼에도 불구하고 분명 변화는 일어나고 있다. 우리의 주제와 관련해
서 보더라도, 기술적 통신수단의 발달이 이끄는 매체적 환경의 변화가
우리의 인식체계에 미치는 영향은 단순한 기술적인 영향 이상의 의미를
지니는 것이다. 근대문학의 출현을 가능케 한 인쇄술의 발달은 인간의
언어행위를 음성중심에서 문자중심으로 바꾸어놓는 데 획기적인 전환을
가져왔으며, 세계를 인식하는 감각기관으로서의 시각에 특별한 지위를
부여하였다. 글을 쓰고 읽는 행위는 소리내어 말하고 듣는 행위와는 달
리 혼자만의 분리된 공간과 시간을 요구하는 것이며, 종이 위에 인쇄된
글자들이 열어 보여주는 세계는 인간의 의식을 집단적인 삶의 영역으로
부터 보다 개인적이고 사색적인 자기성찰의 영역으로 끌어들이는 것이
었다. 음성중심적 언어활동에서의 웅변술이나 대화술이 보다 공개적인
담론의 성격을 지니는 것이라면, 외부로부터 고립된 장소에서 이루어지
는 인간의 문자행위는 보다 사적이고 내면적인 담론의 성격을 지닐 수밖
에 없는 것이다. 인쇄술의 발달이 가져온 이와 같은 언어활동의 변화는
근대세계를 특징짓는 개인의식의 확산과도 깊은 함수관계를 맺고 있다.
개인의식의 확산과 더불어 인간의 외부적인 활동영역에 가려져 있던 내
면의 영역이 보다 중요한 가치를 부여받게 된 것이다. 근대 이후의 문학
에서 작중인물의 심리묘사가 점차 중요한 비중을 차지하게 되는 것도 그
러한 맥락에서 이해될 수 있다.

　그러나 영화나 텔레비전, 디지털 동영상 등의 출현과 더불어, 시각적
매체의 영역에서 독점적인 지위를 누리던 문자는 폭발적으로 증대되는
이미지에 대한 사회적 수요와 경쟁해야 하는 처지에 놓이게 되었다. 오
늘날에 이르러 각종 전자매체들로부터 쏟아져나오는 영상 이미지들은,

특히 젊은 세대들을 중심으로 거의 자연과 다름없는 환경적 요인으로 작용하면서 삶의 양상을 폭넓게 변화시켜나가고 있다. 문자문화의 위기를 불러오는 이미지들의 위력은 아마도 그것이 문자와는 다른 코드로 우리의 삶 속에 수용되는 방식에 있을 것이다. 영상매체가 화면을 통해 제공하는 이미지들은 기본적으로 인식의 차원보다는 감각의 차원에 더 깊숙이 관여한다고 말할 수 있다. 일반적으로 영상 이미지들을 '보는' 행위는 눈이라는 감각기관을 통해 그 이미지들이 곧바로 우리의 뇌리에 각인되는 비교적 단순한 수용과정을 거치게 되지만, 문자의 경우에는 망막에 비친 문자 자체가 그대로 기억 속에 각인되는 것이 아니라, 문자의 의미를 '읽는' 행위가 그 과정 속에 반드시 개입해야 한다. '읽는' 행위는 근본적으로 해석과 사유를 수반하는 행위이고, 그러한 해석과 사유의 과정은 의미체계를 구축하려는 수용 주체의 보다 적극적이고 능동적인 참여를 요구하는 것이다. 보는 행위의 차원에서 한 권의 책은 그저 검은 활자가 촘촘하게 인쇄된 하나의 종이뭉치일 뿐이다. 책이 지닌 '책'이라는 본연의 기능은 그 책을 '읽음'으로써 종이 위에 인쇄된 활자를 의미의 차원으로 끌어올리는 수용자의 적극적인 정신활동의 영역 속에서만 가능해지는 것이다. 그러나 영상이나 그림은 기본적으로 이러한 적극적인 정신활동의 개입 없이도 그에 대한 수용이 가능하다. 이미지에 있어서 "의미는 훨씬 더 표면에 머물러 있으며, 이미지에 대한 깊이 있는 분석에 의해 발견되기보다는 오히려 즉각적으로 경험"[13]되는 것이다. 물론 영상 이미지에 대해서도 단순히 '보는' 행위의 차원을 넘어서는 '읽는' 행위가 얼마든지 가능하겠지만, 롤랑 바르트의 말대로 어떤 대상이나 이미지 체계에서 그것의 의미가 언어와 무관하게 존재할 수 있는 경우란 상상하기 어렵기 때문에 의미를 읽어내는 행위는 분명 영상 이미지에 대한 수용의 영역을 넘어서는 것이다. 앨빈 커넌은 "독자가 시청자로 변하고

---

13) 앨빈 커넌, 앞의 책, 205쪽.

읽기 기술이 사라져가고 텔레비전 화면을 통해 보여지는 세상이 훨씬 더 구체적이고 직접적으로 느껴진다는 점을 고려해보았을 때, 텔레비전과 공존할 수 있는 문학의 능력은 많은 사람들이 당연하게 여겨왔기는 하지만, 점차 줄어들고 있는 것처럼 보인다. 문학에 기반한 언어에 대한 믿음은 필연적으로 사라지게 될 것이다"[14]라고 말하고 있지만, 의미를 욕망하거나 대상에 의미를 개입시키려는 인식주체의 내적인 요구가 존재하는 한, 이러한 예측은 지나치게 성급한 판단이 아닐까 한다.

영상 이미지가 지닌 이러한 직접적이고 즉각적인 수용의 방식은 매체 그 자체가 지닌 근본적인 자기 성찰의 능력에 있어 영상매체를 문자매체보다 더 표피적이고 단순한 매체로 간주하게 만든다. 텔레비전을 볼 때 우리의 텅 빈 망막 위를 스쳐가는 이미지들은 감각의 표면에서 소비되는 이미지들이다. "방송국에서 일하는 사람들은 이 매체가 절대로 복잡한 의미를 좋아하지 않는다는 사실을 잘 알고 있으며, 거기에 맞추어 소재를 조정한다. 스토리나 플롯은 거의 없는 것과 마찬가지이며 연결되지 않는 각각의 이미지들만이 중요하다. 이 이미지들은 너무나 빨리 이어졌다가 순식간에 사라지기 때문에 기승전결의 발전양상을 발견하기란 어려울 뿐만 아니라 불필요하다"[15]라는 말처럼 대중 영상매체에서 중요한 것은 의미가 아니라 순간적으로 소비되는 시각적 즐거움이다. 그리고 우리가 이러한 텅 빈 시각적 즐거움에 길들여지는 동안에 실현되고 있는 것은 전 세계의 안방을 제패해버린 텔레비전의 의지이고 텔레비전이라는 이름의 권력이다. "더 이상 당신이 TV를 보는 것이 아니라, 거꾸로 TV가 당신을(당신이 사는 것을) 보고 있다"[16]라는 보드리야르의 말은 텔레비전을 비롯한 대중 매체의, 그리고 더 나아가 우리 주변에서 범람하는 영상 이미지의 배후에서 작용하는 의식의 조작과 통제효과를 효과적

---

14) 앞의 책, 207쪽.

15) 같은 책, 206쪽.

16) 장 보드리야르, 『시뮬라시옹』, 하태환 역, 민음사, 1992, 70쪽.

으로 요약한다. 바로 여기에서 실재와 이미지의 역전이 일어난다. 가상의 기호로서의 이미지가 실재의 자리를 빼앗고 실재에 대한 감각을, 욕망을 규정짓는 사태가 도래하는 것이다. 기호/이미지는 더이상 현실에 대한 재현의 기능에 머무르지 않는다. "대신 기호들은 그것들 외부에 있는 현실세계가 아니라 그것들 자체의 '현실'—기호를 생산하는 체계—을 지시하며 점차로 그것들 자신의 삶"[17]을 살기 시작하는 것이다. 이런 의미에서 이미지가 만들어내는 재현의 효과는 끊임없이 현실을 지시하면서 동시에 현실을 비껴간다. 그것이 가능한 것은 실재를 가장한 이미지 조작이 얼마든지 가능하기 때문이다. 여기에서 "사람들을 가상에의 집단적 마취 혹은 환각으로 유도하는"[18] 이미지 효과가 발생한다.

　물론 우리는 우리가 실재라고 믿고 있는 현실 또한 일정한 재현의 산물, 보다 정확히 말한다면 언어에 의해 전유된 재현의 산물임을 알고 있다. 그런 의미에서 실재 또한 하나의 환각에 지나지 않는다면 할말이 없다. 그러나 그것은 그 재현의 매개가 되는 것이 언어라는 점에서, 그리고 언어가 지닌 능동적인 의미작용, 혹은 의미생산의 기능에 의해서 그 자체 내부에 보다 자발적인 사유의 통로를 내장하고 있다.[19] 그러나 이미

---

17) 딕 햅디지, 「대중 이후」, 『21세기 문화 미리 보기』, 158쪽.
18) 정과리, 「프리암의 비상구」, 『문학과사회』 35호, 문학과지성사, 1996, 1035쪽.
19) 아마도 언어가 지닌 의미생산의 기능을 가장 적극적으로 활용하는 것은 문학일 것이다. 미셸 푸코는 『말과 사물』에서 문학의 자율성을 일종의 언어적 자율성이라는 측면과 연결시키고 있는데, 그에 의하면 근대 초기에 형성된 문학의 자율성이 지니는 진정한 의미는 이전의 고전주의 시대에 언어가 지닌 표상적 기능으로부터 벗어나 "언어를 다시 한번 그 자체의 존재 속에서 조명하기 시작했"는 데 있다. 이전의 언어가 사물을 기호화하고 이름붙이는 동시에 "그 이름을 가두어놓고 감추는 기술"의 차원(이것은 바로 현실에 대한 언어적 재현의 차원이다)에 머물러 있었다면, 문학은 "언어의 표상 내지 기호화의 기능으로부터 벗어나서 16세기 이래로 잊혀져왔던 이 생생한 존재에로 되돌아갈 수 있는 길을 발견했"다. 이것은 기존의 언어들과의 깊은 단절을 의미하는 것이고, 문학이 언어가 지닌 현실 지시적인 기능으로부터 언어 그 자체를 세계 속에 자신의 흔적을 새기는 사물-존재로서의 영역으로 탈환해오는 방식이다. 이런 점에서 문학은 표상의 형태 속에 갇혀 있는 언어가 아니라 그 스스로 이 세계 속에 의미생산의 자리를 확보해나가는, 그럼으로써 이 표상적 세계를 벗어난 세계의 가능성을 탐색하는 언어의 존재론적 거점이다라고 말할 수 있다.(미셸

지는 스스로 사유하지 않는다. 이미지가 사유하기 위해서는 그 속에 언어적인 주체의 의지가 개입되어야 하는데, 이미지가 불러일으키는 환각의 효과는 바로 그 언어적인 주체의 의지를 무력화시켜버리는 것이다.[20] 정과리가 "문학이 죽는다고 해서, 그 기능을 이미지가 대신할 수 있다면 문학의 죽음을 슬퍼할 까닭은 없다"[21]라고 말할 때, 그 말 속에 포함되어 있는 것은 이미지가 대신할 수 없는 문학 고유의 기능에 대한 옹호이다. 그것은 문학이 서 있어야 할 최후의 전선, 바로 자율성이라는 이름으로 행해지는 문학의 '꿈꿀 권리'에 대한 뼈아픈 자기성찰과 반성의 기능이다. 그리하여 정과리는 다시 말한다. "디지털 시대는 문학을 그리워할 수밖에 없다"[22]라고.


## 4. 이야기의 죽음

디지털 세계의 미래를 낙관하는 사람들은 이구동성으로 디지털이 민주주의의 원칙을 강화시켜주고 인간 개개인의 능동적인 참여의 능력을 확장시켜줄 것이라고 예견한다. "개인의 권능을 강화하는 인터넷은 탈중심화의 매체로서 새로운 사회변혁의 중요한 수단이자 그 자체가 새로

푸코, 『말과 사물』, 이광래 역, 민음사, 1993, 71~73쪽)

20) 여기에서 우리의 의도는 이미지의 시대에 이미지가 살아가는 방식을 문제삼는 것이지 이미지의 사유능력을 완전히 배제해버리는 것은 아니다. 사실은 문학도 끊임없이 이미지 효과를 발산한다. 또한 이른바 예술영화, 이를테면 타르코프스키의 영화 등은 이미지에도 얼마든지 사유의 공간이 스며들 수 있음을 보여준다. 롱테이크 기법으로 연결되어 있는 각 장면들의 지루할 정도로 느리게 흘러가는, 혹은 정지되어 있는 듯한 그의 화면들 속에서 우리가 발견하는 것은 깊은 내면성의 미학이다. 타르코프스키의 화면들을 지배하고 있는 것은 이 세계의 어두운 내면의 심연을 가리켜 보이는 강력하고 심오한 은유적 상상력이다. 그런 점에서 나는 타르코프스키의 영화가 문학에, 그중에서도 시에 매우 근접해 있다고 생각한다.
21) 정과리, 앞의 책, 1028쪽.
22) 같은 책, 1047쪽.

운 공동체를 만드는 미디어 이상의 의미를 갖는다"[23]에서부터 "그러나
필자는 하이퍼미디어의 잠재력이 기존 시각문화의 질서를 무정부적으로
해체시키는 데 목적이 있는 것이 아니라고 본다. 그런 일은 일어나지 않
을 것이다. 왜냐하면 하이퍼미디어는 단지 과거 시각예술이 그랬듯이 수
동적으로 보여지는 현상이 아니라 '참여자' 스스로 능동적으로 개입해
서 작동시켜야만 열려지는 세계이기 때문이다"[24]나, "컴퓨터 통신망은
누구에게나 열려 있기 때문에 누구나 자신의 글을 올림으로써 작가가 될
수 있다. 이 때문에 과거와 달리 엄격한 등단의 과정을 거치지 않고 '작
가'가 될 수 있어 작가와 작품의 권위가 사라지게 된다"[25]라는 말들은 모
두 디지털 기술이 인간의 주체적 역량을 약화시키기는커녕 오히려 강화
시키는 중요한 디딤돌이 될 것이라는 점을 지적하고 있다. 그런데 내가
보기에 새로운 기술의 미래를 낙관적으로 전망하는 이러한 논리에는 하
나의 역설이 잠재해 있는 것 같다. 기술에 의한 인간의 긍정적 변화를 주
장하는 그들의 논리는 정작 기술을 받아들이는 인간의 주체적 태도나 의
지에 대한 낙관적인 믿음에 근거하는 것이다. 그들은 기술에 의한 인간
의 변화를 내세우면서 동시에 그러한 변화를 주관하는 것은 기술사용의
주체인 인간임을 강조하는 것 또한 잊지 않는 것이다. 그들이 의도했건
그렇지 않건 기술적 주체의 자리에 인간적 주체를 갖다앉힘으로써 인간
에 대한 기술적 지배의 지점들을 교묘하게 은폐하거나 혹은 외면해버리
는 이러한 논리 속에서 인간과 기술 사이의 갈등의 지점들은 전혀 고려
의 대상이 되지 않는다. 아니, 그것이 고려의 대상으로 떠오른다고 해도
그에 대한 고민은 기술은 인간이 요리하기 나름이라는 믿음 안에서, 그
리고 그것을 마음대로 요리할 수 있는 인간의 주체적 능력에 대한 믿음

---

23) 백욱인, 『디지털이 세상을 바꾼다』, 문학과지성사, 1998, 150쪽.

24) 김민수, 「디지털 주사위 던지기」, 『이미지는 어떻게 살고 있는가』, 생각의나무, 1999,
245쪽.

25) 최혜실, 「영상, 디지털, 서사」, 같은 책, 354쪽.

속에서 손쉽게 폐기되어버리고 만다. 그렇다면 그들에게 기술에 대해서 인간이 취하는 능동적이고 주체적인 태도에 대한 믿음을 보장해주는 것은 무엇인가? 그들의 논리에 의하면 그것은 결국 기술 자체이다. "디지털 혁명과 그로 인한 사이버 스페이스의 등장은 새로운 인간형을 낳는다. 산업시대는 위계적인 질서에 잘 순응하고 경쟁에 용의주도하게 대처하는 표준화된 인간형을 양산하였다. (……) 그러나 디지털 시대의 선두주자인 젊은 사이버족들은 이러한 기존의 문화와 관습을 완전히 바꿔버릴 잠재력을 갖고 있다"[26]라는 주장은 그들이 예견하는 디지털 시대의 새로운 주체적 인간형의 출현이 기술에 대한 인간의 지배력을 통해서가 아니라 인간이 기술적 환경에 적응한 결과로서 얻어지는 것임을 말하고 있다. 그들로 하여금 디지털의 미래를 낙관적으로 전망하게 하는 궁극적인 믿음의 근거는 결국 기술에 대한 믿음이지 그들이 내세우는 인간에 대한 믿음이 아닌 것이다.

사실 문제는 그리 간단한 게 아니다. 인간이 기술을 단순한 수단적 가치로 받아들인다고 해도 지금까지 기술은 그 자체의 목적적 가치를 통해 끊임없이 인간 자신을 변화시켜왔다. 멀리 갈 것도 없이 이제는 완전히 일상 그 자체가 되어버린 시계나 자동차의 발명이 인간이 거주하는 시공간의 개념을 얼마나 획기적으로 변화시켜왔나를 상기해보라. 현재 벌어지고 있는 디지털 혁명 또한 끊임없이 인간에게 새로운 기술환경에 적응하기를 요구하며 과거와는 질적으로 전혀 다른 새로운 경험의 영역들을 창출해낼 것이다(인터넷만이 살 길이라며 지금 매스컴에서 앞다투어 전도하고 있는 것이 바로 그것이다). 문제는 그와 같은 삶의 질적인 변화가 과연 기술이 인간을 해방시켜주리라는 낙관적 믿음을 보장해줄 것인가라는 물음이다. 인터페이스든 사이버 스페이스든 디지털과 인간이 만나는 지점은 인간과 기술이 수평적으로 연결되어 있는 지점이 아니다. "전 세계

---

26) 백욱인, 앞의 책, 178쪽.

에 걸쳐 천만 대 이상의 컴퓨터가 '아래–위'가 아니라 서로 대등하게 '수평적으로' 연결되어 있는 '네트의 네트'는 현재 인터넷밖에 없다"[27] 라는 말처럼, 디지털의 세계에서 수평성이란 인간과 인간, 혹은 인간과 기술이 아니라 컴퓨터와 컴퓨터간의 기술수준에서의 수평성을 의미할 뿐이다. 물론 컴퓨터와 컴퓨터가 제공하는 하이퍼텍스트의 세계는 스위치를 누르고 마우스를 클릭하는 인간의 손이 없으면 열리지 않는다. 또한 시공을 뛰어넘는 광막한 하이퍼텍스트의 세계를 항해하면서 인간은 자신의 자유와 능력이 무한히 확장되는 느낌에 사로잡힐 수 있다. 하이퍼텍스트의 특징인 공개성, 비선형성, 양방향성은 그와 같은 개인의 능동성, 주체성에 대한 환상을 더욱 부추긴다. 그러나 모든 개인이 동등한 주체의 자격으로 참여한다는 하이퍼텍스트의 세계는 동시에 개인의 익명성이 보장되는 공간, 즉 개인 스스로 자신의 주체적 표상을 지워버리는 일이 얼마든지 가능한 공간이다. 더군다나 비트의 단위들로 분절된 정보들이 떠다니는 하이퍼텍스트의 세계는 실재하지 않으면서 실재의 공간인 것처럼 작동하는 가상의 세계이다. 이 세계 속에서 주체, 혹은 자아란 비트의 입자들로 이루어진 하나의 환영일 뿐이다. 하이퍼텍스트의 세계를 마음과 마음이 소통하는 세계라고 하지만, 그 익명화된 비트의 덩어리들을 우리는 과연 마음이라고 부를 수 있을까? 무엇보다도 가상현실 속에서 육체를 배제한 채 비트의 입자들로 떠돌아다니는 주체를 우리는 진정한 의미의 주체로 명명할 수 있을까? 더 나아가 육체라는 실존을 버리고 남겨진 그 순수의식의 상태를 우리는 과연 인간이라 이름 부를 수 있을까? 비트의 연쇄로 이루어진 가상현실의 세계를 떠도는 동안에도 인간은 여전히, 그리고 영원히 아톰과 DNA로 구성된 이 물질적인 현존의 세계를 벗어날 수 없는 것이 아닌가?

내가 생각하기에 익명성이 보장된 상태에서, 공개성이나 양방향성이

---

27) 앞의 책, 149쪽.

네트워크 사용자들 사이의 동등한 민주적 소통을 가능케 하리란 생각은
하나의 허구에 지나지 않는 것 같다. 현재 익명성을 빌미로 네트워크상
에서 행해지는 갖가지 언어폭력은 그것을 여실히 보여준다.[28] 더군다나
컴퓨터에 의해서 제공되는 정보 또한 익명성을 내포하고 있는 것이 아닌
가? 하이퍼텍스트의 세계 속을 떠돌아다니는 각종 정보들은 비트로 처
리된 데이터의 조각들이다. "네트의 시대인 1990년 말에 이르러 지식은
정보와 데이터로 환원되는 경향을 보인다. 지혜와 지식은 고대 그리스
시대의 소크라테스 이후부터 갈라진 지 오래이고, 인쇄술이 지식의 정보
화에 박차를 가하더니 급기야 디지털 복제의 시대가 도래하여 정보를 데
이터(비트)로 수렴시키고 있다. 이제 지식은 지식 자체로 존재하지 않는
다. 지식은 정보와 데이터로 분해되고 있다"[29]라는 말처럼, 혹은 "체계
적인 일관성은 경험을 통해 자리잡은 사물들을 직접 지칭하는 것보다 더
중요한 것이 되었다. (……) 정보로서 다루기 쉽고 변환될 수 있기 위해
서 지식은 먼저 같은 성질의 단위로 환원되어야 한다. 동질화된 정보 조
각들의 유입으로 포괄적인 의미에 대한 고려는 감소된다"[30]라는 말처
럼, 컴퓨터상의 정보들은 인간의 개별적인 경험의 흔적이 새겨져 있지
않은 하나의 익명화된 자료에 가깝다. 인간은 인간의 육체적·정신적 경
험과 사유의 구성물인 지혜와 지식의 시대를 거쳐 비트의 연쇄로 이루어
진 차가운 정보의 세계에 도달했다. 데이터화된 정보는 그 자체로 인간
적 경험이나 의미의 맥락을 구성하지 않는다. 그것은 지식의 부스러기들

---

28) 우리는 여기에 덧붙여서 양방향성이라는 이름으로 행해지는 인터넷 공간에 대한 사용
자들의 능동적인 참여가 기실 "배후의 전문가 집단이 그 형식을 결정하고 원격 조정하는
원형 투기장 안의 놀이에 불과한 것"이라는 정과리의 지적을 상기할 필요가 있다. 정과리
의 논리에 따르면 양방향성이라는 이름으로 제공되는 자유와 평등의 배후에는 시스템 생
산자와 향유자 사이의 근본적인 단절이 존재하며, 그것은 디지털 시스템이라는 이 "새로운
사회의 지배기구가 어느 시대보다도 더 용이하게 피지배집단을 길들일 수 있다는 것을 암
시한다."(정과리, 앞의 책, 1040~1043쪽)
29) 마이클 하임, 『가상현실의 철학적 의미』, 여명숙 역, 책세상, 1997, 49쪽.
30) 같은 책, 164쪽.

이며 파편화된 의미의 잔해들일 뿐이다. 그리하여 "더 많은 정보에 접근할수록 우리가 얻는 의미는 줄어든다"[31]는 역설이 가능해진다. 정보처리가 요구하는 기능적 능력의 증대와 더불어, 넘쳐나는 정보의 바다 속에서 인간의 정신은 점점 빈곤해지며 삶에 대한 보다 종합적인 사유와 의미의 지평을 잃어버리게 되는 것이다.

발터 벤야민은 「이야기꾼」이라는 글에서 이야기의 몰락을 예견하며 그것을 경험적 지식의 산물인 지혜의 사멸과 결부시킨다. 그와 동시에 이야기의 자리를 밀어내고 점차 사회적 소통의 주도적인 위치를 점유해가고 있는 정보가 인간 삶에 있어서의 경험적 가치의 하락과 밀접한 연관이 있다고 말한다. 그렇다면 모든 것이 비트화된 정보들로 환원되어버릴 디지털의 세계에서 사멸의 위기에 처해 있는 것은 지혜이고 경험이고 이야기이고 인간의 육체이고, 그리하여 마침내는 인간 자신인 것은 아닐까? 경험이 소진되어버린 자리에서 어떻게 이야기가 가능하겠는가? 그리고 이야기가 사라진 세계에서 인간의 삶이 들어설 자리는 어디이겠는가? 끊임없이 이야기가 흘러나가고 흘러들어오는 장소, 그것은 바로 인간의 전생애가 흘러들어오고 흘러나가는 장소가 아닌가? 그러므로 문학은 이제 정보의 세계로부터 이야기의 자리를 탈환해오는 양식, 아니, 그보다는 차라리 이야기의 죽음을 통해 삶의 죽음을 응시하는 양식이 되어가고 있는지도 모른다. "아무것도 할 얘기가 없다는 것에 대해 얘기하는 것" "마침내 한 권의 공백으로 남게 되는 책"을 위해 "문장을 하나씩 지워가는 방식"으로 문장을 토해내는 것, 그러면서도 "내게 말을 강요하는 것, 말 속에서 허우적거리게 만드는 것, 이 아무것도 아닌 이것은 무엇인가?"라고 끊임없이 질문하는 것, 이제 문학은 아무것도 아닌 저 자신의 어두운 내면을 응시하는 그 절망적인 질문의 양식이 되어가고 있는지도 모른다. "끝까지 그 자신을 반성하지 않는" 절망을 향해 절망을 온전히

---

31) 앞의 책, 42쪽.

절망의 양식으로 되돌려주는 일, 그것이 문학이 자신의 죽음을 살며 동시에 이 세상의 죽음을 살아가는 방식이기 때문이다. 결국 문학의 죽음은 세상의 죽음과 겹쳐 있는 것이다. 자신의 죽음을 연기(演技)하면서 자신의 죽음을 연기(延期)하는 것, 그럼으로써 자신에게 죽음을 언도한 이 세상의 죽음 또한 연기(延期)하는 것, 그것이 바로 저 자신의 죽음의 삶을 살고 있는 문학이라는 유령이 끊임없이 이 세상의 한가운데로 귀환하는 방식이며, 문학이 다시 한번, 치열하게 그 유령의 삶을 끌어안는 방식이다. (2000)

# 소설이 주체의 위기를 살아가는 방식
## ―1990년대의 소설을 위한 밑그림

## 1. 계몽, 사실주의적 재현, 그리고 주체의 자기 동일성이라는 신화

지난 십 년 동안 우리 문학이 몸담아왔던 문화적 환경은, 그들이 의식했든 의식하지 못했든 작가들에게 끊임없이 글쓰기와 관련된 어떤 근본적이고도 혼란스러운 질문들을 요구해온 것으로 보인다. 빠르게 진행되는 변화의 와중에서, 지금 우리의 문학은 문학의 사회적 존립근거와 문학의 자기 정체성을 위협하는 외부적 조건들에 맞서, 글쓰기의 의미를 규정짓는 새로운 의미론적 틀을 모색하기 위한 문학 내부의 어떤 절박한 요구와 마주서 있는 듯이 보이기도 한다. 아마도 이러한 상황의 가장 주요한 요인은 우리의 심리적 적응력을 훨씬 앞질러서 자체의 동력으로 빠르게 가속화되어가는 급격한 매체적 환경의 변화일 것이다. 매체적 환경의 변화와 더불어, 문화의 전부분을 교환가치적인 시장원리의 틀 속으로 빨아들이는 문화산업의 무차별적인 확산은 문학적 글쓰기의 위엄과 자율성을 점차 무력화하는 방향으로 나아가고 있는 듯하다. 문학의 계몽적 권능은 약화되고, 오락적 기능은 분산되었으며, 문학적 글쓰기의 영역은 지극히 사적인 인식의 영역으로 후퇴하거나, 독자로부터 고립된 소통단절의 혼란 속으로 빠져들어가고 있는 듯이 보인다. 그렇다면 우리는 이러한 변화를 이른바 문학의 위기를 증거하는 현상들의 한 예로 받아들여야 할 것인가? 아니면, 이것은 단지 시대의 변화에 따르는 문학의 사회적 존재방식의 변화일 뿐이라고 말해야 할 것인가? 어쩌면 지금 우리의 문학은 지금까지와는 다른 어떤 새로운 글쓰기의 영역을 찾아가고 있는 도정에 놓여 있는 것은 아닌가? 일례로 문학의 대사회적인 계몽적 권능의 약화는 오히려 문학의 새로운 운신의 폭을 열어주는 긍정적 계기로 작용한 측면은 없는가?

실제로 문학이 지녀왔던 계몽적 권능에 대한 믿음은 근대 이후 우리의 문학을 추동해왔던 주요한 동력 가운데 하나였다고 할 수 있다. 한국 근대문학을 지배했던 문학의 계몽적 권능에 대한 믿음은 근대문학의 기틀이 형성되던 당시의 사회적 상황과 긴밀하게 맞물려 있었다. 집단적인 삶에서 개인적인 삶으로의 삶의 양식의 변화가, 봉건적인 체제에서 근대적인 체제로 사회 전반의 물적 기반이 이행되는 체제변화의 근본적인 기반형성을 통해서가 아니라, 교육에 의해, 교육에 의한 의식의 계몽을 통해 이루어내야 할 하나의 당위적이고 선언적인 명제로 받아들여지거나, 몇몇 선각자들이나 특정한 지식인 집단에 의해 주도되는 사회운동의 형태를 띨 수밖에 없었던 당시의 상황에서, 근대로의 전환이라는 새로운 시대적 요구는 문학이 담당해야 할 가장 중요한 이념적 모토였다. 당시의 문학은 시대의 전위에 서서, 봉건의 미망에서 깨어나지 못한 미성숙 단계의 의식을 개체적이면서 독립적인 자아의 확립이라는 성숙한 근대적 의식의 차원으로 이끌고 가는 역할을 부여받은 교사이면서, 새로운 사회에 대한 미래의 비전을 제시하는 선각자의 역할을 자발적으로 위임받았던 것이다. 따라서 작가는 언제나 시대변화의 한가운데에 서서 그 변화의 흐름과 더불어 살아가도록 요구받은 존재였으며, 작가의 문학적 발언은 어떠한 정치적 발언 못지않게 사회구성원들에게 폭넓은 사회적 영향력을 행사할 수 있었다. 요컨대 문학은 문학을 둘러싸고 있는 사회 현실에 민감하게 반응하면서, 계몽의 양식으로 독자들을 선도하는 문화의 중심적인 담론으로서의 권위를 누렸던 것이다.

그러나 적극적으로든 소극적으로든 문학이 지닌 계몽적 측면에 가치의 무게중심을 두는 이러한 경향은, 암암리에 한국작가들의 의식을 짓누르면서 작가들에게 도덕적 엄숙주의나 삶에 대한 협소한 윤리적 관점을 강요하는 하나의 심리적 억압기제로 작용한 측면이 없지 않다. 한국문학의 주류를 형성해온 이와 같은 도덕적 계몽성의 논리는, 현대사의 격동기 속에서 한국문학에 드리웠던 대사회적 의식의 강박과 밀접한 관련이 있다. 근대문학의 형성을 둘러싸고 있는 격동기적 현대사는 한국문학에 창작의 중심 에너지를 제공하면서, 동시에 한국문학이 다양한 갈래로 뻗어나갈 수 있는 가능성의 많은 부분을 억압하는 요인으로 작용해왔던 것이 사실이다. 한국의 현대사란 사회구성원들에게 각자의 자발적이고 개인적인 욕망에 의해 자기 실현의 내적 계기를 이끌어낼 수 있는 사회적 공간을 마련해주기보다, 끊임없이 이어지는 역사적 사건의 소용돌이 속에서 개인들로 하여금 개인의 삶의 영역 속으로 침투해들어오는 시대상황의 무게를 마치 하나의 숙명처럼 감당하기를 요구해온 과정이었다고 할 수 있다. 개인의 삶이 보다 직접적이고 물리적인 방식으로 시대적 상황의 압력에 노출되어 있을 수밖에 없었던 상황에서 문학이 개인의 삶을 규정짓는 역사적 상황에 대한 보다 거시적인 관점의 틀을 확보해야 한다는 인식은 작가들에게 어떤 형태로든 하나의 시대적 요청, 혹은 작가적 책무로 다가올 수밖에 없었을 것이다.

이러한 상황에서 역사의식에 대한 요구는 보이지 않는 강박처럼 한국문학을 지배해온 주요한 심리적 기제였다고 말할 수 있다. 어떤 의미에서 한국 근대문학의 형성과정에서 한국작가들의 의식을 지배했던 것은 자신의 글이 역사의식으로부터 멀리 떨어진 탈역사적인 담론의 자리로 흘러가버리는 것에 대한, 혹은 자신의 글이 사회적 인식이 결여된 작가의 지극히 관념적이면서도 개인적인 담론의 수준을 벗어나지 못하고 있다는 비판에 대한 지나치게 민감한 자의식이었는지도 모른다. 어떤 형태로든 문학의 자리에 작가의 역사적 책무를 부과하고 문학적 글쓰기에 역사의식의 무게를 실을 것을 요구했던 비평 쪽의 요구 또한 작가들의 상상력이 자유롭게 뻗어나갈 수 있는 문학의 스펙트럼을 그만큼 편협하게 제한해온 것 또한 사실일 것이다(이것은 아마도 한국문학에서 독자들이 가질 수 있는 정서적 체험의 스펙트럼이 매우 협소하다는 점과도 밀접한 연관이 있을 것이다). 기실 사회 역사적 상황변화에 민감하게 대응하는 작가의식에 대한 요청은 문학이 독자들을 교화하고 독자들에게 시대적 삶의 지침을 제공하는 계몽의 양식이 되어야 한다는 도덕적 요청과 그리 먼 거리에 있는 것이 아니다. 우리의 문학에서 지사형의 인물들이 많이 등장한다거나, 한국문학이 대립된 힘들 사이의 긴장이나 갈등을 잘 견뎌내지 못하고 곧잘 도덕적인 관점에서의 타협점을 찾는 화해지향적 속성을 강하게 지니고 있는 것, 혹은 작품 내에서 작가의 서술적 개입이 빈번하게 나타나거나 장면묘사적인 기법보다는 요약서술의 기법이 두드러지는 것 등은 우리의 문학이 지니고 있는 이러한 계몽적 성향과 무관하지 않을 것이다.

격동하는 현대사 속에서 작가들에게 부과되었던 시대적 삶의 주체로서의 역사의식에 대한 요청은, 개인의 삶이 시대적 상황과 부딪히는 지점들에 대한 총체적인 인식과 그와 관련된 사회적 전망을 제시하는 보다 명징한 서사의 틀을 요구했으며, 이러한 요구는 현실을 하나의 통일되고 일관된 구성체로 통합하고자 하는 사실주의적 재현의 논리를 한국문학을 이끌어온 하나의 주도적인 창작지침으로 받아들이게 했다. 사실주의적 재현의 논리가 가장 첨예하게 관철되었던 것은 두말할 것도 없이 마르크스주의의 변혁이념을 바탕으로 하는 이른바 민중문학 계열의 작품들이었지만, 실상 사실주의적 재현의 논리는 도덕적인, 혹은 대사회적인 계몽의 논리와 더불어 한국문학 전반을 이끌어온 기본적인 동력 가운데 하나였다고 할 수 있을 것이다. 현실에 대한 사실주의적 재현의 논리는 현실에 대한 단순한 모사가 아니라, 산만하고 무질서하게 흩어져 있는 것으로 보이는 현실에 어떤 질서를 부여하고자 하는, 그럼으로써 그 현실을 하나의 인지 가능한 총체적인 인식체계로 끌어들이고자 하는 주체적 의욕의 소산이라고 할 수 있다. 따라서 사실주의적 재현의 논리의 바탕을 이루고 있는 것은 주체의 자기 동일성에 대한 믿음이다. 현실에 대한 객관화된 사실주의적 재현의 논리 뒤에서 작동하고 있는 것은 현실을 단일한 인식주체의 중심으로 끌어당기는 주관성의 강력한 구심적 에너지이다. 사실주의적 재현의 주체는 단순히 현실을 기록하는 주체가 아니라 현실을 해석하고 선택하고 판단하는 주체이기 때문이다. 따라서 객관적이고 사실주의적인 재현에의 욕망이란 결국 현실을 주관의 논리로 구성하고 지배하고자 하는 욕망이며, 그 욕망을 보편성의 이름으로 확장하면서 동시에 은폐하려는 욕망이다. 사실주의적 재현에 의해 구성된 현실은 기실 주체의 자기 동일화된 현실이다. 그 자기 동일화된 재현의 전제를 이루고 있는 것은 인간이 적대적인 외부 세계와 맞서서 스스로의 의지로 자신의 생을 구성해나가야 한다는 근대적인 의미에서의 적극적인 자아 실현의 의지라고 할 수 있다. 설사 사실주의적 재현이 사회적 현실에 의해 파멸하는 개인의 운명을 그려낼 때조차도 개인적 주체라는 신화는 현실의 문학적 재현을 가능케 하는, 즉 현실을 인지 가능한 하나의 의미구성체로 통합하는 인식의 확고부동한 중심으로 자리잡고 있는 것이다.

주체의 자기 동일성에 대한 신화를 바탕으로 한 사실주의적 재현의 논리는 이 세계를 질서화가 가능한 하나의 연속적이면서도 단일한 서사적 실체로 파악한다. 이 세계를 시간적인 연속, 혹은 인과적인 연속의 논리를 통해 파악하는 연속적 세계관의 내부에서 주체는 대상화된 현실을 통합하는 하나의 선험적이면서도 절대적인 권위로 자리잡고 있다. 그러나 주체의 이러한 견고한 자기 동일성의 신화가 깨어지면서 주체에서 현실로 이르는 재현의 직선적인 코스는 더이상 그 자명성을 유지하기가 어렵게 되었다. 주체의 불확정성에 대한 인식과 더불어 현실은 더이상 현실을 통합적인 질서의 체계로 인식하고자 하는 재현의 욕망에 고분고분하게 순종하는 연속적이면서도 일관된 실체가 아니라는 인식이 찾아왔다. 다시 말해 현실은 주체에 의해 적절히 요리되기를 기다리는 얌전한 요릿감이 아니라 그 자체가 온갖 불합리하고 유동적인 내부의 에너지를 품고 있는, 예측 불가능한 변화와 파열의 불연속적이고 불가해한 혼란의 덩어리로 인식되기 시작했던 것이다. 연속적인 시간적, 혹은 인과적 계기의 고리로 이어지는 서사적 총체성이라는 개념은 더이상 현실재현의 타당한 논리적 근거로 작용할 수 없게 되었고, 불안하게 흔들리는 개인 주체의 실존적 기반 위에서 재현의 논리를 떠받치는 주체의 선험성이나 자명성 또한 근본적인 의혹의 대상이 될 수밖에 없었다. 20세기 중반 이후, 이른바 후기구조주의에 속하는 여러 이론들에 의해 흔들리기 시작한 주체의 자기 동일성과 관련된 신화는, 주체라는 것이 그 자체로서 완결된 선험적 실체가 아니라 우리가 현실이라고 말하는 무수한 이데올로기적 언어구성체에 의해 만들어진 담론의 효과에 지나지 않는 것이라는 인식에 직면하게 되었다. 주체든 현실이든 자명한 것은 없다. 단지 자명성이라는 담론적 욕망, 곧 신화만이 존재할 뿐이다. 이러한 주체의 자명성에 대한 의심과 더불어 오랫동안 한국문학의 자기 정체성을 지탱해주던, 현실에 대한 총체적인 재현의 욕망이나 문학이 지닌 계몽적 권능에 대한 믿음은 점차 그 논리적 시효성을 주장하기가 어렵게 되었다. 이로써 한국문학은 문학의 자기 정체성을 새롭게 모색해야 할 어떤 과도기적 단계에 들어서게 된 것이다.

## 2. 낯선 타자들의 세계와 개인적 주체의 위기

한국문학을 지배해온 기본적인 패러다임과 관련된 지금까지의 논의
는, 어쩌면 한국문학이 지닌 다양한 측면들을 폭력적일 정도로 거칠게
단순화시켜온 것인지도 모른다. 그러나 1990년대와 더불어 출현한 문학
이 지금까지 한국문학을 지배해왔던 이와 같은 강박의 끈들이 느슨하게
풀려나가는 지점에서 출발하고 있는 것은 분명해 보인다. 이른바 민중문
학의 갑작스러운 해체과정은 문학 내부에서 그러한 환경을 조성한 가장
일차적인 요인으로 지적될 수 있을 것이다. 현실변혁이라는 이념의 모토
아래 작가들을 역사적 상황의 가장 첨예한 지점으로 끌어내면서, 문학이
지닌 계몽적 권능을 변혁이념의 실천적 의지로 극대화하고자 했던 민중
문학에서 사실주의적인 창작방법론은 그와 같은 계몽적 권능을 실현하
는 강력한 문학적 지침으로 간주되었다. 이들 작품에서 이러한 사실주의
적 재현의 주체는 단순한 개인이 아니라 계급적 주체 내지는 집단의 이
름으로 표상된 하나의 절대화된 이념적 주체였다. 따라서 이들 작품에서
사실주의적인 재현의 현실은 두말할 것도 없이 이와 같은 집단적 주체의
이념을 적극적인 실천에의 의지로 표상하는 세계이다. 이때 재현의 주체
는 그 이념적 기획에 의해 현실을 구성하고 그 구성된 현실을 객관적 현
실이라는 이름으로 보편화하는 계몽적 주체이다. 따라서 이들 작품에서
문학이 지닌 계몽적 권능은 바로 문학이 추구해야 할 가장 중요한 덕목
으로 간주되었다. 결국 이러한 사실주의적 재현의 논리 뒤에 도사리고
있는 것은, 재현의 단계를 넘어 현실문제에 대한 적극적인 개입을 통해
현실의 영역을 주체의 의지 속으로 끌어들이려는 주체의 강력한 일방통
행적 소통에의 욕망이다. 계몽에의 욕망은 비록 그것이 일방통행일지라
도 계몽의 주체와 대상을 연결하는 사회적 소통에 대한 굳건한 믿음이
없으면 불가능한 것이다. 따라서 이들 작품은 현실에 대한 강한 적대감
을 드러낼 때조차도 그 현실적인 소통의 영역 바깥으로 튕겨져 나가지

않는다. 이들 작품 속에서 변혁의 이념이 추구했던 것은 현실의 거부가 아니라, 변혁주체의 의지로부터 소외되어 있는 현실의 영역들을 문학의 계몽적 권능에 기대어 자신의 통제영역 안으로 끌어들이는 것이기 때문이다. 이때 계몽의 주체와 대상 사이를 잇는 소통의 위계구조는 계몽적 소통의 효율성을 제고하기 위한 하나의 적극적인 선택이었다.

그리고 윤대녕과 신경숙 등으로 대표되는 또다른 문학의 지평이 우리에게 다가오기 시작했다. 이들의 문학은 우리 문학의 중추적인 패러다임을 형성해왔던 계몽적 도덕주의와 사실주의적 재현에의 요구, 그리고 그동안 우리 문학에 부과되어왔던 역사의식이라는 대사회적 책무로부터 벗어난 어떤 지점에서 출발하고 있다. 이들에게 문학적 글쓰기란 독자들에게 그들이 지향해야 할 도덕적이고 윤리적인 삶의 지침을 제공하거나, 역사적 상황 속에 놓인 개인의 고통스러운 삶의 자리를 그려 보여줌으로써 부당한 힘의 논리가 지배하는 현실에 대한 독자들의 분노와 자각을 일깨우는, 혹은 왜곡된 역사적 현실에 대한 어떤 대안의 논리나 미래의 전망을 모색하는 사회적 현실과의 적극적인 소통행위가 아니다. 그들의 문학이 출발하는 탈계몽·탈재현·탈역사성의 지점은 사회적인 소통에 대한 믿음이 무너진 자리, 사회적 현실과의 소통 불가능에 대한 절망적인 자의식이 싹트는 자리, 다시 말해 그들을 둘러싸고 있는 사회적 현실이 그들의 욕망과 의지가 스며들 수 없는 낯선 타자들의 세계라는 인식이 스며나오는 자리이다. 그들에게 그들을 둘러싸고 있는 세계는 그들이 이해할 수도 소통할 수도 없는 불가해한 하나의 심연일 뿐이다. 이 세계의 내부에 그들의 삶을 투입하고 그 속에서 그들의 주체적 삶의 실현을 모색한다는 것은, 그들에게 근본적으로 좌절할 수밖에 없는 절망적인 기획으로 인식되고 있는 듯하다. 그들의 작품에서 사회적 현실과의 단절의식은 치유될 수 없는 하나의 선험적인 정서로까지 자리잡고 있는 것으로 보인다. 자아와 세계 사이의 근본적인 소통에의 단절감 속에서 그들의 작품이 보여주는 것은 이 세계의 불가해한 심연 속에서 표류하는 훼손된 자아의 혼란스럽고도 불투명한 내면의 기록이다.

　그렇다면 왜 이런 일이 일어났을까? 이들 새로운 연대의 작가들은 왜 이처럼 갑작스러운 심연의 현실과 마주서게 된 것일까? 물론 한국문학에서 이들의 작품은 결코 갑작스럽거나 돌연한 방식으로 출현한 것은 아니다. 그들의 앞에는 오정희·김승옥 등과 같은, 그들의 문학적 계보를 풍부하게 해줄 많은 문학적 전범들이 자리잡고 있기 때문이다. 그러나 그럼에도 불구하고 그들의 문학은 최근의 변화된 문화환경 속에서 그 자체로 의미화가 가능한 나름대로의 독자적인 문학적 정체성의 지평을 열어 보여주고 있는 듯하다. 단순화시켜서 말하면 이들의 문학은 주체의 의지로 현실을 변화시키는 것, 아니 현실 속에 주체의 자리가 들어설 의미 있는 질서를 발견하는 일조차 불가능하다는 인식 위에 서 있다. 실상 주체의 자기 동일성 신화에 바탕을 둔 사실주의적 재현의 논리가 근대 이후의 과학적 세계관의 영향 아래서 생겨난 것이라고 한다면, 그것은 불가사의하고 통제 불가능한 것으로 여겨지던 자연현상을 과학의 이름으로 체계화함으로써 자연을 인간적 통제의 영역 아래 두고자 했던 것처럼, 혼란스럽고 무질서해 보이는 사회적 현상들을 주체의 체계화된 이성적 통제의 영역으로 끌어들이려는 지극히 인간 중심적인 욕망에 그 바탕을 두고 있는 것이라고 할 수 있다. 그런 의미에서 마르크스주의 역시 그 인간 중심주의적이고 과학적인 인식체계의 영역을 벗어나 있는 것은 아니다.

　그러나 문학에서 현실을 응집하는 집단화된 이념적 중심으로서의 자기 정체성이 무너지고, 파편화된 현실을 하나의 체계로 끌어안을 어떠한 중심의 담론도 무력화된 자리에서, 작가들은 이제 고독하고 막막하게 자신만의 내밀한 글쓰기의 지점들을 찾아나서기 시작했다. 이들 각자의 글쓰기의 지점들에서 나타나는 자기 정체성의 혼란은 주체의 의지로 뚫고 들어갈 수 없는, 낯설게 변해버린 이 세계의 얼굴 앞에서 이들이 겪는 정체성의 상실감이나 존재의 결락의식과 밀접한 연관이 있다. 이들의 작품이 보여주는 것은 타자화된 세계 속에서 절망적으로 그 결락의 지점들을 살아내는 작중인물들의 삶이다. 이들의 작품 속에는 이 세계 속에서의 삶이 자아를 실현해가는 과정이 아니라 자아를 상실해가는 과정이라는 것, 따라서 이 세계가 그들이 깃들일 본래적인 삶의 자리가 아니라는 인식이 곳곳에 편재해 있다. 이들의 작품에서 작중인물들이 보여주는 자아상실감이나 존재론적 결핍의식은 타자화된 세계 속에서 주체가 겪는 내면적인 위기의식의 표현이다. 따라서 작품 속의 인물들이 세계 속에서 절망적으로 찾아헤매는 것은 타자화된 현실에 의해 훼손되기 이전의 자아, 바로 그 자기 동일화된 자아에 대한 어떤 기억, 혹은 그리움이다. 따라서 이들의 글쓰기는 훼손된 주체의 복원을 꿈꾸는, 그럼으로써 세계와의 또다른 소통의 방식을 갈망하는 절망적인 시도로 읽힐 수 있다. 그들은 이 세계에 대한 절망적인 불화의식으로 이 세계와 소통하고자 하는 것이다. 그것이 절망적인 것은, 그와 같은 소통에의 갈망이 타자화된 세계의 내부로 뚫고 들어가는 지점이 아닌, 그 세계와 끊임없이 비껴가는 지점에서 이루어지고 있기 때문이다.

이를테면 윤대녕의 경우, 훼손되지 않은 자아에 대한 복원에의 욕망은 그의 작품의 중요한 상상적 모티프로 자주 지적되어온 시원(始原)의 세계에 대한 갈망이라는 형태로 표현되고 있다. 윤대녕의 작품에서 작중인물들이 놓여 있는 일상적인 삶의 정황들은 그 시원의 세계로 건너가기 위한 하나의 가설무대에 지나지 않는다. 윤대녕의 작품에서 세속적인 현실감이 느껴지지 않는, 비현실적인 신비의 베일에 감싸여 있는 여자들의 행적을 쫓는 남자주인공들에게는 뚜렷한 직업이 없거나, 혹은 직업이 있어도 그 직업이 그들의 삶과 별다른 내적 연관을 맺고 있지 않다. 그들은 그들이 놓여 있는 현실과 어떠한 생산적인 소통의 관계로도 연결되지 않은 채, 마치 다른 세계에서 이 세계로 추방된 망명객들처럼 고독하게 이 이방의 세계를 떠돈다. 이들 정신적인 무국적자들이 갈망하는 것은 그들이 놓여 있는 세계와의 소통이 아니라 오래 전 그들이 추방되었던 세계로의 귀환이다. 작품의 주인공들이 쫓는, 그러나 끝내 다가가는 데 실패하고 마는 미지의 여인들은 그들에게 그 추방된 세계의 존재를 알려주는 표지이면서 동시에 그들을 그 세계로 이끄는 안내자이다. 「은어낚시통신」은 윤대녕의 이러한 소설적 특징을 가장 전형적으로 보여주는 작품이라고 할 수 있을 것이다.

> 그녀는 그런 자세로 물끄러미 나를 바라보고 있다가 마침내 벽에 모로 기대어 천천히 흐느끼기 시작했다.
> 그러나 그 먼 존재의 시원, 말하자면 내가 원래 있어야만 하는 장소로 돌아가기까지 나는 보다 많은 밤과 낮을 필요로 해야 했다.
> 긴 흐느낌의 시간이 흐른 뒤, 나는 가까스로 그녀에게 다가가 살아 있는 자의 온기라곤 느껴지지 않는 그녀의 차디찬 손을 완강하게 거머쥐었다.
> 아침이 오기까지 나는 그녀의 손을 잡고 내 살아온 서른 해를 가만가만 벗어던지며, 내가 원래 존재했던 장소로, 지느러미를 끌고 천천히 거슬러 올라가고 있었다.[1]

윤대녕의 소설들이 타자화된 세계 속에서 상실되어버린 개인적 주체의 복원을 위해 타자화된 시간의 퇴적층을 거슬러오르는 아득한 존재의 근원을 향해 나아가고 있다면, 신경숙의 경우는 타자성의 세계가 스며드는 소통의 통로들이 차단된 어떤 내면화된 고립의 지점으로 파고든다. 신경숙의 인물들에게 삶이란 끊임없이 자신의 내면에 타자와의 관계에서 오는 고통스러운 상처의 기억들을 쌓아나가는 과정이다. 그들이 타자와의 관계에서 겪는 심리적 부적응증은 거의 모든 소설적 상황을 규정짓는 어떤 치유불능의 선험적 정서로 자리잡고 있는 것으로 보인다. 신경숙의 인물들은 접근할 수 없는 불가해한 현실의 심연 앞에서 끊임없이

---

1) 윤대녕, 『은어낚시통신』, 문학동네, 1994, 80쪽.

'방' 혹은 '집' 혹은 자신의 몸을 숨길 수 있는 어떤 밀폐된 공간을 갈망한다. 그들이 결락된 존재의 심연 속으로 파고들며 갈망하는 그 밀폐된 공간은 타자성의 세계에 의해 주체의 훼손과 균열이 생겨나기 이전, 손상되지 않은 자아의 내적 동일성이 가능했던 공간이 아닐까? 신경숙의 소설에서 나르시시즘적 성향을 말할 수 있다면 그것은 아마도 이러한 맥락에서일 것이다. 신경숙의 인물들에게서 현재의 자신과 이상화된 자기 이미지 사이에 놓인 결락의 지점들을 복원하려는 욕망은 자폐적인 내면에의 응시 속에서 그 이상화된 자기 이미지로의 귀환을 꿈꾸는 나르시시즘적인 욕망을 낳는 것이다.

역사적 현실의 무게가 사상된 지점에서, 삶의 심연에 내재해 있는 어떤 존재론적이고 비의적인 지점들에 가닿으려고 하는 자폐적인 내면성의 시선은 조경란이나 하성란 등의 작품들로 이어지면서 1990년대의 문학이 세계를 읽는 하나의 주요한 방법적 코드로 자리잡아가고 있는 것같다. 특히 끊임없이 타자들과의 만남에 실패할 수밖에 없는 인물들의 황량한 내면을, 그 내면의 세계로부터 무심하게 거리를 유지하고 있는 듯한 건조하고 퍼석거리는, 그러면서도 섬세하고도 밀도 있는 묘사체의 문장들을 축조해나가는 방식으로 그려내고 있는 하성란의 작품들은 내면성의 새로운 미학을 보여주는 의미있는 시도로 주목된다.

김영하의 작품은 이와 같은 정서적 침투력이 강한 내면성의 세계와는 다른 방향에서, 1990년대의 문학에 보편적으로 내재되어 있는 주체와 세계 사이의 소통단절의 극단적인 징후들을 작중상황에 대해 냉정한 논리적인 거리를 유지하는 관찰자의 시선으로 그려 보여준다. 『나는 나를 파괴할 권리가 있다』에서 작중인물들은 삶에 대한 어떠한 주체적 기획도 소진되어버린 텅 빈 진공의 지점들을 살고 있다. 그 텅 빈 존재의 내부에서 그들이 느끼는 단절감은 타자성의 관계를 넘어서려는 시도 그 자체에 대한 근본적인 불신과 연결되어 있기 때문에, 그들은 타인과의 소통이 이루어지는 삶의 경계선 안으로 좀처럼 발을 들여놓지 않는다. 그들은 차라리 냉소적으로 그 텅 빈 삶의 한가운데로 걸어들어간다. 김영하의 『호출』에 실린 작품들에 대해 뛰어난 분석을 보여준 바 있는 김동식의 지적대로, 그들은 "자발적인 단절을 욕망"[2]하고 있는 것이다. 그리고 그 자발적인 단절에의 욕망이 끝간 데에 그들의 자살이 놓여 있다. 이 작품에서 "그래서 집도 나왔지. 나오니 천국이었어. 누가 간섭하는 인간도 없고 술도 마시고 옷도 사 입고 남자애들과 잠도 자고"[3]라는 유디트의 말이나, 유디트가 꿈꾸는 남극의 빙하, C가 들여다보는 비디오의 렌즈 속이나 심지어는 섹스의 순간에조차도 그들은 혼자이다(아마도 이 작품에서 유일하게 타인에 대한 욕망을 버리지 않고 있는 인물은 K인 듯싶다. C의 유디트가 K에게 세연이라는 이름으로 존재하는 것도 그 때문일 것이다). 그러나 『나는 나를 파괴할 권리가 있다』에서 하나의 이명처럼 반복되는 "왜 멀리 떠나가도 변하는 게 없을까, 인생이란"이라는 말은, 그 자발적인 단절에의 욕망이 기실은 변화된 삶에 대한 욕망의 좌절에서 비롯된 것이라는 사실을 암시한다. 변화를 향한 욕망이 어떤 방식으로든 대상의 내부에 주체의 의지를 개입시키려는 욕망의 다른 표현이라고 할 수 있다면, 이 지점에서 우리는 작중인물들에게 자살을 권유하고 그 과정을 글로 기록하는 '나'라는 일인칭 화자의 의도가 무엇인지를 짐작할 수 있다. 거기에는 아무것도 변하는 게 없는 세상에서는 자살만이 유일하게 주체의 의지를 실현하는 방법이라는 것, 다시 말해 내가 내 자신을 파괴할 권리만이 결코 파괴되지 않을 것 같은 견고한 현실의 벽 앞에서 내가 나 자신의 주인일 권리를 확인하기 위한 유일한 주체적 기획이라는 의미가 담겨 있는 것이다. 그러므로 '나는 나를 파괴할 권리가 있다'라는 말은 결국 '나는 죽음을 선택한다, 고로 존재한다'라는 말과 동의어이다. 이 작품에서 작중인물들이 자살을 선택하고 실천하는 과정이 돌발적이

---

2) 김동식, 「김영하, 또는 배신의 수사학」, 『호출』, 문학동네, 1997, 309쪽.
3) 김영하, 『나는 나를 파괴할 권리가 있다』, 문학동네, 1996, 41쪽.

고 감정적인 충동에 의해서가 아니라 이지적이고 냉철한 판단에 의해서 이루어지는 것으로 표현되고 있는 것도 작중화자의 그러한 의도를 뒷받침해준다.

## 3. 이미지의 진공관 속에 갇힌 아이들

뿔뿔이 흩어진 소행성처럼 각자의 지점에서 홀로 자전하고 있는 것처럼 보이는 이른바 1990년대의 작가들을 하나의 단일한 논리적 틀로 아우르기란 근본적으로 불가능한 일일는지도 모른다. 그럼에도 불구하고 1990년대 문학에서 나타나는 가장 광범위한 문학적 특징의 하나로, 한국문학을 짓눌러왔던 도덕적 엄숙주의나 도덕적 금기가 상당 부분 무너져버린 현상을 지적하지 않을 수 없다. 문학이 지녀왔던 공리적 실용가치를 무력화하는 탈계몽의 지점에서, 계몽성의 담론과 맞물린 도덕적 엄숙주의나 윤리적인 세계인식은 문학으로부터 도덕의 육중한 갑옷을 벗겨내는 도발적인 반란이나 자유롭고 경쾌한 유희적 상상력, 혹은 서사의 연속성을 교란하면서 서사의 구축과 해체가 동시에 행해지는 불연속적이고 무정형화된 소설기술 방식에 그 자리를 내주게 된다. 기지에 찬 전복적 상상력을 바탕으로 가볍고 발랄한 해학적 어법을 통해 문학으로부터 도덕적 엄숙주의의 군살들을 제거하는 성석제의 웃음의 미학에서부터, 김영하나 송경아·백민석 등의 작품들이 보여주는 근친상간이나 동성애 등을 소재로 한 과감한 에로티시즘의 미학, 혹은 어떠한 도덕적 자의식의 억압으로부터도 벗어나 있는 듯이 보이는 백민석의 폭력의 미학 등에 이르기까지, 1990년대의 문학적 양상은 다양한 스펙트럼으로 뻗어나가고 있는 것이다. 1990년대의 문학이 보여주는 이러한 문학적 스펙트럼의 확장이 그 자체 문학적 깊이의 심화로 이어지고 있는지에 대해서는 쉽게 속단할 수 없지만, 어쨌든 문학에서 도덕적 금기나 억압의 경계가 무너지면서 지금 한국문학이 소재나 양식의 측면에서 매우 폭넓은 운신의 자유를 누리고 있는 것만은 사실인 것 같다.

1990년대에 들어 문학의 이와 같은 질적 변화를 가져온 대표적인 요소로 우리는 1990년대 문화의 가장 특징적인 현상인 매체적 환경의 변화를 얘기하지 않을 수 없을 것이다. 영상매체가 1990년대의 문화공간에서 급속하게 그 영향력을 확장하기 시작하면서 문학 내부에도 그와 관련된 새로운 특징들이 나타나기 시작했던 것이다. 뿐만 아니라 하이테크 미디어 환경의 급속한 발전과, 첨단적인 소비생활양식의 정착은 역사적·정치적 상상력의 급격한 쇠퇴현상과 더불어 문학작품 속에서 적극적인 생산(노동)활동을 통해 세계와 관계맺는 인물유형을 만나기 어려워진 현상과도 밀접한 연관이 있을 것이다. 『나는 나를 파괴할 권리가 있다』의 "저녁이 되면 나는 도심의 허름한 빌딩 7층에 자리잡은 사무실로 향한다. 사무실에는 전화와 책상, 컴퓨터말고는 아무것도 없다. 나는 이곳에서 어느 누구도 만나지 않는다. 월세는 꼬박꼬박 홈뱅킹을 통해 PC로 계좌이체하기 때문에 빌딩 주인조차 만나게 되질 않는 것이다"[4]와 같은 구절은, 1990년대 문학에서 새롭게 나타난 주인공들의 특징적인 삶의 양식을 잘 보여준다. 첨단 전자기기에 둘러싸인 소비문화양식의 확산은 사회적인 생산양식을 통해 세계와 소통하는 삶의 지점들을 무력화하면서 고립과 단절의 삶을 점점 더 심화시키는 것이다. 또한 각 문화영역간의 경계가 느슨해지고, 영상매체의 급속한 발달과 함께 누구나 손쉽게 접할 수 있는 대중문화가 문화의 변방에 밀려나 있는 저급한 오락거리가 아니라, 젊은 세대의 감각적 취향이나 그들의 생활양식에 심각한 영향을 미치는 중요한 문화적 자양분으로 인식되면서, 대중문화적 취향이나 감수성이 문학의 중요한 구성요소로 활용되고 있음도 주목할 만한 현상이라 할 수 있다.

---

4) 앞의 책, 13쪽.

영상매체가 제공하는 각종 이미지들이 젊은 세대의 문화적 체험의 영역으로 폭넓게 확산되면서 시각적인 이미지의 세계는 젊은 작가들의 현실감각을 대체하는 강력한 상상적 자원으로 떠오르기 시작했다. 이미지는 더이상 단순한 시각적 체험의 대상이 아니라, 그들의 내적 삶을 구성하는 보다 직접적인 리얼리티를 확보하게 됨으로써 젊은 세대의 자기 정체성 형성에 중요한 요소로 작용하게 되었다. 이제 단순히 이미지를 소비하는 세대가 아니라 이미지를 사는, 다시 말해 이미지라는 가상체험의 영역을 통해서 세계를 이해하고 받아들이는 새로운 세대적 감수성이 출현하게 된 것이다. 더글러스 크림프의 말대로 "어느 때보다도 유례없이 우리의 경험은 그림, 신문이나 잡지, 텔레비전과 영화를 통한 이미지들에 의해 지배되고 있다. 직접적인 체험은 이미지 다음으로 취급되어 쇠퇴하기 시작하고 점점 더 사소하게 여겨질 것이다. 한때 이미지가 현실을 해석하는 기능을 가진 것으로 여겨졌는데, 이제 이미지는 현실을 강탈한 것처럼 보인다. 따라서 이미지 그 자체를 이해하는 것은 잃어버린 현실을 폭로하기 위해서가 아니라 어떻게 이미지가 자발적인 의미화 구조가 되고 있는지를 규정하기 위한 명령이 되고 있"[5]는 것이다. 이미지는 이제 현실적인 것의 기호가 아니라 바로 현실 그 자체가 되어가고 있다. 이미지의 세계는 단순히 기존의 현실을 반영할 뿐만 아니라 새로운 현실을 생산해내고 있는 것이다.

이미지의 생산체계 속에서는 모든 것이 가능하다. 그러나 또한 모든 것이 불가능하다. 왜냐하면 그것은 화면 속에만 존재하는 세계이기 때문이다. 백민석의 소설은 바로 이 가능과 불가능이 만나는 지점, 화면 속의 현실과 화면 밖의 현실이 만나는 그 어떤 치명적인 불연속의 지점에서 시작된다. 『헤이, 우리 소풍간다』는 화면 속의 현실과 자신을 동일시하며 성장한 세대의, 영원히 어른이 되기를 거부하는 조숙한 아이들의 이

---

5) 이영철 편, 『21세기 문화 미리 보기』, 시각과언어, 1996, 207쪽에서 재인용.

야기이다. 그들은 아이도 어른도 아닌 어정쩡한 경계선 위, 환상과 현실 그 어느 쪽의 세계에도 속하지 못하는 극심한 정체성의 혼란 앞에 서 있다. 김영하의 소설에서 주체확인 행위로서의 자살은 명백히 하나의 이성적인 자의식을 통한 '주체의 결단'이라는 방식으로 이루어졌었다. 이 세계가 만들어놓은 나를 내가 파괴하려는 자살에의 의지 속에는 역설적이게도 이 세계에 대한 자발적인 단절을 통해 나와 세계 사이에 놓인 어떤 연속성의 지점을 확인하려는 주체의 최후의 전략이 숨어 있는 것이라고 할 수 있다. 그러나 백민석의 인물들에게서 주체와 세계 사이의 연속성의 지점들을 찾는 것은 거의 불가능해 보인다. 그들은 주체의 죽음이라는 방식을 통해서도 이 세계에 주체의 자리를 확보할 수 없다. 마치 실컷 얻어맞고 벼랑에서 떨어져 죽어도 다음 장면에서 다시 멀쩡히 살아 있는 만화영화의 주인공들처럼, 그들은 죽을 수도 없다. 주체의 죽음 이후 그들의 삶은 이제 가상의 무대라는 어떤 치명적인 불연속성의 지점들로 옮겨졌기 때문이다. 가상의 현실 속에서 죽음은 끊임없이 지연된다. 지연된 죽음을 담보로 그 가상현실의 세계는 끈질기게 환상과 현실 사이에 가로놓여 있는 그 단절의 불연속적인 지점들을 살아가는 것이다. 아마도 그 불연속성의 삶은 주체가 주체의 죽음 이후를 살아가는 마지막 방식일지도 모른다.

백민석의 조숙한 아이들은 요술공주 새리와 백설공주의 세계 속에서 자기 이미지를 발견한 세대이다. 그들은 그 자기 이미지가 실제가 아닌 환상이나 허구적 기반 위에서 형성된 것임을 알고 있다.


그것도 몰라? 우리가 텔레비전 브라운관을 토해 열광하며 보았던 그 81년의 만화 주인공들은 실은…… 브라운관 안의 전자총이 쏘아대는 전자빔이 만들어낸 수많은 휘점, 즉 빛의 점들에 불과한 거야, 그런 빛의 점들의 집합체가 바로 *일곱난쟁이*였고, *오로라 공주와 손오공*이었고, *집없는 소년*이었고……

그러니까, 우리는 고작해야 그러한 휘점, 즉 전기신호들과 우리 자신을
동일시, 하고 있었던 셈이란 말이지…… 80년, 81년에 말야.
　그래?
　그럼! 시대착오적이지…… 네가 아직도 일곱난쟁이고, 내가 아직도 *뽀
빠이*, 라면…… 너와 난, 3차원 입체 영상 시대에 살면서 의식은 81년 2차
원 브라운관 속의 허깨비들에 가 있는 셈이라구.[6]


이것은 아이의 세계를 빠져나온 어른의 자각이다. 텔레비전이 보여주
는 환상적 이미지와의 자기 동일시가 하나의 허구에 지나지 않는다는 인
식은 아이를 어른의 세계로 이어주는 통로라고 할 수 있기 때문이다. 그
러나 어른이 되는 것은 그들에게 모든 것이 가능해 보였던 화면 속의 세
상으로부터 모든 것이 불가능해 보이는 화면 밖의 세계로의 추방, 다시
말해 "잘빠진 양복에 저마다 개성 있는 넥타이를 졸라매고 어제 닦고 내
일 또 닦을 구두를 껴신은, 저 친구들. 여섯시 혹은 반, 혹은 반의 반, 이
시각에 거리를 메우며 귀가 차편을 기다리거나, 차를 몰고 교외 어딘가
의 보신탕집으로, 혹은 동료들과 한잔 걸치러 가는. 저 끝도 없이 퇴근하
는 친구들"(243쪽)의 세계로의 추방을 의미하는 것이다. 어른의 세계 속
에서 브라운관 속의 허깨비는 더이상 무허가 빈민촌의 현실과 요술공주
새리의 세계 사이에 놓인 짙은 심연을 그 전자총이 쏘아대는 휘점들로
봉인해버리지 못한다. 정체성의 파열이 시작되는 것은 이 지점에서이다.
"잠에서 깨어보니 그 아이들처럼 우리도 격렬한 외로움에 몸을 떨고 있"
(316쪽)는, "우리에겐 우리들 자신의 언어, 가 있지 않아…… 우린, 자
기 자신의 언어를 못 가지고 태어난 아이들이라구"(316쪽)라고 외치는,
텔레비전의 진공관 속에 남아 있을 수도 그 진공관 밖의 세계로 건너갈
수도 없는 이 조숙한 아이들은, 그 격렬한 외로움 속에서 자신에게 "이젠

---

6) 백민석, 『헤이, 우리 소풍간다』, 문학과지성사, 1995, 209쪽. 이후 이 책에 대한 인용 쪽
　수는 본문 안에 괄호로 표기함.

뭘 할까?"(39쪽)라고 묻는다(그러니 여기에서 진공관眞空管이라는 것은 얼마나 적절한 메타포인가?). 그들에게 남아 있는 것은 다시 가상의 현실로 돌아가 끊임없이 지연되는 죽음의 삶을 살아내는 방법밖에 없다. 이번에는 아주 폭력적인 방식으로, "마치 제 앞에 있는 것들은 무엇이든 제 적이라는 듯, 자길 가로막은 그 모든 것들에 구멍을 내"(59쪽)듯이. 가상의 현실 속에서는 무엇이든 가능하므로, 그들을 키웠던 문명의 세계를 문명이 만들어준 가상의 현실 속에서 닥치는 대로 파괴하면서. 백민석의 작품들이 보여주는 폭력의 미학 속에는, 폭력과 파괴만이 환상과 이미지의 진공관 속에 갇힌 주체가 이 세계와 소통하는 유일한 방법이라는 생각이 깃들여 있는 것 같다. 백민석의 폭력의 미학에는 어떠한 죄의식도 없다. 왜냐하면 그 폭력은 만화나 전자오락, 혹은 영화 속의 폭력처럼, 무한히 자가증폭할 수 있는 일종의 시뮬레이션화된 폭력이기 때문이다. 때문에 백민석의 폭력의 미학은, 마치 한 편의 잔인한 폭력영화가 상영되는 중에도 극장 밖에서는 여전히 시끄러운 도심의 일상이 계속되고 있듯이, 결코 화면 밖의 세계로 전이되지 않는 폭력이다. 그것은 결국 "선택의 여지가 없는" 상황에서 우리 스스로가 "바로 우리 자신의 얼굴을 향해"(156쪽) 질러대는 비명에 지나지 않는 것이다.

『내가 사랑한 캔디』의 주인공은 세상을 향해 총을 쏘아댈 총잡이가 되기를 갈망한다. 이러한 발상은 자연스럽게 장정일적 발상의 또다른 버전이라는 생각을 떠올리게 한다. 그러나 백민석식의 세상을 향한 총쏘기에는 장정일의 그것과는 다른 의미가 내포되어 있다. 장정일의 경우, 아버지를 향해 열려 있는 총구의 방아쇠를 당기는 것은 아버지의 자리를 빼앗고 스스로 아버지의 기원이 되려고 하는 아들의 욕망에 다름아니다. 그러나 백민석은 아버지의 자리 자체를 부정한다. 그는 아버지 없는 영원한 아이의 세계에 머물고 싶은 것이다. 「음악인 협동조합 3」에서 작중화자는 "매순간 자기 자신한테 자기가 인간이란 사실을 끊임없이 재확인재확인재확인시킬 필요가 있어. 그래야 살아남는다"라는 펨프의 말에 대해 "나는 인간이란 이데올로기를 폐기시키고 싶어 안달이 나 있었다─매순간 자기도 인간이란 사실을 재부인재부인재부인할 필요가 있다. 그래야 인간으로 살아남는다"[7]라고 대답한다. 스스로 인간적 주체가 되기를 거부하는 것은 결국 라캉적 의미에서 인간적 주체가 형성되는 상징계적 단계, 그 아버지의 이름(le nom-du-pére)을 거부하는 것이다. 그러나 백민석의 아이들에게는 어머니에 대한 기억이 없다. 그들에게는 그들의 파열된 삶을 이끌고 돌아갈 어떠한 관계의 기원도 존재하지 않는 것이다. 그들은 아이의 세계에도 어른의 세계에도 속하지 못하는 조숙한 아이의 세계, 앞으로 나갈 수도 뒤로 되돌아갈 수도 없는 그 치명적인 경계, 과거도 미래도 없는 막막하고 불안한 현재성의 시간 위에 영원히 결박당해 있다. "나는이십년동안의이진공이두렵다이곳엔나조차없다/씨발좆도되는게없어나의유일한현실은비현실이다/나의유일한현실은비현실이다씨발좆도되는게없어/나의유일한현실은비현실이다/씨발좆도되는게없어"[8]라고 끊임없이 불길하게 중얼거리며.

이제 우리 문학은 세계 속에 인간의 의지를 세우고 인간적 주체라는 확고한 이데올로기에 따라 세계 내에서 인간의 삶을 기획하려는 계몽에의 욕망으로부터, 세계와의 소통 불가능에 대한 절망과 좌절의 지점을 거쳐, 세계에 대한 인식주체로서의 인간이라는 믿음 자체가 파열되는 지점에까지 와 있다. 그 파열의 지점들을 살아내며 우리의 문학은 또 어떠한 치명적인 전략으로 이 혼란과 불안의 거대한 공동(空洞)을 헤쳐나갈 것인가? 우리 문학의 새로운 가능성은 지금 그 물음 앞에 서 있다.

(1998)

---

7) 백민석, 『16믿거나말거나박물지』, 문학과지성사, 1997, 242쪽.
8) 같은 책, 214쪽.

# '그녀들'의 초상
## —남성작가들의 작품에 나타난 여성의 이미지들

## 1. 페미니즘 논의의 새로운 가능성

1990년대 들어 페미니즘에 관한 논의가 매우 의미있는 비평적 담론의 자리를 차지하고 있는 것은 사실이라고 하더라도, 문학에서 지금까지 그와 관련된 논의는 주로 명시적으로든 암묵적으로든 그와 같은 문제의식의 범주에 속한다고 여겨지는 여성작가들의 작품들을 대상으로 이루어져온 것이 일반적인 현상이었다고 할 수 있다. 이러한 현상은 페미니즘을 여성들만의 문제, 혹은 남성들이 접근하기에는 뭔가 심리적인 껄끄러움을 감수해야 할 문제라는 성(gender)과 관련된 뿌리깊은 이분화된 정서가 암암리에 이러한 논의의 방식 자체를 규정짓고 있음을 보여주는 것이다. 그러나 배타적이고 공격적인 논조를 바탕으로 한 피상적인 논의의 수준을 벗어나지 못하던 이전의 여성문제에 대한 접근방식도 이제는 남성지배적인 제도 그 자체가 인간의 삶을 규정짓고 관리하는 방식에 대한 보다 근원적인 탐색의 자리로 옮아가야 한다는 보다 진전된 논의의 단계로 나아가고 있는 것 같다. 거기에는 페미니즘의 문제가 단순히 일상성의 틀 속에서 발현되는 여성들의 불행한 삶의 조건들을 주목하고 그러한 조건들을 남성들이 누리고 있는 삶의 조건들과 대등한 차원으로 끌어올려야 한다는 현실적인 기득권 쟁탈의 문제만이 아니라, 일상화된 불평등의 배후에서 역사적인, 혹은 제도적인 힘의 메커니즘이 어떤 방식으로 관습화된 삶의 양식을 만들어내고, 그 관습화된 삶의 양식이 인간의 의식 속에서 어떻게 당위적이고 고정불변한 관념으로 내면화되는 경로를 밟아왔는가를 규명하는 보다 중요한 탐색의 길을 열어줄 수 있다는 판단이 내재되어 있다. 페미니즘의 문제를 단지 남성지배의 사회구조 속에 억눌려 있던 여성들의 공격적인 욕구불만의 표출이라는 차원이 아닌, 권력과 제도가 인간의 삶을 길들이는 사회적 시스템 자체의 재생산 메커니즘에 의해 파생된 문제라는 차원에서 접근할 때, 페미니즘은 소모적인 순환논리의 한계를 벗어나기 어려운 성대결의 범주를 넘어, 여성과 남성 모두를 포괄하는 제도화된 억압의 양상들에 대한 보다 생산적인 물음의 양식으로 전환될 수 있을 것이다.

이러한 인식을 바탕으로 이 글에서 다루려고 하는 것은 한국의 남성작가들의 작품에서 여성들의 형상—남성적 담론 속에 존재하는 '그녀들'—이 어떻게 나타나고 있는가라는 문제이다. 이러한 접근방식은 어떤 의미에서 페미니즘 소설임을 표방하고 씌어진 대부분의 여성작가들의 작품을 대상으로 할 때보다, 한 사회 내에서 여성과 관련된 이미지들이 어떻게 구성되고 또 그것이 의식적으로든 무의식적으로든 사회구성원들의 내면 속에 어떻게 하나의 고정화된 관념으로 자리잡게 되는지에 대한 보다 다양한 논의를 끌어낼 수 있다는 이점을 가지고 있다. 이른바 페미니즘 소설들이, 여성의 관점에서 여성과 남성의 대립적 관계를 의식적으로 소설의 전면에 부각시키려는 의도로 인해 오히려 그 문제를 둘러싸고 있는 복합적이고도 미묘한 내면적 상황들을 과도하게 단순화시키거나 도식화된 서사구도로 이끌고 가는 경향이 있음을 부정할 수 없다면, 남성작가들의 작품 속에서 표출되는 여성의 이미지는, 여성 밖의 타자이면서 동시에 여성의 내부에서 끊임없이 그녀들의 의식을 간섭하고 지배하는 여성 안의 타자이기도 한 남성들의 내면 속에 무의식적으로 적층되어 있는 남성중심적 이데올로기의 다양한 문화적 편린들을 보여준다는 점에서, 여성작가들의 의식적인 페미니즘 관련 작품들과는 다른, 보다 흥미롭고 시사적인 논의의 지평을 열어 보여준다. 남성이라는 타자화된 시선으로 그려진 여성들의 초상 속에서 우리는 억압적인 성의 분할이라는 제도적 욕망이 남성들의 삶 속에서 여성들과 관련된 어떠한 환상의 기제들을 만들어내고 있는가, 그리고 그러한 환상의 기제들이 어떻게 남성중심의 이데올로기를 보존하고 강화하는 집요한 자명성의 신화로 작용하고 있는가에 대한 의미 있는 논의의 단서들을 끄집어낼 수 있을 것이다.

  그러나 남성작가들의 작품에 나타나는 여성의 이미지를 논의의 대상으로 다루는 것은 결코 간단한 문제가 아니다. 우선 수많은 작품들 가운데 어떤 작품들을 논의의 대상으로 취할 것인가라는 범주설정의 문제가 만만치 않은 부담으로 작용한다. 이러한 범주설정의 문제를 해결하기 위해서는 어쩔 수 없이 작품선택의 기준과 관련해서 논의의 방향을 어떻게 규정할 것인가의 문제가 선행되어야 할 터인데, 이 글에서는 다소 도식적인 감이 없지 않지만, 긍정적 여성상과 부정적 여성상이라는 두 가지 범주로 논의의 방향을 잡아볼까 한다. 물론 이러한 두 가지 논의의 범주는 배타적으로 분리되기보다는 서로 보완적인 관계를 유지하면서, 궁극적으로는 남성작가들의 작품에 나타난 여성의 이미지를 규정짓는 보다 근원적인 인식틀의 문제를 규명하는 방향으로 모이게 될 것이다.

## 2. 희생과 구원, 순결성의 이미지 — 어머니와 누이

남성작가들의 작품 속에서 가장 긍정적으로 표현되는 여성의 이미지
는 두말할 것도 없이 모성의 이미지이다. 가부장적인 사회적 관습 속에
서 어머니들이 감내해내는 고통과 희생의 삶, 그리고 그 어머니들이 자
식에게 보이는 무조건적인 사랑은 많은 남성작가들의 작품 속에서 애정
과 연민이 뒤얽힌 시선으로 그려지고 있다. 이들 대부분의 작품에서 나
타나는 어머니들의 삶은 격동과 파행의 현대사 속에서 이 땅의 어머니들
이 짊어져야 했던 고난과 눈물의 역사와 긴밀하게 연관되어 있는데, 이
러한 역사적 격변기를 시대적 배경으로 한 작품에서 발견되는 특징적인
현상 가운데 하나는, 어머니들이 대개 아버지가 부재한 현실 속에서 가
족의 생계를 부양하는 억척스러운 생활인의 모습으로 그려지고 있다는
점이다. 이를테면 분단상황을 배경으로 한 김원일의 대부분의 작품들에
서 어머니는 본능적인 생존에의 욕구와 더불어 대지와도 같이 현실의 삶
에 굳건히 뿌리를 내리고 있는 철저한 생활인의 모습으로 나타나고 있
다. 그리고 그녀들이 지닌 생존에 대한 거의 본능에 가까운 집착은 현실
의 어떠한 고난 속에서도 굴하지 않고 가족의 생계를 이끄는 그악스럽지
만 건강한 생명력으로 표현된다. 이들 작품에서 아버지가 부재한 상태에
서 가난한 편모슬하의 성장기를 거쳐나가는 어린 소년의 시점으로 그려
지는 어머니는, 역사적인 격변으로 말미암아 가족적 삶의 기반이 심각한
위기의 국면에 처해 있거나 혹은 완전히 거덜이 나 있는 현실 속에서 가
족의 생계를 부양하기 위해 몸과 마음을 아끼지 않고 험난한 생활전선으
로 뛰어드는 억척어멈으로서의 면모를 지니고 있는 것이다. 따라서 편모
슬하의 가족구성원들에게 혼란스러운 시대를 당당하게 헤쳐나가는 어머
니의 모습은 아버지 못지않은, 아니 아버지보다 더 강력한 가부장적 권
위로 다가온다.

그녀들이 우리의 전통적인 가족제도가 요구해왔던 순종적이고 수동적

인 여성의 삶으로부터 그와 같은 억척스럽고 그악스러운 생활인으로 변
모해가는 모습의 이면에는 자식에 대한 어머니의 본능적인 애정이 강하
게 작용하고 있다. 자식들을 이대로 굶겨 죽일 수 없다는 어머니로서의
본능적인 위기감 앞에서, 여성들에게 요구되는 제도화된 삶의 덕목들은
무력화될 수밖에 없는 것이다. 그녀들에게 그들을 둘러싸고 있는 시대적
배경은 역사적인 삶의 현장 이전에 어떻게든 살아남아야 할 생존의 현장
일 뿐이며, 그런 의미에서 그녀들의 삶은 즉자적이고 맹목적인, 그리고
때로는 내 가족의 안위만을 챙기는 가족 이기주의적인 욕망의 한 형태로
나타나기도 한다. 이를테면 『마당 깊은 집』에 등장하는 어머니는 가족에
게 닥쳐오는 위해나 불이익에 대해서는 그것이 하찮은 것일지라도 매우
민감하게 반응하면서, 가족 밖의 삶의 현실에 대해서는 무관심한 태도로
일관한다. 그러나 성인이 된 작중화자의 눈으로 어린 시절의 삶을 그려
나가는 이 작품에서 그러한 어머니의 모습은, 모든 것이 파괴되어버린
황폐한 전후(戰後)의 현실 속에서 행방불명된 남편 대신 나약한 여자의
몸으로 자식들의 생계를 떠맡을 수밖에 없었던 어머니가 나름대로 터득
한 필사적인 생존의 한 방식이라는 차원에서 작중화자의 애정과 이해어
린 시선에 감싸여 있다. 실상 이러한 시대적 배경을 취하고 있는 대다수
의 작품들에서 가족의 생존이라는 좁은 삶의 범주에 갇혀 있는 것으로
나타나는 어머니의 이미지는, 격변하는 시대적 상황 속에서 가족이라는
삶의 울타리를 벗어나 역사의 현장 속으로 뛰어들지도 못하고, 그렇다고
가족적 삶 속에 자신의 뿌리를 내리지도 못한 채 무기력한 정신적 방랑
의 삶을 사는 아버지들의 모습과 극명한 대조를 이루고 있다. 그러나 이
들 작품에서 어머니에게 맡겨진 배역은 여성으로서의 삶이 아닌 아버지
를 대신한 또다른 가부장의 역할이다. 여기에서 아버지 대신 가족의 생
계를 떠맡은 어머니의 역할은, 단순히 한 가족의 삶을 부양한다는 의미
의 차원을 벗어나 격동의 현대사 속에서도 우리 민족의 생존을 지켜온
힘의 근원이라는 의미망을 거느리고 있다. 아버지 부재의 시대에 아버지

의 빈자리를 채우는 어머니의 이미지 속에는 범접할 수 없는 어떤 도덕
적 위엄성까지 내포되어 있는 것이다.

이처럼 특정한 시대적 배경을 취하고 있는 경우는 아니더라도, 남성작
가들의 작품에서 여성이 지닌 모성적 힘을 감동적으로 형상화하고 있는
예는 심심치 않게 발견된다. 이청준의 「눈길」은 어머니에게 내심 "빚이
있을 수 없는 떳떳한 처지"임을 자처하는, 그 때문에 어머니에 대해 냉담
한 태도로 일관해온 아들이 아내와 함께 어머니를 찾아와 하룻밤을 보내
다가 우연히 어머니와 아내 사이의 대화내용을  엿듣게 되고, 그를 통해
자신이 미처 알지 못했던 어머니의 지극한 사랑을 깨닫게 되는 과정을
그리고 있는 작품이다. 아들이 내세우는 '빚'이라는 말에서도 알 수 있
는 것처럼, 어머니에 대한 자신의 처신을 받은 것만큼 되돌려준다는 타
산적인 이해관계의 차원에서 가늠하려는 아들의 다소 얄삽한 현실논리
가 어머니의 과거행적 속에 숨어 있던 아들에 대한 지극한 사랑 앞에서
여지없는 부끄러움으로 무너지고야 만다는 이야기를 통해, 이 작품은 어
머니의 사랑이 현실적인 이해득실의 차원으로 가늠할 수 없는 순수하고
무조건적인 사랑임을  확인케 한다.

김원일의 「목숨」 역시 그와 같은 감동적인 어머니의 사랑을 그리고 있
는 작품이지만, 그 어머니의 사랑이 비극적인 삶의 현실과 강렬한 대비
를 이루는 방식으로 제시됨으로써 모성적 이미지가 좀더 심층적인 의미
로 해석될 수 있는 소지를 제공해준다. 이 작품은 행색이 남루하기 짝이
없는 한 어머니가 죽어가는 어린 아들을 껴안고 이 병원 저 병원을 전전
하다가 결국은 어두운 밤에 또다른 아들인 길수를 데리고 죽어가는 어린
아들을 묻을 곳을 찾아간다는 내용을 담고 있다. 어린 아들을 묻을 장소
를 찾기 위해 미친 듯이 산을 오르던 어머니가 길수를 향해 "길수야, 나
는 이제 저 불빛들이 하나도 부럽지 않다. 그리고 이 세상에 부끄러울 일
이 아무것도 없다. 네 애비가 도둑질을 할 때도, 내가 공사판에서 날품을
팔 때도 왜 그리 세상사람들 보기가 부끄럽던지…… 또 부러운 것은 왜

그리 많던지, 울기도 많이 울었지. 그러나 이제는 아무런 울 일이 없다. 종수를 이 산에 묻으려고 작정을 했을 때부터 도무지 울음이 나오질 않더구나"라고 혼잣말처럼 중얼거리는 대목은, 어머니가 지닌 모성적 사랑과 아무도 그 죽어가는 어린 자식을 받아주지 않는 차가운 현실 사이의 대비를 극명하게 드러내 보인다. 이 작품의 마지막 장면은 이미 품속에서 죽어버린 어린 아들을 묻기 직전의 어머니의 모습을 다음과 같이 감동적으로 묘사하고 있다.

(……) 여주댁은 축 늘어진 종수를 홑이불 속에서 집어냈다. 그러더니 자기의 누비조끼 단추를 풀기 시작했다. 그 속의 스웨터 단추도 열었다. 내의도 가슴 위로 걷어올렸다. 그리곤 종수를 맨살의 가슴에다 어미닭이 병아리를 품듯 다숩게 싸안았다. 여주댁은 목을 꺾어 종수의 얼굴에다 자기 얼굴을 비비며 중얼거렸다. "살아도 한 목숨, 죽어도 한 목숨, 에미가 다시 널 자궁 속에 싸넣으마. 종수야, 생겨나지 않은 목숨으로 그렇게 오래오래 잠들거라."
여주댁은 종수의 싸늘한 입술을 비에 젖은 자기 입술로 비비었다. 그리곤 이미 숨을 거둔 종수의 입술을 혀로 벌려 아직도 종수의 폐 속에 남아 있는 썩은 공기를 몽땅 빨아내듯 숨을 들이켜며 들이켜며 숨가쁘게 젖 빨듯한 시늉을 해댔다.

죽은 자식의 폐 속에 남아 있는 썩은 공기를 숨가쁘게 들이켜는 어머니의 모습은, 모성의 힘으로 어린 아들을 죽음으로 몰아넣은 고통스러운 삶의 현실과 힘겹게 싸우고 있는, 아니 그 어린 자식을 험난한 세상 속으로 밀어놓은 자궁의 힘으로 다시 험난한 세상 속에서 죽어가는 아들을 힘겹게 끌어안으려고 하는 어떤 필사적인 포용의 자세를 보여준다. 이 장면에서 자식의 죽음을 거두는 어머니의 모습은 생명을 파괴하는 현실과 맞서서 망가져가는 여린 생명을 보듬고 품어안으려는 어떤 도덕적 숭

고함마저 느끼게 하는 것이다.

「목숨」과 비슷한 방식으로 모성의 이미지를 그리고 있는 또다른 작품으로 우리는 황순원의 「뿌리」나 「겨울 개나리」 등의 작품들을 떠올릴 수 있을 것이다. 황순원의 경우는 특히 모성의 세계를 즐겨 작품의 소재로 다룬 대표적인 작가라 할 만한데, 그의 작품에서 나타나는 두드러진 현상은 모성의 이미지를 생명파괴의 현실과 대비시켜, 모성의 세계를 생명을 파괴하고 훼손시키는 현실과 맞서는 어떤 생산성의 세계로서, 그리고 더 나아가 모성의 세계가 지닌 이타적인 포용성을 통해 그와 같은 생명파괴의 황폐하고 부정적인 현실을 감싸안고 치유하는 숭고한 도덕적 표상으로 그리고 있다는 점이다. 「뿌리」에서 교회의 허드렛일을 하며 살아가는 교회 아줌마는 갖은 고생으로 쪼그라든 탈바가지 같은 얼굴을 하고 있다. 그 탈바가지 같은 얼굴이 유일하게 웃음을 띠는 것은 어린아이들을 보았을 때다. 전쟁통에 아들을 잃은 것으로 암시되는 그 아줌마를 살아 있게 하는 것은 "아직 이빨도 나지 않은, 또는 위아래 이빨 몇 개씩 난 어린것들의 티없는 웃음과 깨득거리는 소리, 손가락을 입에 물고 되똑되똑 걸어다니는 귀여운 모습"을 상상하는 일이다. 이 작품의 결말은 "잘 여며진 이불 밖에 내의바람인 아줌마가 몸을 꼬부리고 한 손으로 이불 속의 사람을 싸안은 자세로 죽어 있"는 모습을 보고하는 것으로 끝나고 있다. 어두운 밤에 갓난애의 모습으로 자신을 찾아온 죽은 아들의 환영을 보고, 그 아들을 이불 속에 보듬어안은 자세로 죽어 있는 아줌마의 모습은 「목숨」에서 죽은 아들을 자신의 자궁 속으로 밀어넣으려는 여주댁의 모습과 다르지 않다. 결국 모든 생명이 생성되는 원천적인 장소로서의 어머니의 자궁은 생명을 파괴하는 현실 속에서 생명을 지키려는 어머니들의 본능적인 욕구를 표상하는 이미지이기도 하다. 「겨울 개나리」에서 자신과 아무런 연고도 없는 의식불명의 환자를 자식처럼 헌신적으로 돌보는 간호사 아줌마의 모습에서도 우리는 이와 같은 숭고한 모성의 이미지를 발견할 수 있다.

이처럼 남성작가들의 작품에서 모성의 이미지가 단순히 자식을 위해 끊임없는 자기 희생의 삶을 사는 맹목적인 자식사랑이나 자기 자식의 안위만을 추구하는 편협한 가족 이기주의의 범주를 넘어서, 폭력적이고 파괴적인 현실과 대비되는 보다 적극적인 상징성을 부여받고 있는 것은 매우 의미있는 현상이라 아니할 수 없다. 그것은 여성이 지닌 모성적 특성을 남성적 힘에 의해 주도되어온 현실의 여러 부정적인 양상들과 대비시킴으로써 모성적 이미지를 그와 같은 부정적인 현실에 대한 주요한 반성적 기제로 다루려고 하는 작가들의 태도를 반영하는 것이라고 할 수 있기 때문이다.

이처럼 여성성, 혹은 모성성의 이미지가 인간의 삶을 파괴하고 훼손시키는 현실을 부정하는 상징적 장치로서의 의미를 갖는 예는 최인훈의 『광장』이나 이청준의 『인간인(人間人)』 등의 작품들에서도 찾아볼 수 있다. 잘 알려져 있는 대로 『광장』은 여러 차례의 개작과정을 거치면서 주인공인 이명준의 죽음에 새로운 상징적 의미를 부여하고 있는데, 개작과정에서 가장 두드러진 변화 가운데 하나가 주인공 이명준의 죽음과 관련해서 중요한 상징적 장치로 활용되고 있는 두 마리 갈매기의 의미변화이다. 개작 이전에는 이명준이 남쪽에서 사랑했던 여인인 윤애와 북쪽에서 사랑했던 여인인 은혜로 표상되던 갈매기가 개작 이후 은혜와 은혜의 딸을 표상하는 것으로 바뀌었을 뿐만 아니라, 개작된 판본에서 단지 잉태에 대한 암시만 있을 뿐, 은혜의 죽음과 함께 태어나지도 못한 채 죽어버리는 그 새로운 생명이 아들이 아닌 딸로 설정되어 있다는 점도 우리의 특별한 주목을 요하는 부분이라고 할 수 있다. 개작 이전의 갈매기가 지닌 상징적 의미를 통해 이명준의 죽음에 접근할 때, 그의 죽음은 남북한의 양 이데올로기적 체제 속에서 자신의 개인적 이상을 실현하고자 했던 한 근대적 자아의 패배주의적이고 자기 폐쇄적인 파멸의 결과이라는 소극적인 의미의 틀을 벗어날 수 없게 된다. 왜냐하면 윤애와 은혜는 궁극적으로 그 양 체제에 뿌리를 내릴 수 없었던 이명준의 실패한 삶과 깊은 관련을 지니고 있는 인물들이기 때문이다. 그러나 두 마리 갈매기가 상징하는 것이 은혜와 은혜의 딸로 바뀔 경우, 이명준의 죽음은 은혜의 자궁 속에서 잉태된 새로운 생명에의 가능성을 통해 폐쇄적인 의미의 한계를 벗어나 새로운 세대를 향해 열린 어떤 미래지향적 의미를 부여받게 된다. 이러한 개작의 결과는 결국 모성적 이미지를 통해 이명준의 죽음의 의미를 보다 긍정적이고 전향적인 방향으로 몰고 가려는 작가의 의도를 내포하고 있는 것으로 해석되는데, 그런 의미에서 이명준의 죽음의 장소인 바다 또한 그와 같은 모성적 이미지와 긴밀한 연관을 맺고 있다.

i) (……) 명준은 일어나 여자의 배를 내려다봤다. 깊이 파인 배꼽 가득 땀이 괴어 있었다. 입술을 가져간다. 짭사한 바닷물 맛이다. "나 딸을 낳아요." 은혜는 징그럽게 기름진 배를 가진 여자였다. (……) 그 기름진 두께 밑에 이 짭사한 물의 바다가 있고, 거기서, 그들의 딸이라고 불릴 물고기 한 마리가 뿌리를 내렸다고 한다.

ii) 그는 두 마리 새들을 방금까지 알아보지 못한 것이었다. 무덤 속에서 몸을 푼 한 여자의 용기를, 그리고 마침내 그를 찾아내고야 만 그들의 사랑을.

위의 두 구절을 통해서 우리는 바닷속으로 뛰어든 이명준의 죽음이 궁극적으로 모성적 세계로의 회귀라는 의미를 지니는 것임을 시사받을 수 있다. 다시 말해 바다를 이명준의 죽음의 장소가 아닌, 그의 삶이 새롭게 뿌리내린 생성의 공간으로 받아들인다면, 이명준의 바닷속으로의 투신은 결국 바다로 표상되는, 모든 생명의 근원적인 태생지로서의 어머니의 자궁으로 되돌아간 행위로 해석될 수 있는 것이다. 작품 속에서 이명준과 은혜가 사랑을 나누는 동굴 또한 여성의 자궁 이미지와 연결될 수 있다. 은유적인 성향이 매우 강한 이 작품의 결말 부분은 이처럼 정교하게 짜인 메타포들의 촘촘한 그물망을 이루고 있다. "무덤 속에서 몸을 푼 한 여자의 용기"라는 구절 역시 무덤으로 비유된 폭압적인 정치체제와 모성성의 강렬한 대비를 내포하고 있는데, 특히 은혜의 자궁 속에서 잉태된 생명이 아들이 아닌 딸이라는 암시는, 작가가 이명준을 죽음으로 몰아간 폭압적인 체제의 논리 ─ 그 체제를 움직이는 힘이 곧 남성중심적인 권력에의 의지라는 점에서 ─ 를 극복할 수 있는 궁극적 대안으로 내세우고 있는 사랑이 여성성, 혹은 모성성이라는 의미의 범주 안에 놓여 있는 것임을 말해준다. 일제시대로부터 광주항쟁에까지 이르는 역사적 격동기를 시대적 배경으로 남성들간의 치열한 권력쟁탈의 암투를 둘러싼 피해와 가해의 되풀이되는 역사적 순환의 고리를 그리고 있는 『인간인』이 광주항쟁으로 도시가 초토화된 상황 속에서 술집 여인인 난정이 새로운 생명을 분만하는 것으로 결말을 맺고 있는 것도 이와 유사한 의미맥락을 지니는 것으로 볼 수 있다. 실상 인간의 삶이 파괴되고 무고한 인명이 살상되는 폭력적인 역사의 현장을 다룬 많은 작품들이 새로운 생명의 잉태나 탄생의 가능성을 시사하는 것으로 작품을 끝맺는 것은 우리에게 너무나 익숙한 결말처리 방식이다. 두말할 필요도 없이 그와 같은 결말처리 방식 속에는 역사적 파괴에 대한 대안으로서의 모성이라는, 남성중심 사회가 만들어낸 모성성의 신화가 면면히 이어져 내려오고 있다.

이청준의 또다른 작품인 「가해자의 얼굴」은 1980년대를 배경으로 아버지세대와 자식세대간의 이념적 갈등의 한 양상을 그리고 있는데, 이 작품에서 흥미를 끄는 것은 통일문제를 둘러싼 아버지세대와 자식세대간의 이념적 갈등이 아버지와 아들이 아닌, 아버지와 딸이라는 관계설정을 통해 그려지고 있다는 점이다. 여기에는 아마도 아버지와 아들의 관계가 가부장적 권력의 세습이라는, 다시 말해 남성중심적 권력의 세대적 이양이라는 힘의 논리로부터 자유로울 수 없다면, 아버지와 딸의 관계는 그와 같은 권력의 역학관계에서 오는 심리적 부담으로부터 상대적으로 자유로울 수 있다는 작가의 어떤 무의식적인 계산이 내재되어 있을 것이다. 전통적인 가부장 제도하에서 아버지와 아들의 관계가 남성중심적 권력의 세습이라는 사회적 규범 속에서 권력에의 의지를 중심으로 회전하는 기득권 쟁탈의 논리를 벗어나기 어렵다면, 아버지와 딸의 관계는 그러한 남성중심적인 권력세습의 논리로부터 상대적으로 자유로운 위치에 놓여 있다고 할 수 있다. 그런 의미에서 이 작품에 나타나는 아버지와 딸이라는 관계설정의 이면에는 아버지세대와 자식세대간의 이념적 갈등을 힘의 논리에 바탕을 둔 극단적인 대립의 양상이 아닌 화해의 양상으로 이끌고 가려는 작가의 의지가 숨어 있는 것으로 볼 수 있을 것이다. 특히 이것은 가해와 피해로 점철된 역사적 순환의 고리를 끊는 방식으로 용서와 화해라는 소설적 테마를 반복해서 다루어온 이청준이, 그 용서와 화해의 길을 모색하는 방법의 하나로 여성 내지는 여성성의 이미지에 중요한 의미를 두고 있음을 보여주는 한 예로 거론할 수 있을 것이다.

윤흥길의 「장마」 역시 인간의 삶이 파괴되고 무고한 인명이 살상되는 폭력적인 역사의 현장 속에서 여성이라는 매개를 통해 용서와 화해의 길을 모색하는 작품의 한 예로 거론할 만하다. 이 작품에서 인민군과 국방군이라는 각기 다른 진영에 소속된 아들을 둔 할머니와 외할머니 사이의 불화는 아들들간의 이념적 대립이 어머니들 사이의  미묘하고도 배타적인 감정적 반목으로 전이된 결과라고 할 수 있다. 그러나 이 작품에서 자식에 대한 어머니의 맹목적이고 배타적인 집착이 이끌어낸 그와 같은 불화는, 마침내 자신의 자식만이 아니라 남의 자식의 불행마저도 끌어안으려는 모성적 포용력을 통해 화해의 결말을 이끌어낸다. 그 화해의 과정 속에서 중요한 역할을 하는 것이 바로 '한'의 정서와 그 한을 해소하는 방법으로서의 샤머니즘인데, 이 작품에서 한의 정서는, 들끓는 역사적 현장의 주변에서 한 남자의 아내로, 혹은 어머니로서 이 땅의 여성들이 짊어질 수밖에 없었던 수난과 인고의 삶이라는 정서적 동질성을 통해, 남편이나 아들들이 이끌어온 대립과 반목의 역사를 치유와 용서의 역사로 끌어안는 모성적 포용력의 근본바탕을 이루는 것으로 제시되어 있다.

즉 이들 남성작가들의 작품에서 여성, 혹은 여성성이 부패하고 타락한 현실에 대한 주요한 대타적 반성의 기제로서 의미를 갖는 것은, 그와 같은 타락한 남성중심적 권력의 장으로부터 배제되고 소외된 삶을 살아온 여성들의 사회적 위상과 긴밀한 연관을 맺고 있는 것이다.

모성성의 이미지와 더불어 남성작가들의 작품에서 나타나는 긍정적 여성상의 또 한 예로 주목할 수 있는 것이 누이의 이미지이다. 성적 욕망의 대상이 아니라, 타락한 욕망의 세계로부터 지키고 보호해야 할 대상으로서의 누이의 이미지는 이들의 작품에서 대개의 경우 어떤 순결성의 표상으로 나타나고 있다. 따라서 순결성을 잃고 망가지거나 타락해가는 누이의 모습은, 남성작가들의 작품 속에서 도덕적 가치가 부패하고 파괴되어가는 세계의 폭력성을 드러내는 상징적 장치로 기능한다. 그 대표적인 예를 우리는 김승옥의 작품들에서 찾을 수 있는데, 예를 들어「乾」이나「염소는 힘이 세다」「누이를 이해하기 위하여」등의 작품들에서 누이의 순결을 빼앗는 것은 탐욕과 이기적 폭력으로 이루어진 세속적 남성들의 세계이다.「乾」에서 윤희누나가 형들의 패거리에 의해 결국은 순결을 잃게 될 것이라는 예감은, 작중화자인 어린 '나'가 성장하면서 눈뜨게 되는 이 세계의 보이지 않는 폭력적 징후들에 대한 인식과 긴밀하게 맞물려 있다. "윤희누나가 그 한복차림 때문에 물이 증발하듯이 어디론가 스스로 날아가버릴 것만 같은" 어린 화자의 느낌 속에는, 어린 화자가 미영이와 하얀 크레용으로 하얀 벽에 그림을 그리던 그 집이 지금은 빈집으로 남아 있다는 사실과 더불어, 이 세계 속에서 순결한 삶이란 근본적으로 불가능한 것이라는 작가의 비관적인 현실인식이 내포되어 있다. 또한「염소는 힘이 세다」에서, 마치 염소의 연약한 울음소리처럼 반복해서 들려오는 '염소는 힘이 세다'라는 말은 '그러나 염소는 오늘 아침에 죽었다'라는 말 속에 함축된 서사의 라인을 따라가고 있다. '염소는 힘이 세다'라는 말이 작품 속에서 계속 이명음처럼 들려옴에도 불구하고 소설은 꽃장사를 하며 가난한 식구들을 먹여살리던 작중화자의 누이가

"수염이 시커멓고 살갗이 시커멓고 가슴이 떡 벌어졌고 키가 크고 손이 큰 남자들"에 의해 겁탈을 당한 뒤, 그 대가로 버스차장이라는 일자리를 얻게 되는 현실을 따라가고 있는 것이다. 혹은 「누이를 이해하기 위하여」에서의

> 누이는 도시로 갔었다. 어머니와 내가 누이를 도시로 보냈었다. 그리고 며칠 전 갑자기, 거진 이 년 만에 이곳으로 다시 돌아왔었다. (……) 그러나 도시에서는 항상 엉뚱한 일이 일어나는 모양이었다. 어떠한 일들이 누이를 할퀴고 지나갔었을까, 어떠한 일들이 누이를 빨아먹고 갔었을까, 어떠한 일들이 누이를 찢고 갔었을까

라는 구절들 역시 순결하지만 세상의 폭력 앞에 무방비상태로 노출되어 있는 나약한 누이의 이미지를 통해 남성중심적인 힘의 논리에 의해 움직여지는 이 세계의 부정한 모습을 극명하게 드러내고 있다. 결국 이들 작품에서 누이는 강한 남성성과 대립하는 약한 여성성의 이미지를 통해 남성적인 힘의 논리가 지닌 부도덕성에 대한 도덕적 성찰을 이끌어내는 비유적 매개체로 작용하고 있지만, 동시에 약한 여성성의 이미지를 통해 보호받아야 할 대상으로서의 수동적 지위를 벗어나지 못함으로써, 여전히 남성중심적 힘의 논리 안에 갇혀 있는 모습으로 등장한다.

이처럼 남성작가들의 작품에서 남성중심적 세계의 부정적인 측면들을 반성적으로 드러내기 위한 소설적 전략으로서 여성이 지닌 어떤 특성들이 중요한 의미를 갖는 것으로 나타나고 있기는 하지만, 그러한 긍정적 여성상의 이면에는 여성을 바라보는 관점의 층위에 따라 이질적으로 교차되는 매우 착잡하고도 미묘한 음영이 드리워져 있다. 그 한 예로 최인훈의 『광장』을 살펴보자. 이 작품에서 작가가 부정적 현실에 대한 궁극적 대안논리로 내세우고 있는 모성적 사랑이, 남성중심적 이데올로기와 적극적으로 맞부딪히는 현실논리의 층위에서가 아니라 그 이데올로기적

현실을 비껴가는, 다시 말해 어머니의 자궁이라는, 이데올로기 이전의 원초적 공간설정을 통해 다분히 관념적인 방식으로 제시되고 있다는 점을 먼저 지적할 수 있을 것이다. 따라서 이 경우 모성적 사랑이라는 대안은, 그것이 지니는 긍정적 상징성에도 불구하고 남성중심적인 현실논리의 내부로 뚫고 들어가기보다는 여전히 그 논리의 바깥에서 하나의 추상의 형태로 남아 있을 수밖에 없다.

뿐만 아니라 이 작품에서 작가가 윤애와 은혜를 작품 속에 등장시키는 방식 또한 작가가 여성을 바라보는 관점이 현실의 층위와 관념의 층위에서 각기 이질적인 형태로 착잡하게 뒤얽혀 있음을 보여준다. 작품 속에서 남한과 북한 그 어느 쪽에도 적응하지 못한 이명준의 실패한 삶에 대한 심리적 보상으로서의 윤애와 은혜는 언제나 이명준이라는 남성의 시각을 통해서만 서술되고 있다. 따라서 윤애와 은혜에 대한 서술은 근본적으로 이명준이라는 남성적 관점의 틀에 의한 일방적인 인식의 한계를 거의 벗어나지 못한다. 주체적 존재로서의 자기 목소리를 빼앗긴 채 남성중심의 독점적인 담론체계 안에 갇혀 있는 윤애와 은혜는 개인의 주체적 자아실현이라는 근대적 모험의 길에 올랐던 문제적 주인공 이명준의 사회적 실패를 보상해주는 수동적인 여성의 역할에 머물러 있는 것이다. 이명준이 자신과의 육체적 접촉에 소극적인 윤애에 대해 "무슨 힘으로써도 꺾을 수 없는 단단한 미신. 몇만 년 내려 쌓여온 그녀의 세포 속, 타부의 비계살"이라고 말하며 윤애의 의식을 사로잡고 있는 순결 콤플렉스에 강한 거부감을 드러내 보이는 것이나, "세상에 태어나서 지금 이 자리에서 처음으로 진리의 벽을 더듬은 듯"한 마음으로 은혜의 다리를 어루만지면서 "나에게 남은 진리는 은혜의 몸뚱어리뿐"이라고 말하는 것에서 우리가 발견하게 되는 것은 여성에 대한 남성적 욕망의 매우 일반화된 전형이다. 이명준에 의해 순결 이데올로기에 사로잡혀 있는 것으로 여겨지는 윤애와 달리, 이명준에게 매우 순종적인 태도를 취하는 은혜역시 남성이 여성에게 요구하는 순결성에의 요구로부터 자유로운 존재가 아니다. 단지 은혜를 윤애와 구별짓는 것은 그 순결성이 이명준의 독점적 소유하에 놓여 있다는 사실 정도일 것이다. 따라서 은혜의 몸에 대한 이명준의 집착은 이명준의 "그녀는 은혜다. 내 거다"라는 말이 보여주듯 근본적으로 은혜의 순결성을 자신의 담보물로 소유한 상태에서 이루어지는 것이다. 물론 은혜의 몸에 대한 명준의 집착은 이명준에게 남은 유일한 진리로서의 구원의 여성성이라는 상징적 의미를 지니는 것이고, 여기에서 우리는 남성 중심의 상징적 질서와 대비되는 상상적 몸의 세계라는 라캉식의 구도를 통해, 이데올로기의 바깥을 지향하는 작가의 현실에 대한 진지한 낭만적 성찰의 자세를 읽을 수 있다. 그러나 관념의 층위가 아닌 현실의 층위에서 좀더 실감나게 들려오는 것은 "나는, 밖에서 졌기 때문에, 은혜에게 이처럼 매달리는 걸까. 이긴 시간에도 여자에게 이토록 사무치는 마음을 가질 수 있을까. 아마 없을 테지"라는 이명준의 독백이다. 이 말 속에 힘의 우위에 바탕을 둔 남성적 질서에 대한 일정한 반성적 인식이 내재되어 있음을 부정할 수 없다. 그러나 그럼에도 불구하고 이명준의 독백 속에서 여성에 대한 남성적 지배라는 이데올로기적 논리가 여전히 작동하고 있음 또한 부정할 수 없다. 이처럼 현실의 상징적 질서에 대한 비판적 성찰이 작품을 이끄는 근본동력으로 작용하고 있는 경우에도, 여성인물들의 위치는 대부분 남성중심적인 체제가 만들어낸 여성에 대한 일반화된 담론의 틀을 거의 벗어나지 못한다. 긍정적인 여성상이 작품에서 중요한 역할을 담당하는 경우라 할지라도, 그와 같은 여성상이 남성중심적인 사고의 근본적인 한계를 벗어나기 어렵다는 점은 실상 최인훈뿐만 아니라 대부분의 남성작가들의 작품에서 발견되는 하나의 보편적인 현상이라고 할 수 있는 것이다.

## 3. 성(聖)과 성(性) — 남성적 환상 속의 여성

장정일의 『너에게 나를 보낸다』나 『너희가 재즈를 믿느냐』 등의 작품들, 혹은 윤대녕의 일련의 단편들과 장편들은 여성을 바라보는 남성중심적인 담론의 본질을 보다 심층적인 차원에서 살펴보기 위해 우리가 주목할 수 있는 작품의 예들이다. 특히 윤대녕과 장정일의 경우에는 여성을 다루는 태도에 있어 여러 면에서 두드러진 차이점을 보여주고 있는데, 단순화시켜서 말한다면 그 차이는 이른바 성(聖)과 성(性)이라는, 남성작가들이 여성을 바라보는 관점의 대표적인 두 가지 유형으로 요약되는 것이라고 할 수 있다. 먼저 장정일의 작품들을 논의의 대상으로 취해보자.

다 알려져 있다시피 장정일은 그가 다루고 있는 첨단적인 소재와 기존의 소설문법을 과감히 깨뜨리는 실험적 글쓰기에 의해 젊은 세대가 향유하는 새로운 문화감각을 가장 첨예하게 드러내 보이는 작가로 간주되어 왔다. 확실히 장정일의 작품들은 첨단적인 소비문화의 세례를 받으며 성장한 인물들의 삶의 풍속도를 극명하게 드러내고 있는 것처럼 보인다. 특히 그의 작품에서 인물들간의 관계맺음에 가장 중요한 역할을 하는 것이 바로 性(sex)인데, 기존의 성적 금기에 얽매이지 않는 직접적이고 자유분방한 성묘사는 장정일의 작품에서 나타나는 가장 특징적인 현상 가운데 하나라고 할 수 있다. 그것이 만나자마자 이루어지는 돌발적인 성행위이든, 끊임없이 작중인물들의 의식을 사로잡고 있는 성적인 환상이든, 그의 작품에서 작중인물들의 만남은 거의 예외없이 성적 욕망을 중심축으로 회전하고 있는 양상을 보여준다. 그런데 장정일의 작품에서 흥미로운 것은 작중인물들의 성관계에 있어 적극적이고 능동적인 역할을 담당하는 것이 대부분 여성들이라는 점이다. 그의 작품에서 남자주인공들은 정도의 차이는 있을지라도 대부분 사회에 대한 부적응증을 안고 살아가는 무기력하고 왜소한 인물들로 그려지는 반면, 여성들은 세속적인 욕망의 실현에 대한 의지가 강하고, 그 욕망의 실현을 위해 여성이라는 자신의 신체적 조건을 거리낌없이 활용하는 인물들로 등장한다. 장정일의 작품에서 작중여성들이 지닌 뛰어난 몸매와 '아무에게나 몸을 내주는' 그녀들의 자유분방한 성행위는, 그와 같은 세속적 욕망실현을 위한 중요한 무기인 것이다. 무기력하고 수동적인 남자와 강하고 능동적인 여자라는 대립구조는 장정일의 소설이 보여주는 파격적인 실험적 요소들에도 불구하고 실상은 다분히 상투화된 도식이라고 할 수 있다. 단적으로 말해서 장정일의 작품에서 나타나는 새로움은 표피적인 감각의 새로움일 뿐이며, 작품 내부에서 작동하고 있는 것은 여전히 삶을 바라보는 보수적 관점의 틀을 크게 벗어나지 못하고 있는 것으로 보인다. 남녀 주인공들 사이에서 벌어지는, 윤리적 금기에 구애받지 않은 자유로운 성행위에도 불구하고, 장정일의 작품에서 젠더로서의 성에 관한 보수적인 관념은 여전히 작품의 이면에서 작중현실을 바라보는 작가의 기본적인 시각으로 작용하고 있는 것이다. 약한 남자 / 강한 여자의 도식에도 불구하고 그의 작품에서 여성은 언제나 주체의 목소리를 지니고 있지 못한, 다시 말해 남성이라는 타자의 프리즘을 통해서만 자신의 존재성을 부여받을 수 있는 남성독점적인 담론의 피사체로 등장한다.

장정일의 작품에서 여성의 능동적인 성역할은, 그것이 남성이 지닌 능력이나 힘에 의존하는 여성의 세속적 욕망의 추구라는 형태를 취하고 있다는 점에서 궁극적으로 남성에 예속되어 있는 수동적인 성의 차원을 넘어서지 못한다. 약한 남자/강한 여자의 도식 뒤에서, 여성을 남성의 성적 욕망의 도구적 존재로만 인식하는 태도, 혹은 여성을 자립적 정체성을 추구할 정신적 능력이 결여된 육체적 존재성의 차원으로 끌어내리려는 남성의 여성에 대한 뿌리깊은 성적 편견을 발견하는 것은 그리 어려운 일이 아니다. 장정일의 작품에서 남자주인공들이 여성을 바라보는 시선은 몸이라는 경계선 너머로 나아가지 않는다. 여성의 정체성을 규정짓는 것은 곧 남성들에게 성적인 환상이나 욕망을 불러일으키기도 하고, 또 그 욕망을 실현할 사회적인 지위를 확보하고 있지 못한 무기력한 남성들에게 한없는 절망감을 안겨주기도 하는 여성의 몸인 것이다. 여성의 아름다운 몸에 대한 신화는 결국 여성을 물신화된 성의 세계 속에 가두어 두려는 억압의 신화에 다름아닌 것이다.

윤대녕의 작품에서 나타나는 여성의 이미지는 장정일의 경우와 매우 흥미로운 차이점을 보여주고 있다. 여성을 영혼이 결락된 도구적 성의 이미지로 비하하는 것 못지않게 여성의 이미지를 신비화된 성(聖)의 베일로 감싸는 것 또한 남성중심적인 사회에 의해 만들어진 여성적 신화의 대표적인 요소라고 할 수 있다면, 윤대녕의 작품들은 후자의 전통에 속해 있는 경우라고 말할 수 있다. 윤대녕의 작품에서 여성들은 남자주인공들로 하여금 삶의 어느 한순간 지금/여기가 아닌 다른 세계, 어떤 알수 없는 비밀통로에 의해 이 세계와 연결되어 있으면서, 동시에 이 세계를 끊임없이 비껴가는 탈일상화된 세계의 존재를 감지케 하는 중요한 매개로 등장한다. 이 세계가 아닌 또다른 세계의 문을 여는 하나의 상징적 출구로서의 윤대녕의 여성 이미지는 일상과 비일상의 경계선에서 끊임없이 흔들리고 있다. 남자주인공은 어느 날 우연히 낯선 여자를 만난다. 그 여자는 남성을 유혹하는 성적 매력을 통해서가 아니라, 그녀가 지닌 무언가 다른, 일상적인 감각으로는 이해할 수 없는 기묘한 존재이탈의 분위기로 남자주인공의 시선을 끌어당긴다. 그리고 그 여성이라는 매개를 통해서 남자주인공들은 어느 순간 이 세계와는 다른 미지의 세계가 자신을 호명하는 소리를 듣는다. 그러다가 그 여자는 어느 날 홀연히 이세계에서 자취를 감춰버린다. 윤대녕의 작품들은 대부분 그렇게 홀연히 자취를 감춰버린 여자의 흔적을 쫓는 남자주인공의 행적을 담고 있다. 윤대녕의 소설에서 여자주인공들을 둘러싸고 있는 모호한 존재이탈의 분위기는 그녀들에게 이 세상의 존재가 아닌 듯한 신비로운 탈속(脫俗)의 이미지를 부여한다. 그의 소설에서 여성들은 남자주인공이 속해 있는 일상세계와는 다른 일종의 근원적인 세계에 속해 있는 붙잡을 수 없는 환영과도 같은 존재들이며, 그런 의미에서 그녀들은 육체적인 성적 욕망

의 대상 이전에 어떤 영적 교감의 대상으로 다가오는 인물들이다. 윤대
녕은 여성인물들을 묘사할 때 대개 그녀들의 몸 대신에 그녀들이 입고
있는 옷차림에 보다 세심한 주의를 기울이는데, 그의 작품에서 그러한
옷차림에 대한 묘사는 그녀들의 환영과도 같은 모호한 정체성을 보다 강
하게 인상짓는 효과를 가져온다.

또한 그의 작품에서는 남자주인공들이 여성과 성행위를 벌이는 장면
에서도 관능적인 육체성의 탐닉에 대한 직접적인 묘사는 철저하게 배제
되어 있다. 그것은 오히려 상처받은 영혼들 사이의 어둡고 메마른, 그러
면서도 영혼의 갈증을 치유하는 필사적인 결합의 몸짓과도 같은 분위기
를 지니고 있다. 그 때문에 남성과의 성행위에도 불구하고 윤대녕 소설
속의 여성들은 여전히 동정녀와도 같은 순수한 처녀성의 이미지로 우리
에게 다가온다. 이처럼 탈일상화된 신비에 감싸여 있는 여성의 이미지는
실존의 영역이 아닌, 추상의 영역에 속해 있는 것이다. 그것은 작가의 현
실일탈의 욕망 속에서 구성된 하나의 관념적 여성상이라고 할 수 있다.
그런 의미에서 윤대녕이 그의 작품 속에서 추구하는 것은 여성 그 자체
가 아닌 보다 근원적인 여성성의 이미지들인 것처럼 보인다. 우리는 여
기에서 세속적 현실로부터 벗어나 순수하고 원초적인 영혼의 세계로 낭
만주의자들을 인도했던 저 성스러운 신비에 감싸인 구원의 여성상, 즉
이상의 세계를 향한 갈망과 좌절의 상징적 표상으로서의 여성성의 이미
지들을 떠올릴 수도 있을 것이다. 물론 탈속화된 신비의 여성성을 추구
하는 이와 같은 욕망 속에는 남성적인 힘의 논리에 의해 지배되는 남성
성의 세계에 대한 남성들 스스로의 깊은 환멸의 체험이 도사리고 있을
것이다. 그러나 남성들이 만들어낸 이러한 탈속화된 신비의 여성상 속에
서 실존적 주체로서의 여성은 여전히 이미지의 주체적인 생산자가 아니
라, 남성적 환상이 만들어낸 이미지를 자기 이미지로 수용하는 수동적
대상의 자리로 밀려나 있다. 여성이 겪는 현실적인 삶의 지평이 배제된,
관념적, 혹은 미적 순수성 속에서의 여성성의 세계, 그것은 결국 남성중

심적인 사회 속에서 구성된 여성에 대한 또다른 억압의 신화라고 해야
할 것이다.


## 4. 남성이라는 제도적 한계

지금까지 살펴본 작품들에서 나타나는 여성들의 형상은 긍정적인 것
이든 부정적인 것이든 대개가 남성화자의 시점에서 여성을 바라보는 담
론의 틀을 크게 벗어나지 않는 것들이었다고 할 수 있다. 그러나 남성작
가들의 작품 가운데는 간혹 남성화자의 시점이라는 제한된 소설적 틀을
벗어나려는 시도를 보여주는 예도 있다. 그 대표적인 작품이 김원우의
『세자매 이야기』의 표제작인 「세자매 이야기」와 「그림 밖의 풍경」이라고
할 수 있다. 이들 작품에서 김원우는 남성작가로서는 이례적으로 여성의
입장에서 여성화자의 목소리를 통해 남성중심적인 사회현실에서 겪는
여성들의 다양한 삶의 균열양상들을 그려 보여주고 있다. 그의 작품들
속에서 등장하는 대부분의 여성들은 잡다하고 세속적인 일상 속에서, 주
위 남성들과의 관계맺음을 통해 소리없이 마모되고 훼손되어가는 불행
한 삶을 살고 있다. 특히 그의 작품에서 두드러지게 나타나는 것은 결혼
이라는 제도가 여성들에게 강요하는 인내와 희생이라는 덕목이 여성들
의 삶에 가하는 심각한 억압의 양상들이다. 그의 작품 속에서 결혼을 했
든 하지 않았든 여자주인공들을 공통적으로 억누르고 있는 것은, 결혼이
라는 제도의 내부에 도사리고 있는 남성중심적인 사회적 관습들이다. 이
를테면 「세자매 이야기」에서 독신으로 살아가는 명혜의 불안정한 삶이
나, 결혼생활에서 순간순간 보이지 않게 허물어져가는 자기 정체성의 위
기를 체험하는 작중화자의 삶 모두 결혼이라는 제도적 굴레가 여성에게
가하는 억압에 대한 자각과 깊이 맞물려 있다. 그러나 이들 작품에서 김
원우는 남편의 불성실하고 이기적인 삶의 태도에 의해 거짓과 허위에 짓

눌린 불행한 결혼생활을 감내해나가는 여성들의 삶을 리얼하게 그려나가면서도, 남성들을 일방적인 공격의 대상으로 몰아붙이지는 않는다. 이들 작품들에서 여성화자의 시선을 통해 포착된 남성들 역시도, 일상생활을 지배하는 보이지 않는 제도적 관습에 얽매여 왜소하고 보잘것 없는 자기 기만의 허구적 삶 속에서 허우적거리는 무기력한 존재들일 뿐이다. 따라서 이들 작품은 남성들 또한 그들이 남성으로서 누리는 상대적인 기득권에도 불구하고, 남성위주의 사회가 그들에게 강요하는 억압의 무게로부터 결코 자유롭지 못한 존재들이라는 사실을 일상사의 잡다한 세목들을 고지식할 정도로 집요하게 파고드는 김원우 특유의 꼼꼼한 문장들을 통해 파헤쳐 보여준다.

그러나 일방적인 남성적 관점에 바탕을 둔 것이든 여성이 놓여 있는 삶의 현실에 대한 보다 이해어린 시각을 담고 있든 것이든, 혹은 여성이 긍정적인 이미지로 그려져 있든 부정적인 이미지로 그려져 있든, 남성작가들의 작품에서 여성들의 이미지가 어떻게 형상화되고 있는가를 살펴보는 과정에서 근본적으로 문제가 되는 것은, 여성에 대한 그와 같은 이미지들이 남성들의 여성에 대한 보편적인 관점을 구성하는 보다 심층적인 사회 역사적 인식틀과 어떤 방식으로 연결되어 있는지를 밝히는 일일 것이다. 이를테면 어머니의 고난에 찬 삶에 대한 깊은 연민의 시선을 드러내 보이는 작품들의 경우에도, 남성작가들의 시선이 어머니의 그러한 삶을 가능케 한 제도적이거나 관습적인 모순에 대한 근본적인 인식으로까지 뻗어나가는 예를 발견하기란 쉽지 않다. 또한 모성 이미지에 대한 강한 정서적 친연성을 보여주는 작품들에서도, 남성작가들에 의해 그려진 모성성의 이미지가 현실 속에서 여성이 겪는 고통의 사회적 기반이나 원인에 대한 적극적인 탐색을 향해 열려 있는 경우 또한 발견하기 어렵다. 모성성의 이미지는 다만 현실의 부정성을 드러내거나 그것을 화해지향적인 방식으로 극복하는 효과적인 서사적 장치라는 그 자체의 자족적인 의미의 범주에 갇혀 있는 경우가 많은 것이다. 실상 김원일이나 황순원 등의 작품들에서 모성성의 이미지에 대한 긍정적 서술 못지않게 두드러지는 것은 건강한 가부장적 힘으로서의 부성성의 세계에 대한 정서적 친화감이다. 이것은 이들의 작품에서 현실에 대한 반성적 성찰의 기제로서의 모성성, 혹은 여성성이라는 개념이 남성중심적인 힘의 논리를 근간으로 하는 제도적 현실 그 자체를 부정하는 근본적인 문제제기의 성격을 지니는 것은 아님을 의미하는 것이다. 이것은 아마도 남성작가들의 작품에서 나타나는 여성 이미지의 근저에 완강하게 도사리고 있는 넘어설 수 없는 심리적 한계라고 해야 할 것이다. 따라서 우리에게 진정 필요한 것은 남성작가들의 작품에서 나타나는 이러한 한계를 일방적으로 비판하거나 매도하기보다는, 여성에 대한 그와 같은 완강한 남성중심적 관점의 틀을 형성해내는 사회내부의 근원적인 제도적 작용력을 문제삼는 일이다. 왜냐하면 그러한 한계는 각각의 남성작가들, 혹은 남성작가들의 작품에서 나타나는 각각의 여성 이미지들 속에 내포된 개별화된 한계 이전에, 내면화된 풍속의 차원에서 사회 내부에 적층되어온 제도적 현실 그 자체 속에 도사리고 있는 한계에 속하는 것일 터이기 때문이다. (1997)

# 전통적 가족관계의 변화와 개인의식의 성장

'효(孝)'라는 유교적 덕목을 바탕으로 한 한국의 전통적인 대가족제도는 가장에게 부여된 절대적인 권위에 의존하는 혈연적 응집력이 매우 강한 제도이다. 유교사회에서 인륜의 근본으로 인식된 효는 가족구성원들의 삶을 철저한 상하관계로 통제함으로써 가족 내부의 위계질서를 유지하는 강력한 이념적 수단이었을 뿐만 아니라, 궁극적으로 그것은 '충(忠)'이라는 도덕적 규범에 의해 관리되는 보다 확장된 위계질서를 위한 중요한 제도적 기반을 제공해주었다. 한 사학자의 말에 따르면, "소위 치국(治國)은 먼저 제가(齊家)에서 출발하여야 한다는 사상은 집이 국가의 유일한 단위라는 것과 치국의 원리는 제가의 원리의 연장이라는 의미를 내포하고 있는 것이다. 한편 집은 국가의 근본이기도 하기 때문에 치가(治家)한다는 것 그 자체가 치국이 된다는 사상도 나오는 것이다."[1] 가

---

1) 최재석, 『한국가족연구』, 민중서관, 1970, 256쪽.

족과 국가가 동일한 형태의 위계질서에 의해 유지되는 이러한 사회는 결국 집단의 이념이 개인의 소망을 압도하는 강한 집단주의적 성격을 지닐 수밖에 없다. 특히 개인이 한 가족의 구성원으로 성장해가는 과정이 그 가족이 속해 있는 사회의 보편적인 이념을 풍속의 차원에서 내면화해가는 과정이라고 한다면, 전통사회가 지녔던 강력한 혈연공동체적인 가족관계는 그와 같은 과정에서 일어날 수 있는 개인의 저항을 최소화함으로써, 개인을 특정사회의 구성원으로 관리하고 통제하는 데 매우 유용한 기능을 담당했다고 할 수 있다.

유교제도의 붕괴에도 불구하고 전통적인 대가족제도에 바탕을 둔 가족개념은 상당히 오랫동안 우리 사회의 관습화된 삶의 형태로 남아 있었다. 제도의 붕괴와 풍속의 교정 사이에는 항상 어느 정도의 시차가 존재하기 때문일 것이다. 서양의 근대문물이 밀려들어오기 시작하던 식민지 시대에 이광수를 비롯한 몇몇 지식인들에 의해, 개인의 자유로운 선택에 의한 결혼과 자녀중심적 가족관계 등을 내용으로 하는, 전통적인 가족관계의 탈피와 새로운 풍속의 변화가 주창되기는 했지만, 그것이 소수의 사람들에 의해 주도되는 선구적인 주장이나 신문지상에 오르내릴 만한 특수하고 개별적인 사례의 범주를 뛰어넘어 사회구성원들의  보편화된 삶의 양식으로 정착하는 데는 상당한 시일이 필요했다. 6·25전란이 초래한 가족의 파괴 또한 가족구성원들의 죽음이나 실종 등에 의한 가족의 물리적인 이산(離散)이라는 외적인 손상에 그쳤을 뿐, 가족 내부의 전통적인 혈연적 결속력 자체에 심각한 훼손을 가져왔다고 보기는 어렵다. 오히려 가족구성원들의 의지와는 상관없이 가족 바깥의 물리적인 파괴력에 의해 초래된 가족의 해체라는 예기치 않은 불운은, 저 이산가족찾기운동의 뜨거운 열기가 말해주듯, 가족의 구성원들에게 가족 내부의 보이지 않는 혈연적 결속력을 더욱 절박하고 강렬한 것으로 체험케 하는 계기를 제공해주었다고 말해야 할 것이다.

한국의 전통적인 가족관계가 지닌 내부적 결속력이 보다 심각한 변질의 위기에 직면하게 되는 것은 아마도 우리 사회가 산업사회로의 발전과 정에 보다 적극적으로 진입하게 되면서부터라고 할 수 있을 것이다. 가족구성원들을 응집시키는 이념적 중심으로서의 가부장적인 가치관이 여전히 그 완강한 힘을 행사하고 있을지라도, 집단적 규범의 강박으로부터 떨어져나온 개인의 욕망을 제도적 추동력의 근간으로 하는 산업사회적인 생활양식이 확산됨에 따라, 한국 사람들의 보편적인 삶의 방식이 대가족 중심에서 핵가족 중심으로 바뀌면서 가족구성원들을 연결하는 관계의 질적인 변화가 일어나게 된 것이다. 집단화된 삶의 양식이 무너지고 개인주의적인 삶의 양식이 보편화되어가는 현실 속에서, 개인의 욕망이 집단의 관습화된 규율과 심각한 마찰을 빚게 되는 최초의 장소인 가정은 이제 강한 결집력을 지닌 혈연공동체가 아니라, 가족 개개인의 엇갈린 욕망이나 이해가 보이지 않게 갈등하거나 충돌하는 장소로 변모하게 되는 것이다. 가정이 더이상 개인의 삶을 효율적으로 통제할 수 있는 사회의 최소집단으로 기능할 수 없게 된 상황에서, 가족 내부의 불화가 가장 전형적으로 나타나는 것은 부모세대와 자식세대간의 갈등을 통해서이다. 1980년대에 들어 폭발적으로 터져나온 사회변혁에의 욕구는 산업화의 과정에서 생겨난 그와 같은 세대간의 갈등에 보다 예각화된 정치사회적 의미를 부여한다.

이러한 현실 속에서 한국의 작가들이, 거대한 역사적 압력 및 사회적 상황의 변화에 의한 가족관계의 훼손이나 가족구성원들간의 갈등, 혹은 그와 같은 가족 내부에서의 개인의 성장과정을 즐겨 창작의 대상으로 다루는 것은, 개인과 사회와의 관계변화가 지니는 사회적 메커니즘의 양상을 보다 구체적이고 일상화된 삶의 현장을 통해 드러낼 수 있다는 점에서 그 의미가 있다고 할 수 있다. 한국문학에서 나타나는 한 두드러진 특징은 개인의 삶을 그가 소속된, 혹은 그의 삶을 둘러싸고 있는 사회집단들과의 긴밀하고도 역동적인 관계망 안에서 파악하려는 태도라고 할 수 있는데, 특히 가족이라는 끈끈한 혈연적 유대가 개인으로서의 주체적인 삶의 실현을 향한 욕망과 어떻게 갈등하고 충돌하는가의 문제는 새롭게 성장한 근대적 개인의식이 전통적인 사회적 관습과 맺게 되는 긴장관계에 대한 문학의 주요한 관심사 가운데 하나로 자리잡게 된다. 1980년대의 민중문학에서 빈번하게 등장하는 전형화된 인물들, 즉 사회변혁이라는 대의에 자신의 삶을 바치려는 진보적인 아들과 그 아들을 말리는 봉건적 어머니 사이의 갈등 역시 그러한 관심사의 한 변형된 형태로 받아들일 수 있을 것이다.

봉건적인 어머니가 결국은 아들의 이념에 동조하여 열렬한 투사로 변해간다는 민중문학의 정형화된 이야기구도와는 다른 방향에서 1980년대의 사회적 분위기가 낳은 세대간의 갈등을 다룬 작품으로 이청준의 「가해자의 얼굴」을 들 수 있다. 이 작품은 두 가지의 사건을 통해서 가족관계의 훼손이라는 문제에 접근하고 있는데, 그 하나는 6·25전쟁의 와중에서 어린 작중화자가 겪은 자형의 실종사건이고, 다른 하나는 성인이 된 작중화자와 격렬한 진보적 통일론을 펼치는 대학생 딸과의 첨예한 의견대립이 결국은 그 딸의 가출로 이어지게 되는 사건이다. 자형의 실종과 그로 인한 누님의 고통은 첨예한 이념적 대립과 혼란 속에서 개인의 실존적 삶이 심각하게 위협받던 6·25전쟁의 극한상황이 초래한 비극적 사건이지만, 그 사건의 후유증은 작중화자의 성장과정에서, 자신도 결국 자형의 실종을 둘러싼 일련의 상황에 가해자의 모습으로 연루되었었다는 자책감으로 남아 성인이 된 그를 괴롭힌다. 그러한 자책감은 작중화자 자신이 단순히 6·25전쟁의 무고한 수난자가 아닌, 가해자일 수도 있다는 의식에 그 바탕을 두고 있는데, 급변하는 역사적 상황의 변화 속에서 누구든 수난자이면서 동시에 언제든지 가해자의 위치에 설 수 있다는 생각은 이청준의 오랜 소설적 주제 가운데 하나인 역사적 가해와 피해의 문제를 다시 한번 상기시킨다. 성인이 된 작중화자가 대학생 딸과 대립하는 과정에서 첨예하게 부각되는 것도 바로 개인의 의지에 따른 자발적이고 합리적인 선택의 영역을 원천적으로 박탈해버리는 폭력적인 역사

적 상황의 압력 속에서 가해와 피해의 진정한 구분이 과연 가능하겠는가
라는 물음이다. 역사적 수난의식이 불러올 가해자와 수난자 관계의 악순
환을 피하기 위해 우리 모두의 가해자 의식이 필요하다는 아버지의 주장
과, "민족분단과 같은 이 시대의 근원적 모순상황을 타파해나가는 데는
우리 민중 전체가 공유한 그 동질성의 수난자 의식"[2]이 불가피하다는
딸의 주장은 결국 "점진적 통일의 전제와 절차를 고집"하는 세대와 "조
건 없이 통일부터 이뤄놓고봐야 한다는 급진적 주장"을 펴는 세대간의
갈등에서 비롯되는 것이라고 할 수 있다.

　물론 가해와 수난의 문제에 대한 이와 같은 접근은 가족의 훼손이라는
문제를 넘어서는 보다 큰 사회적 문맥을 대상으로 한 것이지만, 그 사회
적 문맥이 관념화된 대상으로서가 아니라 개인의 삶 속에서 구체적인 일
상적 실감으로 파고드는 것은 결국 가족의 훼손이라는 방식을 통해서라
는 것은 주목할 만하다. 이 작품이 다루고 있는 두 가지 사건은 각기 사
회적 상황에 의한 가족훼손의 두 가지 형태, 즉 외부적인 훼손과 내부적
인 훼손의 양상을 보여주고 있다. 6·25전쟁에 의한 훼손이 가족구성원
의 상실이나 헤어짐, 혹은 가족의 경제적 고난이라는 외면적인 형태의
파괴를 초래했다면, 가족구성원들 내부의 가치관과 세대의식의 단절에
의한 가족관계의 내적인 손상은 외적인 사회상황의 변화가 개인의식의
차원에서 보다 내면화된 형태로 작용하게 된 결과이면서, 동시에 가족의
심리적 결속이 개인의식의 성장이나 그로 인한 개인의 사회적 불만을 관
리하고 순치시키는 힘을 잃어가고 있는 현상의 한 반영이라고 할 수 있
을 것이다.

　그런데 이청준의 작품에서 한 가지 흥미로운 현상은 세대간의 이념적
대립이 아버지와 아들이 아닌, 아버지와 딸의 관계를 통해서 그려진다는
점이다. 아마도 그것은 아버지에서 아들로 이어지는 선이 가부장적 권력

---

2) 이청준, 『가해자의 얼굴』, 중원사, 1992. 작품에 대한 인용 쪽수는 따로 밝히지 않는다.

의 세습이라는 힘의 역학관계로부터 자유로울 수 없다면, 아버지와 딸의 관계는 그와 같은 권력에의 의지에 오염되지 않은, 따라서 세대간의 대립이 지닌 사회적 의미를 보다 순수한 형태로 드러낼 수 있다는 작가의 판단 때문인지도 모른다. 실상 가부장적인 가족제도하에서 부자(父子) 사이의 반목과 대립이란 권력을 누리는 자들 사이에서 공유되는 권력의 재분배과정에 지나지 않는다. 반목과 대립의 이면에는 가부장적인 권력의 결속을 강조하는 복종의 윤리가 도사리고 있으며, 전통적인 가부장 제도하에서 아버지에 대한 아들의 절대복종은 권력의 이양을 전제로 한 복종인 것이다. 권력을 하나의 구심점으로 집중시키는 가부장제도는 당연히 권력을 지니지 못한 집단에게는 심각한 억압으로 작용할 수밖에 없다. 그 대표적인 예가 바로 여성집단이다. 전통적인 가족 내에서의 여성의 위치란 주지하다시피 아버지와 남편과 아들로 이어지는 수동적인 의존의 고리에 완전히 종속되어 있었으며, 따라서 여성들에게 주어지는 삶의 행·불행은 결국 여성 개개인이 처한 그 의존관계의 성격이나 그 관계를 주도하는 세력들의 도덕적 자질에 따라 불안정하게 동요하는 수동적 운명(이른바 '팔자' 라고 불리어지는)의 굴레를 벗어날 수 없는 것이었다.

가정이라는 협소한 삶의 공간에 갇힌 채 사회적인 활동무대를 허용받지 못한 여성들의 삶은, 전통적인 가족제도의 붕괴에도 불구하고 가부장제도의 모순이 여전히 여성들의 삶에 대한 억압기제로 남아 있는 현실과 더불어 아직도 현재형의 문제로 지속되고 있다. 따라서 여성작가들의 작품에서 적극적으로든 소극적으로든 남편과 자식을 비롯한 가족관계에서 여성들이 겪는 일상화된 심리적 갈등의 다양한 양상들이 주요 소재로 다루어지는 것은 너무나 당연한 일일 것이다. 이를테면 박완서의 「어떤 나들이」와 같은 작품은 남편과 아들로 이루어진 관계의 그늘 속에서 철저하게 익명화되어버린 자신의 삶에 대해 극심한 환멸과 소외감을 느끼는 중년의 여성화자를 보여준다. 그녀가 가족 몰래 술을 마시거나 낯선 청년에게 성적인 욕망을 느끼는 등, 남편이 있는 여자에게는 금기로 되어 있는 파행적인 행동에 몰입하는 것은 '가정'이라는 이름으로 그녀에게 허용된 "11평의 틀"[3]에 갇힌 그녀의 해소할 길 없는 답답함과 자신의 삶을 짓누르고 있는 가족 내부의 일상화된 관계에 대한 적의의 한 표현이다. 여성화자의 삶을 인습적인 가족관계에 의해 부당하게 피해받는 삶으로 부각시키는 과정에서 박완서 소설의 주인공들이 보여주는 그와 같은 적의는 종종 가족을 단위로 한 삶의 소시민적 일상성 그 자체에 대한 격심한 혐오감이나, 남편으로 대표되는 무기력한 소시민적 일상인으로서의 남성 일반에 대한 신랄한 공격성으로 표출된다.

오정희의 작품들도 남편과 아이로 이루어진 가정이 삶의 유일한 실존적 공간인 많은 여성들을 보여준다. 그리고 그녀들도 역시 자신에게 주어진 그 조그만 삶의 공간이 지닌 무미건조한 일상성에 진저리를 치면서, 끊임없이 대상이 분명치 않은 갈망과 불안, 혹은 섬뜩한 적의와 같은 심리적 균열을 체험한다. 그러나, 박완서와는 달리, 오정희의 소설 속에서 가족은 '11평의 틀'로 작중인물의 삶을 짓누르는 완강하고 억압적인 힘의 실체가 아니라, 오히려 사소한 균열에 의해서 언제든 부서져나갈 수 있는 매우 불안정하고 허약한 관계의 끈일 뿐이다. 오정희 소설 속의 인물들을 사로잡고 있는 것은 가족이라는 관계의 틀로부터 벗어나려는 욕망이 아니라, 오히려 외적인 파괴력에 의해서든 내적인 균열에 의해서든 이미 치유될 수 없는 상태로 훼손되고 망가져버린 가족에 대한 고통스러운 연민이고 죄의식이다. 오정희의 소설적 욕망의 근원에는 기실 균열되고 손상되기 이전의 가족적인 삶의 기원에 대한 강렬한 그리움이 놓여 있는 것이다. 그녀의 소설에서 가족이란 타인들의 세계 속에서 지향 없이 떠도는 황폐한 삶이 궁극적으로 돌아가야 할 어떤 훼손되지 않은 인간관계의 상징이다. 그녀의 작중인물들에게 가족의 균열이란 타자화된 세계 속에 놓인 인간의 일상적 관계를 규정짓는 극심한 소외의 체험

---

3) 박완서, 『박완서선집』, 어문각, 1979.

과 연결되어 있는 것이다.

　오정희 소설의 주요한 서사적 모티프 가운데 하나인 '아이의 죽음'은 그 훼손의 이전과 이후를 가르는 하나의 치명적인 경계이다. 「완구점 여인」이나 「불의 강」 「봄날」 「동경(銅鏡)」 등의 작품들에서 아이, 혹은 가족구성원들의 예기치 않은 죽음이나 상실의 체험은 작중인물들에게, 그리고 그들이 놓여 있는 관계의 내부에 회복할 수 없는 황폐한 실존적 결락의 체험을 안겨준다. 오정희의 작중인물들이 보여주는 집요하지만 헛된 갈망과 불안, 섬뜩한 적의 등의 공허하고 위악적인 몸짓들과, 그들이 가로질러가는 일상의 폐허는 그 치명적인 결락을 견디는 고통스러운 삶의 모습들이다. 따라서 오정희의 소설 속에서 가족이라는 삶의 울타리는 소시민적 일상 속에 매몰되어 있는 장소라기보다 오히려 폐허화된 실존의 불안을 극복할 수 있는 인간 삶의 어떤 존재론적 근거, 그리고 그에 대한 고통스러운 정신적 갈망의 장소이다. 예를 들어 「주자(走者)」에서 주인공이 파열되어가는 관계의 틀 속에서, 결코 닿을 수 없는 타인들의 세계를 향해 내뻗는 절망적인 구원의 메시지는 "내 아일 낳아주겠어?"[4] 라는 말, 다시 말해 가족이라는 이름으로 표상되는 근원적인 인간관계의 복원을 향한 갈망이다. 따라서 오정희 소설 속의 여주인공들이 고통스럽게 견디고 있는 것은 가족이라는 이름으로 가해지는 억압이 아니라 가족이라는 삶의 공간 그 자체의 균열이며 훼손이다. 그 균열의 진앙을 더듬어내려가는 과정에서 우리가 만나게 되는 것은 조각조각 부서진 관계의 파편들이 낯설게 부유하는 세계, 개인의 실존적인 삶의 지반이 낯선 타자들의 세계 속으로 허물어져내리는 순간의 불안과 공포이다. 오정희의 소설에서 가족의 균열은 인간의 삶을 지탱해주는 실존적 근거의 균열과 겹쳐 있는 것이다. 오정희 소설 속의 여주인공들이 대개 남편을 심리적 억압의 대상으로 받아들이거나 가족 내부의 가부장적인 힘의 논리에 주

---

　4) 오정희, 『불의 강』, 문학과지성사, 1997.

목하는 대신, 훼손된 삶의 고통을 견디는 존재에 대한 자기 동일화된 연민으로 남편의 삶을 끌어안는 것은 그 때문일 것이다.

중년의 여성화자가 가족들이 모두 외출한 빈집에서 자신이 살아온 삶의 공허함을 고통스럽게 반추하는 「어둠의 집」에는, "가족들을 떠올리자 그 여자는 자신이 그들의 악의적인 유기에 의해 이 어둡고 쓸쓸한 집에 홀로 있게 된 것만 같은 생각이 들었다"[5]라는 구절이 나오는데, 현숙한 아내와 어머니로서의 역할에 충실해온 여주인공이 느끼는 그 공허함과 쓸쓸함은, 점차 부모의 품을 벗어나 자기만의 비밀을 지니기 시작한 아이들에게서 그녀가 느끼는 가족 내부의 어떤 단절감이나 소외의식과 맞물려 있으면서, 동시에 "담장 밖에 누군가 와 서 있는 것 같았다. 아니 어쩌면 이미 집 안에 들어와 있는지도 몰라"라는 말 속에서 드러나는 정체를 알 수 없는 집 바깥의 어떤 이물스러운 힘에 대한 공포, 다시 말해 가족적인 삶의 울타리 속으로 침투해들어오는 미세한 균열의 조짐들에 대한 본능적인 두려움과도 연관되어 있는 것으로 보인다(아니 어쩌면 담장 밖에 누군가 서 있다는 그녀의 공포도 기실 중년의 나이에 이른 주부로서, 이미 다 커버린 아이들과 함께 가족관계의 내부에서 그녀가 느끼는 어떤 보이지 않는 틈과 그로 인한 불안한 소외의식이 대리투영된 것일지도 모른다). 시시때때로 여주인공을 사로잡는 불면증이나 "상대가 확실치 않은 분노" 등의 심리적 균열 뒤에는 가족이라는 이름으로 그녀의 삶을 지탱해왔던 관계의 본질이 어떤 알 수 없는 힘에 의해 위협당하고 있다는 두려움이 도사리고 있는 것이다.

그러나 최근에는 페미니즘 이론에 대한 관심이 고조되면서, 문학작품 속에서 억압적인 가부장적 관습하에 놓인 여성들의 삶에 대한 형상화 작업이 보다 적극적인 형태로 나타나기 시작하는 추세이다. 아마도 그것은 여성들이 스스로를 가족관계 속의 한 익명화된 존재가 아닌, 주체적 개

---

5) 오정희, 『유년의 뜰』, 문학과지성사, 1981.

인으로 인식해가는 과정의 한 반영일 것이다. 김향숙의 「비어 있는 방」
에서 그것은 어머니와 딸 사이에 존재하는 세대간의 인식변화로 나타난
다. 집을 떠나 독립된 생활을 하는 딸을 찾아가는 어머니의 내면심리를
섬세하게 추적해가는 과정에서 이 작품이 보여주는 것은 가부장적 권위
가 무너져가는 한 가정의 모습이다. 작품 속에서 아들과 딸이 집을 떠나
살게 된 직접적 원인 제공자인 아버지는 한때 부패한 정권의 권력자의
자리에 있었던 것으로 암시되는데, 이는 아버지가 가정에서 행사한 가부
장적 권위가 그가 사회 속에서 누렸던 부패한 권력과 유사한 권력적 기
반을 가지는 것임을 의미한다. 그러나 작품 속에서 어머니는 이와 같은
아버지의 부정적인 권위에 대해 깊은 환멸을 느끼면서도 지금까지 지녀
온 순종의 자세를 버리지 못하는 반면, 딸은 아버지의 힘이 미치지 않는
독자적인 삶의 방식을 선택하는 것으로 가족이라는 삶의 울타리를 벗어
난다. 결국 이 작품 속에서의 어머니와 딸의 갈등 역시 개인의식의 성장
이 전통적인 가족관계와 충돌하는 세대간의 갈등의 한 모습이라고 해야
할 것이다. (1993)

2부

# 신생을 꿈꾸는 불임(不姙)의 성(性)
—오정희의 『불의 강』

## 1. 환상이 벗겨져나간 현존의 알몸

　오정희의 소설들이 보여주는 풍경들 속을 거닐다보면, 아마도 당신은 어느 순간 기괴하게 일그러진 영상들로 가득 찬 거울의 방에 갇혀버린 듯 출구를 잃어버린 채 혼란에 빠져 있는 자신의 모습을 발견하게 될 것이다. 온갖 악다구니와 칭얼거림, 달착지근한 부패의 냄새를 풍기는 나른하고 습관적인 애무와, 권태롭지만 그런 대로 아늑한 망각의 늪 속에서 느리게 떠다니던 일상적 삶의 친숙한 한 모서리가 오정희의 소설적 상상력이 만들어낸 마술의 거울에 비쳐지는 순간, 당신은 필경 그 거울 속에서 낯설고 기이한 형태로 비틀어져 있는 삶의 모습을 발견하고 경악을 느끼거나, 혹은 들켜버리고 싶지 않은 당신의 불구의 알몸을 누군가에게 무참히 들켜버린 듯한 모욕감과 불쾌함을, 혹은 현재의 삶에 대한 막연한 갈증에 젖어본 기억이 있는 당신이라면 어떤 섬뜩하면서도 불편한 자의식으로 당신의 주위를 한번쯤 찬찬히 뒤돌아보게 될는지도 모른다.

오정희의 『불의 강』을 다시 읽는 내내, 나는 마치 황량한 모래바람이 살갗을 때리고 머리칼 속을 파고드는 벌판의 한가운데에서 서걱이는 마른 모래알을 입안 가득 물고 서 있는 듯한 느낌에 사로잡혀 있었다. 의미 없이 반복되는 삶이 만들어내는 헛된 희망과 그 헛된 희망으로라도 이 무위의 삶을 위안받고자 하는 무모한 욕망을 무너뜨리며 의식 속으로 파고들어오는 그 느낌은 지독하게도 황폐하고 우울한 것이어서, 오정희의 소설을 읽는 것은 매번 나를 거의 고통에 가까운 암울한 침잠의 시간 속으로 몰고 간다. 오정희의 언어들이 뿜어내는 비릿하고 음습한 욕정의 내음, 죽음과도 같은 적요 속에서 자라나는 은밀한 살의의 충동, 흡사 팔다리가 아무렇게나 잘려나간 마네킹들의 숲속을 거니는 듯한 섬뜩한 이물감, 의식 밑바닥에 깊숙이 감추어진 맨홀의 뚜껑을 열고 그 소용돌이치는 검은 뇌수의 한가운데를 들여다보고 있는 듯한 캄캄한 혼돈의 느낌, 이 모든 것들이 우리를 둘러싸고 있는 낯익은 삶의 꺼풀들을 가차없이 벗겨내버리는 오정희의 소설 속에서 우리가 마주치게 되는 낯섦의 목록들이다.

그러나 오정희의 소설들이 지닌 낯선 이물감의 세계는 기묘한 요기의 빛을 발산하고 있다. 오정희의 소설들이 우리를 강력한 흡인력으로 끌어당기는 것은 그녀의 소설들이 발산하고 있는 바로 그 황폐하고도 매혹적인 요기의 빛 때문일 것이다. 황폐함이 매혹적일 수 있다니! 그렇다. 오정희 소설의 매혹적인 요기로움은 황폐함과 아름다움이라는 짝이 맞지 않을 듯한 두 힘이 길항하는 어떤 팽팽한 긴장관계로부터 생겨나는 것이다. 비틀리고 일그러진 불모의 세계, 일상의 친숙함과 아늑함 대신에, 삭막하고 메마른 먼지들로 뒤덮인 폐허의 잔해들만 나뒹굴고 있는 일상의 풍경들, 그 속에서 끊임없이 꿈틀거리고 헐떡이며 마음의 사막을 가로질러가는 결코 채워지지 않는 욕망의 내출혈. 오정희의 소설이 매혹적인 것은 그녀의 언어들 내부에서 번져나오는 바로 그 고독한 욕망의 내출혈

때문이다. 불모의 현존을 환상없이 직시하는, 아니 현존의 환상을 벗겨
내어 그 속에 가려져 있던 불구의 알몸을 가차없이 우리 앞에 들이대고
야 마는 비수의 언어들. 그러나 우리가 진정 그 비수의 언어들에 가슴을
베이는 것은 바로 환상이 벗겨져나간 현존의 알몸이 우리 앞에 그 모습
을 드러내는 순간이라기보다는, 희망 없는 황폐한 현존의 삶을 끌어안는
그녀의 언어들 속에 도사리고 있는 어떤 치열한 생에의 의지와 마주 서
는 때이다. 그녀의 소설이 보여주는 그 치열한 생에의 의지는 그 속으로
침식해들어오는 허무와 싸우면서 붉게 충혈되어 있는 내상(內傷)의 아
픔을 온몸으로 견디고 있는 듯이 보인다. 그런 의미에서 오정희 소설의
아름다움은 황폐한 현존의 드러냄 그 자체가 아니라, 현존의 황폐함을
견디면서 부재하는 실존의 텅 빈 그림자를 끌어안으려는 그 피흘리는 욕
망의 생생함으로부터 나오는 것이라고 할 수 있을는지 모른다.


## 2. 타자화된 세계의 미로 속을 헤매는 인물들

『불의 강』에 실린 작품들 속에서 우리가 만나게 되는 것은 절망적인
자해(自害)의 심리상태, 혹은 끊임없이 자기 파괴의 상황 쪽으로 이끌려
가는 위악적인 욕망의 다양한 변주들이다. 이 책에 실린 작품들에서 우
리는 어떤 대상에 대한 막연한, 그러나 생생한 적의, 혹은 살의의 충동에
휩쓸리는 등장인물들의 내면심리를 자주 접하게 되는데, 그러한 적의나
살의의 충동조차도 기실은 출구가 막힌 상황 속에서 증폭된 절박한 탈출
에의 욕망이 자기 폐쇄적인 양상으로 굴절되어 나타나는 것으로 이해할
수 있을 것이다. 그렇기 때문에 어느 순간 불현듯 등장인물들의 의식을
사로잡는 막연한 적의나 살의의 충동은, 그것이 외부세계에 대한 공격적
이고 파괴적인 욕망의 형태를 취할 때에도 본질적으로는 타자화된 세계
의 완강한 벽 앞에서 등장인물이 느끼는 자기폐쇄적 절망감의 한 발현에

지나지 않는다. 따라서 그것은 작중인물들의 내면 속에서 결국 자기 바깥의 세계가 아닌 자기 내부의 삶을 파괴하는 깊은 내상의 체험들로 전이되어 나타나게 되는 것이다. 비단 적의나 살의의 충동뿐만 아니라, 오정희의 소설 속에서 그려지는 등장인물들의 굴절되고 왜곡된 의식의 내면풍경들은, 그들의 의식이 그들의 황폐한 실존을 붙들어매고 있는 타자화된 세계의 힘의 무게에 짓눌려 자기 방어적인 폐쇄회로에 갇혀버린 풍경이다. 그 속에서 그들은 결국 자기자신에게 깊은 상처만을 남기고야 마는 해소될 길 없는 욕망과의 힘겨운 줄다리기를 보여주고 있는 것이다.

오정희의 소설이 그려 보여주는 작중인물들의 내면풍경 속에서 그들을 둘러싸고 있는 타자화된 세계의 풍경은 하나의 수수께끼로, 안개 속에 싸인 모호한 하나의 윤곽으로서만 감지될 뿐이다. 다시 말해 존재하지만 결코 명료한 실체로 드러나지 않는, 다만 작중인물들의 마음 안에 들끓는 좌절된 욕망의 거울 속에서 일그러진 형태로 떠올랐다가 사라져버리는, 그럼에도 불구하고 그 욕망의 배후에서 끊임없이 그들의 삶을 마모시키며 삶의 매순간마다 암울한 자기파멸에의 예감 속을 부유하게 하는 어떤 보이지 않는 압력으로서만 제시될 뿐이다. 오정희의 소설 속에서 그 타자화된 세계의 압력이 자신의 모습을 드러내는 방식은 종종 일상을 구성하고 있는 사소한 사물들에 대해서 작중인물들이 느끼는 막연한 공포감이나 알 수 없는 적의, 혹은 진저리쳐지는 환멸과 무력감이라는 불투명한 정서적 반응을 통해서이다.

우리들의 몸짓에서, 검은 자줏빛으로 시들어가는 꽃병에 꽂힌 꽃에서, 우리가 함께 살아온 그 두터운 시간의 부피 속에서, 우리들의 대화에 묻어나는 입김 속에서, 우리가 소비하고 있는 시간 안의 숨막힐 듯한 범속함을, 잊었던 풍경을 떠올리듯 새삼스럽게 느끼기 때문이다. 그가 저녁마다 또는 새벽마다 실밥처럼 묻혀 들여오는 일터의 냄새는 무서운 삼투력으로 우리의 11평 아파트의 공기를 동화시키고 있다.[1]

우리 생활의 대부분을 차지하고 있는 것은 콜라와 은빛 가느다란 독침으로 빈틈없이 꽂히는 개털이었다. 있는 건 오직 개털뿐이야. 그 왼 모두 점점 텅 비어가고 그 빈 공간을 오직 개털만이 분분이 날리고 있는 거야. 나는 진저리를 쳤다. 거기에는 이상하게도 사람을 질식시키는 것이 있었다. 파삭하게 말라버린 일정한 길이와 모양의 털들. 건조하고 깔깔한 그것들이 만져지고 보여질 때마다 눈에 보이지 않는 흰개미들의 무서운 침식작용, 자디잔 균열에서부터 집채를 도괴시키고야 마는 거대한 파괴력을 느끼는 것이었으나 나는 그것에 대해 손가락 하나 까딱할 수 없는 무력감에 빠져 기껏 진저리를 치는 것이 고작이었다.(131쪽)

타자화된 세계가 가해오는 보이지 않는 압력이 이처럼 일상의 자질구레한 사물들에 대해 느끼는 작중인물들의 민감하면서도 모호한 정서적 체험으로 환치되어 나타나는 것은, 오정희 소설의 작중인물들이 그들을 둘러싸고 있는 극히 미시적인 일상사의 체험들을 통해서 이 세계와 만나고 있을 뿐만 아니라, 그 일상사들 또한 그것이 불러일으키는 복잡한 내면적 파장을 통해 한 개인의 의식, 혹은 무의식이라는 극히 사적인 체험의 영역과 관련되어 있기 때문이다. 오정희의 소설 속에서 중요한 것은 외부적인 상황이나 사건들 그 자체의 의미가 아니라, 그것이 작중인물들의 내면 속에서 어떤 정신적 균열을 불러오고 있는가라는 문제이다. 『불의 강』에 실린 작품들 모두가 예외없이 일인칭의 시점으로 서술되고 있다는 사실은 그런 점에서 매우 시사적인 의미를 갖는 것이라고 할 수 있다. 오정희의 소설을 읽는 것은 결국 어떤 외부적 상황이나 사건들이 불러일으킨 그 균열된 의식 내부의 얼크러진 미로를 따라 일상성의 배후에

---

1) 오정희, 『불의 강』, 문학과지성사, 1980, 16쪽. 이후의 오정희의 작품들에 대한 인용은 본문에 인용 쪽수로만 표기한다.

도사리고 있는 어떤 존재론적 허무의 심연으로 나아가는 일, 아니 오히려 작중인물들의 의식을 사로잡고 있는 어두운 허무의 심연 속에서 타자화된 세계의 미로를 따라 정처없이 배회하는 일인지도 모른다. 오정희의 소설이 보여주는 그 미로에는 출구가 없다. 오정희의 소설들은 우리를 그 미로 속에 남겨놓은 채 어느 순간 불현듯 소설의 문을 닫아버린다. 그것이 오정희가 우리를 그녀의 작품세계 안으로 초청하는 방식이다. 오정희의 소설들을 읽으면서 우리가 할 수 있는 것은 다만 그녀가 제공하는 매우 인색한 몇 개의 표지들, 출구 없는 미로의 세계를 비추는 몇 개의 메타포들이나 상징적 표지들에 기대어, 허무의 심연에 갇힌 채 존재의 미로 속을 헤매는 인물들의 허물어지고 일그러진 마음의 조각들을 불완전하게나마 끼워맞추는 일뿐이다.


## 3. 일탈의 성, 그 석화(石化)된 욕망의 세계

오정희의 소설들이 보여주는 세계는 죽음을 가리키는 다양한 종류의 은유적 표지들로 둘러싸인 세계이다. 그 죽음의 메타포들은 생산성이 거세된 불모의 세계 속에서 어떤 존재론적 정체성의 상실감에 시달리는 인물들의 혼란스런 내면풍경과 깊은 관련을 맺고 있는데, 오정희의 소설 속에서 작중인물들이 겪고 있는 상실감은 대개 앞에서 언급한 것처럼 대상에 대한 이유가 분명치 않은 격렬한 반감이나 두려움, 혹은 그와 반대로 대상에 대한 병적이리만큼 집요한 편집증적 집착이라는 두 가지 형태로 나타난다. 특히 작중인물들의 편집증적 집착은 일상의 도덕적 규범으로부터 일탈된 금지된 성적 욕망의 세계 속으로 빠져들거나, 죄악과 타락의 유혹에 이끌리는 그들의 왜곡되고 굴절된 심리상태와 깊이 연결되어 있다. 『불의 강』에 실린 작품들에서 느껴지는 어떤 끈끈하고 음습한 관능의 분위기나 종종 작중인물들을 사로잡는 은밀하고 일탈적인 성적

충동은, 적의나 살의, 혹은 공포나 두려움의 정서와 더불어 오정희의 작
중인물들이 자신을 둘러싸고 있는 현실에 대해 반응하는 두드러진 심리
적 기제라고 해야 할 것이다. 작중인물들의 이러한 심리적 반응은 그들
이 일상성의 세계에 대해서 느끼는 강한 환멸감이나 불안정한 위기감,
혹은 메마른 권태와 무력감 등의 정서와 깊이 연루되어 있는데, 그들이
종종 격렬하고 황폐한 관능적 욕구에 사로잡히거나 자포자기의 상태에
서 절망적인 자기 파괴의 유혹에 휩쓸리는 이면에는, 일상성의 세계가
그들에게서 생생한 실존적 충일감을 소진시키고, 그들의 삶을 풍요로운
생산성의 세계로부터 멀리 떨어진 불모의 세계로 이끌고 가는 것에 대한
의식 내부의 어떤 억눌린, 그러나 절박한 위기의식이 자리잡고 있다. 이
런 의미에서 오정희의 소설이 보여주는 작중인물들의 일탈적 욕망 속에
는 말할 것도 없이 일상성의 세계로부터 벗어나려는 그들의 집요한 욕망
이 투영되어 있다.

그러나 이미 말한 것처럼 오정희의 소설에서 작중인물들의 일탈욕구
는 일상성의 벽 너머로 뻗어나가는 대신, 결국 일상성의 벽에 부딪혀 되
돌아오는 일종의 피드백 현상을 통해 계속해서 의식 내부의 폐쇄회로 속
에 갇혀버리는 모습을 보여준다. 이처럼 의식 내부의 폐쇄회로 속에 갇
힌 채 작중인물들의 의식을 짓누르거나 그들의 삶을 기괴하게 일그러진
자기 파괴의 의지 쪽으로 이끌고 갈 뿐인 작중인물들의 굴절된 일탈욕구
는, 그 자체로 일상의 불모성을 표상하는 하나의 상징적 기호로서의 의
미를 지니는 것으로 볼 수 있다. 오정희가 보여주는 일탈적 욕망의 세계
는 궁극적으로 현실 속에서의 일탈의 불가능함을 고통스럽게 증거하는
작중인물들의 석화된 욕망의 세계이며, 석화된 욕망을 통해 일탈이 불
가능한 현실을 확인시키는 은유적 표상인 것이다. 오정희 소설의 작중인
물들은 일탈된 욕망의 세계를 사는 것이 아니라, 좌절된 일탈에의 욕망,
혹은 그 욕망의 후유증으로 남겨진 폐허의 삶을 온몸으로 앓고 있다. 온
갖 죽음의 표지들로 가득 찬 그 삶은 이미 생산의 능력을 상실해버린 비

틀린 관능과 어둡고 축축한 죄악의 유혹에 은밀하게 노출되어 있는 삶이다. 특히 오정희의 소설에서 다양한 형태로 표현되고 있는 왜곡된 성의 이미지들은 작중인물들이 놓여 있는 현실의 불모성을 암시하는 가장 두드러진 메타포라고 할 수 있다. 오정희의 소설에서 성은 '살의'라는 말 속에 내포되어 있는 자폐적인 파괴욕구가 굴절된 방식으로 표출되는 욕망의 한 형태로서, 욕망과 현실 사이의 단절된 관계, 다시 말해 생산적인 욕망의 소통이 불가능한 상황을 표상하는 소설적 장치라고 할 수 있을 것이다.

## 4. 죽은 아이에 대한 기억

오정희의 소설에서 나타나는 왜곡된 성의 이미지들은 그것이 대부분 생산이 불가능한 불임의 성이라는 점에서 하나의 공통점을 지니고 있다. 이를테면 중풍을 앓고 있는 노인들의 내면에 도사리고 있는 탐욕스럽고 기괴한 성적 욕망의 세계를 그려 보여주고 있는 「관계(關係)」나 「적요(寂寥)」에서 "죽어야 할 나이를 훨씬 넘겨 살고 있"(97쪽)는 그 노인들은 이미 생식의 기능을 완전히 상실해버린 사람들이며, 「산조(散調)」와 「주자(走者)」, 「완구점 여인」에서 주인공들이 체험하는 동성애적 관계는 생산의 가능성이 애초부터 배제되어 있는 성의 세계이다. 또한 「직녀(織女)」에는 "회임(懷姙) 못 하는 여자의, 석질(石質)의 자궁을"(210쪽) 가졌다는 이유로 남편에게 버림받는 여자주인공이 등장하며, 「번제(燔祭)」에서는 임신한 아이를 낙태시키고 정신병원에 수용된, 아이 낳기를 거부하는 여자의 복잡한 내면심리가 묘사되고 있다. 이러한 불임의 성적 욕망이나 메마른 관능의 세계 속에서 방황하는 작중인물들의 심리를 집요하게 추적해들어가는 것 못지않게 오정희의 소설에서 빈번하게 다루어지는 어린아이의 죽음이라는 소설적 모티프는 불모의 현실을 상징하는 가장 대표적인 은유적 장치라고 할 수 있다. 앞서 언급한 「번제」뿐만 아니라 「불의 강」이나 「미명(未明)」 「봄날」 「목련초(木蓮抄)」 「완구점 여인」 등 여자 주인공이 등장하는 거의 모든 소설에서 어린 자식(「완구점 여인」의 경우에는 어린 동생)을 잃어버린 상실감은 그녀들이 겪고 있는 일상적 삶에 대한 부적응증이나 세계와의 불화, 그리고 그로 인한 황폐한 심리적 갈등과 내적으로 긴밀하게 연결되어 있다. 이들에게 아이의 죽음은, 그것이 낙태에 의한 것이든 우연한 사고에 의한 것이든 아니면 외부로부터의 빼앗김에 의한 것이든, 그들의 삶이 풍요로운 생산성의 삶과 단절되어 있음을, 그리고 더이상 그들의 삶이 그와 같은 풍요로운 삶의 영역으로 복귀할 수 없음을 의미하는 절망의 표지와도 같다.

　실존적 충만함이 소진되어버린 그녀들의 삶 속에 복병처럼 도사리고 있는 죽은 아이에 대한 기억은 더이상 새로운 생명을 잉태할 가능성이 없는 그녀들의 무미건조한 부부생활이나, 삶에 대한 묘한 냉소로 일그러진 그녀들의 자폐적인 성적 욕망과 밀접한 관련을 맺고 있다. 예컨대 「봄날」에서 자신을 버린 남자의 아이를 지운 뒤 다른 남자와 열정이 모두 소진되어버린 메마른 결혼생활을 하고 있는 여주인공에게 낙태의 체험은 “나는 집으로 돌아오자 여섯 달째로 접어든 아이를, 더러운 종양을 제거하는 기분으로 용감하게 지워버렸다. 그러나 여러 해가 지난 지금에도 나는 여섯 달짜리 태아의 망령에서 놓여나지 못하고 있음에 틀림없었다. 그것은 일종의 잠재성 간질이었다. 생활의 표면에 얼굴을 내미는 일은 결코 없었으나 보다 깊숙이 자리잡고 있어서 시시때때로 마치 비 오기 전의 류머티즘처럼 민감하게 반응했다”(138쪽)에서처럼, 끊임없이 현재의 삶 속으로 침투해들어오는 지울 수 없는 상흔으로 표현되고 있다. 또한 미혼모 수용소에서 아이를 빼앗긴 후 폐허와도 같은 낡은 집에서 죽어가는 노인의 시중을 들고 있는 「미명」의 여주인공이 출산 이후의 부풀어오르는 젖 때문에 고통받는 것이나, 「완구점 여인」에서 불구인 어린 동생의 죽음 이후 공포와 죄의식, 스멀스멀 밀려오는 관능과 그 관능에

의 혐오 사이에서 휠체어를 탄 불구의 여인과 동성애적 관계를 맺는 여주인공의 음습한 내면의 풍경들 역시 아이의 죽음 이후 "영원히 괴어 있는 물. 괴어 있는 물의 진부함. 괴어 있는 물의 평화"(132쪽)로 표현되는 그녀들의 출구 없는 삶, 그리고 그 속에서 막연하지만 집요한 위기의식으로 그녀들의 의식을 사로잡고 있는 어떤 존재론적 정체성의 상실감과 깊이 연결되어 있다.

비단 여주인공들뿐만 아니라 오정희의 소설에 등장하는 모든 인물들의 의식에 보편적으로 편재해 있는 이러한 존재론적 위기감의 밑바닥에는 더이상 타자들과 화해로운 생산적 소통의 관계로 나아갈 수 없는 삶에 대한 이들의 절망적 인식이 깔려 있다. 오정희의 작품 속에서 일상화된 성적·도덕적 윤리의 파괴로 나아가는 작중인물들의 내면 속에는 타자화된 세계 속에서 그들이 겪고 있는 근원적인 단절감과 그로 인한 존재론적 허무의식이 배면에 짙게 깔려 있다. 「봄날」에서 여주인공이 일종의 자조적인 자기방기의 심리상태에서 남편의 후배라는 남자에게 성적 유혹의 손길을 보낸다거나, 「목련초」의 여주인공이 "풀무처럼 단내를 풍기며 뜨겁게 달아오르는 온갖 타락에 대한 열망, 죄악에 대한 열망에 시달"(127쪽)리는 것, 또는 「안개의 둑」의 남자주인공이 어떤 잔인한 충동으로 지팡이를 잃어버린 장님 사내를 어둠 속의 방죽 위에 내버려둔 채 돌아오는 것이나, 「불의 강」의 남자주인공이 집요한 방화에의 충동에 사로잡히는 것, 혹은 「관계」의 시아버지가 며느리에 대해서 느끼는 은밀한 성적 욕망이나 「주자」의 주인공이 자신과 동성애 관계를 맺었던 친구의 자살로 인해 극심한 심리적 균열을 겪는 것은 모두 타자와의 진정한 소통에 대한 갈망이 타자들의 세계를 구성하고 있는 일상의 윤리적 규범과 맺는 어떤 불화의 관계, 그리고 그 불화의 관계가 작중인물들을 결국 윤리적인 자기 파탄의 상태로 몰고 가버리는 상황을 보여준다.

## 5. 신생(新生)의 삶을 향한 갈망

오정희의 소설에서 타자들과의 관계에서 오는 이와 같은 소통부재의 절망감은 더이상 생산의 능력을 가질 수 없는 늙음에 대한 공포나 생산의 풍요로움을 잃어버린 메마른 자궁의 이미지와 긴밀한 연관을 맺고 있다. 따라서 윤리적인 자기 파탄의 고통을 넘어서 이들이 갈망하는 진정한 삶은 작품 속에서 풍요로운 생산적 성을 표상하는 다양한 이미지들로 표현된다. "우리는 늘상 왜 이렇게 참담하기만 한가. 내가 그를 방문하던 오후마다 비듬처럼 떨어져내리는 햇살과 굳게 닫힌 커튼 속에서 숨쉬던 정욕, 황폐한 뜨락과 피어 있던 코스모스, 그곳에 흘러떨어지던 햇빛이 굴절되어 드러나던 내 의식의 풍경, 그 안에서 그와 나는 완전히 건어(乾魚) 같았는데도 쉴새없이 땀을 흘리곤 했던 것이다"(251쪽)로 표현되는 과거의 참담하고도 황폐했던 동성애적 체험에 대한 기억 속에서 방황하던 「주자」의 주인공이 현재 사귀고 있는 여자에게 "내 아일 낳아주겠니? 내 아일 말야"(254쪽)라는 절박한 전화를 걸거나, 「봄날」에서 남편 아닌 외간남자에 대한 유혹의 시도가 좌절된 후, 거울 속에 비친 "이미 눈동자의 빛이 흉하게 바래서 엷어진, 나이먹고 지친"(147쪽) 자신의 모습에 절망한 여주인공이 잉태의 이미지와 관련된 "만조 때 한껏 부풀어오른 바다"(150쪽)의 환영을 보면서 "빈 잔에 물이 차오르듯, 달의 이음매가 아퀴를 지어 둥글게 영글듯, 역시 씨가 벌게끔 영근 몸은 발끝에서부터 물이 차올라 발등을 간질이고 차츰 몸 안을 가득 채우고 마침내 입술에 새까맣게 조개를 만들어 나는 잦은 가락에 휘말리는 무기(舞妓)처럼 한껏 열꽃이 내솟"(150쪽)는 관능적인 희열감에 사로잡히는 것, 혹은 「미명」의 여주인공이 자신의 부풀어오른 젖을 죽어가는 노파의 입에 물리자 노파가 그 젖을 맹렬한 기세로 빨아대는 그로테스크한 장면들 속에 내재되어 있는 것은, 불모의 현실을 살아가는 작중인물들의 내면 속에 꿈틀거리고 있는 충만하고 생생한 실존적 생에의 의지이다. 『불의 강』 속에서

풍요로운 생산의 이미지와 연결된 이러한 생생한 생에의 의지를 가장 극
명하고도 돌발적인 방식으로 보여주는 것은 아마도 「직녀」와 「관계」에
나오는 다음과 같은 구절들일 것이다.

> 손가락 사이를 좀더 넓히고 반짝이는 잎들을 바라보다가 나는 아, 소리
> 를 지르며 두 눈을 감아버렸다. 무성한 잎 사이로 얼핏얼핏 내뵈는 것은 풍
> 작의 과일처럼 주렁주렁 달린 남근(男根)이었다.(213쪽)

> 그네는 오늘밤도 강을 건네지.
> 사내의 팔을 끼고 얼어붙은 강을 건네지. 간단없이 들려오는 얼음 갈라
> 지는 소리에 그네는 구두의 뒤축을 호들갑스럽게 떨지. (……) 모래는 얼
> 어 있어 버석거리며 발가락 사이로 둔하게 흘러내리고 사내는 마침내 그네
> 의 거칠고 딱딱한 몸을 끄르지. 그네는 사내의 목을 격렬하게 끌어당겨 가
> 슴에 안고 사내의 머리칼을 쥐어뜯지. (……) 사내의 살 깊은 목덜미에 은
> 빛 비늘이 파도처럼 번득이고 사내는 이제 움직이지 않지. 그러나 그네는
> 사내의 어두운 곳에 아직 살아 꿈틀거리는 신비한 힘을 자궁 속에 깊이 빨
> 아들이지.
> 나는 그네의 납빛 이마와 따스하고 부드러운 허벅지를 생각하지. 난 그
> 네에게 아이를 낳게 할 수도 있지. 그러한 내 능력을 의심해본 적은 한번도
> 없어.(172~173쪽)

첫구절은 아이를 낳지 못한다는 이유로 남편으로부터 버림받고 아이
를 낳고 싶은 갈망으로 하염없이 남편을 기다리는 「직녀」의 여주인공이
삶의 어느 한순간 어떤 비현실적인 환영에 사로잡히는 모습을 보여주고
있으며, 두번째 구절은 아들의 죽음 이후 반신불수의 노인인 시아버지가
며느리에게 보내는 은밀하면서도 집요한 성적 관심으로 작품 전체에 미
묘한 관능적 긴장감이 떠돌고 있는 「관계」에서 시아버지가 며느리를 상

대로 기괴한 성적 환상에 빠져드는 장면을 그리고 있다. 여기에서 며느리와의 정사를 통해 새로운 잉태의 가능성을 꿈꾸는 노인의 기괴한 욕망은, 늙음으로 자신의 몸도 제대로 가누지 못하는 그의 반신불수의 현실과 극명한 대비를 이루면서, 일상적인 윤리성의 차원을 뛰어넘는 뛰어난 상징성을 표출하고 있다. 특히 두번째 구절에서 작품의 주인공이 꿈꾸는 상상적 정사의 현장이 얼어붙은 강변의 모래 위라는 것은, 오정희의 소설에서 자주 나타나는 바다나 강 등의 물의 이미지와 관련해서 생산성을 갈망하는 성적 욕망이 갖는 의미의 상징성을 더 강렬하게 부각시킨다. 오정희의 소설에서 '끈끈한 초록빛으로 엉겨 있는 웅덩이의 물'이나 "수초와 물이끼로 거의 갈색으로 변해 뵈는 탁탁한 물"(152쪽), "모래바람이 부옇게 이는 강펄"(11쪽), "잿빛으로 묵직히 가라앉아 있는 바다"(149쪽) 등으로 표현되는 부정적인 물의 이미지는, 물이 내포하고 있는 생산의 이미지를 배경으로 생산의 능력이 고갈되어버린, 그럼에도 불구하고 끊임없이 신생의 삶을 꿈꾸는 작중인물들의 좌절된 욕망을 나타내는 주요한 은유적 장치로 사용되고 있다.

오정희의 소설에서 작중인물들이 신생에의 꿈으로 불모의 현실을 살아내는 방식은 불모의 현실을 떠받치는 윤리적 규범들 밖으로 자신의 삶을 내던지면서, 존재와 부재의 경계선 위를 아슬아슬하게 걸어가는 불안정하고 위태로운 삶의 방식을 자신의 존재론적 운명으로 끌어안는 것이다. 오정희 소설의 가장 큰 매력은, 그녀가 성적·윤리적 터부들을 과감하게 깨뜨림으로써, 이전의 한국문학 현실에서 별로 접할 기회가 없었던 낯선 소재의 영역을 과감하게 작품 속으로 끌어들였다는 점뿐만 아니라, 인간의 내면에 뒤얽힌 욕망의 미로를 집요하게 파고드는 특유의 위악적이면서도 매혹적인 내면적 문체를 통해 그 윤리적 터부의 세계를 석화된 윤리성의 세계 속에 갇혀 있는 삶의 불모성에 대한 탁월한 미학적 상징으로 형상화하고 있다는 데 있다. 우리로 하여금 범속한 일상의 삶 뒤에 도사리고 있는 부조리한 욕망의 세계와 가차없이 마주서게 하는 오정희의 고통스러운 현실인식은 그녀의 소설을 읽는 내내 우리를 한없이 암담한 우울의 늪으로 몰고 가지만, 그 현실인식의 어두운 심연 속에 투영된 우리의 황폐하게 일그러진 현존의 자화상과 마주서지 않고, 우리는 어떻게 마음속에서 자욱하게 들끓는 이 채워지지 않는 욕망의 미로와, 우리의 불안한 삶을 지탱하고 있는 이 이해할 수 없는 불합리한 현존의 배후를 들여다볼 수 있을 것인가? (1997)

# 불가해한 삶의 심연 앞에서의 서성거림
## —신경숙론

## 1. 불가사의한 생의 미궁

삶은 종종 예기치 않았던 불운의 그림자를 이끌고 우리를 덮쳐온다. 그리고는 깊이를 알 수 없는 어두운 미궁 속으로 우리를 데리고 간다. 그 미궁 속으로 하염없이 이끌려들어가며 우리는 삶 위에 덧씌워져 있는 존재의 어떤 불가사의, 우리의 이해가 가 닿을 수 없는 곳으로부터 어느 날 예고없이 우리의 삶 속으로 그 무수히 균열진 얼굴을 들이밀며 메마른 일상의 내벽을 두드리고 가는 암호와도 같은 음습하고 불길한 존재의 전언을 듣는다. 그리고 그 전언은 어느 순간 음산한 돌풍을 피워올리며 일상의 삶 속으로 습격해 들어와 삶의 내면을 할퀴고 가는, 존재의 뿌리를 뒤흔드는 씻을 수 없는 생채기로 우리의 내부에 그 완강한 기억의 흔적을 새긴다. 존재의 저 캄캄한 심연 속에서 영혼의 생채기를 껴안고 신음하는 가여운 기억의 입자들. 존재하는 것들은 그렇게 언제 허물어질지 알 수 없는 불안한 박토 위에 자신의 뿌리를 내리고 있다. 그 생채기진 기억의 입자들 사이에서 겨우 존재하는 삶들, 겨우 존재하는 삶의 견딜 수 없는 쓸쓸함. 아슬아슬하게 일상의 평온을 유지하는 존재의 표피층 아래에서 끊임없이 바글거리며 검은 연기를 피워올리는 견딜 수 없는 기억의 중얼거림. 우리의 일상을 둘러싸고 있는 이 얇디얇은 존재의 표피층 밑에는 어지럽게 뒤엉킨 채로 조금씩 조금씩 존재의 내부를 파먹어들어가는 음울한 기억의 입자들이, 어느 날 느닷없이 우리를 마음의 벼랑 끝에 세우고야 마는 불가사의한 생의 위기감과 허무의식으로 그 주소지를 옮겨다니며 하염없이 떠돌고 있다. 어쩌면 생의 불가사의란 존재가 이 불가해한 삶의 이면을 살아내는 방식 그 자체일지도 모른다. 살아 있는 것들은 끊임없이 자기 몸에 생채기를 내며, 그 생채기를 끌어안으며 끈질기게 삶의 가파른 고갯마루를 넘어간다. 삶의 덧없음과 삶의 끈질김이 서로를 밀고 끌어당기며 그렇게 우리의 한 생은 존재의 어둡고 불가해한 심연을 통과해나가는 것이다.

신경숙의 소설은 끊임없이 불가해한 삶의 심연 앞에서 서성거리며, 그 서성거리는 삶의 내면 속을 떠도는 무수히 생채기진 기억의 입자들을 골똘히 들여다보는 마음의 움직임을 보여준다. 그의 작중인물들에게 삶은, 예기치 않았던 순간에 느닷없이 불운의 검은 옷자락을 펄럭이며 찾아와 그들을 마음의 벼랑 끝으로 몰고 가는 이해할 수 없는 낯선 방문객일 뿐이다. 그 방문객의 내방은 대개 마음의 준비 없이 찾아오는 사랑하는 사람의 갑작스러운 떠남이나 죽음이라는 방식으로 나타난다. 그리고 그 방문객의 내방이 가져오는 것은 견딜 수 없는 상실의 체험이다. 작가는 「마당에 관한 짧은 얘기」라는 작품 속에서 그 상실의 체험에 대해 "가까웠던 사람이 멀어져가는 걸 감당하는 일이 내겐 매번 힘겹다. 때로는 이제 내겐 가까웠던 사람과 작별할 힘이 전혀 남아 있지 않다는 느낌도 든다. 그런데도 이렇게 또 살아지는 걸 보면 삶이 무섭기조차 하다"라고 쓰고 있다. 이처럼 삶이 그들에게 가해오는 이해할 수도 견딜 수도 없는 상실감은 그들의 내면에 낯선 생의 이면에 대한 치유 불가능한 거리감으로 자리잡는다. 생이 결코 그들에게 친절하지도 상냥하지도 않다는 것, 아니, 생 자체가 언제든 그들의 삶을 송두리째 뒤흔들 불운의 복병들에 무방비상태로 노출되어 있다는 막연한 공포감과 그 공포감이 불러일으키는 불가해한 생의 이면에 대한 두려운 이물감은 신경숙 소설의 작중인물들 속에 보편적으로 잠재되어 있는 어떤 원초적인 정서 가운데 하나인 듯하다.


## 2. 타자성이라는 이름의 신기루

신경숙의 소설에서 고통스러운 이물감으로 작중인물들을 사로잡아버리는 어떤 존재론적 결핍이나 존재의 내부가 텅 비어버린 듯한 정신적 결락의 체험은 타인들의 세계 속에서 그들이 느끼는 심리적 결핍의식, 혹은 자신을 둘러싸고 있는 타인들의 세계에 대한 근원적인 불화의 정서와 밀접한 연관을 맺고 있다. 그들에게 그들이 몸담고 있는 이 세계는 알 수 없는 거대한 타자성의 세계이다. 그 타자성의 세계는 매혹적이지만, 그들의 간절한 갈망이 가 닿을 수 없는, 다가서면 다가설수록 그 갈망의 거리만큼 멀어져버리는, 낯설고 불가사의한 생의 신기루일 뿐이다. 신경숙의 작품에서 존재론적 생의 불가해함에 대한 인식은 나를 둘러싼 타인들과의 소통이 근원적으로 불가능하다는 인식 속에 자리잡고 있다. 생이란 결국 타자성의 세계와의 끊임없는 소통을 통해 삶에 대한 욕망을 추구해나가는 과정이기 때문이다. 그런 의미에서 본다면 신경숙의 소설에서 타자성의 세계는 생에의 욕망을 실현하는 자리가 아니라 생에의 욕망을 황폐하게 소진시켜버리는 장소이다. 소통에의 갈망이란 그 내부에 이미 소통의 불가능함이라는 불치의 절망을 끌어안고 있는 것이다. 신경숙의 작중인물들에게 소통에의 갈망을 끊임없이 비껴가버리는 타자성의 세계는 그래서 이해할 수 없는 불가해한 생의 이미지로 자리잡을 수밖에 없다. 그 불가해한 생의 이미지 속으로 생에 대한 갈망이 빠져나가버린 텅 빈 삶과 마주선 쓸쓸한 응시의 시선이 겹쳐진다. 불가해한 타자성의 세계 속에서 어떻게든 살아갈 수밖에 없는 그들에게 생이란 영혼의 내부를 잠식하는 텅 빈 상실의 체험으로 각인될 수밖에 없는 것이다. 이 세계가 근원적으로 나와 맞지 않는다는 생각, 그리고 어느 순간 적의로 가득 찬 생의 얼굴을 정면으로 대면하고 지울 수 없는 내면의 상처를 끌어안아버린 삶. 신경숙의 소설에서 작중인물들의 의식을 지배하고 있는 이 세계에 대한 근원적인 불화감은 친숙하던 세계가 불현듯 나의 삶으로부터 멀어져가던 순간의 기억, 혹은 내 생의 자리만큼이나 익숙하고 편안했던 어떤 관계가 예기치 않은 순간에 불현듯 깨어져나가던 순간의 허망한 기억에 그 뿌리를 두고 있는 것으로 보인다. 그녀의 소설에서 작중인물들에 의해 되풀이 반추되고 있는 과거의 기억 속에는 바로 그들이 타인들의 세계 속에서 겪었던 최초의 상실의 체험이 아로새겨져 있다.

## 3. 육친적 세계의 상실

신경숙의 소설에서 작중인물들의 생에 가해진 최초의 상실의 체험이 이루어지는 공간은 어떤 육친성의 세계이다. 신경숙 소설의 작중인물들은 그들을 둘러싼 타자들의 세계 속에서 어떤 상실의 체험에 직면할 때마다 끊임없이 그들이 겪었던 상실의 원체험, 그 최초의 트라우마가 아로새겨진 육친성의 세계로 귀환한다. 육친성의 세계 속에서 체험했던 최초의 트라우마는 신경숙의 소설에서 반복적으로 나타나는 '가족'이라는 원초적인 관계성의 세계에 대한 강한 심리적 집착과 밀접한 관련을 맺고 있다. 육친성의 세계란 타자성의 세계 안에 놓여 있으면서 동시에 그 타자성의 세계 바깥에 존재하는 세계이며, 육친(肉親)이라는 말 그대로 그

구성원이 나와 타자의 세계가 분리되지 않는 거의 육체적인 일체감에 가까운 정서적 관계로 결합되어 있는 세계이다. 그것은 개인의 삶이 타자성의 세계로 떠밀려나기 이전의 공간, 원초적인 혈연적 친화감에 의해 보호받고 있다는 느낌이 아늑한 존재의 충일감으로 다가오던 공간, 타자성의 세계가 가해오는 정서적 균열이나 상실의 체험이 존재의 내적인 충일감을 훼손시키기 이전의 어떤 공간일 것이다.

신경숙 소설의 작중인물들에게 끝내 벗어날 수 없는 존재의 몫으로 남겨지는 삶의 불가해함은, 예기치 않은 순간에 예기치 않은 불행으로 그 친숙한 육친성의 세계가 균열되기 시작하는 지점, 그럼으로써 낯선 타자성의 세계 속으로 작중인물들의 생이 송두리째 내동댕이쳐지는 지점에서 시작된다. 이를테면 「감자 먹는 사람들」에서 병을 앓는 아버지를 보며 작중화자가 떠올리는 "아버진 아무래도 양친을 처음 잃었던 그때, 이 세상이 무섭고 무섭기만 했다던 그때로 돌아가 계신 것 같았어요. 그후의 세월, 부모 없이 전쟁을 치러내야 했던 세월조차도 다 잊어버리고, 오로지 양친을 처음 잃었던 그때로 돌아가 계신 것 같았습니다"라는 생각이나, 「오래 전 집을 떠날 때」에서 "어린 얼굴 하나가 기차의 강철바퀴에 으깨지고 터져서 초록 들판으로 튕겨나가던 돌이킬 수 없는 순간"에 대한 기억 속에 잠재되어 있는 것은 육친성의 세계가 깨어져나가는 순간 생의 전존재가 겪게 되는, 그리고 작중인물들의 잠재의식 속에 강렬한 트라우마로 각인되어 끈질기게 현재의 삶 속으로 침투해들어오는 최초의 관계성 파열의 충격이다. 성인이 된 주인공의 의식 속에서 되풀이 반추되는 그 어린 시절의 기억은 주인공의 삶을 충만한 존재론적 안정감으로 감싸안아주던 육친적 세계의 울타리가 낯선 타인들의 세계 속으로 부서져나가던 순간의 충격을 고스란히 간직하고 있다. 「오래 전 집을 떠날 때」에서 빈집만을 찾아다니며 사진을 찍던 주인공이 빽빽하게 잡초가 들어찬 어느 빈집에서 갈증으로 불타는 듯한 눈을 가진 두 마리 백조의 환영을 보게 되는 것이나, 오랫동안 비워두었던 자신의 집에서 두 남녀

어린아이의 환영을 목격하는 것은 주인공이 어린 시절에 겪었던 그 충격적인 상실의 체험과 밀접한 연관이 있다. 두 마리의 백조나 두 남녀 어린아이는 모두 타자성의 세계 속에서 파열되어버린 육친성의 세계, 그리고 그 육친성의 울타리 바깥으로 내던져져 더이상 육친적 친화감으로 동화될 수 없는 낯선 타인들의 세계 속에서 살아가는 주인공의 황폐한 의식 내부를 비추어주는 환영들이다. 이러한 상실의 원체험은 「마당에 관한 짧은 얘기」에서도 그대로 재생된다. 이 작품의 작중화자가 어두운 밤 자신이 살고 있는 오피스텔의 현관 앞에서 목격한 닭을 안고 있는 어린 여자아이의 환영, 그리고 그 여자아이가 들려주는 이야기 속에는, 삶 속에 복병처럼 도사리고 있다가 어느 순간 삶의 뒷덜미를 낚아채고야 마는 불운의 그림자에 의해 찢겨져나간 행복했던 어린 시절, 충만했던 육친성의 세계에 대한 깊은 박탈감이 스며들어 있다.

그런 의미에서 신경숙의 소설에서 가족이라는 삶의 울타리는 가족이라는 관계가 갖는 단순한 일상적 의미 이상의 의미를 지니고 있다. 가족이란 나와 분리되어 있는 타자이면서도 타자성의 논리로부터 벗어나 마치 내 존재의 일부처럼 나와 하나로 결합되어 있는 존재들이다. 신경숙의 작중인물들에게 육친적 정서는 바로 나와 타자 사이에서 타자화된 세계의 흔적을 지워나가는 가장 원초적인 관계의 끈, 다시 말해 나와 타자 사이를 잇는 완전한 존재론적 일체감을 지향하는 정서라고 할 수 있다. 따라서 가족이라는 울타리 안에는 나와 타자 사이의 근원적인 소통단절의 경계가, 그리고 그 경계에서 생겨나는 예기치 않은 배반과 상실의 체험이 존재하지 않는다. 아니, 존재한다고 할지라도 그러한 관계의 균열은 존재론적 일체감이라는 정서의 테두리 안에서 얼마든지 복구 가능한 것이다. 그러나 육친성의 세계가 부서져나가고 그 자리에 타인들의 세계가 스며들기 시작하면서 세계와 나 사이에는 어떤 치명적인 단절의 관계가 형성되고, 내 의지가 미치지 않는 곳에서 예고 없이 나의 삶을 뒤흔들고 지나가는 삶의 불가해성에 대한 인식의 심연이 자리잡게 된다. 불운의 그림자는 항상 나의 이해와 의지가 가 닿을 수 없는 육친적 세계의 바깥, 좀처럼 내가 한 몸으로 섞여들 수 없는 바로 그 타인들의 세계로부터 오는 것이다.

　신경숙의 소설에서 작중인물들이 보여주는 삶에 대한 근원적인 부적응증은 결국 그들이 타인들과의 관계에서 겪는 관계부적응증에 다름아니다. 타인들의 세계 속에서 그들의 삶을 이끌고 가는 것은, "그녀는 타인의 눈에 띄지 않으려고 애쓰면서 살아가는 중이다. (……) 사실 그녀도 자기 자신을 잘 모른다. 다만 아무에게도 눈에 띄지 않고 가만히 살고 싶어한다는 것밖엔"(「오래 전 집을 떠날 때」)이나, "예나 지금이나 내가 생에게 바라는 게 있다면 생이 내 앞에서만은 더이상 곡예를 부리지 않았으면, 하는 것뿐이었다. 조용한 생활을 할 수만 있다면 내 생에 아무런 일이 일어나지 않아도 좋다고. (……) 아무도 사랑하지 않고도 살아갈 수 있다고"(「그는 언제 오는가」)라는 구절에서 볼 수 있듯이, 타인들과 어떠한 관계로도 얽이지 않고 싶다는 욕망, 타인들의 세계로부터 숨어버림으로써 생이 부리는 예측할 수 없는 곡예로부터 달아나고 싶다는 자기폐쇄적 욕망이다. 이처럼 일종의 표면장력처럼 타인들의 세계와 닿는 관계의 체적을 최소한으로 줄이고 싶어하는 자폐적인 욕망 속에는 생이 그들에게 가해오는 부당한 상실의 충격 앞에 더이상 무방비 상태로 노출되고 싶지 않다는 어떤 절망적인 자기 보호본능이 도사리고 있을 것이다. 그러한 자기폐쇄적 욕망과 밀접한 관련을 맺고 있는 것이 신경숙의 소설에서 반복해서 나타나는 '방'이나 '집'이라는 공간의 이미지들인데, 이러한 이미지들 속에는 자신을 이 세계로부터 절연된 밀폐된 삶의 공간 속으로 밀어넣음으로써 타자성의 세계와의 관계가 가하는 압력으로부터 벗어나, 세계와의 내적 불화를 견디기 위한 최소한의 실존적 공간을 확보하려는 작중인물들의 욕망이 반영되어 있다. 그러나 그 집이나 방은 또한 작중인물들의 의식이 과거의 시간 속으로 흘러드는, 혹은 이미 기억의 시간대로 옮겨가버린 과거의 환영들이 현재적 삶의 표피층을 뚫고 생생한 현실감으로 되살아나는 공간이기도 하다. 작중인물들은 타자들의 세계 속에서 그들의 내부에 새겨진 자기 동일화된 존재의 영역이 찢겨져나가는 상실의 체험을 끌어안고 되풀이해서 방, 혹은 집으로 표상되는 밀폐된 공간 속으로 귀환한다. 그 집은 오래 전에 떠나온 집, 나와 세계 사이의 균열이 시작되기 이전의 삶의 원형이 보존되어 있는 아득한 기억의 공간이라 할 수 있다. 그러나 집을 이루는 육친적 세계의 원형이 훼손되어버린 상태에서 집으로의 귀환은 불가능한 일이다. 따라서 작중인물이 집으로의 귀환을 꿈꾸는 그 유예된 시간 속에서 발견하는 것은 단지 이미 사라져버린 집에 대한 조각조각 흩어진 아득한 기억의 파편들일 뿐이다.

## 4. 관계의 죽음을 넘어 ―「그는 언제 오는가」

「그는 언제 오는가」에서도 신경숙의 작품세계에서 나타나는 이러한 특징적인 경향들은 작품의 전체 분위기를 강하게 지배하고 있다. 이 작품의 작중화자는 타자성의 세계 속으로 나아가는 성장과정의 초입에서 버스 추락사고로 인한 부모의 갑작스런 죽음을 겪은 후, 유일한 가족으로 남겨진 여동생 이외에는 타인들과 관계맺는 어떠한 적극적인 행위도 거부하며 살아온 인물이다. 육친의 죽음이 그녀에게 던져준 최초의 충격, 그녀의 영혼 속에 깊숙이 새겨진 그 강력한 트라우마는, 이후의 그녀의 삶에서 타자들과의 관계에 대한 심리적 두려움, 다시 말해 자기 아닌 누군가에게 마음을 주면 자신이 준 그 마음만큼 상처를 받으리라는 항상적인 좌절의식으로 자리잡게 된 것이다. "세계는 여기저기 틈틈이 벌어져 있고 그 벌어진 틈으로 버스가 추락하기도 하고 잉태된 아이가 태어나지도 못하고 사산되기도 한다"라는 구절이나, 여동생의 죽음 이후 "어디서부턴가 갑자기 생이 헝클어져버렸고 이제 그걸 돌이킬 수가 없어서 어디서도 이제 내가 살아가야 하는 가치를 찾아낼 수 없을 것만 같았다"
라는 작중화자의 말에서 감지되는 그 두려움은 무심한 듯 놓여 있는 이
세계의 이면에서 이미 죽음, 혹은 파열의 불가해한 동공을 보아버린 자
의 두려움이다. 다음 구절에서 작중화자가 육친의 죽음 앞에서 짓는 '오
싹한 웃음' 속에는 예고도 없이 생의 한가운데로 엄습해들어오는 죽음
의 한기가 생의 등줄기를 훑어내려갈 때 느꼈던 강렬한 공포의 체험이
서려 있다.

　나는 잠을 깨고도 움직이지 않고 침대에 누워 있었다. 느낀다. 생겨난 것
은 사라진다는 것을. 예전에, 아주 예전 어느 봄날 아침에 화장대를 앞에
놓고 눈썹을 그리고 입술 연지를 바르고 장롱 안에서 가장 화사한 옷을 차
려입고 결혼식장으로 떠난 어머니. 그리고 그 옆의 단정했던 아버지. 그들
이 다시 돌아오지 않았을 때에 나는 오싹한 웃음을 웃었던 것 같다. 매우
느긋하고 행복해 보이기까지 하던 동생이 갑자기 아침에 일어나지 않았을
때 또한번 오싹했다. 느낀다. 삶이라는 것이 오페라의 무대의상처럼 그렇
게 형식을 갖춰 떠오르는 것만은 아니라는 것을.

　이 작품에서 작중화자의 의식의 심연에 새겨진 그 두려움에 대한 기억
은 "내 마음 깊은 속에는 인생이 내 뜻대로는 풀리지 않을 것이라는 암시
같은 게 있었지 않았나 싶어요. 늘 그 암시에 휘둘렸죠. (……) 나도 느
닷없이 부모를 잃었지요. 연탄 가스 사고였죠"라는 제부의 말 속에서 동
일한 음조로 울려나온다. 나와 가장 가까웠던 사람, 나와 분리될 수 없는
존재의 뿌리로 연결되어 있던 가족적 삶의 울타리를 송두리째 뒤흔들며
생의 의지를 돌이킬 수 없이 헝클어뜨린 그 죽음의 습격이 가져온 치명
적인 상실의 체험 이후, 작중화자는 삶의 도처에서 마치 블랙홀처럼 도
사리고 있는 삶의 또다른 얼굴, 바로 그 어두운 죽음의 그림자를 감지한
다. 그리고 어느 날 불현듯 내 존재의 균열 속으로 스며드는 '그', 그 죽

음이라는 이름의 낯선 방문객에 대해 작중화자는 또다른 죽음의 방식으로 대응한다. "문단속을 하지 않으면 어느 틈으론가 다시 그가 스며들어올 것만 같았다"라는 말에서 암시되는 것처럼, 그것은 생의 뒤통수를 후려치듯이 삶 속으로 침투해들어와 사랑하는 사람을 빼앗아가는 상실의 어두운 그림자로부터 도망치기 위해 밀폐된 자기만의 공간 속으로 더 깊숙이 몸을 숨기는 것, 상처받지 않기 위해 타인과의 어떠한 관계맺음도 시도하지 않는 것이다. 그것은 바로 관계의 죽음을 끌어안고 사는 삶, 사랑하는 사람의 갑작스러운 죽음이 가져오는 상실의 충격을 피하기 위해, 삶 스스로가 세계로부터의 고립을 자기 삶의 항상적인 존재조건으로 받아들인 삶이다. 관계의 죽음을 끌어안고 살아가는 삶은  상실에 대한 최초의 기억을 되풀이 반추하고 연장하면서 스스로를 모든 관계 바깥의 죽음과도 같은 생의 무풍지대로 내몬다.

　그러나 "발작적으로 문단속을 하는 날들은 어디에나 먼지들이 진을 치고 있다가 내가 걸어가면 우우, 일어날 지경이었다"라는 말 속에는 아무 일도 일어나지 않는 죽음과도 같은 평온한 삶의 막 뒤에서 끓어오르는 그녀의 격렬한 내면적 고통에의 암시가 숨어 있다. 그 격렬한 내면적 고통 속에서 그녀의 의식은 둘로 나뉘어 있다. 하나는 그녀의 현재를 둘러싸고 있는 죽어버린 삶의 그림자를 응시하는 의식이고, 다른 하나는 끊임없이 사라져버린 과거의 시간 속으로 회귀하는 의식이다. "이 땅에 살면서 몸에 쌓인 생활의 추억은 전기가 들어왔던 때와 들어오지 않은 때를 구분으로 해서 달라진다. 호롱불 밑에서의 생활과 전등 아래서의 생활로. 그것의 차이는 우리가 부모님과 함께 마당이 있던 슬레이트집에서 살던 때와 불시에 부모님을 잃고 도시의 작은아버지네 근처의 9층 아파트에서 살게 된 것만큼이나 달랐다. (……) 전깃불이 늦게 들어오는 마을에 살았으므로 동생과 나의 밑바닥엔 첩첩산중의 촌아이나 보았음직한 풍경들이 오롯이 아로새겨져 있다"라는 구절에서 그 의식의 경계는 전등불 밑에서의 생활과 호롱불 밑에서의 생활 사이에 가로놓여 있는 삶의 경계와 겹쳐지는 것이기도 하다. "들판에 멍석을 깔아놓고 나란나 란 홀테를 세워놓고 추수를 하던 풍경", 혹은 "잠시 일손을 놓은 엄마에 게 매달려 젖을 빨아먹던 어린애들. 아득한 지평선. 찬란한 햇빛. 머리에 쓰고 있던 수건을 풀어 곁에 앉아 있는 아이의 코를 닦아주던 엄마들의 일하는 손. 아버지들은 둑길에 앉아 텁텁한 막걸리를 대접에 콸콸 따라 단숨에 쭉 들이켜며 마을 쪽을 돌아다보았다. 마을 집집마다의 감나무엔 감이 붉게 익어가고 있고, 뒷산의 밤나무에선 통밤이 툭툭 불거져나오" 는 한 편의 그림 같은 풍경으로 기억되는 그 호롱불 밑에서의 삶은, 작중 화자에게 때로 햇곡식의 싸한 냄새 속에서 "아직 단 한 번도 발음해보지 못한" 사랑한다는 말을 하고 싶다는 욕망을 불러일으키며, 수시로 그녀 의 삶 속에 간절한 그리움으로 흘러들어온다. 부모님과 함께 살던 호롱 불 아래에서의 생활은 두 자매의 기억 속에서 되풀이해서 육친적 세계의 울타리 안에 놓인 삶의 원형 이미지로 재생되는 것이다.

그러나 이 작품에서 그와 같은 원형적인 체험공간의 상실 이후의 삶에 대응하는 방식에서 여동생은 작중화자의 경우와 매우 다른 태도를 보여 준다. 여동생은 "나는 냉소적이지도 않았고, 이 세상을 사랑하려고 무진 애를 썼어. 사람이 아니라 이 세상에 존재하는 것이면 무엇에게든 그 몫 의 깊이가 있다고 생각해서 존중했어. (……) 단지 열심히 살려고 했단 말이야"라는 말처럼, 삶을 향해 자신을 활짝 열어젖히고 타인들의 세계 속으로 적극적으로 뛰어들려고 노력했던 인물이다. 삶에 대한 열정적인 활기에 가득 차 있는 듯한 이러한 유형의 인물은 실상 신경숙의 작품에 서 매우 드물게 나타나는 인물유형이라고 할 수 있다. 부모의 죽음 이후, 여동생은 느닷없이 그들을 낯선 타인들의 세계 속으로 내팽개쳐버린 그 이해할 수 없는 삶의 폭력 앞에서, 타인들의 세계를 등지기보다는 그 세 계 속에 적극적으로 자신의 삶을 개입시키는 방식으로 운명의 불가해함 에 맞서려 했다. 여동생의 자세는 자신의 몸속에 침투해 들어오는 죽음 을 대하는 태도에서도 그대로 나타난다. "가만히 앉아서 기다리고 있진 않을 거야. (……) 마지막 날까지 나는 내 할 일을 하고 내가 스스로 갈 거야. 그게 지금의 내 의지야"라는 말에서처럼, 그녀는 죽음이라는 운명 앞에 수동적으로 굴복하기보다는, 그녀 자신의 의지로 그 죽음을 받아들이는 방법을 선택하는 것이다. 죽음은 예기치 않은 운명의 힘에 의해 그녀의 몸속으로 침투해 들어왔지만, 죽음을 최종적으로 수락하는 것은 운명의 의지가 아니라 바로 그녀 자신의 의지라는 것, 여기에서 우리가 읽을 수 있는 것은 삶의 불가해함에 수동적으로 떠밀려가지 않으려는 그녀의 삶에 대한 어떤 결연한 자세이다.

그런데 이 작품에서 특별히 우리의 주목을 끄는 것은 여동생이 자신의 죽음을 마무리지을 마지막 장소로 택한 것이 연어들이 마지막 산란의 장소로 찾아드는 남대천이라는 점이다. 남대천이라는 곳은 연어들이 태어난 곳이면서 산란 이후의 죽음을 맞는, 탄생과 죽음이 동시에 이루어지는 장소이다. "태어나서 그토록 먼 곳까지 갔다가 다시 태어난 곳으로 돌아와 단 한 번 알을 낳고 마감되는 연어의 생", 그것은 스스로의 의지로 선택한 여동생의 죽음과 어떤 상징적 의미로 연결되어 있는 것은 아닐까? 이 작품에서 두 자매의 의식 밑바닥에 생생하게 각인되어 있는, 나의 존재가 존재의 근원으로부터 분리되기 이전의 충일함으로 나의 존재를 가득 채웠던 어떤 원형적인 삶의 이미지들, 그 사라져버린 원형의 이미지들을 향해 있는 귀소(歸巢)에의 욕망은, 온몸이 뜯기고 지느러미가 찢어지는 고통을 감내하면서 모천으로 되돌아오는 연어들의 모습과 겹쳐지는 것이다. 그 연어들은 "연어들은 뭐하러 그렇게 기를 쓰고 떠난 곳으로 돌아오는 거냐구. 알을 낳고 나면 까맣게 타서 죽는다면서. 죽으려고 오는 거냐구"라는 여동생의 말처럼, 죽기 위해 자신의 목숨이 시작된 최초의 장소로 돌아오는 것이다. 그렇다면 여동생은 왜 자신의 뼛가루가 남대천에 뿌려지기를 원한 것일까? 아니, 작가는 왜 남대천을 여동생의 최종적인 죽음의 장소로 설정한 것일까? 어쩌면 여기에는 결국 모천으로의 회귀는, 아니, 사라져버린 과거의 시간 속으로의 회귀는 죽음을 통해서만 가능하다는 의미, 다시 말해 상실의 체험을 벗어날 수 없는 삶 이전의 시간들로의 귀환은 삶 속에서는 영원히 유예될 수밖에 없는 죽음의 몫일 뿐이라는 작가의 비관적 전언이 담겨 있는 것은 아닐까?

그러나 언어의 죽음은 동시에 새로운 탄생을 예비하는 죽음이다. 그러므로 남대천은 죽음을 통해 건너가는 새로운 삶의 출발지이기도 하다. 그런 의미에서 이 작품에서 남대천이라는 장소는 여동생의 죽음에 되돌아감과 되돌아나옴이라는 이중의 의미를 부여한다. "그래, 나는 끝이고 내 죽음은 언니와 그 사람 몫인지도 몰라"라는 여동생의 말 속에는 그 죽음이 지닌 이중적 의미가 담겨 있다. 여동생은 남대천을 선택함으로써 그녀가 선택한 죽음이 삶의 새로운 재생으로 이어지기를 원했는지도 모른다. 그리고 그 재생은 여동생의 말처럼 결국 죽음의 습격으로부터 살아남은 사람들이 감당해야 할 삶의 몫일는지도 모른다. 상실의 체험이 이루어진 지점에서 어둡게 응결되어버린 작중화자의 삶, 언제 들이닥칠지 모를 '그', 그 유예된 죽음의 순간을 기다리며 단단한 내면의 껍질 속에 웅크리고 앉아 부서져버린 과거의 시간을 향해서만 기억의 등을 활처럼 구부리고 있는 작중화자의 모습. 그렇다면 열심히 살고자 했던 여동생의 죽음은 과거의 시간 속에 갇혀 텅 빈 죽음의 순간을 살아가던 작중화자에게 그 폐쇄된 죽음의 삶으로부터 되돌아나갈 또다른 삶의 길을 지시해줄 것인가? 여동생의 죽음이 가져다준 또한번의 격렬한 상실의 충격을 가로질러 작중화자가 내뱉는 다음과 같은 독백은 어쩌면 그에 대한 하나의 대답이 되어줄 수도 있을 것 같다.


지금은 이렇게 캄캄한 마음이지만 어디선가 다시 냄새가 나고 우리는 더듬더듬 다시 그 냄새를 찾아갈 거야. 지금은 이렇게 가슴 아프고 아쉽지만 언젠가는 알게 되지 않겠어요. 다시 옛날로는 돌아갈 수 없다는 것을. (……) 우린 살아갈 거예요. 그게 우리의 본능일 테니.

(1997)

# 아버지 탐구와 어머니 찾기
## —구효서의 소설세계


## 1. 소설쓰기란 무엇인가


구효서의 소설들은 소설을 둘러싸고 제기되는 물음들, 이를테면 이 시대에 소설을 쓴다는 것은 어떤 의미가 있는가? 이 시대의 소설가의 역할과 위상은 무엇인가? 이 시대에 소설쓰기가 궁극적으로 추구하는 것은 과연 무엇이며, 무엇이어야 하는가? 등등에 대한 나름대로의 답변을 모색하려는 노력을 중심축으로 회전하고 있는 듯하다. 그리고 그러한 물음들의 밑바닥에는 대개의 경우, 언어에 대한, 혹은 언어를 통해 이루어지는 소통행위에 대한 보다 근본적인 문제제기가 가로놓여 있다. 구효서의 소설들에 등장하는 주인공들이 대부분 소설가이거나, 어떤 형태로든 언어와 관련된 매우 민감한 자의식을 지니고 있는 사람들인 것은, 그의 소설들에서 제시되는 이와 같은 문제의식과 밀접한 관계가 있다. 구효서의 소설 속의 주인공들은 소설쓰기를 자신의 평생의 업으로 짊어질 것을 선택했으면서도, 그 운명적 업의 의미에 대해 끊임없이 회의하고, 그 회의를 통해 언어와 인간의 삶이 지닌 본질적인 관계가 무엇인지를 파헤치려는 노력을 보여준다. 구효서의 소설에서 이러한 문제의식은 인간의 삶을 관리하고 통제하는 교묘한 자본주의적 메커니즘에 대한 문제의식과 겹쳐지면서, 언어라는 것이 그러한 통제의 메커니즘과 어떻게 결탁하고 그럼으로써 어떻게 오염되고 있는지에 대한 물음으로 나아갈 때 보다 첨예한 현실적 의미를 획득하게 된다. 요컨대 문제의식의 근간을 이루는 것은 언어는 과연 인간적 진실의 표현에 합당한 도구인가, 혹은 언어를 통해 진실의 문 안쪽에 이르는 것은 과연 가능한 일인가라는 의문이다. 특히 개인의 삶이 끊임없이 개인의 의지를 넘어서는 어떤 보이지 않는 메커니즘의 논리에 의해 조정당하고 있는 것은 아닌가라는 의심은, 구효서 소설 속의 주인공들이 공유하고 있는 상당히 민감한 문제의식 가운데 하나라고 할 수 있는데, 그러한 의심은 궁극적으로 그와 같은 자본주의적 메커니즘 안에서의 소설쓰기란 무엇인가를 묻는 소설가적 자의식과 연결되는 것이라고 할 수 있다.

그러한 문제의식을 드러내는 방식으로서 구효서의 소설이 애용하고 있는 방법 가운데 하나가 특유의 몽환적이면서도 알레고리적인 소설기법이다. 아마도 그러한 알레고리적 소설기법은 구효서를 다른 작가들과 구별지어주는 그만의 독특한 소설가적 개성이라고 볼 수 있을 것이다. 그 특유의 알레고리는 현실의 공간을 비현실의 공간 쪽으로 그로테스크하게 확장시키는, 혹은 소설에서 제시되는 상황이나 인물들의 행위를 비현실적으로 과장되게 부풀려 표현하는 데서 얻어진다. 그것은 지금까지 소설을 억눌러왔던 개연성의 구속을 과감하게 벗어나 소설적 상상력의 공간을 보다 탄력적으로 운용하려는 시도의 하나로 평가될 수 있을 것이다. 소설적 개연성의 고삐를 풀어버리고, 현실과 비현실의 경계선을 자유자재로 넘나들면서 특유의 과장된 서술을 일삼는 그의 소설기법은 그 때문에 그의 소설을 읽는 독자들을 종종 당혹스럽고 낯선 소설세계로 이

끌어들인다. 구효서의 소설들에서 나타나는, 소설의 공간 속으로 일상적인 감각의 영역을 뛰어넘는 비현실적인 환상의 영역을 거침없이 끌어들이는 발상법이나, 통념화된 공간개념이나 시간개념, 혹은 상식화된 물질적 계량의 단위를 무시해버린 엉뚱하고도 그로테스크한 과장벽 등은, 마치 현실의 시공을 무한히 확장하여 그 내부를 자유분방하게 약동하는 비현실적인 상상적 도약으로 가득 채우는 라블레나 마르케스의 소설기법을 연상시키기도 한다. 구효서의 소설이 보여주는 이러한 그로테스크한 과장법은 「영혼에 생선가시가 박혀」나 「자공(子公), 소설에 먹히다」에서와 같이, 대상을 희화화하는 방식으로 가볍게 들떠 있기도 하고, 『슬픈 바다』나 「노래」 등의 경우처럼 세계에 대한 작가의 어둡고 비관적인 인식으로 무겁고 음울하게 채색되어 있기도 하다. 구효서의 소설이 보여주는 알레고리의 세계는 그로테스크한 과장법을 통해 일상적인 감각의 세계를 기이하게 왜곡하거나 뒤엎어버리고 그 속에 인위적으로 구성된 비일상적이고 이질적인 상황들이나 표현들을 끼워넣음으로써 일상적 삶의 미세한 층위에서 작용하는, 그렇기 때문에 현실적 삶의 자장 안에서는 지극히 자연스럽고 일상화된 감각의 형태로 받아들여지는 보이지 않는 메커니즘의 실체를 섬뜩한 방식으로 드러내준다. 이런 의미에서 구효서의 작품에서 알레고리적 인위의 세계는 일상적 감각의 관습화된 자연스러움과 맹목성에 대한 저항적 소설담론의 한 양식으로 이해할 수도 있을 것이다.


## 2. 역사, 언어의 미망

알레고리적 기법과 더불어, 왕성한 필력을 과시하고 있는 구효서의 소설에서 그의 작가적 개성이 가장 탁월하게 발휘되는 것은 그가 자신의 소설 속에서 종종 재기발랄하면서도 과감한 실험적 기법을 드러내보일 때이다.[1] 『확성기가 있었고 저격병이 있었다』에 실린 작품들이 그 두드러진 예로 거론될 수 있겠지만, 무엇보다도 구효서의 그러한 재기발랄한 작가적 역량이 가장 뛰어난 빛을 발하고 있는 것은 『늪을 건너는 법』에서인 것으로 보인다. 이 작품 속에는 구효서의 작품세계의 바탕을 이루고 있는 중심적인 주제들이 작가의 탄력적이면서 개성적인 서술기법과 더불어 매우 집약적인 형태로 녹아들어 있다고 할 수 있는데, 그것은 궁극적으로 이미 앞에서 제기한 구효서 작품세계의 기본적인 문제의식, 즉 언어에 의해 행해지는 모든 진술행위에 대한 근본적인 회의와 맞닿아 있다고 할 수 있다.

『늪을 건너는 법』에서 조그만 회사의 부사장으로 지극히 평범하고도 일상적인 삶을 살아온 주인공은 어느 해 여름 자신의 가계(家系) 속에 감추어진 비밀에 대한 은밀한 의혹을 제기하는 몇 장의 정체 모를 팩스를 받게 되면서 마치 어떤 불가항력적인 힘에 떠밀리듯 자신이 몸담아온 일상의 공간과는 다른 차원의 공간 속으로 빠져들게 된다. 이 작품은 주인공이 강화도에 터를 잡았던 그의 아버지와 생모의 과거를 추적해나가는 과정을 기둥 줄거리로 삼고 있지만, 작품에서 문제가 되는 것은 과거에 일어났던 사건 그 자체가 아니라, 그 사건을 추적하는 과정에서 주인공이 끊임없이 부딪히게 되는 다양한 진술들의 혼돈과 뒤얽힘이다. 주인공

---

1) 그의 왕성한 필력과 더불어 구효서의 작품세계는 상당히 다양한 면모를 지니고 있다. 『노을은 언제 뜨는가』나 『깡통따개가 없는 마을』에 실린 작품들처럼 규범화된 소설양식의 범주를 크게 벗어나지 않는 작품들에서부터, 『늪을 건너는 법』이나 『확성기가 있었고 저격병이 있었다』에 실린 작품들처럼 기존의 소설양식을 벗어나 개성적이고 독창적인 실험적 소설양식을 시도하고 있는 작품들에 이르기까지, 혹은 『슬픈 바다』나 『추억되는 것의 아름다움, 혹은 슬픔』 등과 같이 첨단 소비사회에서 성장한 새로운 세대의 문화적 감각을 대변하는 듯한 소설에서부터, 『라디오 라디오』처럼 라디오가 처음으로 보급되던 지난 시절에 대한 추억을 정감어린 해학적 필체로 되살려내는 소설에 이르기까지, 그의 소설적 보폭은 그야말로 종횡무진이라는 느낌마저 불러일으킬 정도다. 이렇게 다양한 경향들을 아우를 수 있는 것은 분명 그의 작가적 재능에 속하는 문제이겠지만, 이 글에서는 그 다양한 소설적 경향들을 관류하고 있는 보다 근원적인 작가적 문제의식에 초점을 맞춰 논의가 진행될 것이다.

은 전대(前代)의 역사를 추적하는 과정에서 그 역사를 각기 다르게 증언하는 다양한 진술들의 미망 속으로 빠져들게 된다. 결국 그는 과거의 진상에 이르는 길을 잃고, 역사의 실체가 역사에 대한 각기 다른 기록, 혹은 진술들의 미망 속으로 사라져버리는 혼란스럽고도 불가사의한 현실에 직면하게 된다. 그 엇갈리는 진술들 속에서 그가 찾으려고 하는 역사의 실체는 점점 더 오리무중의 안개에 가려져버리고 마는 것이다. 그가 그해 여름에 머물렀던 강화도라는 공간은 역사적 실체와 역사적 진술, 혹은 사실과 허구 사이에 놓여 있는 건너갈 수 없는 늪의 공간이었던 것이다. 강화도라는 공간은 지금까지 주인공의 일상을 지배해왔던 합리의 세계로부터 일탈된 비합리의 세계이며, 그 기이하고도 혼란스러운 비합리의 세계를 통해 작가가 보여주고 있는 것은 언어와 인간의 삶이 맺고 있는 관계에 대한 고도의 치밀하고도 정교한 알레고리이다. 주인공이 강화도에 발을 디디면서 겪게 되는 영문을 알 수 없는 상황들, 이를테면 "실마리를 찾아들어가면 갈수록 더욱 미궁으로 빠져들고 말던 당혹감, 믿기 어려운 비문(碑文)과 고서(古書)의 기록, 상반된 진술, 엇갈린 증언, 향토사학자의 지나친 열정, 주요 자료원인 통대의 분열증"[2] 등의 "혼란스럽고 어리둥절한 일이 연속적으로 닥치는"(『늪』, 68쪽) 체험에 빠져들게 되면서 느끼는 혼란은 지금까지 일상적인 삶의 공간 속에서 그를 지탱해왔던 합리적인 언어 소통의 기반이 허물어져버리는 데서 오는 혼란에 다름아닌 것이다.

　주인공은 그 역사적 진술의 혼란 속에서 겪은 언어적 미망의 체험을 되풀이해서 '배반의 체험'이라고 강조한다. 여기에서 "혼돈에의 유혹이 다름아닌 배반에의 유혹"(『늪』, 35쪽)이라는 것, 그리고 그 배반에의 유혹은 "나를 아는 모든 사람들에 대한 배반"(『늪』, 35쪽)일 뿐만 아니라

---

2) 구효서, 『늪을 건너는 법』, 중앙일보사, 1991, 68쪽. 이후의 인용은 본문에 『늪을 건너는 법』은 『늪』, 『비밀의 문』은 『비밀』, 『확성기가 있었고 저격병이 있었다』는 『확성기』, 『남자의 서쪽』은 『남자』 등의 약자와 쪽수를 밝히는 괄호표기로 처리한다.

"심지어는 나 자신에게까지 향하고 있었다는 사실"(『늪』, 36쪽)에 대한 자각은 매우 의미심장한 것이라고 아니할 수 없다. 주인공은 말한다. "며칠, 무덥던 여름밤을 새우면서 자신이 모든 것으로부터 소외되어 있다는 일종의 실존적 자각 같은 것을 경험하게 되면서부터였다고 말해야 할 것이다. 그러한 자각을 경험하고 있는 자신은 과연 나이겠느냐 하는, 가히 분열적 사고에까지 이르면서부터"(『늪』, 36쪽) 그 배반에의 충동이 시작되었던 것이라고. 그렇다면 이 작품에서 강화도라는, 일상으로부터 일탈된 비합리의 공간은 지금까지 주인공을 일상적 자아로 규정지어왔던 자아 정체성에 대한, 혹은 그것을 가능케 했던 현실에 대한 근본적인 물음이 시작되는 장소이기도 하다. 그 배반에의 유혹은 주인공이 말하는 '일상의 헷갈림'을 넘어 그를 "거듭거듭 소급된 초세기적 초사회문화적 공간"(『늪』, 134쪽)으로 이끈다. 다시 말해 작품의 주인공이 아버지와 생모의 과거를 추적해나가면서 역사적 기록의 미망에 빠져드는 과정은 궁극적으로 그가 이른바 '나림'이라는 기이한 종교집단의 존재와 대면하게 되는 과정과 겹쳐 있는 것이다.

그런데 여기에서 흥미로운 것은 이 작품이 그 두 과정의 겹쳐짐을 통해서 계속 '아버지에 대한 탐구'와 '어머니 찾기'라는 이중적인 의미망을 환기시키고 있다는 점이다. 아버지의 과거로 거슬러올라가는 것은 아버지라는 우상을 파괴하고 생명의 근원인 어머니의 세계로 나아가는 길이다. 이 작품에서 주인공이 배반에의 유혹에 몸을 맡기는 일이란 결국 아버지 버리기의 과정에 참여하는 일에 다름아니다. "그 여름이 지난 지금. 난 새록새록 돋아나는 아버지 생각에 가끔씩 진저리를 친다. 생전에는 보이지 않던 가족에 대한 아버지의 통치술이 잊혀지지 않는 몹쓸 기억들처럼 시도때도 없이 한 가지씩 떠올라 입맛을 쓰게 하기 때문이다"(『늪』, 86쪽)라는 생각은 "아버지의 불합리와 억지와 노염이 치밀하게 계획된 불합리와 억지와 노염이었다는 사실을 알게 되었"(『늪』, 89쪽)다는 생각으로 이어지고, 그것은 "지금까지의 내 삶이 온통 미망에 빠져 있었던 것인가"(『늪』, 86쪽)라는 생각으로 귀결된다. 결국 주인공이 강화도에서 겪은 혼돈과 미망의 체험 속에서 자각하게 되는 것은 아버지의 기만적인 통치술과 그 통치술의 울타리 안에서 유지되어오던 삶의 허구성이다. 주인공은 강화도에서 맞부딪힌 비합리의 세계를 통해 자신에게 너무나 익숙했던, 그렇기 때문에 지극히 자연스럽고 합리적이라고 생각해왔던 현실의 낯선 이면을 들여다보게 되는 것이다. 주인공을 현실적 삶의 허구성에 대한 인식으로 이끄는 그 비합리의 세계는 역사적 진술들이 서로 엇갈리고 착종하는 세계, 사실은 없고 사실이라는 말만 무성한 언어적 허구성의 세계이다. 말이란 사실이 드러나는 자리가 아니라, 그 사실을 받아들이는 각기 다른 주장과 이해관계가 치열하게 경합하는 장소라는 것, 따라서 그 말에 의해서 기록되는 역사를 관장하는 것은 사실이 아닌 힘의 논리라는 인식은 주인공의 자기 정체성과 관련된 믿음을 근본적으로 뒤흔들어버린다. 주인공이 찾으려는 역사적 사실, 그 과거의 진정한 실체는 어디에도 없는 것이다. 그 실체를 둘러싼 무성한 말들 속에서 생모 찾기를 통해 자기 정체성의 뿌리에 이르려는 주인공의 노력은 계속해서 유예된다. "저들이 제시한 근거들은 생모에게 접근하는 내 발길을 요지요지에서 완강하게 가로막았으며, 혼란에 빠뜨렸으며, 결국 길을 잃게 만들었으며, 나를 서울로 되돌려보냈던 것이다."(『늪』, 168쪽) 생모에게 접근하는 길은 이처럼 역사적 언술의 장 속에서 역사를 관장하는 힘의 논리, 그 허구화된 말들의 두터운 장막에 가려져 있다. 생모에게 이르는 길을 가로막는 그 무성한 말들 속에서 주인공은 "음모로 나를 조종했던 자들"(『늪』, 202쪽)을 보고 "그 섬에서 육지로 이탈했듯 나는 이 육지로부터 또한번의 이탈을 감행해야 한다는 강박증에 시달"(『늪』, 203쪽)린다. 그 이탈이란 무엇인가? 그것은 생모의 실체를 둘러싸고 있는 무수한 허구의 말들을 걷어내고, 궁극적으로는 허구의 말들 뒤에서 나를 조정하고 있는 자들, 그 아버지의 세계를 벗어나는 것이다.

　생모에게 접근하는쪽 길은 "어머니에 대한 힌트 한 가지를 얻을 때마다

나는 점점 알몸에 가까워지고 있다는 과장된 자각에 몸을 움츠려야 했다"(『늪』, 205쪽)에서처럼, 말들을 벗어던진 알몸의 세계로 다가가는 길이다. 이 작품의 주인공은 아버지의 과거를 추적하는 과정에서 자신의 생모가 '나림의 무리'의 일원이었음을 알게 되고, 따라서 주인공의 생모 찾기는 곧 나림의 정체를 찾으려는 노력으로 이어진다. 특히 이 작품에서 주인공이 강화도에서 머물던 어느 날 밤 우연히 접하게 된 모종의 비밀스런 의식(儀式)은 그 나림의 무리, 아니 주인공이 도달하려고 하는 생모의 세계에 대한 매우 상징적인 암시를 던져준다. 푸른 달빛 속에서 일단의 남녀들이 알몸으로 움직이는 의식에 참여했던 그날 밤의 체험을 주인공은 다음과 같이 말하고 있다.

우리는 발정기를 지난 짐승들처럼 서로의 알몸과 성기를 보고도 무감정했다. 우리가 그곳에 모여들게 된 이유는 무엇이었을까. 그 점이 도무지 납득되지 않지만, 지금까지 내가 나름대로 추리해본 바에 의하면, 그곳에 우리가 모여들었던 까닭은 정적(靜寂)을 체감(體感)하기 위해서가 아니었나 싶다. 우주에 혼돈이 도래하기 이전의, 태초의 정적. 아니면 심연, 선정(禪定).(『늪』, 134쪽)

이후 알몸으로 겪었던 그 태초의 정적의 체험을 회상하며 주인공은 그것을 "초세기적 초사회문화적 공간"(『늪』, 134쪽)의 체험이라고 말하고 있거니와, 언어가 거세되어버린 이 알몸의 세계는 이 작품에서 주인공을 혼란과 미망의 늪으로 몰고가는 착종된 언술의 세계와 날카롭게 대립하는 것이다.

## 3. 언어, 권력에의 의지

『늪을 건너는 법』에서 주인공이 겪는 이러한 기이한 제의(祭儀)적 풍경은 구효서의 다른 작품들에서도 다양하게 변주되어 반복적으로 나타나는 그의 소설의 주요 모티프 가운데 하나이다. 이를테면 『비밀의 문』은 그 제의의 모티프를 보다 적극적인 방식으로 활용하면서 언어적 허구성을 정면으로 문제 삼고 있는 작품이다. 이 작품에서도 역시 언어에 대한 회의를 드러내는 방식으로 역사적 기록의 신빙성이라는 문제가 중심적인 매개로 작용하고 있다. 작품 전체는 상당히 복잡하게 얽혀 있는 네 단계의 서술층위로 분리되어 있는데, 세간에 널리 알려져 통념으로 굳어진 아소카 왕에 대한 역사적 기록과는 완전히 다른 내용을 담고 있는 「아육왕상전」이라는 새로운 역사적 기록을 제시하는 '시수팔라' 라는 서술자의 층위와 그 번역된 기록물에 대한 윤문작업을 떠맡은 최윤석이라는 인물이 주도하는 서술의 층위, 그리고 행방이 묘연해진 친구 최윤석의 행방을 추적하는 과정에서 비밀스런 사교집단의 실체와 만나게 되는 '나' 라는 서술자의 층위 및 낯선 청년으로부터 전달받은 그 모든 기록을 재구성해나가는 작가의 층위가 그것이다. 시수팔라의 역사적 기록은 통념으로 굳어져내려오는 아소카 왕에 대한 역사적 기록이 아소카 왕의 잔인한 폭정을 은폐하고, 대승불교의 창시과정에서 아소카 왕이 행한 치적을 미화함으로써 그의 절대왕권을 보다 강고히 하기 위한 간교하고도 조직적인 정치적 계략과 음모에 의해 이루어진 것임을 폭로하는 내용으로 이루어져 있는데, 작품 속에서 최윤석의 실종은 그  시수팔라의 기록을 윤문하는 과정에서 그가 느끼게 된 언어에 대한 근본적인 회의, 혹은 불신과 밀접한 연관이 있는 것으로 제시된다. 소설가 지망생으로 언어적 순수성에 대한 신앙과도 같은 믿음을 지니고 있던 최윤석은 역사를 기록하는 언어들이 특정한 정치권력의 필요에 의해 얼마든지 거짓을 위장하는 사악한 도구로 전락할 수 있음을 깨닫게 되는 것이다. 그러한 깨달음은 그로 하여금 소설을 버리고 언어에 의한 소통행위를 거부하는 기이한 사교집단의 지하세계로 빠져들게 한다.

여기에서 역사적 기록의 진실성에 대한 불신으로부터 시작된 최윤석의 언어에 대한 회의는 단순히 역사적 사실을 왜곡시키는 언어에 대한 회의의 차원을 넘어서, 언어를 통해 인간의 이성에 절대적 가치를 부여해온 형이상학의 역사 전체에 대한 회의로 이어진다. "언어라는 것이 특정한 개인, 종족, 사회에 의해 이해적(利害的)으로 서술되거나 개념화되어, 그것을 사용하거나 믿는 사람들의 의식세계를 제한하고 강제하는 나머지, 마침내 정신의 불구와 가치의 노예를 양산한다고 본 건 아닐까요. 만일 그렇다면 이성 언어를 통한 구원이란 근본적으로 불가능한 것이라고 여겼겠지요"(『비밀 2』, 261쪽)라는 '나'의 말은 최윤석의 언어에 대한 불신이 언어에 의해 이루어진 이성적 지배의 역사 전체에 대한, 그리고 그 역사 속에서의 언어를 통한 인간의 구원 가능성 자체에 대한 믿음의 상실과 연결되어 있음을 지적하고 있다. 언어라는 것이 단순히 역사적 진실을 왜곡하는 도구일 뿐 아니라, 인간의 역사를 이끌어온 이성적 권력이나 힘의 논리가 그 지배력을 실현하는 근본 바탕을 이루고 있다는 것, 다시 말해 언어는 단순한 이데올로기의 수단이 아니라, 특정한 사회적 공간에 소속된 인간의 의식과 욕망을 총괄적으로 관리하고 통제하는 이데올로기 그 자체라는 인식은, 결국 언어적 순수성이라는 믿음이 관리와 통제의 사슬로부터 인간을 구원의 길로 인도해주리라는 믿음을 근본적으로 가로막고 있는 것이다.

그렇다면 남아 있는 것은 언어를 버리고 언어에 의해서 이루어지는 모든 소통방식을 거부해버리는 방법밖에 없다. 최윤석이, 그리고 최윤석의 행방을 추적하는 과정에서 '나'가 접하게 되는 사교집단은 언어나 문자 대신 기이한 제의적 행위를 통해 인간 사이의 원초적인 소통방식을 추구하는 집단으로 나타난다. 작품 속에서 우리는 그 사교집단의 모임에 참가했던 작중화자를 통해 『늪을 건너는 법』의 주인공이 리리코 정과 어느 날 밤에 겪었던, 혹은 푸른 달빛이 비추는 밤에 목격했던 강화도에서의 그 이상한 제의적 체험을 보다 극단적인 형태로 변형시킨 제의의 현장을 접하게 된다. 그 제의의 현장에 참여한 사람들은 언어적 소통행위를 철저하게 배제하고, 환각제에 의해 이성의 통제영역을 벗어난 온갖 변태적인 성행위에 빠져드는 모습을 보여준다. 작중화자인 '나'는, 극도의 환각상태에서 벌어지는 무분별한 혼음과 온갖 배설물들을 쏟아내고 그 배설물들을 서로 나누어 마시는 그 변태적이고 원시적인 환각의식을 죽음과 재생의 의식이라고 설명한다. "모든 것을 원초로 되돌려놓은 그러한 상태에서 인간은 비로소 지금까지의 역사적 존재와는 전혀 다른 인간으로 다시 태어날 수 있다는 것. 이것이 저들이 주기적으로 해괴한 환각회좌를 갖는 이유일 것이다."(『비밀 2』, 223쪽)

그러나 작품이 진행되면서 시수팔라에 의해 저술되었다는 「아육왕상전」 역시 특정한 권력집단의 필요에 의해 만들어진 허구적 창작물임이 드러나고, 사교집단 역시 특정한 그룹에 속한 사람들의 욕망에 의해 조정되는 하나의 허구적 실체에 지나지 않음이 밝혀진다. "없는 듯하지만 있었다. 언어나 문자를 일절 사용하지 않는다지만 그들 집단에선 그게 넘쳐흘렀다. 없다고 하지만 분명 있었다. 테두리가 있고, 규격이 있으며, 색깔과 형태가 뚜렷한 기호의 상징물이 그들이 모이는 곳 어디에나 빠짐없이 내걸려 있었던 것이다"(『비밀 2』, 54쪽)라는 구절에서처럼, 언어적 소통의 거부라는 것 또한 관리와 통제의 또다른 수단으로 동원된 하나의 허구적 명분이었음이 드러나게 되는 것이다. 이 작품에서 사교집단이 PC 통신망이라는 산업사회의 첨단적인 소통수단을 통해 회원들을 관리하는 것으로 그려진다는 점 또한 이와 관련해서 주목을 요하는 부분이다. 결국 이 작품은 언어뿐만 아니라, 언어에 대한 거부조차 권력이 지배의 논리를 실현하는 한 방법일 뿐이라는 결론과 더불어 작중인물들을 다시 일상 속으로 복귀시킨다. 그들에게 남아 있는 일은 그 일련의 과정들을 다시 언어를 동원해서 기록하는 일뿐이다.[3] 『늪을 건너는 법』이나

『비밀의 문』의 작중화자들이 자신이 겪은 언어에 대한 혼란과 환멸의 체험을 다시 언어를 통해 기록하는 기록자의 태도를 취하면서, 언어적 기록행위 자체에 대한 민감한 자의식을 드러내보이고 있다는 것은 그런 점에서 의미심장하다. 언어적 기록행위에 의해 언어적 세계의 허구성을 탐색하는 것, 구효서가 생각하는 소설쓰기란 바로 그런 것이 아닐까?

## 4. 타락한 감시사회 속에서 소설쓰기

『늪을 건너는 법』에서 제시된 아버지 탐구와 어머니 찾기라는 모티프는 구효서의 작품세계 곳곳에서 다양한 형태로 그 모습을 드러낸다. 다소 도식적인 구분이기는 하지만, 『확성기가 있었고 저격병이 있었다』에 실린 작품들에서 「확성기가 있었고 저격병이 있었다」나 「아이 엠 어 소피스트」 「죽은 시인의 사회」 「아래 문건을 기각함」 등은 모두 아버지 탐구의 범주에 속하는 작품들이라고 할 수 있다. 이들 작품에서 구효서는 과감한 실험적 기법을 도입하여 현대사회에서 개인의 삶이 철저한 관리와 통제의 메커니즘하에 놓여 있는 상황을 섬뜩하게 드러내 보여주는데, 이들 작품에서 특징적인 것은 그러한 상황이 사건서술의 단일하고 일관된 구조를 통해서가 아니라, 사건일지나 보고서, 혹은 사건과 관련된 서류들을 날것 그대로 제시하는 독특한 방식으로 서술되고 있다는 점이다.

---

3) 그러나 『비밀의 문』은 표면적으로는 이처럼 매우 복합적이고 정교한 서술형태를 취하고 있는 듯이 보이지만, 기실 그 서술의 밀도나 구성상의 전개과정에 있어 『늪을 건너는 법』에 훨씬 못 미치는 취약성을 곳곳에서 드러내보이고 있다. 일단은 시수팔라에 의해 서술되는 「아육왕상전」의 내용이 황당하기 짝이 없을 뿐만 아니라, 역사기술의 왜곡을 폭로하는 과정에서 그 역사왜곡의 원인으로 아소카 왕의 개인적인 콤플렉스에 지나치게 과다한 의미를 부여하고 있는 점, 그리고 작중화자인 '나'가 최윤석의 행방과 사교집단의 정체를 추적하는 과정 곳곳에서 부자연스러운 우연과 작위적인 상황이 무리하게 끼어드는 점 등, 인물설정이나 상황설정에서 전체적으로 산만하고 작위적인 수준을 벗어나지 못하고 있는 듯하다.

사건에 대한 각기 엇갈린 진술들을 담고 있는 그 서류들 속에서, 사건이란 사건에 관한 엇갈린 진술들의 집적에 지나지 않으며, 그 진술들의 미로를 따라가는 과정에서 사건의 실체는 점점 더 모호하고 불확실한 추측의 안개 속에 휩싸이고 만다. 이들 소설에서 개인의 삶을 감시하고 통제하는 것은 언어이다. 언어가 바로 하나의 권력인 것이다. 한 군인이 쓴 피살사건에 대한 보고서 형식의 「확성기가 있었고 저격병이 있었다」나, 수배중인 대학생의 의문사를 둘러싼 사인규명의 전말을 보고하는 「아래 문건을 기각함」 등의 작품에서 사건의 진상을 규명해나가는 과정이란, 그 사건이나 사건 속의 인물에 대한 서로 다른 진술들이 각기 어떻게 어긋나고 대립하는가를 보여주는 과정에 지나지 않는다. 물론 그러한 과정에서 사건의 진상을 추측할 수 있는 사건 당시의 상황의 편린들이 드러나지 않는 것은 아니다. 「확성기가 있었고 저격병이 있었다」에서 피살된 군인이 군대막사에 걸려 있는 확성기에 대해 지나칠 정도로 민감한 반응을 보였다는 증언이나, 「아래 문건을 기각함」에서 제기되는, 수배중인 대학생의 죽음이 자살이 아닌 타살일 가능성에 대한 의혹은 그 엇갈린 진술들 사이에서 우리에게 사건의 진상을 추측케 하는 중요한 단서로 제공된다. 진상규명에 이르는 길을 방해하는 엇갈린 진술들 사이의 행간을 뚫고 솟아오르는 상황의 편린들이 우리에게 환기하는 것은 개인의 삶을 철저하게 통제하면서 또한 그 통제의 메커니즘을 철저하게 은폐하려는 섬뜩한 이중적 통제의 벽이다. 군인의 피살과 대학생의 의문사, 그리고 그들의 죽음과 관련된 모든 엇갈린 진술들의 배후에는, 개인의 삶 안팎에서 작용하는 음험한 감시의 그늘이 드리워져 있는 것이다.

구효서는 『확성기가 있었고 저격병이 있었다』에 실린 거의 모든 작품에서 이와 같은 푸코식의 논리를 집요할 정도로 반복해서 드러내 보이고 있다. 이를테면 「아이 엠 어 소피스트」와 「죽은 시인의 사회」 등의 작품은 개인의 삶이 개인에 관한 비밀정보 파일이라는 문건의 형태로 은밀하고도 철저하게 추적되고 기록되는 상황을, 「공습 경보 〈우리드마으에〉」

는 매스컴이 감시사회의 음험한 이데올로기와 공모하여 만들어내는 천박하고 타락한 언어들의 잔치를, 「자동차는 날지 못한다」는 안정된 중산층의 삶이라는 욕망을 통해 우리의 일상화된 삶의 내면으로 침투해들어오는 광고언어의 보이지 않는 힘을 독특한 방식으로 형상화하고 있다. 특히 「아이 엠 어 소피스트」의 경우는 정보관리 사회에서 개인에 관한 사적인 정보들이 컴퓨터에 의해 샅샅이 추적되면서, 외부적으로 관찰할 수 있는 개인의 행위들뿐만 아니라 개인의 의식과 무의식 속에 감춰져 있는 은밀한 욕망들까지 끊임없이 전산망 속의 정보자료로 기록되는 끔찍한 상황을 보여준다. 감시의 손길이 우리의 일상 구석구석에까지 침투해 있는 이러한 상황에서 이제 통제와 관리의 메커니즘에는 더이상 배후가 없다. 우리의 일상, 혹은 그 일상을 지배하는 모든 욕망의 기호들이 바로 메커니즘의 배후이고 실체인 것이다. 그 메커니즘이 나날의 일상이 되어버린 현실 속에서 우리의 욕망을 조정하는 욕망의 배후에는 안팎의 경계가 없다. 욕망은 더이상 조정받는 대상이 아니라 스스로 그 조정을 주관하는 주체의 자리로 올라선다. 물론 이때 욕망의 주체는 인간이 아니라 바로 욕망 자신이다. 그러나 내면화라는 과정을 통해 일상의 세계를 지배하는 메커니즘이 우리에게 제공하는 것은 그 욕망의 주체가 바로 자기 자신이라는 환상이다. 구효서의 소설들이 보여주는 감시와 통제에 대한 민감한 자의식은 결국 안팎의 경계가 사라져버린 메커니즘의 배후를 '감시' 하려는, 그럼으로써 보이지 않는 그 일상적 억압의 실체를 집요하게 파헤치려는 태도에서 나오는 것이다.

　감시와 통제의 메커니즘에 대한 민감한 자의식은 앞서 말한 구효서 특유의 알레고리적 기법이 두드러지는 작품들에서도 소설적 상상력의 중요한 바탕을 이루고 있다. 이른바 '뽕타운' 이라는 가상의 지역을 설정하여 그곳에서 벌어지는 괴기스럽고 황당무계한 일들을 때로는 침통하게, 때로는 유머러스하게 서술해나가는 이들 작품에서, 작가는 우리에게 공기처럼 익숙하고 자연스러운 현실로 받아들여지는 일상적 감각을 기괴하고 낯설게 비틀어버림으로써 일상의 현실을 알레고리적 현실의 차원으로 이동시킨다. 때로 그 상상력의 재기발랄함과 서술상의 과장이 지나쳐 단순한 장난기나 황당무계함의 수준으로 떨어져버리는 경우도 없지 않지만, 일상화된 현실감각에 대한 의도적인 왜곡과 과장을 통해 이들 작품은 그 일상적 감각 안에 은폐되어 있는 통제사회의 이면을 뒤집어보이는 독특한 은유의 세계를 만들어낸다.「슬픈 바다」나「노래」「개소문」 등의 작품이 자본주의의 현실이나 지배권력의 문제와 관련된 알레고리를 담고 있다면,「영혼에 생선가시가 박혀」나「자공, 소설에 먹히다」 등의 작품에서는 작가가 되려는 욕망이나 글쓰기의 의미를 극히 과장되게 희화화함으로써 모든 것이 물질적인 가치로만 환산되는 이 천박한 욕망의 시대에 글쓰기에 대한 열망을 안고 살아간다는 것, 혹은 소설을 쓰는 행위가 과연 어떤 의미를 갖는 것인가라는 작가 자신의 자조적인 절망감을 드러내고 있다. 소설쓰기에 대한, 혹은 소설쓰기를 둘러싸고 있는 현실적 상황에 대한 이러한 절망감 때문인지 구효서의 소설 가운데는,『깡통따개가 없는 마을』에 실린 몇몇 작품들에서처럼, 소설이 씌어지지 않아 고통을 받고 있는 소설가가 작중화자로 등장해서 소설쓰기의 어려움이나 소설가가 겪는 신산스러운 삶과 관련된 신변담을 토로하는 작품들이 적지 않다. 작가에게 소설쓰기란, "소설이 죽음과 맞대적하는 장르라는 사실을 왜 진작 알지 못했을까 하고 그들은 한탄했으나, 이미 때는 늦어 스스로 파리통발 밖으로 기어나갈 순 없었다. 그들이 할 수 있는 유일하고도 최선의 방법이란, 죽음을 피하기 위해 끊임없이 글을 쓰는 것, 그것뿐이었다"(『확성기』, 261~262쪽)라는 구절처럼, 절박한 실존적(아마도 경제적인 문제까지 포함해서) 생존의 문제인 것이다.

## 5. 알몸의 소리, 혹은 어머니의 언어

소설쓰기에 대한 작가의 자조적 절망감은 이 시대가 소설가로 하여금 "그를 영원히 살게 하는 성스러운 기술(記述)로 인정받는 시대"(『확성기』, 260쪽)가 아니라는 생각과, 천박한 물질적인 가치와의 싸움에서 이 시대의 소설가는 죽음의 아가리를 향해 걸어들어가는 참담한 패배자의 운명을 벗어날 수 없다는 인식에 바탕을 두고 있다. 가난한 소설가의 운명이 더이상 예술적 자존으로 위안받을 수도 없게 된 시대에 「자공, 소설에 먹히다」의 화자는 "자본주의 소비구조 속에서 잘 팔릴 물건을 만든다는 건 잘 안 팔릴 물건을 미련스럽게 만드는 일보다 훨씬 욕을 덜 얻어먹을 일이라고 그는 믿기도 했다"(『확성기』, 268쪽)라고 말한다.[4] 구효서가 소설쓰기의 신산스러움의 안쪽에서 끊임없이 제기하는 '돈이 되지 않는' 소설을 왜 그토록 열심히 쓰는가라는 물음은 궁극적으로 소설쓰기를 자신의 운명으로 선택한 자에게 부여된 사회적 존재근거에 대한 첨예한 실존적 자의식과 맞닿아 있다. 구효서가 그의 소설에서 집요할 정도로 감시사회 속에서의 권력과 욕망의 메커니즘이나 언어적 허구성의 문제에 천착하는 것은 작가 나름의 절박한 실존의 문제와 연관되어 있는 것이다. "죽음을 피하기 위해 글을 쓴다는 것"이 작가의 운명이라면 작가에게 주어진 역할은 작가를 죽음으로 내모는 힘의 정체와 대면하는 것이라는 것, 구효서의 소설에서 아버지 탐구가 지니는 의미는 그러한 맥

---

4) 사실 구효서의 작품 가운데는 이러한 믿음에 부합하는 소설들이 없지 않다. 『추억되는 것의 아름다움, 혹은 슬픔』이나 『낯선 여름』 같은 작품은 이른바 '물질적 가치로 환산되는 소설상품'을 의식하고 씌어진 것이 아닌가라는 혐의가 짙게 느껴지는 작품들이다. 특히 전자의 경우에는 소설의 기본적인 발상에서부터 인물유형이나 상황설정, 혹은 소설에서 동원되는 자잘한 소도구적 장치에 이르기까지 무라카미 하루키의 작품과의 유사성이 매우 두드러지게 나타난다. 구효서는 외국작가들의 작품에서 받은 영향을 자기 나름대로의 소설적 발상으로 뭉뚱그려서 민첩하게 소화해내는 재능이 매우 뛰어난 작가라고 할 수 있는데, 이처럼 외국작품과의 유사성이 작품의 표면에서 확연하게 드러나는 것은 작가가 지나치게 작품의 상품가치를 의식한 때문이 아닐까 생각된다.

락에서 이해되어야 할 것이다. 작가가 근본적으로 언어를 통해 자신의 존재를 드러내는 사람이라면, 작가의 존재근거에 대한 실존적 자의식이 이 시대의 언어적 진정성에 대한 물음으로 나아가는 것은 지극히 당연한 일일 것이다. 구효서의 작품에서 특징적인 것은 이 시대의 타락한 언어의 세계에 대한 절망이 종종, 『늪을 건너는 법』에서 언급된 것처럼, "거듭거듭 소급된 초세기적 초사회문화적 공간"에 대한 갈망으로 나타난다는 점이다. 「테라스에 앉은 조라」에서 주인공이 산책길에 우연히 만나게 된, 수족관으로 가득 찬 낡은 집의 이상한 내부풍경이나, 침묵 속에서 알몸으로 기이한 춤을 추는 그 집 여주인의 돌연한 행동, 혹은 『남자의 서쪽』에서 성행위 도중 작중화자의 오줌을 받아마시는 허경주라는 여자의 행동이나, "달을 외울수록, 달이라는 단어가 포함하는 의미랄지 지시대상이 모호해졌다. 일그러지고 뒤섞이다가 결국은 허공을 떠도는 소리로만 남았다. 소리를 내려고 의식하지 않아도, 소리는 소리를 불러왔다. 목구멍에서 울려나오는 소리가 아니었다. 인간의 발성기관을 통해 나오는 분절음이 아니었다. 어두운 빛깔의 서울 상공이거나, 저 먼먼 우주로부터 날아온 소리였다"(『남자』, 76쪽)와 같은 구절 속에 내포되어 있는 언어 이전의 세계에 대한 갈망은 궁극적으로 『늪을 건너는 법』에서의 그 이상한 제의의 모티프와 하나의 뿌리로 연결되어 있는 것이다. 「노래」에서, 뽕타운의 사람들로 하여금 쾌락에 대한 충동을 주체하지 못한 채 실어증에 시달리게 하는 캘리포니아 야생초의 그 이상스러운 독향기가 마을 전체를 떠도는 가운데 알 수 없는 힘으로 퍼져가는 정체불명의 노래 또한 말이 아닌 하나의 소리이다. 그 소리는 사회문화적 의미의 맥락을 벗어난 원초적인 알몸의 언어이며, 정적의 언어이며, 어머니의 언어이다. 『남자의 서쪽』에서 그 언어 이전의 세계에 대한 갈망은, 작중화자가 일상생활 속에서 심각한 정신적 균열을 체험하기 시작하는 시점부터 그의 내부에 깃들이기 시작한다. 작중화자는 베트남의 하롱베이에서 만난 '당신'이라는 사람을 그리워하며 다음과 같이 말한다.

하롱베이는 이 지구라는 혹성에 인간과 문명이 탄생하기 훨씬 이전의 모습을 고스란히 간직하고 있는 곳이었으니까요. 그런 절경 속에 당신은 남아 있었던 것입니다. 저는 그날 뱃머리에 서서, 어둔 섬에 홀로 서 있던 당신을 바라보았습니다. 당신의 모습이 제 시야에서 사라질 때까지 저는 언제까지고 그 검은 섬을 바라보고 있었지요. 당신이 서 있는 세계는 문명이라는 것으로부터 비롯된 복잡하고 골치 아픈 이런저런 가치들이 완전히 소멸한 공간이었습니다.(『남자』, 134쪽)

이 작품은 그러나, 일상의 세계로부터 탈출하고 싶어하는 작중화자가 서 있는 '남자의 서쪽'이 어쩌면 아버지 탐구의 긴장이 스러지기 시작하는 지점일지도 모른다는 생각을 불러일으킨다. 어머니 찾기의 모티프는 아버지 탐구의 안쪽에 남아 있을 때, 혹은 아버지 탐구의 대척점에서 팽팽한 긴장의 관계를 유지할 때 부재하는 세계를 가리키는 보다 강렬한 상징적 표지로서의 의미를 획득할 수 있을 것이다. 아버지 탐구의 세계를 벗어날 때, 어머니 찾기의 세계란 관념화된 추상의 자리로 나아갈 수밖에 없을 것이기 때문이다. 구효서에게 있어 아버지에 대한 탐구는 결국 언어에 대한 탐구에 다름아니다. 아버지의 이름으로 표상되는 그 언어에 대한 탐구는 곧 이 세계에서 다른 세계를 지향하는 작가의 치열한 꿈꾸기의 방식이 아닐까? 어쨌든 작가가 언어에 대해, 혹은 언어를 향해 끊임없이 자기 삶의 뿌리를 더듬어나갈 수밖에 없는 존재라면, 작가 스스로 짊어진 글쓰기의 형벌이란 결국 타락한 아버지에 대한 끈질긴 탐구를 통해 어머니의 언어를 찾아나가는 그 절망적인 도정일 수밖에 없지 않겠는가? (1997)

# 존재의 심연을 응시하는 회상의 언어
## —최윤의 소설에 대하여

## 1. 삶, 혹은 추억의 틈새로 스며드는 문체

최윤의 소설은 흐르는 물과도 같다. 그녀의 소설은 어느 곳에선가 끊임없이 솟아나 마른 땅을 적시며 흘러가는 물처럼, 삶의, 혹은 추억의 미세한 결을 따라 흐르다가 삶, 혹은 추억 속에 새겨진 고통과 그리움과 상처의 보이지 않는 틈 속으로 스며들어 그곳에 작은 웅덩이들을 만든다. 그 물은 삶의 표면으로 흘러넘치기보다는 삶의 내면 깊숙이 흘러들어, 딱딱하게 뭉쳐진 현재의 삶, 딱딱하게 뭉쳐진 망각의 한귀퉁이를 허물어뜨리고, 우리를 돌연 각질의 삶 속에 감추어져 있던 쓰라린, 그러나 시간의 힘에 의해 어쩔 수 없이 쓰라림의 모서리들이 희미하게 깎여나간 희미한 기억들과 마주서게 한다. 삶과 추억의 깊게 파인 웅덩이들에 고여 있다가 삶과 추억의 미세한 균열을 따라 소리없이 스며드는 습습한 물의 흐름과도 같은 최윤의 문체는, 끊임없이 그 무수한 균열들 사이로 내비

138

치는 존재의 쓸쓸하고 텅빈 동공을 환기시킨다. 최윤의 문체는 물처럼, 혹은 안개의 보이지 않는 입자처럼 삶 속으로 스미어 삶의 단단한 윤곽을 허물고, 마치 파스텔화처럼 현재와 과거의 윤곽이 뿌옇게 흐려지며 하나의 몸으로 뒤섞이는 어떤 비의(秘義)의 공간 속으로 우리를 이끌고 간다. 그렇다. 최윤의 문체는 거칠고 무감동한 현재의 삶 속에 추억과 상실의 이름으로 숨어 있는 존재의 내밀한 비의를 길어올리는 가늘고 섬세한 마음의 율동과도 같다. 최윤의 문체는 단순히 사건을 보고하는 문체가 아니라, 사건을 정서적으로 추체험하는 문체이다. 그 때문에 최윤의 소설에서 일어나고 있는 사건들은 궁극적으로 하나의 문체적 사건이다. 그의 소설을 읽으면서 우리는 사건들 그 자체보다는, 소설의 육체인 문체가 사건들을 살아내는 내면의 어떤 자취들과 대면하게 된다. 최윤의 소설에서 진정으로 소설 속의 사건들을 삶의 흔적으로 받아들이는 것은 소설 속의 인물들 자신이기보다는 바로 그 인물들을 감싸고 있는 소설의 문체라고 말할 수 있는 것이다.

최윤의 소설이 지니고 있는 다채로운 문체적 효과는 어쩌면 그의 소설이 문학의 대사회적 강박으로부터 비교적 자유로운 자리에서 이루어지고 있다는 점과 깊은 관련이 있는 것인지 모른다. 최윤의 소설은 매우 날렵하고 활달하게 소설이 다룰 수 있는 삶의 여러 국면들을 넘나든다. 그의 소설은 우리 모두에게 씻을 수 없는 충격으로 남아 있는 커다란 역사적 사건으로부터 개인의 내밀한 의식 속에 파묻혀 있는 쓸쓸한 추억의 한 단면에 이르기까지, 폭넓은 영역에서 소재들을 끌어오고 있다. 아니, 보다 정확히 말한다면, 최윤의 소설에서 사회적 사건과 개인의 내밀한 삶은 서로 분리되어 있는 것이 아니다. 그의 소설에서 사회적 사건과 개인의 내밀한 삶이라는 두 개의 물줄기는 서로 긴밀하게 스미고 짜이면서 삶에 대한 근원적인 물음과 관련된 존재론적 비의의 자리로 흘러든다. 물론 최윤의 어떤 소설들에서 우리는 사회적이거나 정치적인 사건들을 어떤 형태로든 작품의 소재로 끌어안으려는 강한 의욕과 마주치게 되지만, 그것을 드러내는 방식에서 그녀의 소설들이 소재 자체가 지닌 사회 역사적인 의미의 강박으로부터 상당히 벗어나 있는 모습을 보여주는 것 또한 사실이다. 작품들마다 어느 정도의 편차는 있지만, 최윤의 소설들 은 대개 그러한 사건들의 정치사회적인 의미를 탐색하는 쪽보다는, 그것 이 개인의 삶에 가한 상처와 고통의 흔적들을 정교하게 직조해내는, 그 럼으로써 그와 같은 사건들을 정치사회적 의미의 장 속에 가둬두는 대신 에 우리 삶의 내부에 도사리고 있는 보다 깊고, 정서적 울림의 파장이 큰 폭으로 전달되는 존재론적 비극성의 차원으로 심화시킨다.

## 2. 폭력의 불가해한 심연

정치사회적 소재를 다루는 최윤 특유의 서술방식은 그의 첫소설인 「저기 소리없이 한 점 꽃잎이 지고」에서부터 나타나고 있다. 이 작품은 1980년 5월의 광주사건으로부터 그 소재를 취해오고 있지만, 기실 작품 속에서 그 사건은 매우 모호하고도 암시적인 형태로만 언급되고 있을 뿐 이다. 작중인물의 의식을 통해 그 사건이 가한 충격이 되풀이해서 반추 되고 있음에도 불구하고, 정작 사건 자체에 대한 직접적이고도 분명한 언급은, 마치 의도적인 것처럼, 계속해서 유보되고 있다. 아마도 일차적 으로 그것은 작품 속에서 그 사건이, 그 극도로 비인간적이고 폭력적인 사건을 통해 완전히 망가지고 부서져버린 어린 소녀의 혼란스럽고 고통 스러운 내면의 시점을 통해서 접근되고 있기 때문일 것이다. 그러나 그 상황을 겪은 작중인물이, 자신이 겪은 사건의 의미를 다만 정체를 알 수 없는 두렵고 불가해한 폭력으로 받아들일 수밖에 없는 어린 소녀라는 점 만으로 그와 같은 모호하고 암시적인 서술의도가 온전히 설명될 수 있는 것은 아니다. 왜냐하면 이 작품은 소녀의 내적 독백에 의한 시점뿐만 아 니라, 소녀의 행적을 관찰하는 작중화자의 시점, 그리고 소녀의 뒤를 쫓는, '우리'라는 일군의 작중인물들의 시점 등, 여러 시점들이 뒤섞인 다양한 목소리들로 이루어져 있기 때문이다. 작품을 서술해가는 과정에서 작품의 배경이 된 사건에 대한 직접적인 언급을 계속해서 지연시키는 태도가 작가의 특정한 작중의도와 관련된 것은 아닐까라고 생각하게 되는 것은 그 때문이다. 그렇다면 작품의 배경이 된 1980년 5월의 광주사건에 대한 직접적인 언술이 계속 지연됨으로써 얻어지는 효과는 무엇일까?

이 작품에서 1980년 5월의 사건이란, 압축과 전치(轉置)를 통해 실체의 모습을 은폐하거나 굴절시키면서 계속해서 그 현현(顯現)의 순간을 지연시키는 꿈, 혹은 무의식의 활동과 동일한 방식으로 움직이는, 일종의 드러나지 않는 무의식적 시니피에와도 같다. 그것은 작품의 심층부에서 하나의 억압적인 상흔, 혹은 강박관념처럼 끊임없이 작중상황을 간섭하고 있지만, 한 번도 작품의 표면에 그 뚜렷한 실체를 드러내지는 않는다. 다만 그것은 그와 같은 시니피에의 압축이나 전치에 해당하는 작품의 여러 시니피앙들, 이를테면 어린 소녀의 피폐할 대로 피폐한 영혼과 육신의 상처나 그것이 불러온 균열되고 굴절된 상황의 다양한 양상들을 통해 작품 전체에 그 어두운 음영을 드리우고 있을 뿐이다. 사건의 실체는 가려져 있는 대신, 징후의 비극적 울림은 도처에서 우리의 가슴을 조여온다. 광주사건을 겪은 인물이 그 사건의 극단적인 폭력성과 선명하게 대비되는 어리고 순결한 영혼의 소유자라는 점에서 비극적 울림의 진폭은 더욱더 증폭된다. 물론 이 작품이 다양한 시점들을 결합시키고 있음에도 불구하고, 어린 소녀가 받아들인 상황의 불가해성 이상으로 광주사건의 실체를 적극적으로 언술화하지 않는 것은, 그 사건이 지니고 있는 명백한 역사적 의미를 신비화하고, 사건을 둘러싸고 있는 구체적 현실상황에 대한 가치판단을 흐리게 한다는 비판을 불러올 수도 있다. 아닌게 아니라, 5월의 광주사건에 대한 사전지식 없이 작품을 대하는 사람들에게 이 작품의 작중상황은 특정한 역사적 상황과 연관된 것이라기보다는, 순결한 영혼과 극단적인 대비를 이루는 비인간적 폭력성에 대한 일종의 알레고리적 상황으로 읽힐 수도 있을 것이다. 어쩌면 작가는 광주사건을 소설의 소재로 끌어들이면서, 그 사건의 정치사회적 의미보다는, 특정한 역사적 사건 뒤에 도사리고 있는 인간 내면의 근원적인 파괴 욕망, 그 욕망의 존재론적 심연을 파고들어가는 것이 보다 더 본질적인 문제라고 판단했는지도 모른다. 인간의 삶 속에서 끊임없이 지속되어온 파괴의 역사 속에서 볼 때, 5월의 광주사건 또한 폭력과 파괴로 얼룩진 역사의 한 시니피앙에 지나지 않는지도 모른다. 그렇다면 결국 이 작품에서 어린 소녀의 망가진 영혼이 표상하는 의미는 5월의 광주를 거쳐, 역사 속에 내재된 폭력적 욕망의 그 어둡고 불가해한 심연에까지 닿아 있는 것이라고 해야 할 것이다.


## 3. 시간의 심연에 대한 응시

최윤의 소설은 이처럼 특정한 역사적 사건이나 상황을 배경으로 하고 있을지라도, 그 속에서 벌어지는 인물들의 삶을 제한된 역사적 의미의 범주에 한정시키기보다는, 인간의 삶과 관련된 보다 근본적인 문제의 차원으로 확장시키려는 내적 욕망에 의해 특유의 소설적 긴장을 얻고 있는 것으로 보인다. 아마도 그러한 욕망이 가장 탁월하게 실현된 예가 「회색 눈사람」일 것이다. 이 작품은 지금까지 많은 사람들에 의해서 단편소설이 성취할 수 있는 가장 뛰어난 문학적 성과를 보인 작품들 가운데 하나라는 평가를 받아왔다. 이 작품에 대해 가해진 그와 같은 문학적 평가는 작품 전체를 감싸고 있는 독특한 정서적 울림과 무관하지 않을 것이다. 작품을 읽는 동안 우리를 시종일관 쓸쓸하고 음울한 느낌에 젖게 하는 이 작품의 독특한 아우라는, 마치 저 사라져버린 시간의 심연에서 솟아오르는 저녁안개와도 같이, 삶 속에 숨겨진 어떤 존재론적 비의의 흐릿하고도 암울한 그림자로 우리를 감싼다.

이 작품은 강하원이라는 작중화자가 과거에 자신의 이름을 빌려준 적이 있는 한 여인의 죽음을 알리는 신문기사를 우연히 접하고, 1970년대 유신정권하의 어두운 정치현실 속에서 보냈던 자신의 젊은 시절을 떠올리는 것으로 시작된다. 그 회상의 어조는 회상하는 사람의 내면적 상황과 뗄 수 없는 관계에 있다. 이 작품을 이끌어가는 회상의 어조 속에는 사건의 직접적인 현장으로부터 멀리 벗어난 자리에서 작중화자가 느끼는 아득한 시간적 거리감이 하나의 정서적 기조음으로 깔려 있다. 그 회상의 어조는 작품의 도입부에서부터 그 깊은 내적 울림의 파장을 준비하고 있다.

거의 이십 년 전의 그 시기가 조명 속의 무대처럼 환하게 떠올랐다. 그 시기를 연상할 때면 내 머릿속은 온통 청록색으로 뒤덮인 어두운 구도가 잡힌다. 그렇지만 어두운 구도의 한쪽에 처진 창문의 저쪽에서 새어들어오는 따뜻한 빛이 있는 것도 같다. 그것은 혼란이었다. 그리고 무엇보다도 아픔이었다. 그것이 미완성이었기 때문에? 그러나 삶의 단계에 정말 완성이라는 것은 있기라도 한 것인가.

이와 같은 회상의 어조 속에 내재된 시간적 거리감은 이 작품을 단순히 1970년대의 암울했던 삶의 한 단면을 후일담의 형식으로 그리고 있는 작품이라는 차원에서 머물게 하지는 않는다. 인용문에서도 나타나는 바와 같이, 이 작품을 감싸고 있는 독특한 정서적 아우라는, 1970년대라는 시대적 상황 속에서 작중화자가 겪었던 사건들을 서술하면서 그 서술공간 속으로 끊임없이 삶에 대한 진지한 존재론적 의문부호들을 끌어들이는 작중화자의 어둡고 비관적인 성찰의 어조로부터 흘러나오는 것이라고 할 수 있다. 그러므로 1970년대라는 시대적 배경은 이 작품에서 실상 그리 큰 의미를 갖는 것은 아니라고 할 수 있다. 작품의 작중화자가 모종의 지하운동 단체에 연루되는 것 역시 자신의 정치적 신념 때문이 아니라, 가난과 외로움, 정신적 방황과 앞날에 대한 불안 등으로 얼룩진 젊은 시절의 그 스산하고 막막한 어떤 희망에의 안간힘 때문이었다고 해야 할 것이다. 그 정신적 방황의 안쪽에는 "아, 이렇게 사람들은 운명을 만드는 구나. 충분히 닥쳐올 파국을 감지하고 있으면서도 순간적인 방임인 양 어떤 거역할 수 없는 질서에 게으르게 몸을 맡겨버리면서 사람들은 삶의 나침반을 바꾸어버리는지도 모른다"와 같은, 인간의 삶 속에 존재하는 불가피한 운명의 모순에 대한 깊은 비극적 인식이 담겨 있다. 그렇기 때 문에 작품 속에서 우리에게 커다란 정서적 울림으로 다가오는 것은 자신 의 불행했던 젊은 시절을 회상하는 작중화자의 짙은 그리움과 회한의 어 조이다. 일상 속에서 치열했던 젊음의 모서리가 닳아 해져가는, 그러면 서도 가끔씩 복병처럼 나타나 쓸쓸한 상실감으로 우리의 현재의 삶을 뒤 흔드는 지나간 시간의 흔적은 특정한 시대만의 것이라기보다, 인간의 보 편적이고도 항구적인 삶의 이면풍경일 것이다. 역사적, 혹은 정치사회적 인식의 넓은 그물코로는 잘 포착되지 않는 그 상실감 속에서, 시간의 심 연 속에 가라앉아 있는 지나간 삶의 흔적은 우리로 하여금 보다 더 깊고 비밀스러운 생의 어둠을 들여다보게 한다. 그리고 회한으로 얼룩진 지나 간 시간의 꽉 다물린 입을 열어 우리에게 말한다. "아프게 사라진 모든 사람은 그를 알던 이들의 마음에 상처와도 같은 작은 빛을 남긴다"라고.


## 4. 과거에서 미래로 이어지는 속삭임

이처럼 특정한 정치사회적 소재 속에서 존재론적 심연을 향한 쓸쓸한 응시의 언어들을 길어올리는 최윤의 작품경향에서 볼 때, 「아버지 감시」 는 사실주의적인 서술의 시각을 보다 두드러지게 드러내고 있는 작품이 라고 할 수 있다. 이 작품에서 아버지와 아들 사이의 관계는, 남북의 이 념적 대립이나 이산가족의 문제를 소설화하는 작품들에서 나타나는 일반화된 경향, 즉 갈등과 대립을 거쳐서 결국은 화해의 결말에 이르는 소설구도를 충실히 따르고 있다. 아버지의 행적을 서술하는 과정에서 작중화자가 존칭을 사용하고 있다는 점에서도 감지되는 것처럼, 아버지와 작중화자 사이의 갈등과 대립의 관계 속에 미리 예정되어 있던 그 준비된 화해의 과정이 작품 속에서 충분한 서사적 긴장과 밀도를 얻고 있지 못하기 때문에, 작품의 말미에 제시되는 아버지와 아들의 화해 역시 상식적 수준의 결말을 크게 벗어나지 못하고 있는 것으로 보인다.

아마도 소극적인 형태로나마 분단이라는 이념적 현실을 소재로 끌어들인 작품으로서 최윤의 소설적 장기가 잘 녹아들어 있는 작품은 「속삭임 속삭임」일 것이다. 이 작품은 자신의 어린 시절을 회상하는 작중화자의 서술시점과 그 작중화자의 딸을 향한 독백적 언술이 서로 교차되면서, 작중화자의 과거에 대한 회상의 공간과 딸이 놓여 있는 현재의 공간을 하나로 연결하는 서술구조를 취하고 있다. 작중화자인 '나'의 가족이 여름 한철의 휴가를 위해 머물렀던 과수원은, 작중화자에게 그 옛날 과수원에서의 어린 시절과, 과수원 일꾼이었던 아재비에 대한 기억을 불러오고, 작중화자로 하여금 그 어린 시절의 기억을 토해내고픈 "광증과 같은 욕구"에 사로잡히게 한다. 그러나 작중화자인 나는 그 기억을 토해내는 방법의 선택 앞에서 잠시 망설인다.


그 과수원의 이야기는, 아재비의 이야기는 어떤 어조로 말해야 하는 걸까. 금지된 속내 이야기를 어렵사리 털어놓는 것처럼 속살거려야 하는가. 아니면 무관한 한 사람의 이야기를 전달하듯이 과장을 섞어서 부산스럽게? 어머, 저런, 그래서 말이지 하는 식으로 호들갑스럽게? 그보다는 비극적인 어투로 작은 일화들에 요철을 줄 수도 있다. 그것이 어쩌면 가장 사실에 가까운 것일 수도 있지만 이상한 우수가 그 이야기에 비극적인 어조를 부여하는 것에 훼방을 놓는다. 그만 그것에 함몰되어 말이 사라져버릴 것 같은 느낌 말이다.

아마도 이것은 「속삭임 속삭임」이라는 작품을 쓰기 전에 작가가 가졌을 갈등을 암시하는 것이기도 할 것이다. 인용문에서 말하는 대로, 작품 속에서 작가는, 비록 그것이 좌절된 삶을 살았던 한 사람에 대한 회상일지라도, 그 회상의 비극적 어조에 함몰돼버리지 않는다. 특히 딸에게 들려주는 독백적 언술이 지닌 발랄한 생동감은 회상의 어조에 깃들이게 마련인 우울한 색조와 결합되어 작품 속에서 매우 특이하고도 개성적인 문체의 매력을 발산하고 있다. 묘하게 신비스러운 느낌마저 불러일으키는 작중화자의 독백적 언술은 작품 전체에 미묘한 생기를 부여하면서, 작품의 곳곳에서 마치 흑요석과도 같은 매혹적인 빛을 발하고 있는 것이다. 그 생기로운 문체의 매혹은 작품 속에서 남로당 열성간부였다는 이유로 평생을 과수원의 막일꾼으로 숨어살 수밖에 없었던 아재비의 불행했던 삶에 대한 작중화자의 회상을, 딸의 미래를 향해 열린 어떤 희망의 메시지로 바꾸어놓는 힘을 지니고 있다. 어린 시절 아재비의 나에 대한 사랑의 상징인 호수, 그리고 그 호숫가 주변을 떠돌던 아재비와 아버지의 끝없는 속삭임은, 불행했던 과거의 시간을 뛰어넘어 이제 딸에게 들려주는 나의 속삭임으로 이어진다. 그렇게 시간의 흐름과 더불어 속삭임은 "울음처럼, 웃음처럼, 옛날 이야기로 혹은 미래의 이야기로, 기체의 이야기 아니면 액체의 이야기로" 한 세대에서 다음 세대로 흘러가고, 어머니는 딸을 통해서 또다른 삶의 미래를 바라보는 것이다.


## 5. 회상, 존재의 흔적을 새기는 언어

최윤에게서 회상의 어조는 소설을 이끌어가는 매우 중요한 언술의 자리를 차지하고 있다. 어쩌면 그것을 최근 우리 문단의 두드러진 한 경향으로 나타나고 있는 과거회귀적인 정서의 한 유형으로 간주할 수도 있겠지만, 최윤의 소설이 지닌 회상의 언어는 다양한 문체적 가능성을 탐사하면서, 소설이 다루는 소재의 영역을 자유롭게 넓혀나가고 있는 듯이 보인다. 「하나코는 없다」 또한 회상적 언술이 소설의 중요한 구성원리로 작용하고 있는 작품이다. 특히 이 작품에서 작중화자가 여행하고 있는 베네치아의 이국적 풍물에 대한 묘사와 그 묘사가 불러일으키는 공간적 거리감은, 회상의 언어가 지닌 시간적 거리감을 증폭시키는 문체상의 시너지 효과를 자아낸다. 작중화자인 나는 베네치아의 낯선 거리를 헤매면서 과거에 알던 한 여자를 회상한다. 그가 배회하는 미로와도 같은 베네치아의 낯선 골목은 그의 회상이 떠돌고 있는 기억의 미로와 상응한다. 또한 물의 도시 베네치아가 피워올리는 안개는 상실된 기억의 갈피에서 길을 잃고 헤매는 작중화자의 우울한 내면과 닮아 있다. 작중화자와 그의 동료들에게, 그들이 젊은 시절 한때 알았던, 그러나 결코 진정으로 알았다고 할 수는 없을 하나코라는 여인은 어떤 실체라기보다는, 권태롭고 무의미하지만 그런대로 안정된 일상의 삶 뒤에 숨어 있다가, 그들이 삶에 대한 회한과 탈출에의 막연한 욕구에 사로잡힐 때 떠올리게 되는 어떤 이미지, 혹은 기호와 같은 존재인지도 모른다. 그들에게 본명 대신에, 그들이 붙인 하나코라는 별명으로 기억되는 그 여자와 그들의 만남은 언제나 일상적인 삶의 테두리 바깥에서 이루어졌었다. 그렇기 때문에 작중화자의 기억 속에서 하나코는 일상적 실체로서가 아니라, 다만 부끄러움과 그리움과 회한과 상실감이라는 복합적인 정서로 얼룩져 있는 젊은 날의 한 흔적으로서만 존재할 뿐이다. 일상의 삶으로부터 멀리 떨어진 이국의 도시에서 하나코와의 만남을 시도했던 작중화자는, 결국 그 만남을 포기하고 돌아가면서 자신이 떠나온 일상의 굴레 속으로 더 깊숙이 몸을 들이밀리라고 결심한다. 풍족함과 안정의 대가로 그들에게 주어진 권태와 무기력 속에서 끊임없이 마모되어가는 일상, 때때로 그 일상의 그늘에서 벗어나고 싶다는 욕구에 사로잡히기도 하지만, 기실 결코 그것으로부터 벗어나고 싶지 않은 그들에게 하나코는 존재하면서도 존재하지 않는 여자이다. 다시 말해 그들에게 하나코는 범속한 일상의 삶 바깥을 가리키는 실체가 없는 하나의 텅 빈 기호에 지나지 않는다. 그들에게 하나코는 벗어날 수 없는, 아니 벗어나고 싶지 않은 일상에 대해 짐짓 품어보는 탈출을 향한 욕망의 알리바이일 뿐이다. 그러나 작품의 말미에서 드러나는 하나코의 실체 또한 기실 그들과 마찬가지로 일상적 삶의 기반 위에 충실하게 발을 딛고 있는 모습이 아닌가?

「집·방·문·벽·들·장·몸·길·물」에서 회상은, '파편 자전:공간'이라는 부제가 일러주는 대로, 작가의 자전적인 삶에서 퍼올린 듯한 기억의 파편들로 이루어져 있다. 이 작품은 서사적 일관성이라는 소설의 일반화된 구성형식을 취하기보다는, 작품 전체의 제목을 이루고 있는 각각의 소제목들에 대한 작은 에세이들의 묶음으로 이루어져 있다. 이인칭으로 서술되고 있는 이 작품에서 작가는 '너'의 어릴 적 살던 동네의 여러 풍경들, 가족들, 그때 읽었던 책들, 가슴 저렸던 한때의 열정들을, 마치 흐릿하게 바랜 옛 앨범의 갈피갈피를 들추어내듯이 소설의 내부에 음각시켜나간다. 회상의 따뜻한 빛이 스쳐지나갈 때마다 망각의 두터운 먼지 속에 휩싸인 기억의 어두운 골목골목들은 느리게 돌아가는 무성영화의 비오는 화면처럼 작품 속에 그 그립고 정겨운 모습을 드러낸다. 최윤의 문체는 이미 화석이 되어버린 그 시간에 아련한 훈기를 불어넣는 추억의 입김과도 같다. 추억의 영사기를 돌리는 그 아득한 회상의 언어들은 우리의 삶이 지나온 시간의 자취를 가슴 저린 아름다움으로 되돌려준다. 회상은 그 그리움의 시간적 거리를 통해서 삶을 하나의 자취, 혹은 흔적으로 뒤바꾼다. 회상의 언어로 씌어진 작품들에서 과거의 사건들은 현실로부터 기억의 자리로 옮겨가면서 회상의 언어가 새기는 하나의 문체적 사건이 되어버리는 것이다. 세속의 현실 속에 파묻혀 있는 지나온 시간의 자취를 아름답고 비의적인 아우라로 되살려내는 힘, 최윤의 문체는 그런 힘을 가지고 있다.

「푸른 기차」는 최윤의 또다른 문체적 실험을 보여주는 작품이라고 할 수 있다. 다른 많은 작품들에서도 그렇지만, 이 작품에서도 진정한 의미의 서사적 사건이라고 할 수 있는 사건들은 거의 일어나지 않는다. 이 작품에서 진정한 의미의 사건이란 문체적 사건밖에는 없다고 할 수 있다. 작품 속에서 아무 사건도 일어나지 않는 지루하고 무의미한 삶을 살아가는 것은 바로 문체 자신이다. 문체는 집요하게 반복되는 부정문을 통해서 삶의 참을 수 없는 무의미함과 권태로움을 자신의 몸 안에 새겨넣는다.

어떤 일화도, 어떤 망각의 뒷전에서 건져내온 기억의 조각도 그의 혈액순환의 속도나 호르몬 분비의 양을 변화시킬 수 없다. 어떤 기억도 그의 기쁨이나 분노, 감격이나 후회, 욕구나 구토, 불편함이나 우수……를 유발하기는커녕, 어떤 미묘함도 어떤 악의도 어떤 파괴도 일어나지 않는다.

이 작품에서 결코 열광하지도 않으며, 분노하지도 않으며, 심지어는 절망하지조차 않는 문체, 그것은 모든 열정과 희망과 기대, 그리고 결국은 절망마저도 소진되어버린 폐허와도 같은 삶, 바로 그 삶의 모습을 전달한다. 문체가 그리는 삶의 폐허 위에는 푸른 기차가 지나간 후, 그 기차가 불러일으킨 먼지처럼, 잃어버린 몇 소절의 곡조만이 파편처럼 남아 떠돌 뿐이다. 그 삶은 왜 그토록 폐허가 되어버렸을까? 그 폐허는 어쩌면 무심하게 흘러가는 우리의 일상이 감추고 있는 우리 삶의 가장 정직한 모습이 아닐까? 우리의 일상을 구성하고 있는 온갖 자기기만과 허위, 거짓위안의 껍질을 벗겨낸 뒤에 만나게 되는 그런 알몸의 풍경 말이다.

최윤의 소설적 여정은 이제 막 그 출발선을 지나 쾌속의 질주를 시작한 것처럼 보인다. 그녀가 보여주는 창작에 대한 왕성한 의욕은 그녀의 소설적 실험이 아직까지 미답의 풍부한 가능성 앞에 서 있음을 보여준다. 그만큼 그녀의 언어는 젊고 싱싱하며 자유분방하고 열정적이다. 지금까지 살펴본 그녀의 소설 속에는 누구보다도 자유롭게 변신할 수 있고, 그 변신을 새로운 미학적 가능성으로 끌어올릴 수 있는 어떤 힘이 내

재해 있는 것 같다. 그 힘과, 그녀가 열정적으로 시도하는 다채로운 소설
적 모험의 길을 제대로 탐사하기 위해서는 좀더 본격적인 형태의 또다른
글쓰기가 필요할 것이다. (1995)

# 폐허 속에서 일구는 희망의 연대
### —양귀자의 작품세계

## 1. 고통의 연대

양귀자의 소설들이 배회하고 있는 세계는 힘겹고 고통스럽게 하루하루의 삶을 영위해나가는 소시민적인 삶의 언저리이다. 그녀의 소설 속에 등장하는 인물들은 거의 예외없이 그들에게 가해져오는 일상적인 삶의 무게에 짓눌린 채로, 그들이 왜 그토록 힘겨운 삶의 무게를 짊어지고 허덕여야 하는지, 혹은 그들로 하여금 그 허덕임의 수렁 속에서 헤어나오지 못하게 하는 보이지 않는 힘의 정체가 무엇인지에 대해 생각할 겨를도 없이, 하루치의 삶을 견디기 위해 끊임없이 버둥거려야 하는 나락과도 같은 상황 속에 놓여 있다. 그들이 놓여 있는 그 일상의 캄캄하고도 텅 빈 수렁은 삶의 아름다움과 순정성, 미래에 대한 희망 등의 인간적인 덕목들을 탐욕스럽게 빨아들이면서, 그 대신 절망과 누추함과 허망함의 메마른 몸짓들, 아등바등한 맹목의 폐허와도 같은 황폐한 삶의 풍경들만을 뱉어낸다. 양귀자의 소설들은 우리의 삶 속에 잠복해 있는, 그러나 그 맹목의 삶 속에서 마치 공기처럼, 혹은 신체의 일부처럼 우리에게 익숙해져 있는 그 폐허의 모습들을 집요하게 환기시켜줌으로써 우리를 종종 무기력하고 참담한 자기 확인에의 순간 속으로 몰아넣는다. 양귀자의 소설을 읽으면서, 헛된 희망의 힘으로 버팅기며 간신히 하루치의 삶을 견디어나가는 우리들을 둘러싸고 있는 것이 다만 서서히, 혹은 예기치 않은 어느 순간 느닷없이 절망과 좌절의 은밀하고 음험한 칼끝을 들이대는 이 적대적이고 비정한 삶의 현실이라는 사실을 확인하는 일, 그럼으로써 존재의 끝자락에 간신히 매달려 있는 삶 속으로 가차없이 파고들어오는 그 절망의 칼끝 아래에서 종내에는 삶에 대한 마지막 안간힘마저도 소진되어버리고 마는 삶의 현장과 대면하는 일은 끔찍하고 고통스럽다.

그러나 양귀자의 소설들은 우리들을 단지 그 폐허와 같은 삶에 대한 무기력한 자기 확인의 순간에만 머물러 있게 하지는 않는다. 그 폐허의 풍경들을 거쳐서 그녀의 소설들이 진정으로 도달하고자 하는 것은 끊임없이 우리를 배반하면서도, 우리로 하여금 그 폐허의 삶을 견디게 하는, 그리고 그 폐허의 삶 속에서도 인간다운 삶의 의미를 묻는 일을 포기하지 않게 하는 실낱 같은 희망의 전언들이다. 양귀자의 소설에서 그 실낱 같은 희망은 고통의 연대(solidarity)로부터 우러나오는 것이다. 고통받는 자만이 타인의 고통을 이해하고, 고통으로 무너져본 자만이 고통의 연대에 의해 솟아나는 진정한 희망의 전언에 귀기울일 수 있다는 믿음, 그 믿음은 곧 슬픔의 힘에 대한 믿음에 다름아니다. 희망은 고통과 고통이 서로 부딪히고 끌어안으며 힘겹게 힘겹게 서로를 향해서 열리는 슬픔의 소통 공간 속에서 만들어지는 것이다, 라고 양귀자의 소설들은 말하고 있는 것이다.

## 2. 미만한 폭력성의 징후들 ―『귀머거리새』

양귀자의 첫창작집인 『귀머거리새』에 실린 작품들에서 삭막하고 비정한 일상의 폐허 속을 헤쳐나가고 있는 주인공들은 대부분 간신히 월급을 받아 처자식을 먹여살리면서 조금씩 조금씩 마모되어가는 생의 의미를 부여잡고자 허덕이는 도시의 말단 봉급생활자들이다. 그들은 그들이 지니고 있는 도시적 삶에 대한 부적응증으로 인하여 끊임없이 마음의 갈등을 겪고 있거나, 자신도 모르는 사이에 그 공간 밖으로 조금씩 떠밀리거나, 혹은 아예 폐인이 된 채로 죽어간다. 봉급생활자들을 둘러싸고 있는 조직화된 기능적 삶의 메커니즘에 적응하지 못하고 도태의 길을 걷고 있는 이들은 한결같이 정신의 무력증을 앓고 있다. 그 무력증은 그들의 삶을 서서히 무너뜨리는 삶 안팎의 보이지 않는 어떤 힘에 대한 마음 깊은 곳의 공포감과도 통해 있다.

「녹」에서 그 공포감은 아이의 자전거에 긴 녹뿐만 아니라, 최신 공법으로 만들어져 녹이 슬 염려가 없다는 스테인리스 식기에까지 끼는 녹을 제거하려는 주인공의 집요한 집착으로 나타난다. 자신이 꿈꾸던 기자 대신에 신문사 광고국에서 여성잡지의 광고를 대는 사원으로 일하는 그는, 이제 겨우 셋방살이 신세를 면한 빚투성이 말단 월급쟁이임에도 불구하고, 고객들에게 호감을 줄 수 있도록 값비싼 옷을 입고, 광고국 사원에게 지급되는 자가용으로 출근하는 자신의 허울 좋은 삶에 대한 어떤 심리적 괴리감으로 끊임없이 고통받고 있다. 광고물량을 보다 더 많이 확보하기 위한 보이지 않는 신경전과, "웃음 뒤에 감추어져 있을 약간의 적의와 돌아서는 발길에 묻어날 다소간의 경멸"[1] 들로 이루어진 인간관계

---

1) 양귀자, 『귀머거리새』, 민음사, 1989, 101쪽. 이후의 인용은 본문에 『귀머거리새』는 『귀머거리』, 『원미동 사람들』(문학과지성사, 1990)은 『원미동』, 『슬픔도 힘이 된다』(문학과지성사, 1993)는 『슬픔』, 『희망』(살림, 1990)은 『희망』, 『나는 소망한다 내게 금지된 것을』(살림, 1992)은 『나는』 등의 약자와 쪽수를 밝히는 괄호표기로 처리한다.

들, 그리고 그러한 인간관계에 적응하지 못한 채 겉도는 동안 순간순간 그를 엄습하는, 자신의 자리에서 떨려날지도 모른다는 불안감은 "돌연 찌르듯이 달려드는 목덜미의 통증"(『귀머거리』, 106쪽)이라는 신체적 증상으로 그를 괴롭힌다. 그러나 그것은 "자근자근 주무르고 만져주어서 달랠 성질의 통증은 이미 아니었다. 그것은 마치 번개처럼 빠르게, 그리고 자지러지게 그를 난타하고는 사라져버렸다. 치밀한 어둠의 틈새마다에 비집고 들어선 휘황한 불빛을 쳐다보며 그는 오랫동안 운전대에 고개를 처박고서 나락의 끝이라도 내려다보고 있는 몸짓을 보이고 있었다."(『귀머거리』, 106쪽) 이러한 그에게 집 안에 있는 모든 녹을 제거하려는 집요한 집착은 자신의 삶을 끊임없이 그 나락의 공포감 속으로 밀어내는 어떤 힘에 대한 강한 심리적 저항의 한 몸짓이라고 할 수 있을 것이다.

물기를 건사하는 일에 조금만 게으르면 그릇에도, 숟가락에도, 수도꼭지에도 어김없이 녹은 돋아났다. 잠시를 방심할 수 없을 만큼 그의 녹 닦는 작업이 계속되는 이유도 여기에 있었다. 그가 차를 몰고 이 거리에서 저 거리로 헤매는 동안에도 녹은 은밀하게 살을 꿰뚫으며 자라난다. 그가 밥을 먹는 사이에도, 하루의 지친 몸을 눕히고 잠들어 있는 사이에도 도처에 널려 있는 쇠붙이들은 공기를 받아 마시며 조금씩 조금씩 흉측한 더러움을 자신의 몸 위로 내어미는 것이다.(『귀머거리』, 99쪽)

이 작품에서 도처에 널려 있는 쇠붙이들, 그리고 그 쇠붙이들로부터 끊임없이 솟아나오는 흉측한 녹들은 이들 봉급생활자들을 둘러싸고 있는 도시적 삶의 생리에 대한 하나의 메타포로 제시되어 있다. 이러한 의미의 메타포는 양귀자의 다른 작품들에서도 얼마든지 발견된다. 이를테면 「갑(甲)」에서의 이제 그는 유리문 앞에서 아예 손을 꺼내는 일은 하지 않았다. 유독 이 회사 내의 쇠붙이들은 그의 손을 거부하고 있었다. 엊그제부터 그는 매 순간마다 덮쳐오는 찌릿찌릿한 충격에 아연 긴장하지 않을 수 없었다. 온몸을 훑고 지나가는 찌릿한 전기. (……) 잘 닦인 속살을 내보이며 환히 유혹하고 있는 그 거대한 유리문은 온몸으로 밀어대도 겨우 열릴 듯 말 듯하였다.(『귀머거리』, 123쪽)

와 같은 구절에서 작품의 주인공이 유리문의 쇠붙이 손잡이에서 감지하는 찌릿찌릿한 전기의 느낌 역시, 무능한 봉급생활자로서 그가 느끼는 도시적 삶의 생리에 대한 공포감과 맞닿아 있다. 이 작품에서 하루 종일 엘리베이터 안에 갇힌 채 아무 말 없이 엘리베이터의 단추만을 눌러대는 엘리베이터 걸에 대해 그가 기울이는 집요한 관심 역시 사방이 막힌 좁은 공간 속에 갇혀 있다는 그의 어찌해볼 수 없는 깊은 절망감의 한 표현일 것이다. 그러나 그 여자가 어떤 표정으로 그 갇힘의 상태를 견디어낼까에 대한 그의 집요한 관심은 회사 내에 엉뚱한 소문을 불러오고, 그것은 곧이어 그 여자에 대한 미묘한 배반감의 체험으로 이어진다. "여자는 경쾌하다. 여자는 의젓하다. 여자는 조금도 흐트러지지 않는다. 문이 열리면 재빨리 긴 숨을 몰아쉬는 그는 개처럼 헐떡인다"(『귀머거리』, 125쪽)라는 구절에서 여자의 경쾌함과 그의 헐떡거림의 선명한 대비는 엘리베이터로 표상되는 삶의 현실에 대한 그의 무능과 공포를 더 강렬하게 드러내 보여준다.

「쥐」라는 작품 또한 특정한 대상에 대한 작중인물의 집요한 집착이나 관심을 통해 그들의 심리상태를 비유적인 방식으로 표현하는 양귀자의 소설문법을 잘 보여주는 작품이다. 이 작품의 주인공도 어느 대기업의 홍보실에서 나이에 걸맞지 않은 말단직원으로 근무하며 간신히 가족들을 부양해나가는, 주위사람들로부터 둔하고 주변머리 없는 사람으로 평가받는 인물이다. 그는 지금 며칠째 상무가 지시한, '현대를 이끄는 대기업의 자세'라는 제목의 원고를 완성시키지 못해 끙끙거리고 있다. 그런 그가 그의 집에 침입한 한 마리 쥐에 대해 가지는 집요한 적의는 어린 시절, 전쟁의 폭격으로 죽은 동생 대신에 그의 어머니가 가슴에 품고 다니던 썩은 쥐에 대한 몸서리쳐지는 기억과 긴밀하게 연관되어 있다. 여기에서 쥐를 잡으려는 주인공의 집요한 행동을 통해 그 어린 시절의 기억과 현재의 그의 답답하고 막막한 삶은 하나로 겹쳐진다. 그가 쥐에서 벗어나지 못하는 한, 그에게는 어떠한 휴식도 없으리라는 예감, 어린 시절부터 지금까지 이어지는 "차가운 손. 문득 그는 이 여름 한낮에 느껴지는 차가운 손의 감촉에 부르르 몸을 떨었다. 그 내밀어진 공포의 손이 사위에서 그를 향해 죄어오고 있는 게 눈에 보이는 것 같"(『귀머거리』, 142쪽)은 느낌에서 한발짝도 벗어날 수 없으리라는 예감은, "그 밤에 그는 꿈속에서였는지 혹은 실제였는지 통통한 쥐 한 마리가 그의 배를 타고 넘어 도망가는 것을 보았다. 그러나 그 쥐는 열려 있는 문 앞에서 몸을 돌려 다시 음침한 장롱 밑으로 기어들어가고 있었다"(『귀머거리』, 142쪽)라는 구절과 더불어, "그래, 잡아낼 테다. 네가 정 그렇다면 잡아내고야 말 테다"라는 주인공의 잠결의 중얼거림을 헛된 메아리로 만들어버린다.

「유수(流水)」나 「귀머거리새」에서 조직화된 세계의 비인간적인 생리가 개인에게 가하는 폭력과 억압은 보다 극단적인 양상으로 나타난다. 「유수」는 신입사원으로 입사하기에는 너무 나이가 많은 주인공이 거의 군대식 훈련을 방불케 하는 혹독한 신입사원 연수를 치르는 과정과, 한파로 수도관이 얼어붙은 추운 집에서 이웃에 물을 얻으러 다니는 그의 아내의 이야기가 서로 엇갈려 서술되면서, 인간다운 삶에 대한 최소한의 욕망마저도 앗아가버리는 참담한 삶의 현장을 우리에게 보여준다. 그들이 사는 집의 꽁꽁 얼어붙은 수도는, "회사를 위해 분골쇄신 일하겠다는 충성심을 2분 동안 쉬지 않고 지껄여야"(『귀머거리』, 174쪽) 하는 2분 스피치 시간과 창조력 훈련시간에 그의 입이 꽁꽁 얼어붙어 떨어지지 않았던 것처럼, 꽁꽁 얼어붙어 어느 쪽으로도 희망의 물길을 틔워나갈 수 없

156

는 그들의 삶에 대한 하나의 은유이다. 이 작품의 결미를 이루는 "그녀는 더듬더듬 벽을 어루만졌다. 벽은 냉랭하였다. 물 흐르는 소리가 들리는 것도 같았다. 벽의 깊은 속 어디쯤에서는 정말 물이 흐르고 있을지도 몰랐다. 그런데 스위치를 찾을 수 없다니……"(『귀머거리』, 186쪽)라는 구절은 그 은유적 의미를 보다 선명하게 드러낸다.

「귀머거리새」는 차갑고 냉랭한 벽 위에서 희망의 스위치를 찾지 못하면서도 벽 속에 흐르는 물의 소리를 들으려 애쓰는 「유수」에서의 그 안간힘마저 사라져버린 완벽한 절망의 상태를 보여준다. "아침마다 지옥에라도 가는 표정을 하고 집을 떠났다가 밤이 되면 솜뭉치처럼 축 처진 어깨로 돌아"(『귀머거리』, 192쪽)오는 주인공의 직장생활은 결국 계속된 승진의 좌절과 사표제출로 끝나버리고, 그는 아내가 경영하는 술집의 골방에서 생활하는 폐인의 신세로 전락한다. 결국 요양이라는 명목으로 시골로 내려간 그는 날마다 돌을 가득 채운 배낭을 메고 산을 오르면서 식사량을 극도로 줄여간다. "누워만 있는 자의 하루에, 음식물이 들어가기만 하면 미친 듯이 울렁거리고 요동을 치는 위를 가진 자의 축 늘어진 하루"(『귀머거리』, 199쪽) 속에서 그가 생각하는 것은 "회사라는 끈을 잡고 있었을 때보다 지금이 더 나은가, 라고. 그 시절의 끝없는 무력감과 고립되어버린 듯한 아찔한 느낌에 비해 지금은 어떠한가, 라고. 분명한 것은 그때나 지금이나 마찬가지로 뚫고 나아가는 일의 괴로움만은 극대치로 남아 있다는 사실"(『귀머거리』, 199쪽)이다. "세상에 잘못 착지한 병든 새처럼"(『귀머거리』, 207쪽) 그는 결국 도시의 밖에서 완벽하게 고립된 채 홀로 죽음의 순간을 기다린다. 그는 그가 잘못 착지한 이 세상을 뚫고 나가는 대신에, 끝없이 자신의 몸무게를 비워감으로써 스스로 이 세계로부터 완벽하게 도태되는 방식을 선택하는 것이다. 도저히 이 세계를 뚫고 들어갈 수 없다는 무력감은 양귀자의 소설 속에 등장하는 남자주인공들(뿐만 아니라 「의치義齒」나 「밤의 일기」 「다락방」 「희망」 「덩굴풀」 등의 작품들에 등장하는 여주인공들도 역시 마찬가지이다) 모두가 공유하고 있는 공통의 심리상황이다. 그렇다면 그들을 끊임없이 도태의 늪 속에서 허우적거리게 하는 그 무력감은 도대체 어디에서 발원하는 것인가?

양귀자의 소설들이 보여주는 폭력에 대한 민감한 감수성은 아마도 그 물음에 대한 하나의 대답을 마련해줄 수 있을 것이다. 양귀자에게 이 세계는 눈에 보이든 보이지 않든 개인의 삶을 균열시키고 그에 대해 끊임없는 위해(危害)를 가하는 폭력성이 미만해 있는 곳으로 인식된다. 일상의 미세한 틈 사이로 스며들어 우리의 욕망을 황폐화시키고, 마음 깊은 곳의 공포와 불안으로 우리의 삶을 조금씩 마모시켜가는 그 폭력의 징후들은, 성인이 되어 자신의 어린 시절을 회상하는 「유황불」의 유년기 체험 속에도 깊숙이 아로새겨져 있다. 이 작품에서 그 유년기의 체험이 자리잡고 있는 세계는 결코 때묻지 않은 순수성의 아우라를 지니고 있는 세계가 아니다. 이해할 수 없는 갖가지 은밀한 욕망들과 충격적인 사건들로 헝클어진 그 세계를 회상하며 작중화자는 "세월의 때로 녹이 슬어 불그죽죽해진 침목을 하나하나 세어가면서, 나 모르게 속력을 내고 있는 하행선 열차가 따라오고 있지나 않은지 살펴가며, 끝도 없이 길게 누워 있는 두 줄의 레일을 따라 걷는 등교길은 내가 최초로 만난 자립의 길이었고 그래서 더욱 공포의 길이었다"(『귀머거리』, 14쪽)라고 말한다. 어른이 된다는 것이 곧 이해할 수 없는 욕망들로 가득찬 어른의 세계로 들어가는 공포의 체험으로 받아들여진다는 것, 그것은 한 평론가의 지적처럼 "양귀자에게 있어, 이 세상으로 나아감은 유황불이 이글거리는 지옥으로 나아감처럼 인식된"다는 것을 의미하는 것인지도 모른다. 이 세계가 결코 아름답고 순수한 세계가 아니라는 것, 아니 오히려 그것은 그 아름답고 순수한 세계를 향한 꿈을 끊임없이 망가뜨리는 음험하고 이기적인 욕망들로 가득 찬 세계라는 인식은 「밤의 일기」에서 다음과 같은 보다 명료한 표현을 얻고 있다.

그에 의하면 역사를 움직이는 것은 곧 폭력이었다. 낱말의 잔인성에도

불구하고 역사의 형성에서 항상 최후의 수훈을 세우는 그것이, 인간사의
영구불멸의 유산이라는 사실에 대해 남편은 알 수 있는 만큼은 모두 알아
내고자 했다.(『귀머거리』, 42쪽)

「밤의 일기」는 어느 날 갑자기 사라져 일 주일 만에 고문으로 만신창
이가 되어 돌아온 남편과, 강도가 들었다고 소리쳐도 모두 문을 걸어잠
그고 누구 하나 내다보지도 않던 아파트 이웃 여자의 이야기, 그리고 여
주인공이 지하철 입구에서 목격한 야바위꾼들의 음험한 상술을 통해서
이 현실 세계 도처에 도사리고 있는 척박한 폭력의 징후들을 우리에게
끊임없이 일깨워준다. 한 사람의 사회적 성공이 다른 누군가의 희생을
요구하는 현실, 더 나아가 특정집단의 기득권이 다른 집단에 대한 억압
에 의해 유지되는 현실, 그 희생과 억압의 고리 속에서 역사를 움직이는
것은 곧 폭력이라는 인식은 양귀자의 소설을 떠받치고 있는 기본적인 인
식틀인 것처럼 보인다. 그 기본적인 인식틀은 『귀머거리새』에 수록된 각
각의 작품들 속에서 집요하고도 정교하게 반복된다. 그러나 지금까지 살
펴본 것처럼, 『귀머거리새』에 실린 작품들의 촘촘하게 얽힌 정교한 메타
포들의 그물망을 따라가다보면, 어쩔 수 없이 그 메타포들의 짜임이 하
나의 반복되는 도식 안에서 움직이고 있다는 생각이 든다. 이 소설집 속
에 수록된 작품들을 읽어나가면서 처음에 예리한 느낌으로 가슴을 찌르
던 메타포들의 의미가 점차 단조롭게 느껴지는 것은 그 때문일 것이다.


## 3. 희망의 불씨를 찾는 사람들 ─ 『원미동 사람들』

『귀머거리새』로부터 『원미동 사람들』에 이르는 과정은 양귀자의 소설
이 절망적이고 무기력한 인식의 벽 앞에서 절박하게 보듬어안을 어떤 희
망의 단서들과 인간적 따스함의 숨결들을 찾아나서는 과정이다. 『원미

동 사람들』 연작은 작가의 그러한 노력이 맺은 탁월한 결실이다. 이 연작소설집은 작가가 원미동에 살면서 만난 이웃들의 삶을 토대로 서울의 외곽지역에 정착해서 살아가는 가난한 소시민들의 애환과, 척박한 현실 속에서도 끈질기게 살아가고자 하는 그들의 힘겨운 삶의 이야기들을 따뜻하고 애정 어린 시선으로 그려내고 있다. 이 소설집 속에 등장하는 인물들은 그들에게 닥쳐오는 사소한 이해관계들에 민감하고 이기적으로 반응하고, 서로에게 끊임없이 상처를 주고받으면서, 소시민적 삶의 안락함을 보장해줄 세속적 욕망들에 매달려 살아간다. 그들이 보여주는 삶의 모습들은 이 시대의 모든 소시민들이 나누어가지고 있는 평균적인 욕망의 틀 안에 놓여 있는 것이다.

이 연작소설은 수은주가 영하로 곤두박질친 차가운 어느 겨울날, 서울에 살던 은혜네가 부천의 원미동으로 이사하는 것으로 시작된다. 비록 집을 사서 이사하는 것이기는 하지만, 서울의 생활권으로부터 밀려나는 그들의 이사풍경은 스산하고 을씨년스럽기 그지없다. 택시비를 아끼기 위해 만삭의 아내와 함께 추위에 떨며 이삿짐을 실은 트럭의 짐칸에 실려가면서, 작품의 주인공은 "넓고넓은 서울에서 그는 여태껏 집을 갖지 못하고 살았다. 희망 없이 살았다는 말과도 다름이 없다. 그런데 이제 집을 가지게 되었다. 다른 것은 서울이 아니고 부천이라는 점이다. 그렇다면 이 경우에도 집은 희망의 동의어인가"(『원미동』, 27쪽)라는 물음에 대해서 아무런 대답을 찾지 못한다. "도처에 희망은 널려 있었다. 단지 그를 위한 희망이 아닐 뿐"(『원미동』, 28쪽)인 현실은 집이 곧 희망의 동의어인 삶, 그 소박한 소시민적 삶의 행복마저 용납하지 않는다. 『원미동 사람들』의 도입부를 이루는, 서울로부터 부천으로 밀려나는 이 을씨년스럽고 우울한 이사풍경은 앞으로 전개될 이 연작의 전체적인 분위기를 가늠케 하는 풍경이라고 할 수 있다. 그들이 이사한 원미동은, 직장으로부터 떨려난 뒤 새로운 직장을 찾지 못한 채 오랜 시간 방황하다가 겨우 어느 회사의 영업직 사원으로 들어갔지만, 번번이 아무런 실적도 올리지 못한 채 귀가하는 진만이 아버지의 절망적인 삶, 젊은 날 부지런히 일해 많은 땅을 사들였지만, 자식들 사업밑천으로 모두 날리고, 이웃들의 원성에도 아랑곳없이 원미동 한귀퉁이의 자투리 땅에 아욱이며 푸성귀 따위의 농사를 짓고 있는 강노인, 학생운동을 하다가 받은 고문의 후유증으로 머리가 살짝 돌아버린 원미동 시인, 어느 날 직장과 가정을 버리고 산속으로 숨어들어 산속을 헤매면서 서서히 폐인이 되어가는 어느 봉급생활자의 삶, 시골에서 농사를 짓다 올라와 닥치는 대로 일을 하며 돈을 벌었지만 결코 가난에서 벗어나지 못하는 임씨, 술집에서 술집으로 전전하다가 원미동까지 밀려와 찻집을 차렸지만, 사진관 엄씨와의 염문으로 결국 마지막 기착지라고 믿었던 원미동으로부터도 밀려나버리고 마는 찻집 여자, 변소가 딸려 있지 않은 습기찬 지하셋방에 살면서 생리적인 배변의 욕구를 해결하지 못해 전전긍긍하는 어느 지하생활자의 삶 등등, 한결같이 암울하고 전망 없는 삶을 살아가고 있는 인물들로 가득 차 있다.

그러나 이들의 암울한 삶을 그려나가면서도 작가는 그 속에서 어떤 희망의 불씨를 찾아내려는 노력을 멈추지 않는다. 한없이 스산하고 누추한 이들의 삶을 감싸고 있는 작가의 따뜻한 시선을 통해 우리들에게 전달되어오는 것은 바로 그 희망의 불씨를 포기하지 않으려는 작가의 마음이다. 그러한 노력 속에서 작가는 작중인물들이 보여주는 어리석음과 무능함, 얄팍한 타산이나 자질구레한 이기적 욕망들, 혹은 폭력을 방관하거나 이웃들의 불행에 무관심한 그들의 비겁하고 소심한 삶의 태도까지도 깊은 포용의 시선으로 감싸안는다. 이 연작소설에서 작가는 가능한 한 모든 작중인물들에 대해서 공평하고도 객관적인 시선을 유지하려고 노력하고 있는 듯하다. 물론 그 가운데 보다 긍정적으로 묘사되는 인물과 부정적으로 묘사되는 인물 사이의 구분이 전혀 없는 것은 아니지만, 작가는 특정인물에 대한 호오(好惡)의 정서를 작품 속에 표나게 드러내는 대신, 그들을 둘러싸고 있는 현실의 척박함 쪽으로 우리의 시선을 돌리려 한다. 결국 그들 모두는 이 시대의 무기력하고 겁 많은 소시민들일 뿐이며, 그들의 선량함뿐만 아니라, 그들이 보여주는 이기적인 욕망까지도 척박한 현실이 만들어낸 삶의 한 모습일 뿐이라는 것이 작가의 기본적인 시각인 것이다. 이를테면 「일용할 양식」에서 원미동 23통 5반의 주민들을 대상으로 형제수퍼의 김 반장과 김포수퍼의 경호네, 그리고 싱싱청과물 사이에서 벌어지는 손님 확보를 위한 한바탕의 치열한 싸움과, 그 과정에서 동네 사람들이 보여주는 얄팍한 계산속을 실감나게 그려나가는 작가의 어조는 작중의 모든 인물들에게 공평한 이해의 시선을 보내려고 노력하는 우호적인 관찰자의 태도를 견지한다. 따라서 우리는 이 작품을 읽으면서 그 싸움이 김 반장이나 경호네, 싱싱청과물 그 어느 쪽의 잘못도 아닌, 결국은 먹고살아야 한다는 어쩔 수 없는 소시민적인 삶의 논리가 만들어낸 싸움임을 이해하게 되며, 그 싸움 속에서 조금이라도 물건값이 싼 가게를 찾아 우왕좌왕하는 동네 사람들의 얄팍한 세태 역시도 그러한 논리의 틀 속에서 바라보게 된다. 그것은 분명 '먹고살기 위해서' 라는 현실이 만들어낸 각박한 싸움이지만, 그것을 바라보는 작가의 넉넉하고 포용력 있는 시선은 우리들로 하여금 웃음을 머금을 수밖에 없는 애정어린 서글픔을 가지고 그 싸움의 과정을 지켜보게 하는 것이다.

『원미동 사람들』 연작에서 삶의 각박함을 애정 어린 서글픔의 시선으로 바라보게 하는 작가의 객관적이면서도 포용력 있는 서술태도는 우리에게 그 각박한 현실 속에서 작가가 찾고 있는 희망의 진정한 의미가 무엇인가를 암시해준다. 그 희망이란 결국 인간에 대한 근본적인 믿음에 다름아니다. 『원미동 사람들』을 이끌어가는 것은, 원미동 사람들의 소시민적 타산과 이기적인 욕망들의 다툼에도 불구하고 그들이 근본적으로 선량한 사람들이라는 것, 그리고 우리가 기댈 것은 바로 그 인간에 대한 믿음과 사랑을 바탕으로 한 고통의 연대라는 생각인 듯하다. 이를테면 「불씨」에서 떨어지지 않는 입 때문에 단 하나의 물건도 팔지 못한 채 절망감 속을 헤매던 진만이 아버지의 말을 끝까지 주의깊게 들어주고, 그에게 처음으로 물건 하나를 사가는 인물은 그와 다름없이 힘겨운 삶을 살고 있는 터미널의 나이든 짐꾼이다. 또한 「찻집 여자」에서 사진관 엄씨와 찻집 여자 사이의 관계는 엄씨가 찻집 여자가 살고 있는 참담하도록 썰렁한 방 안을 들여다보면서 느낀 연민의 감정에서 비롯된 것이다. 「지하생활자」에서 주인집 여자가 완강하게 현관문을 걸어잠그고 문을 열어주지 않는 바람에, 용변의 장소를 찾지 못해 전전긍긍하던 주인공은, 주인집 여자의 애인인 남자의 부인에 의해 쑥밭이 되어버린 그녀의 집을 바라보면서 "주인 여자를 향해 솟구치던 적개심은 어느 순간 먼지처럼 날아가버"(『원미동』, 247쪽)리는 것을 느낀다. 서로에 대한 분노와 적개심, 하찮은 이기적 욕망들 사이의 끊임없는 다툼에도 불구하고, 그들이 모두 같은 처지의 불운하고 힘겨운 삶을 살고 있는 사람들이라는 사실에 대한 확인은, 어느 순간 그들을 하나의 정서적 연대감으로 묶는 끈으로 작용하는 것이다. 「비 오는 날이면 가리봉동에 가야 한다」에서 그 정서적 연대감은 서로 다른 계층의 사람들에게 부끄러움을 동반한 자기 반성의 계기를 부여해주기도 한다. 이 작품의 주인공이 자기 집의 보수공사를 맡은 임씨에 대해서 느끼는 계층적 위화감은 "어떤 사람 말대로 없는 사람 먹고살기로는 부천이 좋다 하지만 그는 어엿하게 한강을 건너 서울의 중심가에 직장을 둔 월급쟁이였다. 회사 주변의 술집에는 작게는 일이만원에서 크게는 이삼십만원의 외상술값을 남겨놓고 다니는 적당한 주량을 가지고도 있었으며 때로 실장의 곁눈질에 가슴이 철렁하는 소심함도 남 못지않기는 하지만 그래도 저 임씨처럼 겨울이면 연탄배달에 여름이 오면 공사판 막일을 해야 하는 처지와는 사뭇 다른 것이다"(『원미동』, 133~134쪽)라는 구절 속에 잘 나타나 있다. 그러나 공사를 시작할 무렵 그가 임씨에게 품었던 막연한 불신감은 임씨의 건강하고 정직한 삶 앞에서 스스로에 대한 반성적 자괴감으로 바뀌고, 그것은 곧이어 임씨에 대한 끈끈한 정서적 유대감으로 이어진다.

「원미동 시인」은 이 시대를 규정짓는 폭력성의 징후들에 대한 작가적 관심을 반영하면서, 동시에 그 폭력성을 이겨낼 수 있는 희망의 근거에 대한 작가의 진지한 모색을 담고 있는 작품이라고 할 수 있다. 이 작품은 원미동 시인이라고 불리는 몽달씨 주변에서 벌어지는 이야기를, 자신의 말에 의하면 "집안 돌아가는 사정이나 동네 사람들의 속마음까지도 두루 알아맞힐 수 있는 눈치만큼은 환"(『원미동』, 80쪽)한 여덟 살짜리 여자아이의 시선을 통해 들려주고 있다. 몽달씨는 어느 날 밤 깡패들에게 쫓겨 김 반장의 형제수퍼로 피신했으나, 김 반장이 몽달씨를 끝내 모른 체하는 바람에 결국은 깡패들에게 흠씬 폭행을 당하게 된다. 그 후 김 반장은 그 상황에 대해서 아무것도 몰랐던 것처럼 몽달씨를 찾아가 위로하고, 몽달씨 역시 김 반장네 가게에서 "뭐가 좋은지 히죽히죽 웃어가면서 열심히 박스들을 나르"(『원미동』, 97쪽)는 일을 계속한다. 그러한 몽달씨의 모습이 작중화자인 어린 선옥이의 눈에는 분하고 바보 같게만 느껴지지만, 몽달씨는 그런 선옥에게 "마른 가지로 자기 몸과 마음에 바람을 들이는 저 은사시나무는, 박해받는 순교자 같다. 그러나 다시 보면 저 은사시나무는 박해받고 싶어하는 순교자 같다"라는 황지우의 시 한 구절을 들려준다. 자신에게 가해진 폭력과 위선을 고스란히 감내하면서 스스로 박해받는 순교자이기를 원하는 몽달씨의 모습은 마치 간디나, 십자가에 매달린 예수의 모습을 연상케 하는 측면이 있다. 여기에서 박해라는 것은 인간의 무력함을 인간의 위대함으로 바꾸는 방식, 다시 말해 인간의 나약함을 폭력에 대한 하나의 도덕적 상징의 자리로 끌어올리는 방식이라고 할 수 있을 것이다. 그 몽달씨가 끊임없이 시를 웅얼거리는 모습에서 우리는 이 시대의 시, 혹은 문학이 갖는 의미에 대한 작가의 성찰을 읽을 수도 있다. 폭력에 대해 현실적으로 가장 무력하지만, 부끄러움과 자기 각성이라는 차원에서 가장 강력한 도덕적 상징이 될 수도 있는 문학, 그 문학에 대한 작가의 희망 말이다.

## 4. 고통을 먹고 성장하는 아이들 — 『희망』

『원미동 사람들』 이후부터 양귀자는 적극적으로 장편소설의 세계 속으로 뛰어든다. 『희망』과 『나는 소망한다 내게 금지된 것을』이 이 시기에 양귀자가 발표한 장편소설들이다.

『희망』은 대학입시에 실패한 삼수생을 일인칭 작중화자로 내세워서, 그를 둘러싸고 있는 사람들과 그들 속에서 일어나는 여러 사건들을, 미성년자도 아니고 그렇다고 성인도 아닌 그 또래 청년의 때묻지 않은 시선을 통해서 그려나가고 있는 작품이다. 이 작품에서 작중화자가 속해 있는 세계는 '나성여관'과, 그 여관에서 살고 있는 그의 가족들, 그 여관의 투숙객들, 그리고 그와 함께 대학입시를 준비하는 친구들로 이루어진 세계이다. 작품은 작중화자인 내가 대학입시 포기를 결심하는 것으로 시작된다. 작품의 도입부에서 나는 아직까지 대학입시에 실패한 체험 이외에는 현실의 고통에 노출된 적이 없는, 단순하고 철이 없긴 하지만 착하고 밝은 성격의 소유자로 등장한다. 그러나 그는 점차 그가 이해하고 감당하기에는 너무나 힘들고 벅찬 주위 사람들의 얼크러진 욕망과 고통의 세계 속으로 끌려들어가게 된다. 억척스런 어머니와 무기력한 아버지, 색깔에 대한 눈부신 감식안으로 늘상 그를 감탄케 하는, 미대생이 되기를 원했지만 결국 타락의 길로 빠져들고 마는 누나, 학생운동으로 늘상 집을 비우면서 어머니로부터 내버린 자식으로 취급받고 있는 형, 월남해서 낳은 딸의 도움으로 근근히 여관 신세를 지고 있지만, 그 딸의 죽음 이후 정신박약아인 손주를 데리고 힘겨운 삶을 살아가다가, 어느 날 무작정 걸어서 휴전선을 넘어가겠다는 생각으로 집을 나가 결국 행려병자로 죽게 되는 10호실 노인, 막노동을 하면서 살아가는 정체가 불확실한, 그러나 주인공인 나에게 이상한 호감을 불러일으키는 찌르레기 아저씨, 늘상 유행가를 끼고 살면서 여관의 허드렛일을 도맡아 하는 인정 많은 뽕짝 아줌마 등등이 나성여관을 구성하고 있는 인물들이라면, 영어만 빼놓고 다른 과목들은 모두 바닥을 기고 있는 쥬노, 무용수로 스타가 되려는 꿈에 들떠 있지만, 집안의 완강한 반대로 정신병원에 갇히고 마는 형무, 일류대학에 다니는 형제들 사이에서 늘상 집안의 압력에 시달리는 보라 등은 그의 재수생 친구들이다. 이 작품에서 '나'를 둘러싸고 있는 인물들의 훼손되어가는 삶은 나에게 부조리한 현실에 대한 자각을 불러오는 고통스러운 성장기적 체험으로 작용한다. 작품을 구성하고 있는 여러 사건들 가운데 '나'의 삶에 가장 큰 영향을 미치는 것은 누이의 타락과 찌르레기 아저씨의 과거행적들, 그리고 형이 전직 고문경찰관을 칼로 찌른 뒤 구속된 사건이다. 결국 이 소설은 여러 가지 복잡한 사건전개의 과정을 거쳐서 마침내 도로확장공사로 나성여관이 헐리게 되는 것으로 끝을 맺고 있는데, 무너져가는 나성여관의 폐허 위에 서 있는 결말부분의 작중화자는 이미 작품의 도입부에서 보여줬던 단순하고 철없던 모습이 아니다.

방들이 서로의 맨몸을 부비며 칭얼거리고 있을 나성여관은 이제 내가 돌아갈 곳이 아니었다. 나는 망연해져서 낯익은 형상 하나하나에 스며 있는 시간의 부스러기들을 바라보았다. 그 멈춘 시간 속에서 나는 공기조차 떨지 않는 고요를 보았다. 그 고요를, 휘몰아쳐온 바람이 일시에 헝클어 놓았다.(『희망』하권, 575쪽)

이 작품에서 나성여관을 중심으로 한 세계는 이 시대의 삶을 살아가는 사람들의 모든 회한과 고통과 눈물을 축소시켜놓은 세계라고 할 수 있다. 그러나 그 축소된 세계를 떠받치고 있는 것은 고통과 눈물이 아니라, 오히려 사랑과 희망이다. 주인공인 나의 철없지만, 때묻지 않은 시선으로 전달되는 그 불행한 현실상황들은, 그 시선의 때묻지 않음으로 인해 우리에게 각박한 절망감보다는, 때로는 눈물어린 웃음으로, 때로는 그 불행한 삶들을 감싸안는 작가의 간절한 희망에의 전언으로 다가온다.

## 5. 여성문제의 람보식 접근 ─『나는 소망한다 내게 금지된 것을』

『나는 소망한다 내게 금지된 것을』은『희망』에 이어 발표된 양귀자의 두번째 장편소설이다. 독자들로부터 커다란 반향을 불러일으키면서 베스트셀러로 떠오르고, 그 여세를 몰아 영화로 만들어지기까지 한 이 소설은, 그러나 이전의 양귀자 소설들에 익숙해 있던 독자들에게 '이 소설이 정말 양귀자 소설이 맞나?'라는 의문을 불러일으킬 만큼 기존의 소설들과는 완전히 다른 작품세계를 보여준다. 작중인물들을 이어주는 억압적이고 일방적인 관계구도, 남성에 대한 응징으로 많은 여성들에게 인기를 모으는 부드러운 이미지의 남자배우를 납치한다는 황당한 서사적 발상, 강민주라는 여성 캐릭터가 휘두르는 공격적이고 배타적인 페미니즘 논리의 폭력적 단순성 등은 사회와 인간의 내면 속에 도사리고 있는 폭력과 억압의 문제에 대한 성찰에서 누구보다도 진지하고 섬세했던 양귀자의 이전 소설들을 기억하는 사람들에게 마치 돌연변이처럼 돌출해나온 기괴한 기형아의 모습으로 다가올 수밖에 없었다.

이 소설에서 무엇보다 놀라운 것은 페미니즘을 람보식의 단선적인 논리로 밀어붙이면서 영웅적인 해결사의 모습으로 등장하는 철혈여인 강민주라는 캐릭터이고, 그보다 더 놀라운 것은 작가가 그녀에 대해 전폭적인 지지를 보내고 있다는 점이다. 강민주는 "힘이란 다름아닌 능력을 뜻하는 것이라 해도 역시 나는 힘을 가진 사람이다. 사물을 분석하는 능력과 추진하는 실천력에 대해서 말하라면 나는 조금도 꿀릴 것이 없는 사람이다. 힘이 곧 물리적인 에너지를 뜻한다 해도 마찬가지다. 나는 황남기를 소유하고 있다. 그의 단단한 근육은 틀림없는 내 것이다. 남기의 억센 주먹은 오로지 나의 명령만 기다리고 있다. (……) 나는 비로소 내가 초월자라는 것을, 응징의 대리인이라는 것을 알았다"(『나는』, 74~75쪽)

라는 구절이 말해주듯, 타인을 지배하는 힘의 논리에 대한 완벽한 신뢰와 자기 이외에는 누구도 믿지 않는 태도, 그리고 자기 모순에 가득찬 배타적 신념과 사명감으로 똘똘 뭉친 인물로서, 자의적으로 규정한 페미니즘의 틀 안에 갇혀 있는 완벽한 이념적 폐쇄형의 인물이다. 어떠한 내적 갈등과 자기반성도 이 람보 여인에게는 거추장스러운 장애물일 뿐이다. 그녀는 누구도 사랑하지 않거나 사랑할 수 없는 인물로서 모든 인간관계(여기에서 여성과 남성의 관계는 단지 그 관계의 한 부분일 뿐이다)를 힘의 유무를 바탕으로 한 적대적인 관계로만 파악한다. 따라서 그녀가 내세우는 페미니즘의 논리 또한 오로지 힘의 유무라는 단일 코드로 수렴되는 매우 폭력적인 양상으로 나타나게 된다.

견딤, 고통의 인내는 미덕이 아니다. 그것이 미덕이라는 주장은 기득권을 쥔 자들의 염치 없는 요구일 뿐이다. 나는 그런 의미에서 보수주의자들을 혐오한다. 그들은 정신의 진보를 억압한다. 억압이야말로 인간의 가장 큰 적이다. 억압에 대해서 말하라면 세상의 반절인 여자들이 당한 수난을 들지 않을 수 없다. 물론 가해자는 세상의 또다른 반절인 남자들이다.(『나는』, 73쪽)

어머니가 원한 것은 그들과 나의 평행관계가 아니다. 어머니는 분명히 상하의 관계를 바라고 있었다. 그것이 딸의 성품에 어울릴 것이라고 당신은 믿었다. 어머니는 옳았다. 나는 수직에 반하는 평행을 경멸한다.(『나는』, 47쪽)

앞의 인용문은 여성＝피해자, 남성＝가해자라는 익숙한 코드로 여성문제에 접근하면서 남성들에 의해 행해진 억압에 대해 통렬한 비판을 가하고 있다. 그러나 억압을 비판하는 작중화자의 그 직설적이고 단호한 어조는 정작 얼마나 억압적인 뉘앙스를 풍기고 있는가? 그러나 이 작품에서 무엇보다 문제가 되는 것은 남성의 힘을 응징하는 강민주의 논리가 관습화된 남성적 힘의 논리와 그 논리에 의해 만들어진 담론의 코드들을 그대로 답습하고 있다는 너무도 명백한 자체 모순이다. 강민주는 남성적 지배구조를 깨뜨리기 위해 그 지배구조의 틀을 그대로 빌려오고 있는 것이다. 앞의 두번째 인용문은 강민주가 지닌 허구적인 논리의 모순을 그 단호한 어조만큼이나 분명하게 드러내 보여준다. 억압에 대해 또다른 억압의 논리로 맞서는 그녀에게 앞의 인용문과 뒤의 인용문 사이의 논리적 모순은 전혀 문제가 되지 않는다. 그녀가 남자를 응징하면서 실제로는 끊임없이 황남기라는 남성의 근육질에 의존하고 있다는 모순도 그녀의 논리에 아무런 흠집을 가하지 않는다. 그녀는 남성의 여성에 대한 억압이 표면적인 억압의 형태로서가 아니라, 부드러움을 가장한 은폐된 억압의 양상으로 나타난다는 판단하에 백승하를 납치하지만, 결국은 그녀 자신이 백승하를 통해 적대적인 미움이 아닌 진정한 의미의 인간에 대한 사랑에 눈뜨게 된다는 이 작품의 서사과정은 작품 속에 내재된 여러 모순들의 완벽한 결정체이다. 결과적으로 이 작품은 강민주가 백승하에게 감화된다는 결말을 취함으로써 그녀가 휘둘렀던 남성에 대한 응징의 논리를 완전한 허구로 돌려버리고 마는 것이다. 그렇다면 이 소설은 페미니즘을 가장한 반페미니즘 소설인가? 강민주의 패배를 보여주기 위해 이 소설은 강민주를 그토록 단호하고 신념에 가득 찬 인물로 등장시켰던 것일까? 그렇다면 강민주에게 전폭적인 지지를 보내며 그녀의 페미니즘 논리에 잔뜩 힘을 실어주었던 작가의 의도는 과연 무엇이었을까? 의문은 계속된다. 독자들은 왜 이토록 모순에 가득한 이 소설에 열광했던 것일까? 아니 양귀자는 왜 자신이 이전에 견지했던 문학적 태도와 전면적으로 어긋나는 이 기이한 소설을 썼던 것일까?

## 6. 출구 없는 시대의 소설쓰기 —『슬픔도 힘이 된다』

　기이한 것은 그것만이 아니다.『나는 소망한다 내게 금지된 것을』초 판이 발간된 것이 1992년이니, 그 작품이 씌어진 기간은『슬픔도 힘이 된다』에 수록된 작품들이 씌어진 기간과 겹친다.『슬픔도 힘이 된다』는 작가가 장편소설에 치중하는 틈틈이 써모은 것으로, 작품들이 씌어진 시 기가 1987년부터 1992년에 이르는 6년간의 긴 기간에 걸쳐 있다. 어떻게 같은 시기에 이렇게 상이한 작품들이 동시에 씌어질 수 있었을까?

　『슬픔도 힘이 된다』에 실린 작품들은 대부분 특정한 시대적 상황이 만 들어낸 사건들, 그리고 그 사건들이 개인의 삶에 가하는 다양한 억압과 균열의 양상들을 세밀하게 그려내는 데 몰두하고 있다. 이를테면「천마 총 가는 길」은 고문으로 대표되는 1980년대의 폭력적인 현실과 매우 긴 밀한 연관을 맺고 있으며,「기회주의자」는 1980년대 후반 산업현장에 몰 아닥친 노동조합 결성의 회오리바람을 배경으로, 노조결성을 둘러싸고 일어나는 출판사 직원들 사이의 갈등을 그리고 있다. 또「슬픔도 힘이 된 다」에서는 전교조 해직교사들의 애환이 작품의 주 내용을 이루고 있고, 「숨은 꽃」에서 주인공인 소설가가 겪는 내면적 갈등은 소련을 비롯한 동 유럽권 사회주의 체제의 붕괴라는 사건을 그 배경으로 하고 있다. 따라 서 이 작품집에 실린 작품들은 1980년대부터 1990년대 초에 이르는 사 회적 상황의 변화에 대한 작가의 민감한 문학적 대응의 결과물들이라고 할 수 있다.

　이들 작품에서 작중인물들의 삶은 한결같이 그들을 둘러싸고 있는 사 회적 상황의 무게에 우울하게 짓눌려 있으며, 작품 속에서 그려지는 그 들의 삶은, 그것이 유형의 것이든 무형의 것이든 결국은 폭력이라는 이 름으로 요약될 수밖에 없는 시대적 상황의 압력이 개인의 삶 속에 얼마 나 은밀하고도 집요한 내면적 파괴력으로 작용하는가를 보여준다. 예컨 대「천마총 가는 길」에서, 1980년대 초 영문도 모른 채 경찰서에 잡혀들어가 짓지도 않은 죄를 자백할 것을 강요당하며 극심한 고문을 받은 체험 이후 주인공은 끊임없는 모멸감과 무력감을 되새김질하는 괴로운 삶 속으로 내던져진다. 앞서 언급한 「밤의 일기」에서 다루어진 유사한 사건을 남편의 시각으로 재조명하고 있는 이 작품에서 주인공은 현재 직장에 사표를 던진 뒤 가족을 데리고 대구에서 경주까지 여행을 하고 있다. 그러나 주인공의 의식은 현재의 시간 속으로 간단없이 파고들어오는 죽은 아버지에 대한 기억과 자신의 끔찍스러웠던 고문에의 기억으로 무겁게 가라앉아 있다. 일제 때 징용으로 끌려가 힘겹게 번 돈으로 사모았던 땅을 해방 이후의 토지개혁으로 송두리째 빼앗기고 월남한 아버지의 삶은 그의 기억 속에서 죽은 사람의 삶이나 다름없었다. 그의 성장기를 지배했던 것은 가족들의 생계에 완전히 무기력했던 아버지에 대한 증오였다. 그러나 고문의 체험에 대한 무기력한 반추는 그로 하여금 "지난 세월 아버지가 보여준 무위한 방황은 이해할 수 없었지만, 그래도, 아버지의 땅은 분명히 북에 있었고 아버지는 꼼짝없이 당한 것이라는 데까지는 수긍하였다. 자신의 칠 년이 그러했던 것처럼 아버지의 무위도식한 삶도 전혀 고의가 아니었다"(『슬픔』, 83쪽)라는 생각에 이르게 한다. 그가 도달한 것은 아버지와 자신을 하나로 잇는 동일한 역사적 질곡에 대한 인식이고, 그 인식은 개인에게 역사란 하나의 억압이며 폭력일 뿐이라는 절망감을 내포하고 있다. 그가 "단순히 정복 통일 치적의 연대순으로 배우고 외워"온 역사에 대해서 "수많은 파괴와 폭력과 능욕의 연대기를 외우고 암송했어야 옳았던 것이 아닐까"(『슬픔』, 48쪽)라고 생각하는 것 또한 역사에 대한 절망감에 바탕을 두고 있다. 작품의 말미에서 그가 '천마총 가는 길'이라는 팻말 옆에 서 있는 딸의 사진을 찍으며, "팻말을 받치는 말뚝도, 아이의 다리도 자르지 않는" 사진을, "어느 것도 다치지 않게, 어느 쪽으로도 치우치지도 않게, 그렇게 온전하게"(『슬픔』, 90쪽) 찍으려고 애쓰는 것은 자신의 딸에게서 인간의 역사에 대한 절망감을 극복할 어떤 희망의 단서를 찾아보려는 안간힘의 한 표현일 것이다.

　그러나 이 작품집에서 작가가 문제삼고 있는 폭력은 이와 같은 체제쪽의 폭력만은 아니다. 「기회주의자」의 주인공이 노조결성의 과정에서 어느 쪽의 입장에도 서지 못한 채 우유부단한 갈등만을 거듭하면서 느끼는 억압은 기실 사용자측으로부터 오는 것이 아니라, 노조결성을 주도하는 동료직원들로부터 오는 것이다. 침착하고 온건한 방식으로 노조결성의 일을 추진해나가지만, 노조운동이 궁극적으로 정치투쟁으로 연결되어야 한다라는 신념에는 한치의 양보도 없는 손문길이나, "전폭적으로 마르크시즘을 지지했던 전력에 잇대어 혁명적인 급진사상 일반을 송두리째 집어삼키고 있는"(『슬픔』, 100쪽), "늘 폭력의 기미가 엿보"(『슬픔』, 114쪽)이는 박성태 등에 대해서 그가 느끼는 심리적 억압은 결국 반체제의 논리 또한 체제의 논리와 동질적인 폭력의 징후들을 내장하고 있는 것은 아닌가라는 거듭된 회의와 연결되어 있다. 이 작품에서 주인공이 앓는 이상한 감기증세는 그가 겪고 있는 내면적 갈등을 암시하는 양귀자 특유의 서사적 메타포라고 할 수 있다.

　그러나 우리 사회의 곳곳에 퍼져 있는 폭력의 징후들에 대한 민감한 대응에도 불구하고, 양귀자의 작품들은 단지 폭력적 힘들에 무력하게 떠밀려다니는 소시민적 삶의 누추함만을 보여주는 데 머무르지는 않는다. 작가는 어떠한 경우에도 절망과의 타협이 아닌, 절망을 딛고 일어서는 힘으로서의 희망에 대한 모색을 포기하지 않는다. 그것은 「천마총 가는 길」에서 역사에 대한 절망에도 불구하고 과거의 세대와 미래의 세대를 잇는 역사의 지속성에 대한 안타까운 자기확인의 욕망으로 나타난다면, 「슬픔도 힘이 된다」에서는 전교조에 대한 탄압과정에서 끊임없이 동요하는 작중인물들의 내적 고통을 보여주면서도, 인간에 대한 따뜻한 포용과 사랑에 바탕을 둔 슬픔의 연대만이 그 가혹한 상황을 이겨나가는 힘이 되어줄 것이라는 믿음으로 나타난다. 이 작품에서 슬픔의 힘이란 말 속에는  인간이 인간에 대해서 거는 마지막 희망이라는 의미가 담겨 있는 것이다.

「숨은 꽃」은 작가 자신이라고 말해도 좋을 일인칭 화자가 씌어지지 않는 소설 때문에 전전긍긍하다가 여행길에 오르면서 머릿속에 떠오르는 생각들을 자유롭게 서술해나가는 에세이식의 구성형태를 취하고 있다. 작품 속에서 작중화자는 자신이 부딪힌 소설쓰기의 벽이 "'슬픔도 힘이 된다' 는 진술이 아무런 감동도 주지 못하는 세상의 변화"에서 비롯된 것이라고 말하고 있다. "소련과 동구권의 대변혁이 몰고온 파장"(『슬픔』, 177쪽)으로 인한 세상의 변화 속에서 소설가인 작중화자가 느끼는 무력감을 이 작품은 다음과 같이 표현하고 있다.

지금 내 앞에 주어진 미로는 너무 교활하다. 지식과 열정을 지탱해주던 하나의 대안(代案)이 무너지는 것을 신호로 나의 출구는 봉쇄되었다. 나는 길찾기를 멈추었다. 길찾기를 멈추었으므로, 나는 내 소설의 새로운 주인공을 찾을 수 없게 되고 말았다. 작은 꿈, 작은 눈물, 그런 것들로 무찌르기에 이 세계는 너무나 거대하고 음흉하다. 문학은 곧 폐기처분될 위기에 몰린 듯하다는 글쟁이들의 엄살은 결코 엄살이 아닌 현실이 되어버리고 진실이나 희망이란 말은 흙더미에 깔려 안장되었다. 그 순간 나의 출구도 파묻혔다.(『슬픔』, 235쪽)

이처럼 달라진 현실과 씌어지지 않는 소설의 미로 속을 헤매다가 그녀는 귀신사라는 절에서 김종구와 황녀라는 인물을 만난다. "평생 내가 변함없이 간직하고 있는 신조가 하나 있다면 그게 뭔 줄 아세요? 머릿속에 먹물 담아놓고 주위에 검정물 뿌려대는 인간하고는 길게 상종하지 말 것"(『슬픔』, 217쪽)이라고 당당하고 거침없이 말하면서 매인 데 없이 거칠고 자유롭게 살아가는 김종구의 모습에서 작중화자는 "이제까지 나와 연루된 모든 것들, 한마디로 뭉뚱그려 높은 도덕과 긴 역사의 문화라고 하는 것들이 이들 앞에서 얼마나 하찮게 무너지는가를 절감"(『슬픔』, 219쪽)한다. 김종구와의 만남이 이루어졌던 귀신사로의 여행을 끝내고 서울로 돌아오면서 작중화자는 "서울에 닿으면 그래도 나는 기계 앞에 앉기는 할 것이다. 나는 아마도 한 거인을 그리려고 덤빌지도 모르겠다. 와해된 세계의 폐허 어딘가에 숨어사는 거인, 결코 세상에 출몰하지 않는 거인의 초상"(『슬픔』, 239쪽)을 생각한다. 그녀가 그 거인의 초상을 통해서 그리려고 하는 것은 어쩌면 그녀가 김종구에게서 발견한 원시적인 건강한 삶의 이미지일는지 모른다.

아마도 작중화자가 김종구의 원시적인 삶의 모습에 강하게 이끌리는 심리의 밑바탕에는 문학을 위기적 상황으로 내몰면서 보다 더 감각화된 첨단 소비문화를 향해 질주해나가는 이 시대의 변화된 현실에 대한 절망과 그 속에서 문학이 찾아내야 할 사회적 몫에 대한 절박한 자기 확인에의 욕망이 깔려 있을 것이다. 그러나 이 작품에서 김종구라는 인물을 통해 표현되는 원시적 건강함에 대한 옹호가 자칫 현실이 안고 있는 문제의 본질을 단순화시키고, 원시적이고 단선적인 힘에 대한 낭만적 신비화의 방향으로 나아가는 경향이 있음은 지적하지 않을 수 없다. 그 원시적 삶의 이미지에 이끌리는 주인공의 마음을 둘러싸고 있는 것은, 작중화자의 말대로 너무나 교활하고 음흉한, 그리하여 그 원시적 삶에의 심리적 이끌림만으로는 도저히 헤쳐나갈 수 없는, 출구가 보이지 않는 현실이다. 결국 「숨은 꽃」에서 작가가 내리는 결론은, 이 시대의 소설쓰기란 출구를 찾을 수 없으리라는 절망감 속에서도 끊임없이 현실의 미로를 고통스럽게 헤치고 나아가는 과정 그 자체가 되어야 한다는 것이다. 그렇다면 「숨은 꽃」 이후 양귀자는 어떠한 소설의 길을 우리에게 열어 보여줄 것인가? 양귀자의 소설적 미로 찾기는 아직도 여전히 진행중에 있으므로, 양귀자의 소설세계를 들여다보는 우리의 작업 역시 앞으로 양귀자가 보여줄 또 다른 소설쓰기의 가능성을 향해 그 마지막 결론을 유보시켜놓은 채로 끝을 맺을 수밖에 없다. (1995)

# 경계의 안과 밖, 혹은 그 사이
—이제하의 『독충』

## 1. 화간(和姦)하는 경계들

늘상 다니던 익숙한 풍경의 길인 줄 알고 한참을 걸어가다가 문득 눈을 들어 주변을 둘러보았을 때 불쑥 눈앞을 가로막는 낯선 풍경들의 이물감, 혹은 무심코 낯익은 길 위를 걸어가다가 자신도 모르게 낯선 이면도로로 빠져 방향을 알 수 없는 골목들의 미로 속에서 헤매고 있는 자신의 모습을 발견했을 때의 그 황당하고 막막한 느낌. 내가 이제하의 소설들을 읽으면서 줄곧 떠올린 느낌을 비유하자면 대충 이렇다. 이제하의 소설들은 마치 뒤통수에 찬물을 끼얹듯이 그렇게 예기치 않은 순간에 독자들을 낯선 이물감의 한가운데로 내던지며 일상적인 삶의 테두리에 길들여진 감각으로는 이해할 수 없는 어떤 기이하고 부조리한 상황과 마주서게 한다.

그래서 이제하의 소설들 속으로 들어가다보면 우리는 혼란스러운 무정형의 세계 속을 헤쳐나가듯 알 듯함과 모를 듯함의 비좁은 샛길, 혹은 이해와 오해, 상식과 비상식, 맥락과 단절, 경계와 탈경계가 뒤섞이고 엇갈리면서 만들어내는 흐릿하고 애매모호한 안개 속을 헤매는 것과 같은 상태에 빠지게 되는 것이다. 어쩌면 이제하의 소설들은 그의 소설의 행간에서, 혹은 맥락과 탈맥락의 경계선에서 끊임없이 피어오르는 그 안개와 몸섞고 그 안개를 이 세계를 바라보는 새로운 창(窓)으로 받아들이는 데 기꺼이 동의할 준비가 되어 있는 사람에게만 자신의 속살을 열어 보여 주려는 것인지도 모른다. 안개를 통해 바라보는 세상의 모든 경계는 뭉그러지고 서로 뒤섞이고 서로에게 스며들어 경계의 흐릿한 흔적만으로 자신의 존재를 가늠케 한다. 그것은 경계가 지워져버린 경계, 혹은 경계이기를 포기해버린 경계, 혹은 경계의 정체성을 끊임없이 자문하는 경계이다. 경계의 화간, 혹은 서로 화간하는 경계라고 명명할 수 있을 듯한 안개 속의 뭉그러진 풍경들 속에서 경계와 탈경계는 한 몸으로 겹쳐진다. 이제하의 소설들은 그렇게 이 세상의 경계들을, 혹은 그 경계들의 정체성을 위협하고 뭉개버리는, 그리하여 그것을 이물스러운 무정형의 세계로 되돌리려는 안개 속의 풍경으로 우리를 안내한다.

모든 존재는 그 자신의 경계를 지닌다. 경계는 우리의 삶이 담겨 있는 하나의 그릇이며 모든 존재의 윤곽이다. 경계는 존재를 만들고 풍경을 만들고 마침내 이 세계라는 거대한 틀을 구성한다. 모든 존재는 그 틀이라는 경계 없이는 존재할 수 없다. 그러나 모든 존재는 또한 존재를 존재케 하는 바로 그 틀이라는 경계 속에서 끊임없이 존재 스스로의 제약을 받아들인다. 아니, 받아들여야 한다. 이 존재의 제약을 받아들임으로써 존재는 비로소 존재함이라는 실질적인 작동 에너지를 부여받고 자신의 존재 에너지를 구성할 수 있기 때문이다. 존재는 바로 존재의 제약에 다름아닌 것이다. 그리하여 경계는 모든 존재의 운명이다. 이런 의미에서 우리가 살아내고 있는 것은 존재 그 자체가 아니라 우리에게 주어진 존재라는 이름의 틀, 혹은 경계에 지나지 않는다. 그렇다면 우리가 지금 몸

담고 살아가고 있는 것은 실제로 존재의 허상이나 환영, 다시 말해 존재
그 자체가 지워져버린 존재의 안개와도 같은 것이 아닐까? 모든 존재는
우리에게 끊임없이 존재한다는 안개를 피워올리면서 실제로는 그 부재
의 의미를 강요하고 있는 것은 아닐까?

이제하의 소설에 관한 글을 쓰면서 존재에 대한 이처럼 지리멸렬한 상
념을 주저리주저리 늘어놓고 있는 것은 이제하의 소설들이 존재라는 이
름의 허상에 바로 그 허상의 논리로 맞대응하고 있는 것은 아닌가라는
생각 때문이다. 이제하의 소설들이 보여주는 일견 기이하고 부조리해보
이는 무정형의 세계는 존재의 경계를 허물려는 세계가 아니라 합리의 이
름으로 우리의 존재를 구성하고 있는 그 경계의 논리를 발가벗기는, 그
럼으로써 합리의 이면에 숨어 있는 불합리한 존재의 실존을 우리 앞에
들이미는 세계에 가까운 것으로 보인다. 이제하의 소설을 읽으면서 우리
에게 낯익은 세계가 문득 낯선 것으로 느껴지는 체험은 바로 거기에서
오는 것일 것이다. 이제하의 소설들 속에서 이 세계의 틀을 구성하는 합
리의 경계를 뭉그러뜨리면서 익숙해진 현실감각을 어느 순간 낯선 것으
로 만들어버리는 안개는 다름아닌 우리의 삶이 거주하는, 그러나 동시에
그 삶의 이면에 감추어진 바로 그 존재라는 이름의 허상이 피워올리는
안개인 것이다.

이제하의 소설들을 이끌어가는, 구어체적인 어투를 적극 활용한 특유
의 냉소적인 문장들은 삶이나 존재에 대한 어떠한 낭만적 환상도 거부하
는 듯한 작가의 삶에 대한 태도를 엿보게 한다. 내가 보기에 구어체적인
입담을 효과적으로 활용하면서도, 장황한 요설체의 문장으로 나아가거
나 상황에 대한 지리멸렬한 감정이입적 자기몰입의 상태로 빠져들지 않
고, 냉정하게 감정의 수위를 조절해가면서 작중상황에 대한 일정한 정서
적 거리감을 유지해나가는 이제하 소설의 그 독특한 냉소적 어투 속에
는, 존재의 경계와 경계 사이의 보이지 않는 골을 절묘하게 가로지르며
그 경계 속에 갇혀 있는 존재의 허상을 냉철하게 직시하려는 작가의 의

지가 숨어 있는 것으로 보인다. 합리적 감각의 세계를 거스르면서 어떠한 환상이나 위안에도 기대지 않고 과감하게 불합리의 경계를 넘어가버리는 이제하 소설 속의 그 기이한 사건들은, 존재의 불합리한 이면을 통제하는 경계선의 안전고리가 풀려버리는 순간에 존재가 두르고 있는 허상의 옷자락을 여지없이 드러내 보이는 어떤 일탈의 효과와 연결되어 있다.


## 2. 합리와 상식의 세계에 어깃장 놓기

나는 이제하의 소설을 읽을 때마다 그의 소설과 그림을 잇는 어떤 유사성의 연결고리를 떠올리곤 하는데, 이제하 그림 속의 자유롭게 구불거리고 뒤엉키는 선들, 사물의 윤곽을 그려나간다기보다는 오히려 그것을 제멋대로 일그러뜨리는 듯한, 그러면서 동시에 사물의 잔가지들을 쳐내고 사물들을 보다 단순하고 명료한 윤곽으로 걸러내려는 것 같은 그 선들을 볼 때마다 사물들의 경계를 최소화하려는, 혹은 그 사물들의 존재를 구획짓는 경계에 저항하는 선들의 자유분방한 율동을 느끼게 된다. 사물의 윤곽을 뭉그러뜨리면서 동시에 사물들의 윤곽을 단순화된 선의 율동으로 표현해내는 그의 그림에서, 사물들의 경계와 경계를 자유롭게 넘나드는 것 같은 그 얽매임 없는 선의 율동은 사물과 사물을 분리해내고 사물들을 완고하게 경계지어진 존재의 윤곽 안에 가두어두려는 힘에 대해, 경계와 경계를 뒤섞고 경계와 경계를 서로에게 스며들게 하여 마침내 사물들을 규정짓는 존재의 모든 경계들을 자유롭게 풀어놓아버리려는 움직임에 가깝다는 생각을 하게 된다. 그런 의미에서 이제하의 그림들이 보여주는 선의 율동은 이 세계를 구성하고 있는 정형화된 사물들의 경계에 갇히기 이전, 이제 막 무언가를 그리는 일에 열중하기 시작한 어린아이들이 종이 위에 아무렇게나 그려놓은 천진하고 무의지적인 선의 율동과 닮아 있다는 생각이 들기도 한다.

사건들이 예기치 않은 방향으로 풀려버리며 마치 뒤통수를 치듯이 독자들을 수시로 해독 불가능한 사건들의 한가운데로 몰고 가는 이제하의 소설들 속에서도 우리는 사물과 사물들 사이의 경계를 자유롭게 넘나들면서 경계와 탈경계가 겹쳐지고 어긋나는, 혹은 경계와 탈경계 사이에서 작용하는 밀고 당김의 어떤 자유로우면서도 긴장된 정신의 율동을 느끼게 된다. 최근에 발간된 그의 작품집[1] 속에서 우리가 만나게 되는 것은 대부분 우리가 상식의 이름으로 공유하고 있는 합리적 감각의 허를 찌르면서 마치 암호와도 같은 느닷없는 결말로 독자들을 당황하게 하는 작품들이나, "어쩐지 대책이 서지 않는 상황"에 빠져버린 작중인물들이 겪는 정체를 알 수 없는 불합리하고 황당한 사건의 전말을 독자들 앞에 그야말로 대책없이 들이미는 작품들이다.

이를테면 「담배의 해독」이라는 제목을 가진 작품은 작품의 도입부에서 한 아파트 단지에서 일어난 경비원의 죽음이 같은 아파트에 사는 나리 엄마로 위장한 저승사자의 소행이라고 운을 뗀 뒤, 오랫동안 영안실 풍경만을 사진 속에 담아온 사진사인 작중화자가 아무런 연고도 없는 사람의 영안실을 찾아다니며 문상을 하는 이상한 여자와 만나 사귀게 되는 사건의 전말을 우리에게 들려준다. 그러다가 작중화자가 자신의 이혼한 아내가 고주망태가 된 상태에서 광태에 빠지고 혼자 사는 딸이 약을 먹었다는 얘기를 듣고는, 자신을 찾아온 그 여자에게 "썩 꺼지지 못하겠니! 언제까지 날 쫓아댕길 셈야? 내 피가 그렇게도 달콤해 보여?"라고 소리치는 것으로 작품이 끝나버린다. 문자 그대로 해석하면 결국은 그 여자가 저승사자라는 말인데, 이 기이한 사건의 전말보다 더 기이한 것은 이 작품에 '담배의 해독'이라는 제목이 붙어 있다는 것이다. 또 「견인」이라는 작품에서는 사람들로 북적이는 여름의 어느 유원지에서 스님과 인터뷰하러 절에 올라간 아내를 기다리다가 우연히 고교 동창을 만나

---

1) 이제하, 『독충』, 세계사, 2001. 이후 이 작품집에 대한 인용 쪽수는 따로 밝히지 않는다.

게 된 남자가 작중화자로 나오는데, 이 작품도 역시 상식과 비상식의 경계를 왔다갔다하면서 생뚱스럽고 기묘한 느낌을 불러일으키는 작중상황으로 독자들을 몰고 가기는 마찬가지다. 더군다나 작중화자가 자신의 아내와 동창 부부를 차에 태우고 서울로 올라오는 도중에 차바퀴가 펑크가 나서 어쩔 수 없이 북악 스카이웨이 한가운데에 차를 세우게 되고, 근처 만두집에 도움을 청하러 간 이후의 상황은 그야말로 기이함의 극치다.

— ……도움이 필요하다고?

웅얼거리듯 하면서, 그렇다면 조건을 받아들이겠느냐는 눈으로 뚱보가 주의깊게 이쪽을 바라봤다. 나는 고개를 끄덕였다. 뚱보가 턱으로 다른 쪽 문을 가리켰다. 아마 그가 '양산박' 주인이었을 것이다.

녀석과 지선희를 그리로 데리고 가 등을 밀어넣자 문이 닫혔다.

단칼에 년놈이 작살나는 비명 소리가 안에서 들렸다. 내일 아침이면 형체도 없는 만두속이 돼 년놈은 아마 접시에나 얌전히 담겨나오게 되리라.


이 작품은 이처럼 고교 동창 부부를 만두소로 제공한다는 조건으로 차의 견인을 맡기는 이 기이한 상황을 오랫동안 남성의 역할을 하지 못했던 작중화자의 성적 능력이 다시 회복되는 상황과 겹쳐놓으면서 마무리를 짓게 된다.

「뻐꾹아씨 뻐꾹귀신」 역시 느닷없는 결말처리로 독자를 황당하게 하는 점에 있어서는 이와 다를 바 없다. 작중화자가 반년 전에 죽은 꽃례라는 개의 환영을 본 이후로 그 환영을 쫓는 과정에서 어떤 여자를 만나게 되고, 꽃례의 유령으로 암시되는 그 여자와 동행한 고속버스의 전복사고 직후 여자가 감쪽같이 사라져버리게 되는 일련의 과정들은 그렇다 치고, 목적지에 도착한 작중화자와 그의 처제 사이에 이전부터 있어왔던 어떤 성관계를 암시하는 듯한 미묘하고도 충격적인 상황의 제시로 결말을 처리해버리는 방식 역시 이제하의 소설에 접근해보려는 우리의 노력을 요령부득의 벽으로 몰아세운다.

　이제하의 소설들에 편재해 있는 이러한 부조리한 요령부득의 벽들은 묘하게 어깃장을 지르는 듯한 예의 그 냉소적인 문체와 어울려 이제하 소설 특유의 독특한 분위기를 만들어낸다. 그것은 앞에서 말한 것처럼, 이제하의 소설이 우리의 일상적인 감각을 지배하는 합리와 상식의 논리에 끊임없이 어깃장을 놓으며 상식화된 논리의 경계선을 타넘어가는, 그럼으로써 그 경계의 이면에 감추어진 부조화와 불합리의 실상을 까발리는 방식이라고 할 수 있다. 우리가 살아간다는 것이 그 합리와 상식이라는 경계선 안쪽의 질서를 체득해가는 과정이며, 그 경계선 안쪽의 질서를 통해 바깥쪽의 혼돈을 통제하고 길들여나가는 과정이라고 한다면, 우리의 삶, 혹은 존재의 정체성이란 경계선 안쪽의 삶이 우리에게 부여한 존재의 제약에 다름아닌 것이다. 존재는 자신을 제약하는 경계의 논리를 통해 비로소 이 세상 안에서의 존재의 자리를 허락받게 되는 것이다. 이제하의 소설들은 바로 이 경계의 안쪽에서 존재의 제약을 감수하는 삶, 합리라는 이름의 이 제약을 자기 삶의 정체성으로 반성 없이 수락해버린 삶을, 그 합리성의 기준으로 볼 때 기이하다라고 말할 수밖에 없는 불합리하고 부조리한 상황의 벽과 맞서게 함으로써, 경계선 바깥의 혼돈을 밀어내고 합리와 상식의 이름으로 경계선 안쪽의 질서를 다독거려나가는 우리의 삶이란 것이 얼마나 허약하고 허망하고 자기 모순에 가득 차 있는 것인지를 보여주려는 것 같다.

　예를 들어 「담배의 해독」이란 작품에서 영안실에서 만난 여자에 대해 연애감정 비슷한 것을 느끼던 작중화자가 그녀를 저승사자로 몰아붙이며 썩 꺼지라고 소리지를 때, 그녀에 대한 연애감정과 작중화자를 사로잡은 그 발작적인 공포 사이에는 사실 아무런 인과관계가 없다. 그녀가 저승사자라고 생각하는 근거는 실질적인 근거라기보다는 작중화자의 심리상태가 만들어낸 어떤 환영이거나 오해일밖에 없다. 저승사자가 여자의 몸으로 변신해서 자신의 주변을 얼쩡거리며 자신에게 예기치 않은 불

행을 가져온다는 그 갑작스러운 공포 자체가, 합리와 질서의 논리로 무
장한 경계선 안쪽의 삶을 그 바깥의 혼돈과 갈라놓는 틈이라는 것이 얼
마나 허술한 간발의 것에 지나지 않는가를 말해주는 것이라고 할 수 있
다. 이런 의미에서 불합리란 것은 합리라는 이름의 경계선 바깥쪽에 있
는 세계가 아니라, 그 경계의 안쪽에 잠복해 있는 세계라는 것, 그리하여
언제든 그 경계의 허약한 막을 찢어발기면서 우리의 삶을 예기치 않은
혼돈의 상태로 몰고 가는 우리 삶의 이면에 다름아닌 것이라고 할 수 있
다. 따라서 이제하의 소설들이, 그가 자주 사용하는 어투대로, '잡담 제
하고' 들이미는 냉소적인 입담에 실어서 보여주는 기이한 상황은 우리
가 부정하고 싶어하는 우리 삶의 또다른 실체에 지나지 않는 것인지도
모른다. 그의 소설에서 우리가 접하게 되는 요령부득의 벽이란 것도 결
국은 우리의 삶이 바탕을 두고 있는 합리적 세계인식의 한계치를 보여주
는 것인지도 모른다.

그렇다면 「견인」에서의 충격적이고 엽기적인 결말처리는 또 어떻게
받아들여야 할까? 동창 부부가 '단칼에 작살나는 것'과 작중화자가 수
컷의 본능을 되찾는 일 사이에는 어떤 연관이 있는 것일까? 작품의 결말
처리가 느닷없는 방식으로 이루어지고 있기는 하지만, 사실 뭔가 뒤틀리
고 왜곡되어 있다는 엽기의 느낌은 이 작품 전체에 스며들어 있는 것이
기도 하다. 상식과 엽기를 가르는 경계 위에 애매모호하게 걸쳐 있는 작
중상황 자체가, 어떤 의미에서 합리의 이면을 까뒤집으면 나타나는 세
계, 바로 우리가 몸담고 있는, 수컷의 욕망으로 가득 찬 이 세계의 진정
한 모습이라는 전언이 담겨 있는 것은 아닐까?

그에 비해서 「뻐꾹아씨 뻐꾹귀신」에서 어느 날 불현듯 작중화자를 사
로잡은 죽은 꽃례의 환영은 일상세계의 틈새를 파고들어온 이 세계의 경
계 바깥쪽 세계의 메신저이다. "세번째 내 앞에 나타난 강아지의 유령은,
아마도 그런저런 불합리한 망집 탓인지 환각이나 실제라고 단정하기조
차도 애매하다. 개의 환영을 필사적으로 눈앞에 떠올리고 필사적으로 그

뒤를 쫓아갔다는 쪽이 차라리 옳다"라는 작품 속의 한 구절처럼 환각이라고도 실제라고도 하기 어려운, 단지 '불합리한 망집'이 만들어낸 꽃례의 환영을 필사적으로 쫓으면서 작중화자는 애초에 꽃례의 환영이 나타났던 일상적 세계의 경계선을 넘어가버리는 것이다. 작중화자와 작중화자가 죽은 꽃례의 현신으로 믿는 젊은 여자의 동행이 갑작스런 사고로 중단된 후, "그 위급한 순간에 꽉 잡으라고 소리를 쳐주었던 꽃례는, 그 사고를 빌미로 어느 틈에 저 갈 데로 가버렸던 것이다". 그리고 바로 그 순간 이미 작중화자는 합리와 상식의 이름으로 구획된 이 세계의 경계선을 넘어가버리게 된 것이다. 그후 작중화자가 처제를 만나게 되는 상황은 이미 넘어가버린 경계선 바깥쪽의 세계 ― 합리적 세계의 논리를 들이대는 것이 이미 무력해져버린 세계의 일이다. 환각도 실제도 아닌, 그 경계의 어디쯤에서 불합리한 욕망이 만들어낸 꽃례의 환영은 작중화자를 합리적인 세계의 바깥으로 이끄는 안내자였던 것이다. 아니, 그것은 오히려 작중화자 자신이 필사적으로 그것을 욕망한 결과였다고 말하는 것이 더 정확할 것이다. 이런 의미에서 본다면 「독충」에서 유정례 선생의 앞에 나타난 지네 역시 죽은 한기철 선생의 현신으로 이 세계의 경계 바깥으로부터 스며들어온 존재라고 해야 할 것이다.

경계의 안팎을 넘나들면서 경계가 모호하게 흐려지거나 지워져버리는 지점들을 향해 나아가는 작가의 상상력은 「대산」에 이르러 경계의 안과 밖이 하나로 겹쳐진, 아니 그보다는 오히려 경계의 안쪽에서 그 바깥쪽의 삶을 살았다고 할 수 있을 어떤 화가의 이야기로 풀려나온다. 일반인의 상식으로는 이해하기 어려운 광태 어린 일탈의 삶을 살았던 한 예술가의 행적을 따라가는 이 소설에서 철우선생과 그를 둘러싸고 있는 세속적인 세계 사이의 간극은 물과 기름의 그것과도 같다. 철우선생의 행적과 그의 예술행위는 끝내 세상사람들에게  그 진정한 의미를 이해받지 못한 채, 경계선 안쪽에 갇혀 있는 이 세계의 속물성을 더욱더 극명하게 드러내 보이는 것이다.

·이제하의 소설에서 경계의 안쪽과 바깥쪽이 겹치고 뒤엉키면서 경계의 흔적이 모호하게 흐려지는 존재의 지점들, 사물의 정형화된 윤곽이 무정형의 세계 속으로 안개처럼 풀려나가는 지점들의 이면을 들여다보기 위해서 우리는 이제 그의 『풍경의 내부』[2]로 들어가야 한다. 그러나 『풍경의 내부』로 들어가기에 앞서 『독충』에 수록된 마지막 작품인 「어느 낯선 별에서」에 잠시 들러가도록 하자. 자기 애인을 살해한 혐의로 수감된 여자가 겪은 기이한 사건의 전말을 담고 있는 「어느 낯선 별에서」 역시 이성적인 논리로는 제대로 설명되지 않는 사건의 정황을 서술해나가고 있지만, 그 일련의 사건의 배후에서 이 소설을 지배하고 있는 것은 아버지라는 존재에 대한 보이지 않는 강박이다.

　얼굴 한 번 보여주지 않은 채 이십육 년간이나 나를 지배해오는 아버지. 살인을 하고 사형을 당했다는 그 사실 하나만으로 내게 군림해서, 내 일거수 일투족을 여태 조종하고 행동을 제약해오던 그 아버지. 그런 인간의 독선. 너도 그 인간과 어디가 다르단 말이냐. 똑같지 않느냐. 너도 나도 실은 살인자인 아버지의 편이고, 한통속이랄 수밖에 별 수 없지 않느냐.

작중화자인 기애가 살해한 그녀의 애인 순철이 결국은 자신을 26년간이나 지배해온 얼굴도 모르는 아버지와 한통속이라는 것, 아니 그녀 역시 그렇다는 것, 그러므로 그녀가 죽인 것은 결국 그녀의 아버지이고 그녀의 애인이고 그녀 자신이라는 것. 여기에서 아버지란 "말할 수 없이 구질구질하고, 말할 수 없이 파렴치하고, 말할 수 없이 요령부득이고, 그런가 하면 탐욕과 음란으로 여차하면 틈을 비집고 들이닥쳐 상대를 박살내려는 괴물"인 기성세대이면서 이 세상 자체이기도 한 존재이다. 이른바 수컷의 논리가 지배하는 세계에서 아버지라는 표상이 지니는 의미는

---

2) 이제하, 『풍경의 내부』, 작가정신, 2000.

『풍경의 내부』에서 보다 흥미롭고도 선명한 표현을 얻고 있다.


## 3. 관계망상, 혹은 경계 지우기

『풍경의 내부』는 우선 "게딱지 같은 무수한 바라크 술집들"과 "오물이 모여드는 웅덩이들", 그리고 보신탕 집에서 흘러나오는 누린내가 역하게, 그러나 나른하게 전신을 휘감는 황량한 폐허와도 같은 기억 속의 풍경으로 우리를 초대한다. 한 남자와 한 여자가 함께 뒹굴었던 세월의 흔적이 새겨져 있는 그 기억의 내부에서는 형체를 알 수 없는 안개더미가 끊임없이 피어오른다. 그 기억이 시작되는 어느 날 작중화자의 삶 속으로 서례라는 한 여자가 뛰어든다. 작중화자가 떠돌이 야바위꾼에게 오십만원을 주고 얼떨결에 떠맡게 된 서례는 "스물여섯 살을 먹고, 방언 같은 소리들을 아무렇게나 지껄이고, 때로는 현자의 의젓한 표정이다가도 젓가락 하나 쥘 줄 몰라 번번이 손으로 반찬을 집고, 이상한 꿈을 곧잘 꾸고, 맨발을 좋아하던 한 가냘픈 여자"이다. 눈물 많고 생식을 하고 "정신연령이 도대체 요량이 안 가는" 기이하기 짝이 없는 서례라는 여자는 또 관계망상이라는 정신질환을 앓고 있는 여자이기도 하다. 이 서례와의 예기치 않은 동거생활을 시작하면서 작중화자는 나른하고 몽롱한 무기력증 속에서 자신의 남성적 능력이 전혀 힘을 발휘하지 못하는 상태에 빠지게 된다.

서례가 앓고 있는 관계망상이라는 정신질환은 이 세상의 모든 불행이 자신과 관계 있다고 생각하고는 스스로 그 자책감을 끌어안고 고통받는 병이다. 그녀는 스스로 정신병원에서 만난 불행한(그러나 서례의 말에 의하면 성스러운) 창녀 인후가 되어 그녀의 삶을 대신 살고 있다. 그녀가 작중화자에게 내뱉은 "자기 나한텐 서른번째 놈씨야"라는 말 역시 서례 자신이 아닌 인후의 말이었던 것이다. 인후의 불행한 삶을 자기 삶의 정체성으로 받아들인 서례의 삶 속에는 인후와 자신을 가르는 의식의 경계가 존재하지 않는다. 서례가 앓고 있는 관계망상이란 병은 타인과 자기 사이의 경계를 지워버리려는 욕망의 표현인 것이다. 서례는 바로 이 세상을 이루는 경계의 안팎이 지워져버린, 아니 그것을 하나의 몸 안에 끌어안고 있는 존재이다. 관계망상이란 바로 이 수컷의 세계 속에서 서례라는 존재가 표상하는 여성성의 본질인 것이다. 그러나 서례를 내치지도 그녀에게 다가가지도 못한 채 그의 내부에서 끓어오르는 서로 다른 목소리들 속에서 정신의 혼란을 겪고 있는 작중화자는 서례가 이미 더럽혀진 여자라는 생각, 바로 서례의 순결성에 대한 강한 의혹과 더불어 자신과 타인을 가르는 그 경계의 턱을 넘어서지 못한다.

타인과 나 사이에 놓인, 이 세상의 모든 관계들을 지배하는 그 경계의 이면에는 "결국은 받아들이지도 미워하지도 못할 존재"인 아버지가, 혹은 "지상 모든 남자들의 권위와 체통이 그 능력의 기초 위에 서 있"는 수컷의 논리가 있다. 서례가 들고 다니는 "육군 소위 최"라고 씌어진 무겁기 짝이 없는 해괴한 비석은 관계망상이라는 이름으로 그녀가 떠안은 세상의 모든 불행과 그 불행한 관계의 정점에 서 있는 아버지의 표상이 아닐까? "집이나 세상이나 다 견딜 수가 없어" 정신병원으로 뛰쳐들어간 서례는 작중화자도 들어올리지 못하는 그 무거운 비석을 거뜬히 들어올리면서 마치 무슨 고행의 순례자처럼 그 비석을 짊어지고 다니는 것이다.

그러나 작중화자는 서례와 지내는 시간이 길어질수록 혼곤하게 피어오르는 정체 모를 안개더미 속에서 "그녀와 내가 오누이처럼 서로의 체취에 길들여져 무언가 새로운 패턴이 틀을 잡"아나가는, 그럼으로써 "생리와 심리의 모순이 도리없이 하나가 돼버리는" 상태에 빠지게 된다. 그러면서 "그녀 말대로 서른 명의 사내가 이미 그녀 몸을 거쳐갔다고 하더라도, 어쩐 일인지 그 서른 명의 놈씨와 그런 일들이 하잘것없이만 여겨지"게 되는 것이다. 수컷의 본능이 무력해진 상태에서 작중화자에게 찾

아든 그 몽롱한 심연 같은 평화와 더불어 작중화자가 도달하게 되는 것
은 남자와 여자 사이에 놓인 타자화된 의식의 경계선이 흐릿하게 지워져
버린 상태이다.

어스름 속에 흐릿하게 윤곽을 드러낸 채 여전히 옆으로 두 팔을 들고 외
걸음 흉내에 골몰하고 있는 그녀의 모습을 곁눈으로 보면서 걷노라니, 왠
지 찡한 감각이 콧줄기를 타고 올라왔다. 아아, 암컷과 수컷 사이의 거리란
이렇게도 하염없구나. 한 어스름 속에서 윤곽 잡히고 한 어스름 속에서 그
것은 아차 하는 순간에 꺼져간다. 인간들이 움켜쥐고 빼앗길세라 전전긍긍
해 마지않는 법이니 정의니 순결이니 하는 그런 것도, 결국은 조금씩 줄어
들어가는 인간의 목숨이 잠깐 연연해 마지않는 한낱 보잘것없는 그림자가
아니었던가……

"법이니 정의니 순결이니 하는" 모든 경계의 논리가 희미한 윤곽으로
떠올랐다가 꺼져가기를 반복하는 그 어스름한 의식의 자맥질 속에서 작
중화자는 자신의 존재가 점점 서례의 존재 안으로 안개처럼 풀려들어가
는 것을 느끼게 된다.

그러나 그러한 어스름의 평화는 작중화자가 수컷의 본능을 되찾는 순
간 깨져버리고 만다. 작중화자가 인후가 입원해 있는 정신병원에 갔다가
서례와 함께 맨발로 돌아온 날, 작중화자는 "구두도 벗어던지고 양말도
벗어던져버려…… 아까 뚝길에서 너는 이 여자의 벌거벗은 맨발을 봤
지? 네가 힘을 되찾은 것은 바로 그때였다. 그것은 그렇게도 무구하고
그렇게도 순진하게 모든 것을 드러내고 있었다…… 절대로 움츠러들어
서는 안 돼…… 저 따위 돌의 무게가 뭐란 말인가…… (……) 해방되라
구…… 껍데기를 벗어버려…… 자신을 내던져……"라는 자기 내부의
소리를 들으며 무슨 의식을 거행하듯이 서례가 들고 온 그 비석을 깨부
수게 되는 것이다. 그리고는 그날 밤 돌아오는 길에 벽 하나 없는 둑길

밑에서 마침내 작중화자와 서례 사이의 육체적인 결합이 이루어지게 된다. 그러나 비로소 서례의 처녀성을 확인하게 된 그날 이후 서례는 작중화자의 시야로부터 흔적도 없이 사라져버리고 만다. 그렇다면 서례는 이 세상의 경계를 아주 넘어가버린 것일까? 아니면 이 세상이 잠시 동안 그 틈입을 허용했던 서례라는 세상 밖의 존재를 밀어내고 그 경계의 출구를 다시 닫아버린 것일까? 어쩌면 서례는 경계선 바깥쪽에서 안쪽으로 잠시 흘러들어왔다 사라진 어떤 신기루이거나 환영과도 같은 존재가 아니었을까? 서례가 떠나버린 후 작중화자에게 남겨진 것은 그가 미당의 「순결」이라는 시에서 읽었던, 첫날밤 도망가버린 신랑을 기다리다 한줌 재로 무너져내린 신방 색시의 기괴한 환영과, 서례의 비석이 깨부수어지던 날에 그녀가 휘갈겨쓴 것으로 보이는 다음과 같은 낙서 한 장뿐이다.

오늘 밤은 무슨 인연으로
내 너를 하늘 복판에 던져 동강 내느니
열락 때문은 아니어라, 오오 진실로
이것이 열락 때문은 아니어라
기다리고 기다린다
재난이여, 오라……

(2001)

# 필사적으로 '나'를 찾아서

―김연경과 김설의 작품들


## 1. 나는 누구인가


모든 근대적 사유의 출발은 '나'로부터 시작된다. 근대적 기획이란 모든 사유와 욕망의 출발지인 나의 의지를 이 세계 속에 구축해나가는 과정을 의미한다. 근대문학에 등장하는 인물들의 삶의 도정은 '이 세계 속에서 나라는 존재의 실현을 위해 나는 무엇을 할 것인가(혹은 할 수 있는가)'라는 물음에 대한 답을 찾아가는 정신적 모험의 도정이었음은 근대 이후의 각종 문학사나 문학이론서들이 보여주고 있는 바와 같다. 그 물음의 중심에는 이 세계와 이 세계 내에서의 삶을 구성하는 중심 동력인 개인의 생의 의지에 대한 근본적인 신뢰가 놓여 있다. 개인성에 대한 자각의 바탕 위에서 근대적 개인들의 삶은 사회 내에서의 개인의 자리를 확보하기 위한 투쟁의 역사라는 성격을 지닐 수밖에 없었다. 그러한 투쟁은 끊임없는 위기와 파멸에의 예감, 내적 분열과 좌절이라는 비극적인 음영

을 거느리고 있는 것일지라도 개인적 주체라는, 혹은 주체적인 생에의 의
지라는 하나의 중심으로부터 지속적인 투쟁의 에너지를 충전받는 싸움의
방식이었다. 생각하는 중심으로서의 ‘나’라는 인식주체의 위상은 모든 근
대적 기획의 근간을 이루는 하나의 기본적인 동인(動因)이었던 것이다.

　그러나 ‘생각하는 나’란 과연 무엇인가? 그것은 한덩어리의 붉은 뇌
와 무수한 신경다발로 이루어진 물질인가? 아니면 그 속에서 뒤엉켜 있
는 이 아우성치는 혼란스러운 욕망들의 아수라장인가? 그것은 말쑥하게
정장을 차려입고 아침마다 지하철의 출구에서 쏟아져나오는 저 무수하
게 똑같은 얼굴들인가? 아니면 어느 한순간 일상의 한끝을 놓쳐버린 채
시간의 블랙홀 속으로 빨려드는 저 공허한 생의 뒷모습, 그 속에서 분열
하는 일그러진 자의식의 파편들인가? 아니면 그것은, 그것은, 그것
은……?

　최근 활동하고 있는 새로운 세대의 작가들은 불연속적이고 혼란스러
운 파편들로 뒤엉켜 있는 삶의 유동성 위에서 끊임없이 그들 자신의 삶
의 정체성에 대한 불안과 의심으로 내면적 균열을 겪고 있는 인물들의
모습을 보여준다. 그들의 소설 속에는 이 세계 속에서의 자아의 존재론
적 근거를 확보하려는 보이지 않는 내면의 안간힘이 새겨져 있다. 그러
나 그 싸움은 이제 나의 존재를 이 세계 속에 구축하는 싸움이 아니라,
세계라는 거대한 미로 속을 떠돌며, 끊임없이 나라는 존재의 근거를 의
심하고 찾아헤매는 싸움이 되어버렸다. 세계와 나 사이에 깊숙이 개입해
있는 내적 불연속성의 징후들은 작가들에게 ‘나는 이 세계 속에서 무엇
을 할 것인가’라는 물음 이전에 ‘나는 누구인가’ ‘나라는 이름으로 불리
는 존재의 정체는 무엇인가’라는 물음을 요구하는 것이다. 지금 괴로워
하고 욕망하고 즐거워하는 이 존재는 과연 ‘나’인가? 나는 지금 나를 구
성하고 있는 것들에 대한 완전한 소유권을 주장할 수 있는가? 나는 내
속에 들어 있는 무수한 타인들의 미로 속에서 허우적대는 하나의 그림자
에 지나지 않는 것은 아닌가?라는 생각. 김연경과 김설의 작품들은 자아

190

와 세계 사이의 연속성에 대한 믿음이 해체된 시대, 끊임없이 유동하는 자아와 세계의 불확정성이라는 미로 속에 갇혀버린 자아의 존재론적 근거에 대한 의혹과 불안감을 각기 다른 방식으로 표현하고 있다.[1]

## 2. 자아의, 자아에 의한, 자아를 위한

김연경의 소설 속에서 우리가 만나는 것은 분열하는 자아의 미로를 탐색하는 도발적인 자의식으로 똘똘 뭉친 듯한 언어들이다. 마치 기갈 들린 듯이 쏟아져나오는 그의 언어들은 자신에 대해 적대적인 세상을 향해 잔뜩 웅크린 자세로 도사리고 있는 듯한 모습을 연상케 한다. 그의 소설 속에서 우리는 분열하는 자의식의 한가운데에서 끊임없이 자아의 정체성에 대한 의혹으로 내적 균열을 겪는, 그러면서도 자아의 정체성을 향한 탐색에의 열정으로 팽팽히 긴장해 있는 다소 거칠지만 나름대로 생생하고도 개성적인 언어들의 세계 속으로 발을 들여놓게 되는 것이다. 김연경의 소설들이 보여주는 분열된 자의식의 세계는 근본적으로 적대적인 세계와 맞서 개인적 주체가 발딛고 설 삶의 진정한 근거를 찾아가는 내적 고투의 과정을 그리는 근대 이후 소설의 고전적 패러다임과, 근대

---

1) 이 글은 김연경과 김설의 작품에 관한 글이다. 그들은 겨우 한두 해 전에 소설쓰기를 개시하고, 그 결과를 한 권의 책으로 엮어낸 신진소설가들이다. 아직까지 충분히 그들의 능력을 검증받지 못한, 그야말로 지금까지 쓴 소설들보다도 앞으로 쓸 소설들이 더 많이 남아 있는 작가들인 것이다. 그럼에도 이 글에서 그들에 대한 비평적 접근을 시도하는 것은 그들의 작품을 작품에 대한 내재적 평가가 아닌 다분히 비본질적이고 주변적인 이유로 부당하게 폄하하는 것이 불공정하고 온당하지 못한 처사일뿐더러, 작품의 문학적 수준에 대한 판단은 작품 외적인 요소가 아닌, 작품 그 자체의 질적 수준에 대한 평가를 통해 이루어져야 한다는 낡은 명제를 새삼스레 상기할 필요가 있다고 생각되었기 때문이다. 물론 이 글에서 나는 이제 첫작품집을 냈을 뿐인 작가들에 대해 무슨 대단한 문학적 가치 운운하며 호들갑을 떨 생각은 추호도 없다. 그러나 그들의 작품에서 충분히 주목할 가치가 있는 새로움의 요소들은 그것대로 정당한 평가의 대상이 되어야 한다는 판단이 이 글을 쓰게 한 이유이다.

세계를 지탱해온 개인적 주체라는 관념의 허구성, 이를테면 개인의 자기 정체성 자체가 개인이 추구해야 할 하나의 궁극적인 실체로 존재하기보다는 일종의 부재, 혹은 허구화된 환상에 지나지 않는 것은 아닐까라는 의심 사이에서 동요하는 모습을 보여준다.

「고양이의, 고양이에 의한, 고양이를 위한 소설」은 그와 같은 자의식의 동요를 현실과 그 현실을 언어적 차원으로 메타화하는 글쓰기의 관계에 대한 자의식으로 이끌고 간다. 이 작품에서 스산이라는 인물을 둘러싸고 있는 "오직 어둠만이 남아 있는" "혹은 형광등이 만들어내는 인공의 불빛만이 있"(11쪽)[2]는 완벽하게 밀폐된 공간은 아마도 스산의 의식 내부의 풍경을 비춰주는 메타포라고 할 수 있을 것이다. 그 밀폐된 공간 속에서 스산은 "스산의 삶이 돼버린 고양이 소리. 그것이 그가 낮의 햇살 아래서 들은 감미로운 야아-옹인지, 시멘트 소리에 이어 들리는, 아아-아르, 라는 처절한 울음소리인지" 알 수 없는 고양이 소리에 시달린다. 작품 속에서 그 실체를 한 번도 드러내 보이지 않는 정체를 알 수 없는 고양이 소리는 기실 스산의 의식 내부에서 흘러나오는 소리이다. 어쩌면 끊임없이 그 알 수 없는 소리를 내지르는 고양이는 스산 자신인지도 모른다. 스산은 가족도 친구도, 이름도 없는 존재이다. 그리고 "그에겐 과거란 게 없다. 기억 속에 남아 있는 시작이라는 게 없다."(53쪽) 스산이라는 인물이 지니고 있는 이러한 사회적 무정체성은 스산이라는 개체적 자아가 지닌 존재근거의 허구성과 맞닿아 있다. 스산이라는 인물은 그 존재의 허구를 사는 존재이며, 그 존재의 캄캄한 허구를 들여다보는 어떤 자의식의 집적체이다. 그가 유일하게 하는 일은 글쓰기인데, 이 글쓰기는 그에게 자신의 진정한 존재 근거를 찾아가는, 혹은 허구적 자아의 분열된 자의식을 통합하려는 정신적인 희구의 과정으로 나타난다. 그렇다면 이

---

2) 괄호 안의 쪽수는 각각 김연경, 『고양이의, 고양이에 의한, 고양이를 위한 소설』(문학과지성사, 1997)과 김설, 『게임 오버』(문학과지성사, 1997)의 인용 쪽수이다.

작품에서 고양이는 글쓰기를 통해 그가 찾고자 하는 궁극적인 자아를 표상하는 존재라고 볼 수 있다.

이 작품에서 그 고양이와 의미상의 대립항으로 놓일 수 있는 것이 토토라는 개다. 스산의 방 옆의 화장실에 살면서 스산을 괴롭히는 토토라는 개는 스산의 방문을 긁어대며 끈질기게 그의 밀폐된 방 속으로 침투해들어오려는 의식 바깥의 현실이다. 굳이 의미를 부여하자면, "그래, 저 개를 죽이고 싶다. 얼마나 오래도록 이 말을 원했던가. 단지 말이라도 한번 해보고 싶었다. 정말로 개를 죽이느냐 아니냐는 뒤의 문제였다. 일단 그는 토토를 죽이고 싶다, 는 그 욕망을 언어화하고 싶었던 것이다"(59쪽)라는 말이나, "토토, 저 놈의 개를 죽이려면 고양이가 필요하다"(64쪽)라는 구절들을 통해 우리는 스산에게 있어서 토토와 글쓰기 사이에 놓인 의미가 무엇인지에 대한 암시를 얻을 수가 있다. 그에게 있어 글쓰기란 글이라는 메타적 공간을 통해 자기 분열의 현실을 벗어나 자아의 통합을 가능케 하는 세계로 나아가고 싶은 욕망의 표현인 것이다. 그가 쓰고 싶어하는 것이 밝고 따뜻한 소설이라는 것, 그리고 그것이 어떤 안정된 존재에의 희구를 강렬하게 내포하고 있다는 것은 그와 무관하지 않다. 결국 스산의 고양이 찾기가 스산이 죽은 후, 그가 쓴 소설의 주인공인, 언어의 세계 속에서만 존재하는 '해'라는 인물에 의해 소설이라는 언어적 허구의 공간으로 이월된다는 설정은 통합된 자아에의 욕망이 하나의 언어적 구성체, 혹은 담론적 욕망의 차원에서 이루어지는 것이라는 점을 의미하는 것으로 볼 수 있다. "옛날 밝은 방에 살던 남자는, 고양이 인형을 안고 자면서 그 고양이가 웃는 꿈을 꾸었다"(66쪽)라는 구절, 혹은 "해라는 여자는, 스산이라는 을씨년스러운 껍질은 남겨두고, 환한 웃음을 웃는 그 하얀 고양이만을 데리고 왔다"(67쪽)라는 구절 속에 내포되어 있는 것은 자아의 복원이란 결국 자아의 현실적 죽음을 담보로 해서 이루어지는 자아라는 환상의 복원에 지나지 않는다는 의미가 아닐까? 다소 생경하고 작위적인 느낌을 주는 알레고리적 상황설정을 통해 이 작품이 보여주고 있는 것은 결국 글쓰기를 통합된 자아라는 낭만적 허구의 문제와 연결시키는 작가의 집요한 자의식의 세계이다.

「우리는 헤어졌지만, 너의 초상은」에서도 타자들의 세계 속에서 자아의 자리를 확보하려는 집요한 자의식의 투쟁은 계속된다. 「고양이의, 고양이에 의한, 고양이를 위한 소설」이 타인과의 접촉이 배제된 밀폐된 공간 속에 놓여 있는 자의식의 세계를 보여주고 있다면, 이 작품은 타자들 사이의 관계 이면에서 벌어지는 보이지 않는 자의식의 대결구도로 이루어져 있다. 작품 속에 등장하는 인물들 사이의 관계는 그 관계 속에서 상대적 우위를 점유하려는 끊임없는 내적 암투의 양상을 드러내 보인다. 계속해서 작중 두 남녀의 시점을 교차시키면서 진행되어나가는 이 작품에서 두 남녀 사이를 이어주고 있는 것은 집요하고도 폐쇄적인 자의식의 대결구도에서 오는 어떤 팽팽한 긴장이다. 각기 그 긴장의 서로 다른 끈을 쥐고 있는 그들에게 타자란 매혹적이지만 닿을 수 없는, 혹은 닿고 싶지 않은 존재이다. 이를테면 작중 여주인공인 보연에게 정후는 갈망의 대상인 동시에 거부의 대상이다. 정후와의 첫만남은 그녀에게 "나는 '둘이 있음' '둘이서 하나가 될 수 있음'을 동경하고 있었던 것이다. 타인의 손으로 데워지는 내 육체에, 타인의 입김으로 흥분하는 내 뺨에, 타인의 혀와 뒤엉키는 내 혀에 감동하고 있었던 것이다"(83쪽)에서와 같이, 육체를 통해 확인되는 타인과의 매혹적인 합일의 체험으로 다가온다. 그러나 이러한 매혹은 곧 타인에 대한 끊임없는 의식 내부의 탐색과 의혹으로 전이되고, 그것은 타인과의 관계에서 입게 될 상처, 혹은 내적 혼란에 대한 예감에서 비롯된 자기 보호에의 욕망을 불러온다. 타인과의 합일의 체험을 불가능하게 하는 틈, "어떻게 하면 너와 나를 떼어놓고 있는 이 공허한 줄들을 없앨 수 있지. 너와 나의 접촉을 방해하는 이 틈 말이야?"(78쪽)에서의 그 틈은 자신을 혼란에 빠뜨리는 타자와의 체험에 대한 보연의 혼란스러운 자의식적 언술과 깊은 연관을 맺고 있다.

보연과 정후의 관계 속으로 끊임없이 침투해들어오는 이 혼란스러운 자의식적 언술은 소설가가 되려는 보연 자신의 욕망, 다시 말해 현실 속에서의 체험을 끊임없이 언어라는 메타의 차원으로 끌고 가려는 언어적 욕망의 간섭에서 비롯되는 것이다. 이 작품에서 정후와 보연의 관계는 끊임없이 현실의 세계가 언어의 세계로 치환되는 과정 속에 놓여 있는 것이다. 보연이 집착하는 것은 정후와의 관계 그 자체가 아니라 그것을 언어화하려는 욕망, 즉 "내게 중요한 것은 '김정후'가 아니라, 내가 그린 김정후의 '초상'"(101쪽)이다. 결국 이 작품에서 정후라는 타자와의 만남과 헤어짐의 과정은 보연에게 '우리는 헤어졌지만, 너의 초상은'이라는 시 구절을 자기화해나가는 과정에 지나지 않는다. "나도 사랑하는 사람이 있다. 사랑한다고, 그래서 날마다 그리워해야 한다고 생각하는 사람이 있다"(93쪽)에서, '사랑하는'과 '사랑한다고 생각하는 것' 사이에는 어떤 언어적 자의식이 개입해 있다. "난 내 소설을, 너의 초상은, 으로 끝내고 싶다구요. 소설이 끝남과 동시에 오빠의 존재도 내게서 끝나는 거예요"(100쪽)라는 보연의 말처럼, 보연에게 타자는 현실적 추구의 대상이기보다 언어적 욕망의 대상으로 존재한다. "네가 나의 초상을 그리는 것도 단지, 너를 위해서이다"(81쪽)라는 정후의 말은 타자와의 관계를 끊임없이 자신의 언어적 욕망의 틀 안으로 끌어들이려는 보연의 태도가 글쓰기를 통해 자기 정체성의 존재론적 근거를 확보하려는 욕망과 긴밀하게 연결되어 있음을 암시한다. 자아의 존재론적 영역을 확보하려는 욕망이 글쓰기라는 메타적 세계에 대한 집착을 통해 나타난다는 점에서 이 작품은 김연경의 소설쓰기의 밑바닥에 놓여 있는 욕망의 본질을 잘 드러내보여준다. 김연경에 있어 자기 정체성을 향한 욕망은 끊임없이 언어를 통해 자아의 욕망을 언표화하고 구성하려는 욕망에 다름 아닌 것이다.

김연경의 다른 소설들, 이를테면 「다시 쓰는 「날개」」「아 베, 혹은 생존의 방식」「언제나 없는 여자」「소희, 기억의 접점에 서다」「바스라지는, 어그러지는 하루」 등의 작품들에서 반복해서 나타나고 있는 것은 자기 동일성, 혹은 자기 정체성의 모호한 존재론적 근거에 대한 집요한 탐색이다. 이들 작품들이 그려 보여주는, 서로 어긋나는 관계 속에서 끊임없이 소모적인 신경전을 벌이는, 혹은 분리된 존재이면서 동시에 한 존재의 서로 다른 이면처럼 불투명하게 오버랩되어 나타나는 두 작중인물들 사이의 관계(이에 대해 성민엽은 '짝패의 관계'라는 표현을 사용하고 있다)는 결국 하나의 자아 안에서 끊임없이 충돌하고 겹쳐지는 서로 다른 자아에 대한, 혹은 존재하면서 동시에 부재하는 자아 정체성의 분열을 암시하는 일종의 은유적 관계라는 느낌을 불러일으킨다. 이들 작품에서 제시되는 자아와 타자의 관계는 궁극적으로 자아의 내부에 존재하는 분열된 타자들 사이의 관계라는 의미로 전이될 수 있는 것이다. 자아와 타자 사이의 만남이 계속 어긋나면서 실현되지 않는 상황을 통해 타자와의 관계가 자아의 훼손과 결락으로 귀결되는 모습을 그려 보여주는 김연경의 소설들은, 결국 독자들에게 통합된 자아라는 관념적 허구에 대한 극히 민감한 자의식적 물음을 제시하고 있는 셈이다. 이들 작품에서 자아와 타자 사이에 존재하는 단절은 극복될 수 없는 것이다. 「다시 쓰는 「날개」」에서 "도저히 균형이란 걸 알지 못하는 내 몸과 언어 때문에 아내와 나는 천당과 지옥을 오르락내리락했다"(168쪽)라는 구절, 「언제나 없는 여자」에서의 "하얀 바탕의 공막 위에 동동 떠 있어야 할, 홍채와 눈동자가 이 여자에겐 없는 것이다. 누군가에게 한눈에 반할 수도, 뭔가를 한눈에 알아볼 수도 없다. 그러니 타인에게로 이르는 길을 완전히 차단할 수밖에 없으리라"(223쪽)라는 구절, 혹은 "그 순간, 그는 '소희', 그 청각 영상에 의해 환기되는 존재가 정말 소희인지, 소희이고 싶어한 지영인지, 혼란스럽다"(282쪽)라는 구절 속에는 끊임없이 서로에게 닿고 싶어하면서도 결코 합치되지 못하는 타자들 사이의 극복될 수 없는 단절에 대한 절망적인 인식이 내포되어 있다.

그 절망적 인식이 불러오는 자의식의 혼란과 분열 속에서 「바스라지는, 어그러지는 하루」의 주인공은 "무(無)고통의 앓음 속에서 '나'는 '그

196

대'를 본다. '그대'가 비뚤어진 관(棺)으로부터 일어나, 어그러진 무덤을 뒤덮고, 맑은 시냇물처럼 '나'에게로 흘러오는 것을"(320쪽) 꿈꾼다. 이러한 타자(사실 여기에서 타자란 자기 자신의 또다른 이름이다)와의 합일에 대한 욕망, 존재의 안정성에 대한 희구는 그러나 「언제나 없는 여자」에서 나타나는 존재성의 부재 앞에서, 혹은 「소희, 기억의 접점에 서다」에서의 "바로 지금, 그에게 나타난 거대한 현실 앞에서, '소희'의 실체를 본다. 모든 소멸하는 것. 희박한 것. 그 서글픈 가능성 위에, 기억과 현재가, 환상과 현실이 만나는 접점 위에, 소희가 오만하게 서 있다"(283쪽)에서처럼, 우리의 삶 속에 오만하게 버티고 있는 존재의 실체란 소멸하는 것, 희박한 것, 그 서글픈 가능성 위에서 불안정하게 유동하는 하나의 허상에 지나지 않는 것일지도 모른다는 인식 앞에서 허망하게 무너져 내린다. 결국 살아 있는 것은 자기 안에 존재하는 타자들의 얼굴을 고통스럽게 들여다보면서 타자와의 진정한 만남을, 혹은 균열된 자아의 복원을 열망하는 기갈 들린 자의식의 활동일 뿐이다. 김연경의 소설에서 작중인물들이 꿈꾸는 타자와의 합일이란 바로 자기 존재의 안정성, 즉 통합된 자기 정체성을 향한 욕망이다. 김연경의 작중인물들이 이 '타자화된 나' '나의 것이 아닌 나'의 세계를 넘어서 궁극적으로 이르려고 하는 것은 타자와의 합일이 아니라 분열된 나 자신의 합일인 것이다. 그 때문에 김연경의 인물들은 타자를 열망하면서도 대부분 고립된 자의식의 세계를 벗어나지 못한다(혹은 않는다). 김연경의 소설 속에서 자아의 존재론적 근거에 대한 집요하고 때로는 도발적이기까지 한 탐색은 타자화된 자아의 내부에 도사리고 있는 자아의 부재, 혹은 허상에의 예감과 그로 인한 심리적 결락감으로 끊임없이 동요하고 있는 것이다.

## 3. 미로 게임, 그 우울한 농담의 세계

『게임 오버』에서 우리는 한바탕의 농담 같은, 혹은 싸구려 영화에서 벌어지는 활극 같은 세계를 만난다. 한바탕의 헛주먹과 헛발질로 소란스러운 활극 한 판을 보여준 뒤, 시치미 떼고 돌아서서 지금까지 일어난 일은 모두 쇼였다고, 농담이었다고 말하는 세계, 그 세계의 입구에서 작중화자인 '나'는 자못 우울하고 권태로운 목소리로 다음과 같이 말하고 있다.

> 단 3분만이라도 인생의 미로 게임에서 영웅이 되고 싶다. 이대로 개처럼 살고 싶지는 않다. (……) 내가 되고 싶은 영웅은 바로 자기 자신을 넘어서는 자다. 수거용 쓰레기 봉지처럼 허섭스레기로 꽉차 썩은 냄새를 피우는 나 자신을 넘어서고 싶다. 단 3분만이라도 나 자신을 죽여 없애버리는 영웅이 되고 싶다. 아아, 딱 3분 동안이라도 미로를 때려부수어 허허벌판으로 만들어버리는 폭탄이 되고 싶다. (……)
>
> 하지만 나는 석고틀 속에 갇혀 주검 같은 시간을 연명하는 중이다. 막다른 골목에 머리를 처박고 하염없이 기다리고 있을 뿐이다. 지금은 어떤 것도 할 수 없다. 어떤 것도 선택할 수 없다. 선택은 이미 완료되었고, 억지로 정해진 길을 따라가지 않으면 안 된다.(12쪽)

작품은 '나'가 맥도날드 햄버거 집에 앉아 콜라와 햄버거를 먹으면서 결승점인 맥도날드 햄버거집을 찾아가는 미로 게임을 하고 있는 장면으로 시작된다. '나'는 미로 게임을 하면서 자신이 놓여 있는 인생의 무대가 하나의 미로라고 생각한다. 이 세계가 미로라는 생각, 내가 그 미로 속에 갇혀 있다는 생각, 그 미로로부터 벗어나고 싶다는 생각은 사실 전혀 새로울 것이 없는 생각이다. 그러나 위의 인용문에서 우리의 눈길이 머무는 곳은 "내가 되고 싶은 영웅은 바로 자기 자신을 넘어서는 자다"라는 부분이다. 미로를 벗어나는 길은 바로 자기 자신을 넘어서는 길이라는 것. 혹은 그 역. 나를 가두고 있는 미로는 바로 나 자신이다. 이 세계와 나 사이에는 이미 안팎의 경계가 사라져버린 것이다. 그렇다면 권태와 무위로 세월을 죽이고 있는 '나'는 그 미로 게임의 끝에서 자기 자신을 넘어선 새로운 나에 도달하게 될 것인가?

소설은 일인칭 시점에서 삼인칭 시점으로 시점이동을 하면서 본격적인 미로 게임의 세계로 넘어가게 된다. 이제 우리는 자신도 모르게 마약 밀매조직의 암거래에 끼어들게 되는 천수로라는 인물을 통해 유쾌하면서도 암울한 시뮬레이션의 세계에 들어서게 되는 것이다. 작품 속에는, 김병익이 이 작품에 대한 해설에서 "한 편의 비디오를 보는 듯한, 또는, 문자로 씌어진 비디오를 읽는 듯한, 느낌을 준다"(259쪽)라고 지적한 것처럼, 우리가 익히 보아왔던 비디오나 전자오락 게임, 혹은 홍콩영화 등에서 빌려온 듯한 장면들이 도처에서 출몰한다. 실제로 작품의 주인공인 천수로는 자신에게 닥쳐오는 상황 속에서 끊임없이 자신이 보았던 비디오나 전자오락, 영화 속의 이미지를 떠올리거나, 그 이미지를 모방하는 방식으로 대처한다. 이를테면 "비디오를 많이 본 수로는 그냥 달아나지 않았다"(44쪽), "이래 달아날 때는 영화에서는 주인공들이 변장을 하던데"(45쪽), "이건 홍콩영화 같잖아. 그냥 붙잡혀 끌려가는 것보다는 이렇게 폭주족처럼 달려보는 것도 좋지"(138쪽), "수로는 그물에 갇힌 새파란 인조잔디 구장에서 인형처럼 움직이는 선수들을 내려다보았다. 마치 전자오락의 야구 게임 같았다"(229쪽) 등의 구절들에서 나타나듯이 천수로가 보여주는 행동이나 상상력의 원천은 대개가 시각적 매체들에서 얻은 영감으로부터 솟아나오는 것이다. 어차피 이 소설에서 펼쳐지는 황당무계한 게임의 세계가 시각적인 시뮬레이션 게임의 문법을 언어적인 차원으로 옮겨온 것이라고 볼 수도 있다. 그 언어적 시뮬레이션의 세계에서 천수로는 신나게 그 게임을 즐긴다. "이건 보너스 게임으로 여겨졌다. 또또복권에 당첨된 것도 아니고, 웬 서스펜스가 따따블이고?"(124쪽)에서처럼, 천수로가 시뮬레이션화된 게임의 세계에서 보여주는 모습들은 그저 천진난만하게 그 게임의 상황에 몰입해 있는 모습으로 비쳐진다. 그러나 게임의 상황 그 자체와 그 상황에 대처하는 천수로의 이러한 희화적 모습은 천수로가 처해 있는 현실 상황의 암울함과 대조를 이루면서 독특한 부조화를 빚어낸다. 그 부조화의 표면에서 느껴지는 일차적인 느낌은 어떤 경박함이다. 그러한 느낌은 이 작품에서 천수로라는 인물이 보여주는 행동 자체가 독자의 공감이나 신뢰감을 구축하는 데 그다지 성공하고 있지 못하다는 점과 무관하지 않다. 그 때문에 독자들은 천수로라는 인물을 자신과 동일시하기보다는 관찰하는 입장에서 바라보게 된다. 그러나 소설 속의 인물에게서 어떤 진지성을 기대하는 일종의 엄숙주의적 관점에서 벗어나 작중의 상황을 좀더 자세히 관찰해보면, 이러한 희화적 경박함은 다분히 작가에 의해 의도된 것이라는 생각에 이르게 된다. 천수로가 보여주는 자기비하적이고 때로 천박해 보이기까지 하는 어투나 행동의 이면에는 "그리고 마침내 더이상 참을 수 없는 환멸이 왔다. 바로 환멸 그 자체, 그 감정, 환멸에 대한 환멸. 나는 출구가 막혀버렸다. 그래서 나는 게임에 뛰어들었다. 막다른 골목에서 나사 빠진 머리로 벽을 찧으며 길을 만들고자 했다"(223쪽)에서와 같은 극심한 환멸의 정서가 자리잡고 있는 것이다.

 미로 게임이라는 희화화된 시뮬레이션의 세계 이면에서 그와 같은 환멸의 정서가 작동하고 있다는 것은 이 시뮬레이션의 세계가 일종의 패러디적 상황이라는 점과 밀접한 관련이 있다. 작중화자인 내가 천수로라는 이름으로 투입되는 미로 게임의 세계는 기실 천수로가 맥도날드 햄버거 집에서 도면 위에 그려진 미로 게임에 열중하고 있는 상황을 그대로 시뮬레이션의 세계로 옮겨간 것이라고 할 수 있다. 그 시뮬레이션화된 미로 게임의 세계에서 천수로는 계속 잘못된 길로 접어들어 막다른 골목에 이르게 되고, 그때 그 시뮬레이션의 세계는 게임 오버라는 자막을 화면 위에 띄우며 종결되어버리고 마는 것이다. 결국 이 소설은 미로를 찾아가는 과정에서 막다른 길로 들어섰다가 되돌아나오는 과정을 반복하면서 조금씩 조금씩 그 미로찾기의 서사적 줄기를 꿰어나가는 방식으로 진행된다. "나는 출구가 막혀버렸다. 그래서 나는 게임에 뛰어들었다"라는 구절이나, "나사 빠진 수로는 자신의 눈대로 인생을 살고 싶었다. 천사의 얼굴과 악마의 눈을 가진 용모 탓에 수로는 백수건달로 허기진 허리춤만 쥐어짜고, 세월아 네월아 차디찬 방바닥만 두드려야 했다. 급기야 막다른 벽과 15라운드 경기를 벌이는 미로 게임의 명승부사가 되고 말았다" (86쪽)라는 구절 속에는 작가가 천수로를 그 미로 게임의 세계 속에 투입시키게 된 배경이 암시되어 있다. 돈도 없고 직업도 없고 친구도 없이 막막한 백수건달의 삶을 살고 있는 천수로에게 도저히 넘어설 수 없는 막다른 벽으로 다가오는 이 세계라는 거대한 미로. 모든 것은 선택되어졌고, 자신의 의사와는 상관없이 그 선택된 길을 따라가는 삶에 대한 극도의 환멸과 염증이 천수로로 하여금 현실 속에서는 불가능한 그 시뮬레이션화된 미로 찾기 게임의 세계에 열중하게 하는 것이다. 작품의 한가운데에는 천수로가 그 시뮬레이션의 세계로부터 빠져나와 다시 일인칭 화자가 되어 다음과 같은 음성을 흘려보내는 장면이 있다.

이 게임은 내가 만든 게임이다. 이 게임 속에서 내가 한번도 살아보지 않았지만 한번은 살아보고 싶었던 모습으로 살 것이다. 난 브레이크가 파열된 폭주기관차다. 신나게 미친 듯이 달려보고 싶었다. 멈추거나 속도를 늦추기보다는 더 더 더 빨리 가속도로 달려가서 터져버리고 말겠다.(130쪽)

지금 우리는 천수로라는 인물이 제공한, 그리고 그 자신이 주인공이 되어 끊임없이 막다른 골목에 부딪히면서도 신나게 미로를 찾아 내달리는 전자오락 게임의 화면을 들여다보고 있는 것이다. 이 천수로의 세계는 현실 속에서의 '나'의 욕망을 옮겨온 세계이다. 이 미로 게임의 세계 속에서 천수로가 꿈꾸는 것은 "우연들이 겹쳐 일어났고, 나는 그 우연으로 길을 만들면서 나를 넘어서기를 꿈꾸었다. 다 쓰지 않고 남은 나의 시간만큼 이미 알고 있는 내가 아닌 여백의 나는 존재하고 있을 것이다"
(251쪽)에서 나타나는 것처럼, 현실의 나를 넘어서서 아직 미로의 현실
에 의해 점령되지 않은 여백의 나를 찾으려는 희망이다. 그러나 그 희망
역시 게임 오버의 자막과 더불어 사라져버리고 그 게임 오버의 자막 뒤
에서 천수로가 이르게 되는 지점은 미로 찾기의 결승점인 맥도날드 햄버
거 집이다.

끊임없이 부딪혀오는 막다른 골목에 머리를 쥐어박으며 우연이 겹쳐
일어나는 게임의 세계에서 소립자처럼 떠돌던 천수로가 도달한 맥도날
드 햄버거 집은 그 "우연이 자꾸자꾸 일어나 그것이 겹쳐지면서 만들어
진 직물"(107쪽)인 필연의 결과이다. 작품 속의 한 구절처럼 "미로에는
이미 출구가 정해져 있"(102쪽)는 것이다. 그 출구가 맥도날드 햄버거 집
이고, 천수로가 햄버거 집 종업원으로 일하는 장면에서 작품은 이 시뮬
레이션적 상황에 대한 최종적인 게임 오버를 선언함으로써 그 상황 속에
내포되어 있는 패러디의 의미를 완결짓는다. "수로는 꼬불꼬불 미로를
헤매다 결국 맥도날드에 들어와 있었다. 막다른 골목에 집을 짓고 그곳
에 주저앉아 미로를 잊고, 미로를 빠져나가려는 희망도 버리고, 절망도
없이, 헬리콥터로 구조되기조차 요구하지 않는, 편안한 안식처를 만들고
있었다"(252~253쪽)에서처럼, 그 시뮬레이션의 세계를 거쳐 천수로가
도달한 곳은 맥도날드 햄버거를 먹으면서 가게에서 제공한 미로 게임의
도면을 바라보았던 바로 그 미로 게임의 출발지였던 것이다. 바뀐 것이
라고는 그녀가 햄버거 집의 손님에서 햄버거를 파는 종업원이 되었다는
사실뿐이다. 미로 게임의 세계 속에서 천수로는 결국 미로의 출구로 나
온 것이 아니라, 미로의 더 깊숙한 한가운데로 들어가버린 셈이다. 왜냐
하면 게임의 도면 위에서 맥도날드 햄버거 집은 미로의 밖이 아니라 바
로 미로의 중심에 자리잡고 있기 때문이다. 어떤 의미에서 이 작품은 비
디오나 영화, 전자오락 등에서 차용한 시뮬레이션적 기법을 통해 시뮬레
이션의 세계 그 자체를 패러디하고 있는 것인지도 모른다. 미로의 도면

을 둘러싸고 있는 네 벽의 울타리, 그것은 시뮬레이션의 세계를 에워싸고 있는 완강한 현실의 벽이다. 시뮬레이션 게임의 세계란 그 게임의 세계를 둘러싸고 있는 네 벽의 울타리를 넘어설 수 없다. 출구가 없는 미로란 결국 현실 속에 갇힌 폐쇄회로일 뿐이기 때문이다. 작품의 도입부에서 작중화자인 나는 자기 자신을 넘어서기를 꿈꾸며 미로 게임의 세계 속으로 들어갔다. 그리고 그 게임의 세계를 나오면서 천수로는 다음과 같이 말한다.

만일 당신이 미로 속에서 길을 잃었다는 생각이 들면 그 머리통을 부숴버려라. 당신은 결코 미로 속에서 길을 잃을 수 없다. 왜냐하면 당신이 미로라고 생각한 그 길은 처음부터 없었다. 누군가 당신에게 미로라고, 미로에 갇혀 있다고, 어서 출구를 찾으라고, 남몰래 속삭여준 거짓에 불과하다.(253쪽)


"만약 당신이 폐쇄회로에 갇혀 있다면 당신은 막힌 담을 부수어서라도 길을 만들어야 한다"(251쪽)라는 말이 "만일 당신이 미로 속에서 길을 잃었다는 생각이 들면 그 머리통을 부숴버려라"라는 말로 뒤바뀌는 과정 속에서 '자기 자신을 넘어서' 는, '내가 아닌 여백의 나' 를 찾아 미로 게임의 세계 속으로 들어갔던 천수로는 결국 맥도날드 햄버거 집의 유니폼 속에 갇히게 되는 것이다. 끊임없는 우연의 상황으로 천수로를 이끌고 가던 미로 찾기 게임은 결국 필연이라는 울타리 안에서의 게임이었던 것이다. 그리고 그 필연의 결과는 맥도날드의 유니폼을 입고 "싱싱한 미소와 명랑한 몸짓으로 계산대에 서 있"(253쪽)는 천수로의 모습이다. 대책없는 백수건달 천수로의 건강한 생활인으로의 복귀와 더불어 지금까지 우리가 보아온 것은 하나의 농담 같은 활극, 혹은 쇼가 되어버리고, 작가는 마지막으로 시치미를 떼고 돌아서서 미로는 없다고, 미로를 벗어나보고 싶다고 생각한 네 머리통을 깨부수라고 말한다. 결국 '내가 아닌 여백의 나' 는 이 현실의 어디에도 없는 것이다. 시뮬레이션의 세계 속에서 당신이 만난 것은 하나의 게임일 뿐이라고, 게임의 세계는 현실이 아니라고, 그러므로 당신은 결코 자기 자신을 넘어서, 현실의 나를 넘어서 내가 아닌 여백의 나를 찾아갈 수 없다고 말하는 이 농담은 그러나 얼마나 우울한 농담인가? (1998)

# 현실과 환상의 접경지대에서 '나'의 본질을 찾아헤매는,<br>혹은 '나'의 허상과 치명적으로 마주쳐버린

—류가미의 『라디오』와 이평재의 『마녀물고기』에 대하여

## 1. 자명성이라는 이름의 알리바이

지금 '나'는 현실과 환상, 혹은 믿음과 의혹의 경계를 가로지르는 무수한 균열들의 좁은 틈새에 끼인 채 숨을 헐떡이고 있거나, 존재의 현상과 허상이 만나는 접경지대의 어스름에 사로잡혀 끊임없이 밀려오는 자기 정체성에 대한 알 수 없는 위기감에 시달리고 있다. 그 위기감은, '나'라는 존재를 구성하고 그에게 주체라는 이름의 삶의 자리를 부여한 현실이라는 영토가, 더이상 '나'의 확고부동한 존재론적 위상을 보장하는 자명한 실체가 아니라는 인식과 손잡고 있다. 현실의 자명성에 대한 믿음의 붕괴와 더불어 '나'라는 존재 또한 더이상 자명성의 안전지대에 머물러 있을 수 없게 된 것이다.

물론 이처럼 자명성에 대한 믿음이 흔들리는 틈새에서 피어오르는 의혹의 그림자는 우리에게 새삼스러운 것이 아니다. 현실적 질서와 인간적

주체의 자명성에 대한 믿음으로 일궈진 문명의 그늘을 배회하거나 그 이면의 어두움과 대면하는 것은 특히 문학과 예술의 영역에서 그리 낯선 체험이 아니기 때문이다. 이른바 후기구조주의라고 명명되는 해체이론의 출현과 더불어 더욱 힘을 받고 있는 이러한 의혹은 우리에게 근대적 의미의 인간학, 혹은 '인간이라는 이데올로기'에 대한 근본적인 재검토를 요구한다. 자명성의 이데올로기적 기반에 대한 자각, 다시 말해 자명성이 이데올로기적 작용의 완벽한 자기 실현이라는 욕망을 은폐하는 하나의 알리바이에 지나지 않는다는 인식과 더불어, '인간'이라는 이름으로 불리는 개인적 주체로서의 '나' 또한 문명이라는 시스템 자체의 논리를 실현하기 위한 이데올로기적 명명의 대상에 지나지 않는다는 인식의 형성이 가능해지는 것이다. '나'가 문명의 주체가 아니라 기실 문명에 의해 요리되는 한갓 대상에 지나지 않는다는 뼈아픈 인식은 의식적이든 아니든 모든 문명 비판의식 속에 편재해 있다. 이런 의미에서 본다면 '인간'이라는 이데올로기, 다시 말해 인간적 주체라는 신화는 문명이라는 시스템의 논리가 자체 동력을 가동시키기 위한 하나의 연료, 혹은 에너지원에 지나지 않는 것이었는지도 모른다. 말하자면 시스템의 각 구성원들에게 주체적인 삶의 실현이라는 내적 동기를 부여함으로써 시스템의 효율을 극대화하려는 전략 같은 것 말이다.

그러므로 주체의 자명성에 대한 회의와, 주체에 대한 믿음이 발 딛고 있는 자명한 실체로서의 현실에 대한 회의는 하나의 고리로 얽이어 시스템의 내부에 위기의식으로 연결된 일종의 점조직을 구성하는 것이다. 보이는 현실만이 현실이 아니라 그 내부에 적층된 무수한 층위의 지층과 단층지대가 있다는 것, 다시 말해 단일한 시공간적 연속체로서의 현실이 아닌, 시공간적 단절과 은폐, 그리고 그 사이를 가로지르는 이질적이고 혼성적인 균열의 무수한 틈새들 사이에서 '나'라는 존재의 진정한 아이덴티티를 찾으려는 시도는, 시스템이 제공한 '나'라는 환상에 맞서는 '나'의 절박한 내적 반란과도 같은 것이다. '나'라는 환상이 제공한 삶의 실체가 지워져버린 자리에 입벌리고 있는 '나'라는 존재의 무시무시한 동공(洞空), 그 속에서 '나'는 존재하면서 동시에 존재하지 않는, 규정지을 수 없는 그 무엇일 뿐이다. 그렇다면 환상이 제거된 자리에 남아 있는 그 규정지을 수 없는 존재를 우리는 무어라고 명명할 것인가? 아니, '나'라는 환상의 바깥으로 나가는 일, 다시 말해 시스템의 바깥으로 나가는 일이 과연 가능하기나 한 것일까? 우리가 할 수 있는 것은 다만 시스템이 초래한 '나'의 균열을 시스템 자체의 균열로 되돌려주는 일뿐인지도 모른다. 여기에서 그와 같은 시스템 균열의 내적 동력은 자아실현이라는 욕망의 쌍생아인 자아분열을 단순한 '나'의 불운이 아닌 '나'의 존재 에너지로 밀고 나가는 것, 다시 말해 자아 분열, 혹은 자기 정체성의 혼란이라는 근대문명 속에서의 개인의 불가피한 존재방식을 인간이 시스템의 연료로 사용된 후 버려지는 부산물이 아닌, 인간의 새로운 존재론적 구축을 위한 에너지원으로 재활용하는 것이다.

　자기 분열이나 혼란을 자기 정체성의 내적 동력으로 끌어안고 살아가는 것은, 개인의 분열이나 혼란을 통합된 질서를 위협하는 장애로 간주하는 시스템의 폭력적 통제에 맞서, 그 분열과 혼란을 하나의 생산적 전략으로 전환하는 것이다. 내가 보기에 인간적 주체라는 자명성의 신화에 맞서는 생산적 전략으로서의 '나'의 분열과 해체는, 김영하나 백민석, 그리고 그 이후의 작가들을 하나로 연결하는 새로운 세대의 문학적 정체성이 가장 첨예하게 드러나는 지점인 것 같다. 합리적인 세계인식의 질서를 뒤흔들면서, 이성적인 삶의 질서에 의해 세계의 중심으로 규정된 '나'라는, 혹은 '인간'이라는 존재의 허구성을 통렬하게 까발리는 것은 이제 이들 젊은 작가들의 작품에서 그리 낯선 풍경이 아닌 것이다. 현실과 환상, 믿음과 의혹, 생성과 소멸 등의 이질적인 영토들이 길항하는 접경지대가 문학의 주요한 상상적 거점으로 떠오르는 것도 바로 이 지점에서이다.

　여기에서 현실과 환상의 경계는 현실과 현실 아닌 세계가 만나는 지점이라기보다, 현실에 대한 인식의 서로 다른 층위가 만나는 지점이면서 동시에 현실의 현실성을 구성하는 논리에 대한 보다 근본적인 의문이 제기되는 자리이다. 현실과 환상을 가르는 현실적 기준이 현실의 영역 속으로 개입해들어오는 혼란과 균열의 이질적인 불순물을 걸러냄으로써 현실이라는 시스템의 내부 영역을 손상없이 보존하려는 어떤 배제의 논리에 기초해 있다면, 현실과 환상의 접점을 배회하는 문학적 상상력은 시스템의 논리가 현실의 바깥으로 밀어내버린 세계를 자신의 자궁 속으로 불러들여 그 두 세계를 하나의 언어적 육체 안에 버무려놓는다. 물론 이때 문학적 상상력이 이러한 방식으로 자신의 모습을 드러내는 것은 근본적으로 하나의 질문과 반성의 양식으로서이다. 그것은 현실과 환상의 경계를 넘나들며 동시에 그 두 세계에 대한 믿음과 의혹의 경계를 넘나든다. 현실이 자명한 실체가 아닌 하나의 이데올로기적 구성체라면 현실의 현실성 역시 단지 하나의 환상에 지나지 않는 것인가? 어쩌면 우리가 리얼리티라고 믿는 것 또한 현실이라는 환상이 빚어낸 마음의 신기루 같은 것이 아닌가? 그런 점에서 현실이 또다른 환상이라면 환상 또한 또다른 현실이라고 말할 수 있을 것인가? 그렇다면 현실과 환상이란 현실과 비현실을 가르는 개념이라기보다는, 존재를 구성하는 현실의 서로 다른 층위인 낯익은 세계와 낯선 세계, 다시 말해 시스템에 의해 당위로 규정된 세계의 안과 밖을 가르는 인위적인 경계에 지나지 않는 것이 아닌가? 현실과 환상이라는 그 이질적인 욕망의 지점들이 끊임없이 어긋나고 교차하는 의식의 어둡고 비좁은 접경지대에서 ‘나’라는 존재의 본질을 찾아헤매는, 혹은 ‘나’라는 존재의 허상과 치명적으로 마주쳐버린 사람들의 이야기를 우리는 류가미의 『라디오』와 이평재의 『마녀물고기』에서 만날 수 있다.

## 2. 신의 음성에 맞춰진 라디오

『라디오』는 한국문학에서 보기 드물게 현실적인 시공간을 넘어서 현실과 환상의 경계를 넘나드는 관념의 자유로운 율동을 보여주는 매우 특이한 작품이다. 이 작품에서 이러한 관념의 율동은 현실적 리얼리티라는 감각적 기준을 거의 고려하지 않는다. 그것은 현실의 자리에 관념과 추상의 세계를 들여앉히고, 현실적 리얼리티 대신에 관념의 거울을 통해 끌어모은 상상의 조각들을 합성해서, 이음새는 거칠지만 나름대로 생생한 감각으로 살아 움직이는 추상적인 세계의 이미지를 구축해낸다. 이 비현실적이고 추상적인 관념의 세계는 그러나 그것이 현실에 대한 하나의 알레고리로 작용하는 세계라는 점에서 현실성의 세계와 연결된 대타적인 인식의 지평을 보유하고 있다. "누군가에겐 허구 같은 이야기가 어떤 사람에게는 진실일 수도 있어. 왜 진실이 오직 하나뿐이라고 생각하는 거지? 왜 자신이 알지 못하는 세상이 있다는 것을 인정하려 하지 않는 거야? 때론 진실은 허구보다 더 기묘할 수도 있어"[1]라는 작품 속의 한 구절은 이 작품이 보여주는 세계가 현상적인 세계의 이미지에 갇혀 있는 사실주의적 논리의 세계가 아니라, 그 사실주의적 논리의 경계를 뚫고 나오는 어떤 추상적 허구의 지점들, 허구와 진실이 겹쳐지는 기묘한 환상의 세계임을 암시한다. 이때 그 환상의 리얼리티를 가늠하는 준거가 되는 것은 사실보다 우위에 놓인 진실이라는 개념이다.

『라디오』가 지닌 관념적 추상성과 그것의 서사적 외피라 할 수 있을 환상적 서사의 세계는, 현실의 감각적 실존을 제거하면서도 동시에 현실을 구성하는 욕망의 기호들을 추상의 세계를 유영하는 서사적 상상력의 주요한 준거점으로 끌어안는, 따라서 우리가 현실이라고 부르는 삶에 대한 강렬한 반성적 인식의 지점에서 출발한다. 다시 말해 『라디오』가 비

---

1) 류가미, 『라디오』, 문학과지성사, 2001, 101쪽. 이후 책의 인용 쪽수는 본문에 괄호로 표기한다.

현실적인 추상의 세계 속으로 잠입하는 방식은, 현실의 세계를 추상의 세계 바깥으로 밀어냄으로써 현실을 추상의 세계로 대체하는 방식이 아니라, 현상과 환상 혹은 사실과 허구의 관계를 역전시킴으로써 두 영역을 가르는 현실적 기준의 허구성을 드러내는 방식을 통해서이다. 작품 속에서 그와 같은 현실적 기준의 허구성을 밝히는 강력한 근거로 제시되는 것은 존재의 본질, 혹은 근원성의 문제이다. 『라디오』의 작중인물들을 통해 끊임없이 흘러나오는 추상적이고 사변적인 언술들은, 이 작품이 지닌 알레고리적 성향과 더불어, 사실성의 세계를 뛰어넘는 삶의 근원성에 대한 인식이라는 지평에서 소설이 지닌 메시지 지향성을 뚜렷하게 드러내 보여준다. 일견 이 작품을 사변적이고 무미건조한 교설의 차원에 머무르게 할 수도 있을 강렬한 메시지 지향성은, 그러나 광활한 시공간을 유영하는 서사적 상상력의 활달함과 그것이 견지하고 있는 진지한 성찰의 자세에 의해 근대문명 세계에 대한 나름대로의 의미있는 반성의 지점을 일구어낸다.

이 작품이 지닌 관념적 추상성에 현실성의 근거를 제공하는 것은 바로 근대문명 세계에 대한 작가의 반성적 인식이며, 근대문명에 대한 반성적 성찰의 주요한 길잡이 역할을 하는 것이 바로 '나' 라는 존재의 본질에 관한 일종의 구도(求道)적 의문이다. '자아란 무엇인가' 라는 질문으로 요약되는 자아의 근원성에 대한 물음과 진정한 자아 찾기의 과정은 이 작품의 전체 무게를 지탱하는 가장 중심적인 화두라고 할 수 있다. 여기에서 그와 같은 자아 찾기의 과정은 현실적인 시공간의 경계를 넘어서는 영원성의 문제에 대한 비의적인 탐색의 과정과 겹으로 진행되는데, "네가 명멸하는 현상 속에서 변하지 않는 무언가를 붙들 수 있다면, 너는 모든 곳에 존재하는 나를 만날 수 있을 거야"(7쪽)라는 도입부의 문장은 '변하지 않는 것', 즉 영원성과 '모든 곳에 존재하는 나', 즉 자아의 근원성이라는 문제를 하나의 동심원으로 끌어안고 있다. 작품 속에서 존재의 영원성과 근원성에 대한 관념적 탐색은 작품의 주요한 서사공간인 '소리의 바다'나 '기억의 집', '은둔자의 마을' 등을 배경으로 이루어지는데, 이곳들은 '모두 명멸하는 현상'과 '변하지 않는 무언가'의 사이, 혹은 현실과 환상, 직선적인 시간과 순환적 시간 사이의 접경지대라는 특성을 공유하고 있다.

소설은 "시비를 떠나 희로애락에 물들지 않은 머나먼 거리", 즉 현상적 삶을 초월한 영원의 세계에 속해 있으면서 자신의 과거로 돌아가 "이제까지 내게 일어났던 일들을 다시 경험"(34쪽)하는 작중화자의 목소리로 진행된다. 그것이 영원성의 시간을 투과해나온 목소리라는 점에서, 그 목소리가 들려주는 작중화자의 삶은 현실과 비현실의 지대가 겹쳐지는 지점에 놓일 수밖에 없다. '소리의 바다', 혹은 '기억의 집'이라는 몽환적인 서사공간과 그 속에 등장하는 작중인물들은 현상과 본질의 속성을 함께 지니고 있다. 열두 살에 어머니를 잃고 소리의 바다를 찾아온 어린 작중화자는 '라디오 진'이라는 그녀의 이름처럼 세상을 떠돌아다니는 타인들의 은밀한 마음의 소리를 감지하는 특이한 능력의 소유자이다. 그것은 또한 엄마의 엄마, 그 엄마의 엄마로부터 내려오는 그녀 집안의 오랜 내력이기도 한데, 그녀의 어머니가 현상계의 욕망에 사로잡혀 그 능력을 자기파멸의 방향으로 몰고 갔다면, 그녀는 그 비범한 능력을 통해 초월적 운명의 길로 나아간다. 그러나 "소리란 평정을 잃어버린 마음에서 나오는 것이고 사람들은 그런 자신의 마음을 들키기 싫어하죠. (……) 소리를 듣는다는 것은 정말이지 끔찍한 일이에요"(77쪽)라는 그녀의 말처럼, 장차 그녀의 삶 속에서 실현될 초월적 운명에도 불구하고 아직 현상적 욕망의 세계를 벗어나지 못한 그녀에게 들리는 소리는 현상계에서 들려오는 온갖 욕망과 고통의 소리들이다. 그녀가 그 소리들을 거부하는 것은 타인의 고통을 자신의 내부로 수용하지 못하는 그녀의 정신적 미성숙을 보여주는 것이면서, 그녀의 삶 속에서 실현될 초월적 운명이 타자들의 세계 속으로 뚫고 들어가지 못한 채 자기구원이라는 협소한 문제의식에 머무르고 마는 작품 자체의 한계를 미리 예시해주는 것이기도 하다.

열두 살의 작중화자가 초월적 자질과 정신적 미성숙을 함께 지니고 있는 것은 그녀 속에 아이에서 어른으로 성장해가는 현상적 시간과 그 현상적 시간을 떠나 "오백 광년쯤 떨어진 먼 곳에서 희로애락에 물들지 않은 청정한 마음으로 내 유년 시절을 돌아보"(106쪽)는 추상의 시간이 겹쳐 있기 때문이다. 어린 그녀가 종종 아이다운 이기적 욕망에 사로잡히거나 억지스런 투정을 부리면서도 열두 살 나이에 어울리지 않는 놀랄만한 판단력과 지적 분석력을 보여주는 것 또한 그런 맥락에서 이해될 수 있다. 그러나 그녀가 지닌 초월적 운명에도 불구하고 이 작품의 기본적인 서사틀은 그녀가 여자로서 성장기의 진통을 통과해나가는 현상적 시간을 바탕으로 하고 있다. 그녀를 현상계 너머의 초월적 비전의 세계로 이끄는 준비과정이기도 한 그 성장과정의 이면에서 그녀의 삶이 끊임없이 부딪히는 것은 자아의 극복과 회복이라는 문제이다. 그녀를 둘러싸고 있는 작품 속의 모든 인물들은 어떤 형태로든 그녀의 성장과정에 관여하면서 동시에 '자아란 무엇인가' 라는 물음을 둘러싼 소설적 탐색의 과정에 관여한다.

이 작품에서 작중화자의 성장과정에 관여하는 인물들은 대체로 두 가지 유형으로 나눌 수 있는데, 그 하나가 제한된 시공간에 얽매인 고통스러운 현존의 세계에 속한 사람들이라면 다른 하나는 그 경계선 너머에 존재하는 사람들이다. 이 작품이 현상과 본질이라는 뚜렷한 이분법적 구도 위에 서 있다는 점을 감안하면, 작중화자의 주변에 이러한 두 유형의 인물들을 배치시킨 작가의 의도는 쉽사리 짐작할 수 있다. 전자에 속한 인물들, 이를테면 소리의 바다로 흘러들어온 '손님들' 인 미셀이나 닉, 집시여인, 그녀가 소리의 바다를 떠나 살게 된 '얼음과 강철의 도시' 에서 만난 어부, 고양이씨, 자드키엘 등은 욕망과 고통의 굴레 속에서 자아의 파열을 겪고 있는 인물들이다. 그들이 겪는 자아의 파열은 끊임없이 영혼의 갈증을 불러일으키는 욕망의 자기분열과 '이게 아닌데' 라고 말하는 그들 속의 또다른 자아의 목소리와 뒤섞여 현존의 세계에 붙들려 있는 자아의 부정적 실체를 강렬하게 부각시킨다. 그에 비해 후자에 속한 인물들, 이를테면 문수 아저씨나 마마, 여옹, 칼, 지혜의 권화, 그리고 그녀에게 지구 밖의 행성으로부터 최초로 '자아란 무엇인가' 라는 화두를 던지고, 마침내 영원의 시간 속에서 그녀와 만나게 되는 아크사야마티 등은 그녀를 초월적 운명, 혹은 영원성의 세계로 인도하는 조력자이자 교사이다. 특히 이러한 조력자들의 입을 통해 수시로 흘러나오는 비의적이고 사변적인 언술들은 동일한 내용의 각기 다른 변주들로서, 작품이 보여주는 자아에 대한 탐색의 이론적 토대를 제공하는 것이다.

그 이론적 토대의 핵심을 이루는 것이 앞서 말한 현상과 본질, 사실과 진실이라는 이분법적 구도인데, 작품 속에서 그 이분법적 구도의 대립항목들은 다양한 명칭으로 불리고 있다. 이를테면 더 큰 자기(self), 신성한 영(spirit), 신성, 신, 고향, 태초의 소리, 반고의 목소리, 법신, 보신, 자신의 전체성, 태초의 원형질, 불멸의 생명, 자신의 참모습 등이 본질이라는 항목을 가리키는 명칭들이라면, 시간과 공간의 감옥, 육체, 응신, 자아(ego), 자아의 감옥 등은 현상의 영역을 가리키는 명칭들이다. 요컨대 전자는 운명의 소리를 따르는 세계이고, 후자는 욕망의 소리에 얽매어 있는 세계라는 것이다. 소리의 바다는 바로 그 욕망의 소리와 운명의 소리가 하나로 흘러드는 접경지대이다. 여기에서 라디오 진의 성장과정이란, 그녀 안에서 공명했던 고통스러운 욕망의 소리를 벗어나 그녀의 라디오가 운명의 소리, 문수 아저씨가 그토록 찾아헤맨 그 태초의 소리에 자신의 주파수를 맞추는 방법을 배워나가는 과정이다. "사람들은 생각이나 감정이 언제나 자신에게서 비롯된 자신만의 것이라고 생각하지. 하지만 그건 틀린 생각이야. 자신의 생각이나 감정이란 것은 대부분은 다른 사람들의 생각이나 감정이 자기 안에서 증폭된 것들에 지나지 않아. 우리가 가지고 있는 생각이나 감정은 자신만의 것이 아니야. 그것은 누군가의 머리에서 우리에게로 보내진 것이지. 잔인한 전쟁이나 살육도 우리들 내부에 있는 증오와 분노가 특정한 사람들을 통해 발산되고 있는 거라고 봐야 해. 우리는 스스로 생각하고 행동한다고 믿고 있지만 사실 다른 사람들에 의해 생각되어지는 존재에 가까워"(86쪽)라는 구절에서, 내 안에 존재하는 욕망이 내 것이 아닌 다른 누군가로부터 내 안으로 옮겨진 것에 불과하다는 내용은, 욕망 혹은 인간적 주체의 자명성을 의심하는 낯익은 여러 이론적 전거들을 상기시킨다. 작품에 의하면 욕망이란, 인간을 육체, 혹은 시간과 공간의 감옥에 사로잡힌 파편화된 자아의 자리로 밀어냄으로써 인간의 삶을 고통의 질곡 속으로 몰아넣는 하나의 허상에 지나지 않는다. 따라서 자아로부터 더 큰 자기를 찾아가는 과정은 "기존에 네가 알고 있었던 모든 것을, 네가 집착했던 모든 것을, 네가 욕망했던 모든 것을, 네가 동일시했던 모든 것을 버리"고 "늘 함께 있으면서도 의식하지 못했던 자신의 전체성을 발견하는 길"(29쪽)이고, "인간은 공간상 한 점에 국한된 육체가 아니라 본질적으로 어디에나 편재하는 영혼이라는 사실"(83쪽)을 인식하는 일이며, "영혼(Psyche)이 자신의 사랑(Eros)을 찾아가는"(30쪽) 과정이다. 작품에 의하면 영혼이 자신의 "사로잡힌 혼을 구하기 위해 거친 욕망이라는 용과 싸워야만" 하는 그 과정은 "우리 삶의 궁극적인 목표"(105쪽)이다.

라디오 진이 소리의 바다를 떠나 얼음과 강철의 도시로 가는 것은 그 과정을 위한 통과제의의 의미를 지닌다. 얼음과 강철의 도시라는 낯익은 비유로 명명된 그곳은 신성을 이성으로 대체한 세계이며, 그곳에서 사람들은 "고유한 운명을 가지고 스스로 우주적 계획에 참여하는 신성한 존재가 아니라 쓸모가 없어지면 얼마든지 대체가 가능한 부속품에 지나지 않"으며, "언제 폐기처분될지 모르는 소모품으로 전락하고 신성의 불꽃에 도움을 청할 길 없는 고독한 개인이 되어버"(153쪽)린다. 작중화자는 그곳에서 세속적 성공에 대한 야망을 상징하는 어부라는 이름의 청년과 사랑과 이별의 혹독한 통과제의를 치르고, 정신병원에 감금된 뒤 문수 아저씨에 의해 구원된다. 이러한 일련의 통과제의를 거치면서 그녀는 영원의 세계 속에서 "신의 음성에 맞추어진 라디오가 되는"(212쪽) 그녀의 미리 정해진 운명과 마주 서게 되는 것이다. 그 운명의 소리는 태초부터 그녀의 내부에 존재했던 것이지만, 그녀의 라디오 주파수를 어지럽히는 욕망과 고통의 소리들에 가려 들리지 않았을 뿐이다. 여기에서 신의 라디오가 된다는 것은 "존재하는 모든 생명의 소리를 자기 영혼 속에 담아두는 것일 거예요. 결국 그건 사랑을 할 수 있는 사람이 된다는 뜻"(298쪽)이라는 그녀의 말처럼, 운명의 완성인 동시에 영원한 사랑의 완성이다. "사랑은 자기를 완성시키려는 충동"(292쪽)이며, "사랑을 찾아가는 길은 자기를 찾아가는 길"(297쪽)이라는 작중의 전언들은 그녀가 문수 아저씨에 대한 사랑을 통해 발견한 자신의 운명이 궁극적으로 '가장 진실한 자신의 모습을 찾는 것', 바로 자기구원의 길이었음을 말해준다.

그렇다면 이 소설에서 라디오 진이 다다른 영원한 사랑에 의한 자기 구원이라는 삶의 궁극적 목표는 현상적 욕망의 가지들이 완전히 제거된 추상의 세계 속에서 일어나는 사건일 뿐이다. 이 작품이 지닌 추상성의 미학적 전략은 그것이 현상계 속에 내재된 욕망의 허구성을 가로지르는 알레고리적 긴장을 유지함으로써 확보되는 것이다. 그러나 그 추상성이 이분법적 구도의 긴장을 견디지 못한 채, 결국 이분법의 한쪽 항목들을 완벽하게 가지치기 하는 방향으로 나아간다는 것은 작품의 추상성을 떠받치던 현상계에 대한 반성적 성찰의 힘을 마침내 작품 스스로 포기한 결과라고 아니할 수 없다. 문수 아저씨의 죽음 이후 은둔자의 읍에서 세상과의 어떠한 관계도 거부한 채 살아가던 작중화자가 자신의 죽음을 통해 깨달은 영원의 사랑 역시 살아 있는 세계의 언어라기보다는 사랑이라는 이름으로 기호화된 하나의 고립된 신성의 이미지에 가깝다. 작중화자가 도달한 사랑의 의미가 현상적 세계와의 긴장을 포기한 채 자기 구원이라는 협소한 문제의식의 틀 안에 갇히게 되는 것은 어떤 의미에서 그 당연한 귀결이라고 해야 할 것이다. 뿐만 아니라 작중화자의 자기 구원이, "내게 주어진 운명에 충실하리라"(258쪽)는 그녀의 다짐처럼, 자신

의 의지가 아닌, 여러 조력자들에 의해 안내된 운명의 의지에 순응한 결
과였다는 것은, 결과적으로 이 작품이 인간적 주체를 관장하는 힘을 이
성에서 신성으로 대체한 것에 지나지 않는다는 생각을 불러온다. 어쩌면
현상계의 질곡을 벗어나지 못하는 우리에게 지금 더 절박하게 필요한 것
은 현실에 대한 초월적 비약보다 순간순간 우리를 절망의 허방으로 밀어
넣는 현실의 고통과 부조리에 대한 끈질긴 응시의 시선일지 모른다. 『마
녀물고기』는 바로 우리의 삶 속에 움푹 파인 그 허방의 어두운 동공으로
우리를 초대한다.


### 3. 인간이라는 절망, 인간이라는 희망

『마녀물고기』 역시 『라디오』와 마찬가지로 현실과 환상의 접경지대에
서 인간의 의미를 찾아 방황하는 세계를 보여준다. 그러나 그 세계는 『라
디오』와 같이 존재의 본질이라는 미리 제시된 답을 안고 나아가는 세계
가 아니라, 의문 속에서 허우적거리면서 끝끝내 그 의문의 질곡을 벗어
나지 못하는 세계이다. 다시 말해 그것은 잃어버린 답을 찾아나가는 세
계가 아니라 잃어버린 의문을 찾아나가는 세계이다. 이를테면 작품집의
표제작인 「마녀물고기」는 이 소설집을 통괄하는 그 의문의 정체를 잘나
가던 외과의사인 주인공이 자기 파멸에 이르는 과정을 통해 추적해나간
다. 가차없는 언어의 메스로 마치 암세포처럼 우리의 삶 속에 퍼져 있는
섬뜩한 의혹의 덩어리를 끄집어내는 이 소설에서 우리는 우리의 삶 속에
도사리고 있는 보이지 않는 균열의 틈새가 곳곳에서 우리를 집어삼킬 듯
이 그 무시무시한 아가미를 뻐끔거리고 있다는 환상에 빠지게 된다.

　의사로서 안정된 삶의 궤도를 순항하고 있던 주인공이 스스로 제어할
수 없는 충동에 의해 강박적인 성욕에 사로잡히게 되는 것은, 그가 과속
으로 달리던 어느 날 새벽의 귀경길에서 깜빡 조는 사이 물고기를 잔뜩

싣고 수산시장으로 달려가는 트럭과 충돌하는 불의의 교통사고를 내면서부터이다. 형편없이 찌그러진 차체 속에서 살려달라고 울부짖는 여자의 손을 뿌리치고 황급히 사고의 현장을 벗어나던 그의 발목을 휘감던 먹장어, 마녀물고기(hagfish)라 불리는 그것이, 마치 "인간 남성을 유혹해 몸을 섞고 끝내 상대를 파멸시킬 목적으로 존재한다는 '서큐버스'"[2]처럼, 그를 순식간에 안정된 삶의 궤도로부터 파멸의 나락으로 이끈 불길한 안내자였던 셈이다. 그가 저지른 불의의 교통사고와 더불어 잘 정돈되어 있던 그의 삶 속에서 어떤 치명적인 균열이 눈을 뜨고, 마침내 그 불길한 아가미 운동을 시작한 것이다. 그 치명적인 균열은 신비로운 바다 냄새를 풍기는 아름다운 여인의 환영으로 그를 찾아와 극도의 관능적 황홀경을 안겨주고는 역한 비린내를 남기고 사라진다. 그 여인의 환영이 불러온 것은 그의 삶을 사로잡아버린 섹스에 대한 광적인 욕망이다. 섹스에 대한 그 강박적인 욕망 앞에서 외과의사로서의 그의 삶을 이끌던 이성적 판단능력은 완전히 초토화되어버리고, 파멸을 향해 치닫는 그의 삶 한가운데서 그 미지의 물고기−여인은 끊임없이 "아직도 내가 누구인지 모르겠어?"라고 그 불길한 아가미를 뻐끔거린다. 이 말은 정신병원에 갇히게 된 그가 내뱉는 "난 영혼을 빼앗겼어"라는 말 속에서, 혹은 마지막으로 그를 찾아온 여인의 환영이 내뱉는 "이제는 네가 나에게 버림받을 차례야"라는 말 속에서, 그리고 마침내 "껍질과 뼈만 남겨진 인간의 형상"(29쪽)이 되어버린 그의 텅 빈 내부로부터 울려나오는 "나는 어디로 사라졌는가"라는 중얼거림 속에서 웅웅거리며 증폭되는 소름끼치는 사이렌과 같은 것이다.

그렇다면 불시에 그의 삶을 집어삼켜버린 그 치명적인 균열의 정체는 무엇인가? 살려달라는 여자의 절규를 무시하고 황급히 사고의 현장에서 달아나버린 그의 마음속에 잠재된 양심의 가책인가? 아니면 죄를 저지

---

2) 이평재, 『마녀물고기』, 문학동네, 2001, 10쪽.

른 자에 대한 어떤 단죄의 환영인가? 이런 식의 도덕적 해석은 왜 그 균열이 광적인 섹스의 강박으로 나타나게 됐는가라는 의문에 대해 아무런 단서도 제공하지 못한다. 오히려 교통사고라는 사건은 그의 삶 속에 잠복해 있던 어떤 근본적인 균열이 그의 의식이 정상궤도를 벗어난 그 비좁은 틈새를 헤치고 마침내 자신의 모습을 드러낸 단순한 계기에 지나지 않았다고 생각하는 것은 어떤가? 주인공으로 하여금 살려달라는 여인의 절규를 무시하고 황급히 사고의 현장을 빠져나가게 한 것도, 그리고 그로 하여금 아무 일도 없다는 듯이 일상생활로 복귀하게 한 것도 삶의 균열을 두려워한 그의 이성이 시킨 일이다. 그러나 그 균열과 맞닥뜨린 순간 그의 삶은 이성이 지닌 허위의 이중성에 치명적으로 노출되어버린 것이다. '마녀물고기'는 바로 우리가 현실이라고 믿는 세계의 든든한 후원자인 그 이성의 틈새로 잠입해들어온 하나의 환영이다. 이성이 잠깐 궤도 이탈한 틈새를 타고 현실 속으로 잠입한 마녀물고기의 환영과 그 환영의 오르가슴은 현실의 수면 위로 모습을 드러낸 그 허위의 틈새를, 현실을 집어삼키는 치명적인 균열로 넓혀나간다. 주인공은 그 환영의 오르가슴을 좇아 서서히 미쳐가는 것이다. 그러니 여기에서 '아직도 내가 누구인지 모르겠어?'라는 마녀물고기의 힐난 섞인 물음은 현실이라는 이름의 환영이 현실 자신을 향해 내뱉는 물음인지도 모른다. 그것은 어쩌면 현실의 저 깊은 곳에서 입벌리고 있는 어두운 허방이 '나'라는 존재의 자명성에 매달려 살아가는 우리 모두에게 던지는 물음이 아닌가? 마녀물고기가 던진 섬뜩한 물음과 '나는 어디로 사라졌는가'라는 주인공의 공허한 물음은 결국 같은 존재의 서로 다른 입에서 발설되는 물음이 아닐까? 그렇다면 '사라진 나'는 누구이고, '나는 어디로 사라졌는가'라고 중얼거리는 '나'는 또 누구인가?

이평재의 소설들은 끊임없이 현실과 환상의 경계를 지워나감으로써 현실의 자명성이라는 믿음 위에 구축된 우리의 삶이 기실은 현실이라는 허상을 덮고 있는 가느다란 널빤지 위에서 유지하는 아슬아슬한 균형에 지나지 않음을 보여준다. 이평재가 자신의 소설 속에서 주인공의 입을 빌려 말하는 '현실과 가상의 경계를 무너뜨리는 소설', "상상력을 무궁무진하게 증폭시켜 과거와 현재, 삶과 죽음의 경계까지 무너뜨"(73쪽)리는 경계 지우기의 글쓰기란, 인간이라는 신화에 대한 도전이면서, 그 신화를 확대재생산하는 시스템의 논리에 대한 도전이기도 하다. 실제로 이평재의 소설 속에서 일어나는 기이한 사건들, 그리고 그 사건들이 몰고 오는 "아무리 발버둥치고 대책을 마련해도 헤어날 수 없는 세계가 있다는 것에 대한 인간으로서의 무력감"(92~93쪽)은 대부분 이성의 논리로는 도저히 해명되지 않는 지점에서 발생하는 것들이다. 그 기이한 사건들은 대개 균열이나 틈, 구멍으로 표상되는 현실적 시공간의 박탈, 혹은 전이의 체험을 동반하는데, 「마술에 걸린 방」에서 주인공이 갇히게 되는 벽의 갈라진 틈이나 「푸른고리문어와의 섹스」에서 주인공의 성기를 빨아들이는 푸른고리문어의 입, 「거울 앞에 선 아나스타시아」에서 여주인공이 꾸는 동일한 내용의 꿈, 「불가사리 냄새」에서 무엇이든 먹어치우는 불가사리의 입으로 표상되는 "다른 세계로 연결된 음험한 통로"(183쪽), 「마야」에서 지하로 내려가는 마야의 집의 "벽면으로 위장된 출입문"(254쪽), 「만다라케 언덕에 서다」의 동굴과 여주인공이 기절하거나 극도의 정신적 혼란에 빠질 때마다 찾아오는 기이한 순간이동의 체험, 그리고 「거미인간 아난시」에서 여주인공이 아난시와 만나기 전 순간적으로 방향감각을 상실한 채 "공중에 붕 떠오른 것 같기도 하고, 바닷속을 유영하는 것 같기도 한 야릇한 느낌"(61쪽)에 사로잡히면서, 마의 해역, 버뮤다 트라이앵글을 떠올리는 것 등이 그것이다. 「마녀물고기」에서 주인공을 사로잡은 것 또한 구멍 속으로 자신을 밀어넣으려는 광적인 섹스의 욕망이 아니던가!

어느 순간 이해할 수 없는 방식으로 작중인물들의 삶을 삼켜버리는 그 틈 혹은 구멍들은, 균형과 질서 위에 세워진 존재의 기반을 송두리째 뒤흔드는 강렬한 의혹과 혼돈의 에너지를 발산한다. 「푸른고리문어와의 섹스」의 주인공은 자신의 성기가 동물 중에서 가장 무서운 독을 가진 동물이라는 푸른고리문어 입으로 빨려드는 순간 극도의 황홀감에 사로잡힌 뒤 자신의 "몸에 막이 싸여지는 듯한 묘한 기운" 속에서 "푸른고리문어가 살고 있는 깊은 바닷속으로 가라앉는 느낌"(109쪽) 속으로 빠져든다. 그리고 그것은 다시 다음과 같은 기이한 장면으로 연결된다.

> 하지만 다음 순간, 아래가 전체적으로 함몰되는 느낌이 들어 나는 반사적으로 눈을 뜨지 않을 수 없었다. 믿어지지 않는 장면, 나의 성기가 있던 자리에 검은 공동이 생겨나 있는 게 아닌가.
> 구멍.(109쪽)

그의 성기가 있던 자리에 뚫린 구멍은 그의 여자친구의 성기와 겹쳐 있고, 그 구멍 속으로 손가락을 집어넣는 순간 푸른고리문어와 그, 그녀가 일체가 된다는 이 작품의 요령부득한 결말을 도대체 어떻게 이해해야 할 것인가? 나로서는 푸른고리문어가 지닌 독과 그 원시성의 이미지에 기대어 그 구멍이 이성적 세계의 바깥쪽으로 통하는 문, 나와 너를 가르는 존재의 경계가 허물어진 어떤 원초적인 존재의 층위와 연결되는 문이라고만 짐작할 수 있을 뿐이다.

현실 속의 '나'(참고로 『마녀물고기』에 수록된 작품들은 모두 일인칭 시점으로 이루어져 있다)가 불시에 낯선 미지의 세계로 순간이동하면서 자기 안에 숨겨진 또다른 존재의 차원과 대면하게 되는 이러한 요령부득의 상황은 인간과 인간이 발 딛고 선 세계의 가변적이고 불가해한 속성을 우리 앞에 여지없이 드러내놓는다. 「불가사리 냄새」는 그 불가해한 환상의 습격으로 폐허가 된 세계가 바로 "곳곳에 지구촌의 의미를 일깨우는 '세계는 하나'라는 글귀가 나붙어 있고, 중심가의 시청 옆에 박물관이 있고, 그 맞은편에 은행과 극장과 무역회관과 병원이 있고, 제법 커다란 용 네 마리가 물줄기를 뿜어대는 분수대가 있고, 유난히 고층빌딩이 즐비하게 늘어서 있는 바로 이 도시"(167쪽)라고 말한다. 그 도시에 어느 날 원인 모를 전염병이 창궐하기 시작한다. 그 병의 특징은 몹시 가렵고 살갗이 부풀어오르는 염증이 생긴 자리에 불가사리 모양의 검붉은 흉터가 생긴다는 것이다. 이러한 내용은 소설 속의 작중인물이 쓴 '별을 가장한 해적'이라는 이름의 또다른 소설의 내용─후크 선장이라는 이름의 불가사리가 세상의 모든 것을 닥치는 대로 먹어치운 후 소설의 주인공까지 먹어치운다는 내용과 오버랩되면서 소설과 소설 속의 소설의 경계가 뒤얽힌 음울하고 불길한 종말론적 세계를 보여준다. 여기에서 불가사리가 상징하는 것은 "지상의 멸망을 몰고 오는 음험한 통로"(183쪽)이다. 그러나 소설에서 벌어지는 더 기이하고 불길한 일은 전염병이 휩쓸고 간 이후의 상황이다.

> 그런데 어찌된 일인가. 두려움을 참지 못하고 살려달라고 비명을 지르며 사납게 날뛰던 사람들이 일단 모습이 변한 뒤부터 턱없이 온순해지는 거였다. (……) 하물며 불가사리를 혹처럼 달고 있는 사람들의 얼굴 표정이 어떻게 저리 편안해 보일 수 있단 말인가. 참으로 알 수 없는 일뿐이었다. 뉴스 진행자는 사람들이 온순해진 걸 무척이나 다행스러운 일이라고 몇 번씩이나 되풀이해서 말했다.(183~184쪽)

이처럼 "의식은 고사하고 저항의 몸짓까지 상실해버린 미물스런 인간의 모습"(184쪽), 이것이야말로 불가사리에게 완전히 먹혀버린 세상의 모습이 아닌가? 그렇다면 세상을 먹어버린 불가사리보다 더 기이한 것은 불가사리에게 먹혀버리고도 "저리 편안해 보이는" 현실 그 자체가 아니겠는가? 소설의 주인공은 공기중에 퍼져 있는 고약한 냄새를 맡으며 마치 종말을 상징하듯 비가 내리는 그 세상을 "헛것을 진짜로 보는 것인지 진짜를 헛것으로 보는 것인지"(186쪽) 모를 시선으로 물끄러미 바라본다. 그 세상은 2000년대를 맞으며 새세상이 왔다고 온 세상이 떠들썩한 가운데 오염된 땅 위의 아가위나무가 본래의 흰 꽃 대신 붉은 꽃을 피워낸 세상, 지표식물인 "아가위나무가 세상을 견디지 못하고 본질을 잃어버린"(54쪽) 바로 그 세상이다.

이처럼 불가사리를 혹처럼 달고 있으면서도 온순한 인간이란 이미 세계의 중심으로 우뚝 서 있는 문명의 주체로서의 인간의 모습이 아니다. 인간적 주체라는 환상은 불가사리처럼 게걸스럽게 인간을 먹어치우는 문명을 위한 알리바이일 뿐이다. 「만다라케 언덕에 서다」는 그 문명이 인간의 자궁까지 대신하게 된 상황을 보여준다. 여러 차례의 중절수술로 불임이 된 여주인공은 SEED라는 인터넷 사이트에서 자신의 취향에 맞는 유전자를 조합한 아기를 주문한다. 흡족한 마음으로 화면에 떠오른 아이의 이미지를 확인하는 순간 갑작스런 하혈과 함께 혼절한 그녀는 영겁의 세월을 건너뛴 고대 중국의 여인이 되어 임신을 위한 특효약이라는 만다라케를 구하기 위해 하인들과 함께 동굴 속을 헤매는 모습으로 깨어난다. 이런 식으로 영겁의 시공간을 왕복하는 몇 차례의 기이한 순간이동 끝에 다시 컴퓨터 화면과 마주하게 된 그녀는 자신이 주문한 가상의 아이에게서 차갑고 공허한 어떤 결락의 지점을 발견하게 된다. 그리고는 절망감을 끌어안은 채 '주문하시겠습니까?' 라는 물음 앞에서 한없이 망설인다. 그 절망감이란 어쩌면 만다라케를 구하기 위해 하인들의 목숨이라는 제물이 필요했던 것처럼, "원하는 아기를 마음대로 주문할 수 있는 이 시대의 발달된 과학"(282쪽)을 위해 바로 인간 그 자체가 제물이 될 수밖에 상황에 대한 절망감이 아니었을까?

그러나 소설은 '인간' 이라는 이데올로기에 절망하면서도 동시에 끊임없이 '인간' 이라는 희망을 이야기할 수밖에 없다. 아니 소설이 인간이라는 이데올로기에 절망하는 그 자체가, 인간이라는 이름에 거는 희망의 역설적 표현이라고 해야 할 것이다. 절망이 없으면 희망도 없듯이 희망이 없으면 절망 또한 존재할 수 없기 때문이다. 그런 의미에서 「마술에 걸린 방」은 「만다라케 언덕에 서다」가 절망한 지점에서 다시 희망 쪽으로 되돌아나오는 작품이라고 할 수 있다. 이 작품에서 뱃속의 아이를 지우려다가 벽의 금간 틈새에 끼어들어간 여주인공이 뱃속의 아이를 지우려는 생각을 접고 그 틈새를 빠져나오는 순간 어렴풋하게 깨닫게 되는 것은 뱃속의 아이가 지닌 그 희망의 의미이기 때문이다. 그러나 우리는 어떻게 인간이라는 이데올로기로부터 인간이라는 희망을 분리해낼 수 있을 것인가? 문명으로부터 어떻게 문명에 오염되지 않은 인간의 이미지를 이끌어낼 것인가? 문명의 바깥, 인간이라는 이데올로기의 바깥이 과연 존재하기는 하는 것인가? 어쩌면 우리에게 남겨진 유일한 희망의 지대는 「마야」의 작중화자가 마야가 사라져간 곳이라고 생각하는 "무한한 공간, 영원한 세계", 그리고 그 "사라져가는 것들에 깃들여 있는 영원한 공존"(257쪽)이란 비현실적인 추상의 영역뿐일지도 모른다. 눈에 보이지 않는, 그러나 그것을 갈망하는 자에게 현실보다 더 생생한 실재감으로 다가오는 그 환상의 세계 말이다. 「마야」는 현실과 환상, 혹은 존재하는 세계와 사라진 세계 사이에 낀 '마야'라는 여성을 통해, 문명이 배태한 욕망의 기형아인 인간에 대한 우울한 연민을 담아내고 있는 소설이다. 오래 전에 사라져버린 문명의 세계로부터 현실의 세계로 스며들어온 비현실적인 환영과도 같은 마야, 혹은 욕망이 낳은, 그러나 그 욕망에 의해 버려진 문명의 고아 같은 마야, 문명의 그늘에 새겨진 한 떨기 꽃모양의 상처자국 같은 마야의 알몸을 바라보며 작중화자는 "지금 내가 현실이라고 믿고 있는 햇살 가득한 문명의 세계, 이것도 미래에는 마야 문명처럼 사라질 운명을 지니고 있는 것이 아닌가"(226쪽)라는 생각에 사로잡힌다. 그렇다면 미지의 세계로 사라져버린 마야는 문명이라는 거대한 욕망의 환영이 놓쳐버린 인간의 신기루 같은 존재가 아니었을까? 작가는 마야라는 여성을 통해 문명의 미로에서 놓쳐버린 그 인간이라는 존재의 아득함에 대해 말하고 싶었던 것은 아닐까?

아마 현실과 환상의 접경지대에서 이평재의 소설이 찾아헤맨 것은 다가가면 다가갈수록 끝없이 유예되는 인간이라는 이름의 그 신기루 같은 희망이었을 것이다. 자신이 거주할 장소를 잃어버린 채 미아처럼 세상을 떠도는 인간의 이야기를 세상 속으로 퍼뜨리면서 소설은, "이야기는 존재를 확인할 수 있는 가장 확실한 방법이야. 뿐만 아니라 인간과 인간을 연결해주는 유일한 수단이기도 해"(72쪽)라는 「거미인간 아난시」의 한 구절처럼, 어쩌면 그 자신이 인간과 인간을 잇는 하나의 희망의 씨앗이 되고 싶었던 것인지도 모른다. 이야기가 사라진 지점에서 비로소 시작되는 소설, 그러나 이야기가 사라진 지점을 하염없이 응시하면서, 거미인간 아난시처럼 이야기의 거미줄을 풀어 인간과 인간 사이를 잇는 정교하고도 풍요로운 이야기의 네트워크를 복원해내려는 소설의 그 절망적인 열망. 어쩌면 그것이 우리에게 남아 있는 소설의 마지막 의미인지도 모르겠다. 왜냐하면 이야기가 사라진 지점, 그곳은 곧 인간이 사라진 지점을 의미할 것이므로. (2001)

# 소설과의 짧은 동행

## 1. 죽음과 교신하는 나르시시즘 : 김영하의 『호출』

개인성의 신화 위에서 구축된 근대 이후의 인간에게서 나르시시즘적인 성향은 아마도 매우 광범위하게 발견되는 특징적인 심리적 현상 가운데 하나라고 할 수 있을 것이다. 집단화된 삶의 규범이라는 제도적 질곡에서 벗어나 각각의 사회구성원들이 자유롭게 자신의 개인적인 욕망과 꿈의 실현을 위해 헌신할 수 있는 사회적 계기와 삶의 기반이 마련되면서, 자기 실현의 욕망은 근대 이후의 인간의 삶을 이끌어온 가장 중심적인 사회적 동력이었다고 할 수 있다. 이러한 자기 실현의 욕망은 개인이 사회적 활동의 영역에 보다 적극적이고도 능동적인 방식으로 참여할 수 있는 폭넓은 가능성의 문을 열어준 반면, 타인들과의 관계에서 적대적이고 단절된 삶의 징후들을 확산시키는 결과를 가져왔다. 개인의 삶의 영역은 외적으로는 넓어지면서 내적으로는 좁아지는, 다시 말해 자기 실현의 사회적 계기들은 풍부해졌지만 내적 삶은 점차 황폐하고 고립된 이기(利己)의 영역으로 위축되는 현상이 광범위하게 나타나게 된 것이다. 개인의 사회적 자기 실현의 욕구는 '만인은 만인의 적'이라는 비인간화된 치열한 사회적 투쟁의 한가운데를 통과해가는 과정에서 배타적이고 공격적인 자기애(自己愛)의 차원으로 변질되었다. 인간들 사이를 잇는 끈끈하고 지속적인 정서적 유대의 끈은 희미해지고, 개인과 개인 사이의 관계는 각자의 이기적인 욕망에 따라 끊임없이 부박하게 흔들리는 차갑고 비인간적인 이해(利害)의 논리에 종속되게 되었다.

이처럼 불안정하고 유동적인 타자성의 세계 속에서 배타적으로 비대해진 자기 실현의 욕망은 개인의 내적인 삶의 영역을 나르시시즘적인 편협한 욕망의 차원으로 후퇴시키는 심리적 계기를 제공한다. 이때 나르시시즘은 단순히 타인들과의 어떠한 소통도 거부하고 이상화된 자기 이미지의 세계에 전적으로 몰입하는 태도만을 의미하는 것은 아니다. 오히려 어떤 나르시시즘적 욕망은 타인과의 소통을 열렬히 갈망한다. 왜냐하면 나르시시즘적 욕망의 한켠에는 그 욕망을 보다 완벽하게 충족시켜줄 타인의 시선을 향한 끊임없는 갈망이 도사리고 있기 때문이다. 그러나 그 갈망은 결코 타인의 삶 내부로 뚫고 들어가지 못한다. 나르시시즘적인 욕망으로부터 뻗어나오는 타인에의 갈망은 근본적으로 그 배타적이고 폐쇄적인 자기 이미지의 경계를 결코 넘어서지 않으면서, 타인을 끊임없이 그 경계의 안쪽으로 끌어들이고자 하는 지극히 자기 중심적인 욕망의 틀 속에 갇혀 있기 때문이다. 그들이 갈망하는 타인과의 소통은 결국 소통을 거부하는 소통이다. 그들이 필요로 하는 것은 타인이 아니라 자기 이미지를 비쳐볼 수 있는 타인이라는 이름의 거울에 지나지 않는 것이다. 이때 타인이란 나르키소스가 자기 얼굴에 도취된 채 자기 얼굴을 비쳐본 그 어두운 연못과 같은 역할을 하는 존재이다. 그러나 현대의 나르시시즘적 인간형은 결코 그리스 신화 속의 나르키소스처럼 고립된 자기 이미지의 세계 속에 행복하게 몰입하는 자족적인 인간형이 아니다. 왜냐하면 타인이란 자신의 얼굴을 들이밀 때마다 어김없이 자신이 보고자 하는 그 얼굴을 고스란히 되비쳐주는 연못 속의 고인 물과 같은 수동적인 존재가 아니기 때문이다. 타인 역시 자기 이미지의 세계 속에 갇혀 있는, 그리고 끊임없이 그 배타적인 자기 이미지의 세계를 타인들에게로 전이시키고자 하는 욕망으로 들끓는 또다른 나르시시즘적 존재에 지나지 않는 것이다.

김영하의 『호출』에 실린 작품들은 그와 같은 나르시시즘적 욕망의 질곡 속에서 타인들과의 소통을 시도하는, 그리고 그 소통의 좌절로 인해 결국은 나르시시즘적 욕망 안에서 형성된 자기 정체성의 피할 수 없는 균열에 직면하게 되는 인물들의 삶을 보여주고 있다. 그들에게 타인과의 소통을 향한 시도는 계속해서 그들을 소통의 단절과 고립이라는 절망적인 상황으로 이끌고 갈 뿐이다. 「도드리」에서 단발머리 여자는 대금 부는 사내를 바라보고, 나는 대금 부는 사내를 바라보는 그 단발머리 여자를 바라본다는 욕망의 삼각구도는, 각기 다른 대상들을 향해 투사된 작중인물들의 끊임없이 엇갈리는 욕망을 통해 어떠한 소통의 고리로도 연결되어 있지 않은 타인들의 세계를 보여준다. "당신의 책상 앞에는 작은 거울이 있다"(51쪽)[1]라는 문장으로 시작되는 이 작품에서 '거울'과 대금 연주곡인 〈도드리〉는 작품 전체의 내용과 관련해서 매우 암시적인 뉘앙스를 지니는 메타포이다. 거울은 이들이 끊임없이 타인을 열망할지라도 그들이 열망하는 것은 결국 타인에 투사된 자기 이미지에 지나지 않는다는 것, 그리고 타인들에게서 자기 이미지를 찾아헤매는 그 거울의 욕망은, 마치 단순하지만 평생 동안 어려울 수 있는, 그리고 끝맺는 곡조를 기억해내지 못한다면 뫼비우스의 띠처럼 이어지는 곡조의 내부에 갇힌 채 끝없이 헤맬 수밖에 없는 도드리와 같이, 결국 그들 스스로를 빠져나올 수 없는 당착된 욕망의 질곡 속으로 빠져들게 할 것임을 암시하는 것이다.

---

1) 김영하, 『호출』, 문학동네, 1997. 이후 책의 인용 쪽수는 본문에 괄호로 표기한다.

타인에 대한 작중인물들의 이러한 자기 폐쇄적 열망과 소통단절의 비극적인 양상들은 김영하의 작품에서 다양하면서도 나름대로의 일관된 특징을 지니는 방식으로 표출된다. 김영하의 작품에서 일관되게 나타나는 특징적인 현상 가운데 하나는 일종의 페티시즘적 경향이라고 부를 수 있는 것이다. 작중인물들이 타인과의 관계에 있어 신체의 어떤 제한된 부위에 유별난 집착을 보여준다거나, 타인에 대한 욕망이 신체의 특정 부위에 대한 관심에 의해 촉발되는 심리적 경향, 아니면 어떤 물건에 대한 강박적인 집착이 작중인물들의 의식을 사로잡고 있는 경향이 매우 빈번하게 나타난다는 점이 그것이다. 이를테면 「손」에서의 손, 혹은 손에 끼워져 있는 반지, 「베를 가르다」에서의 발, 「도마뱀」에서의 쇠로 만든 도마뱀 모양의 조각품, 「내 사랑 십자드라이버」에서의 십자드라이버, 「총」에서의 총, 「호출」에서의 호출기 등은, 특정한 대상에 대한 작중인물들의 과도한 집착을 통해 그들이 지닌 나르시시즘적 욕망의 불구성을 드러내는 하나의 상징적 표상으로 볼 수 있다.

　그중에서도 「내 사랑 십자드라이버」는 뒤틀리고 왜곡된 주인공의 나르시시즘적 심리가 타인에 대한 극도로 맹목적이고 자기 중심적인 집착으로 이어지는 과정을 통해 현대사회에서의 소통단절의 병적인 징후를 매우 효과적으로 표현하고 있다. 이 작품에서 십자드라이버에 대한 주인공의 병적인 집착을 떠받치고 있는 것은, 주인공의 불행한 성장기를 지배했던 주변인물들에 대한 극심한 환멸과 적대감, 그리고 그 누구로부터도 애정과 관심의 대상이 되어보지 못한 사람들이 갖는 극도의 소외감과 열등감 등이다. 자신을 둘러싸고 있는 세상으로부터 심리적으로 완전히 고립된 상태 속에서 그가 바라는 것은 인간이 아닌 기계로 둘러싸인 세계, "원없이 이 기계 저 기계 만져보면서 살 수 있"(99쪽)는 삶이다. 그가 같은 아파트에 사는 여자에게 끊임없는 관심을 기울이는 것은 "그냥 하루만 저와 함께 있어달라고, 제 얘기를 들어주고 제가 만든 것들을 보아 달라고 했잖습니까?"(116쪽)라는 그의 말처럼, 단지 기계를 다루는 그의

능력이나 기계에 대한 그의 세심한 배려를 보아주고 동조해줄 사람이 필
요하다는 이유 때문이다. 그에게 필요한 것은 타인의 사랑이 아니라, 기
계에 대한 그의 병적인 사랑을 투영해줄, 그럼으로써 그 사랑을 보다 완
벽한 것으로 만들어줄 타인이라는 거울일 뿐이다. 그 욕망이 좌절된 후
그가 여자를 죽이고 냉동된 미라로 만들어버린 후 사랑고백을 하는 작품
의 결말부분은 왜곡된 나르시시즘이 초래할 수 있는 한 극단적인 상황을
보여주는 것이라고 할 수 있을 것이다.

이처럼 어떤 대상에 대한 극히 이기적이거나 자기 폐쇄적인 관심과 집
착에 의해 촉발된 타인에 대한 욕망은, 김영하의 작품 속의 모든 상황들
에서 나타나는 관계의 단절 및 소통의 부재의 원인이자 결과로 작용하고
있다. 「내 사랑 십자드라이버」나 「총」, 혹은 「삼국지라는 이름의 천국」에
서 주인공들은, 십자드라이버나 총, 혹은 삼국지라는 비디오 게임을 통
해, 현실 속에서 보상받을 수 없는 그들만의 완전한 자기 정체성의 세계
를 발견한다. 그런 의미에서 특정한 대상들에 투사된 나르시시즘적 욕망
은 이들이 자신에게 적대적인 현실과 그 현실에 대한 극도의 환멸을 견
디는 무의식적인 자기 생존의 방식인지도 모른다. 그러나 타인과의 어떠
한 인간적 유대도 배제된 상태에서 그들이 집착하는 배타적인 자기 정체
성의 세계는 결과적으로 그들이 갇혀 있는 삶의 불구성을 치유할 수 없
는 상태로 심화시키는 원인이기도 하다. 그들이 사물화된 대상들을 통해
발견한 거짓 자기 정체성의 세계가 결국은 그들 자신을 파괴하고 그들의
삶을 황폐한 질곡의 현실 속으로 몰고 가는 하나의 족쇄로 작용하는 것
이다.

「거울에 대한 명상」은 나르시시즘적 욕망에 의해 매개된 인간관계가
지닌 허구성을 가장 정면에서, 가장 첨예한 방식으로 다루고 있는 작품
이다. 이 작품에서 두 남녀 주인공들을 가두고 있는 버려진 자동차의 트
렁크는, 그 은폐된 욕망의 허구성이 죽음이라는 매개를 통해 자신의 모
습을 극적으로 드러내는 공간이다. '나'에게 이상적인 자기 이미지를 투

영시켜주는 존재였던 정숙한 아내 성현이 기실은 자신과 만나기 이전부터 가희와 동성애 관계를 맺어왔으며, 가희와의 관계를 지속시키기 위한 수단으로 그와의 결혼생활을 계속해왔을 뿐이라는 충격적인 사실은 바로 나와 가희가 자동차 트렁크에 갇혀 외부세계로부터 완전히 절연된 채 죽음을 기다리는 상황 속에서 밝혀지게 되는 것이다. 지금까지 나를 지탱해온 나르시시즘적 환상, 그 거짓된 자기 정체성의 거울은 작중화자인 나와 오랫동안 육체적 관계를 맺어온 가희에 의해 산산이 깨어져버리고, 그 거울의 파열음은 "나는 아내와 가희를 만나고 가희는 나와 아내를 만나고 아내는 가희와 나를 만난 것이다. 다시 희극이다. (……) 아내는 한 번도 나를 신뢰하지 않았던 것이다. 오히려 나를 사랑했다면 그건 가희였을 것이다. 내 거울은 나를 속였다. 진정한 거울은 나와 함께 이 트렁크에서 굶어 죽어가고 있다. 아니다, 모든 거울은 거짓이다. 굴절이다. 왜곡이다. 아니 투명하다. 아무것도 반사하지 않는다. 그렇다. 거울은 없다"(274~275쪽)라는 작중화자의 마음속의 절규로 이어진다. 여기에서 타인의 거울 속에 투영된 자기욕망의 허구성은 「도드리」가 보여주는 세 인물들 사이의 결코 맞닿을 수 없는 욕망의 삼각구도와 겹쳐진다. 이들이 트렁크 속에 갇힌 죽음의 현실 속에서 비로소 자기 욕망의 허구성에 직면하게 된다는 것은, 역설적으로 나르시시즘적 욕망이 이들에게 자기 정체성의 허구성 속에 은폐되어 있는 그 죽음의 현실과의 대면을 끊임없이 지연시키는 삶의 안전핀임을 의미한다. 욕망의 허구성에 의해 지탱되는 삶 속에서 진실은 결국 존재의 파열을 불러올 뿐이다라는 이 역설! 이런 의미에서 나르시시즘적 욕망의 허구성은 허구의 세계 속에 놓인 개인의 불가피한 생존의 한 방식이라고 해야 할지도 모른다. 기실 개인의 나르시시즘적 욕망은 이 세계의 허구성을 투영하는 하나의 거울에 지나지 않는 것이다.

현대적 삶과 관련하여 인간의 마음속에 내재하고 있는 나르시시즘적 성향은 학생운동의 열기로 끓어올랐던 1980년대의 대학풍경을 다루고 있는 작품에서도 인물들의 삶을 지배하는 주요한 심리적 기제로 다루어지고 있다. 「전태일과 쇼걸」은 작중인물들이 광주비엔날레를 보러 가면서 망월동으로 상징되는 1980년대의 광주를 회상하는 방식을 통해, 1980년대적 상황과 1990년대적 상황을 극명하게 대비시키고 있는 듯하지만, 작중인물들의 삶 속에서 두 연대 사이의 극명한 대비는 기실 같은 욕망이 서로 다른 방식으로 발현되는 양상에 지나지 않는다. 이 작품의 작중인물들에게 1980년대의 '혁명적 동지애'란 1980년대를 지배했던 혁명이라는 낭만적 기호에 이상화된 자기 삶의 이미지를 기탁하는 허구적인 자기애의 한 양상에 지나지 않았던 것이다.

『호출』에 수록된 작품들 속의 작중인물들은 끊임없이 누군가와 만나지만 기실은 아무와도 만나지 못한다. 그들은 지하철역에서 자신의 눈길을 사로잡은 한 여자에게 호출기를 건네준 뒤 그 호출기의 번호를 누르지만, 결국은 자신의 점퍼 호주머니에서 들려오는 호출기의 신호음을 듣게 될 뿐이거나, 한때 자신을 스쳐간 누군가가 자신의 손에 끼워준 반지를 빼내기 위해 망치로 자신의 손을 내리친 뒤, 그 뭉그러진 자신의 손을 조각하거나, 자살하기 위해 섬으로 가는 버스에서 우연히 만난 사진작가에게 자신이 목을 맨 채 죽어가는 모습을 찍어달라고 부탁한다. 그들은 모두 타인과의 교신에 실패한 채 고독한 나르시시즘의 고치 안에 둥지를 튼 불행한 현대인들인 것이다. "선생님은 결국 나르시스가 되고 싶은 거네요. 자신에게 끝없이 다가가면 거기 죽음이 있다잖아요"(242쪽)라는 작품집 속의 한 구절처럼, 그들에게 나르시시즘은 죽음을 견디기 위해 죽음과 교신하는 욕망의 또다른 이름인 것일까? (1998)


## 2. '애기엄마'로 척박한 현실을 살아내기 : 공선옥의 『내 생의 알리바이』

굳이 말한다면, 공선옥은 1990년대 여성작가들의 일반적인 소설적 경향으로부터 다소 비끼어 있는 지점에서 자신의 소설의 텃밭을 일구어온 작가라 할 수 있을 것이다. 그녀가 일구어온 소설의 텃밭은 문학적 수련 이전의 삶의 어떤 생체험이 드러나는 자리, 그 생체험으로부터 솟아나오는 원시적인 삶의 육성이 거침없이 정제된 문학적 언어의 막을 뚫고 나오는 자리이다. 공선옥에게 소설이란 황폐한 삶의 심연을 들여다보는 내면화된 존재론적 응시의 산물도 아니고, 제도화된 사랑의 틀 속에서 진정한 사랑의 의미를 탐색하는 격정과 좌절의 불륜의 미학도 아니고, 지나간 시절에 대한 회한과 상실감으로 얼룩진 섬세한 영혼의 기록도 아니다. 그녀의 소설에서 뿜어져나오는 투박하고 원시적인 생명력은, 삶에 대한 존재론적 성찰이나 감성적인 의미부여 이전에, 삶 그 자체를 살아내야 하는 절박한 현실적 요구에서 비롯되는 것이다. 창백하고 섬세한 내면성의 미학과 거리가 먼 그녀의 소설은 그렇게 삶의 밑바닥에 아무렇게나 퍼질러앉은 고달픈 인생의 기록으로 다가온다. 그녀의 소설에서 작중인물들은 대부분 생존을 위협하는 힘겹고 신산스러운 현실 앞에서 생명을 지키고 보듬어안으려는 즉자적이면서도 필사적인 생의 본능에 사로잡혀 있다. 공선옥의 소설들이 보여주는 검게 그을린 거칠고 생생한 구릿빛의 원시성은, 1990년대 문학으로부터 외면당해온, 그럼에도 불구하고 여전히 우리 삶의 한 부분을 형성하고 있는 밑바닥 삶의 생생한 체취를 우리에게 전달해준다.

『내 생의 알리바이』에 실린 공선옥의 작품들에서는 이전의 소설들에서 간혹 엿보이던, 날카롭게 모가 선 듯한 정제되지 않은 수다스러운 어투가 많이 가시고, 따뜻한 애정의 시선으로 힘겨운 현실을 끌어안는 작가의 보다 성숙하고 포용적인 자세가 두드러진다. 이 소설집에서 공선옥은 작중인물들에게 힘겨운 삶을 강요하는 현실에 대한 거칠고 공격적인 태도 대신에, 그들에게 주어진 을씨년스러운 삶을 열심히 헤쳐나가는 밑바닥 인생들의 생존에 대한 본능적 집착을 짙은 공감과 연민의 시선으로 바라보고 있는 것이다. 그녀의 작품 속의 인물들에게 삶이란 살아내야 한다는 거역할 수 없는 당위의 무게, "세상의 살아 있는 것들이 죽기를 작심하지 않은 이상은 살아내기 그 자체가 발등에 떨어진 불"(95쪽)[2]인, 목숨 가진 것들의 절박하면서도 눈물겨운 생존에의 꿈틀거림이다. 이러한 절박한 생존에의 요구 안에는 어떠한 이념적 요구도 관념적 고뇌도 존재론적 허무도 들어설 자리가 없다. 공선옥의 소설들에서 종종 만나게 되는, 밑바닥 삶의 생생한 질감을 실감나게 전달하는 직설적이고 거침없는 문장들은, 삶에 대한 성찰의 여유를 가지기에는 너무도 절실한 작중인물들의 당면한 생존의 무게를 반영하고 있는 것으로 볼 수 있다. 공선옥 소설 속의 인물들이 당면해 있는 것은 끊임없이 그들을 압박해들어오는 '뭘 먹고 살까'라는 문제, 혹은 "얼마 전부터 내게는 장기적인 생각보다는 단기적인 생각, 단기적이라고 할 것도 없이 당장 눈앞에 보이는 상황에 대한 생각만을 하게 되는 버릇이 생겼다. 미래? 웃기는 거였다. 미래에 대한 설계? 개나 물어가라, 였다"(171쪽)에서 나타나는, 미래에 대한 어떠한 꿈도 사치스러운 것으로 만들어버리는, 당장 눈앞에 놓여 있는 현실의 척박함이다.

이러한 현실의 척박함 속에서 공선옥 소설의 작중인물들을 끊임없이 꿈틀거리면서 살아가게 만드는 것은 거의 동물적인 본능에 가까운 모성의 힘이다. 그녀의 작중인물들에게 어미로서의 본능은 생존의 본능과 맞닿아 있다. 생명을 품고 척박한 현실의 무게에 맞서 생명을 지켜내는 어미의 본능이란 그녀의 작중인물들이 지니고 있는 유일한, 그러나 그 무엇보다도 강렬한 생존력이다. 이를테면 「어미」에서 주인공 영례는 남편이 떠나버린 뒤에도 뱃속에 있는 아기를 낳기 위해 온갖 고초를 마다하지 않는다. 뱃속의 아이를 낳아서 키운다는 것이 거의 불가능해보이는 현실 속에서도 그녀가 끝내 아이를 낳는 것은 "그것은 고집이 아니었다. 그렇다고 오기도 아니었다. 뱃속에 생명을 담고 있다는 그 사실 하나만

---

2) 공선옥, 『내 생의 알리바이』, 창작과비평사, 1998.

으로 슬프고 삭막한 가슴을 다독일 수 있음이 영례는 좋았다"(86쪽)라는
말처럼, 생명이 주는 어떤 본능적인 위안 때문이다. 뱃속의 아기를 품고
있는 것은 영례이지만, 그 영례의 생존을 지켜주는 것은 뱃속의 아기이
다. 이 작품에서 영례는 자신이 낳은 아기를 아동 일시 보호소에 맡겼다
가 결국은 다시 찾아오고야 만다. 그리고는 자신의 앞에 놓여 있는 구제
받을 길 없는 막막한 현실 앞에서 그녀는 길가에 퍼질러앉아 퉁퉁 부은
젖을 아기에게 물린다. 미친 여자라고 손가락질하며 그녀의 앞을 지나가
는 사람들 속에서 그저 무심히. 그녀를 둘러싸고 있는 어떠한 막막한 현
실도 그 무심한 평화의 한순간을 침범하지는 못한다. 아기를 찾아서 젖
을 물리는 순간, 영례가 앉아 있는 한없이 남루하기만 한 삶의 자리는 누
구도 범접할 수 없는 어떤 인간적인 위의로 가득 차게 되는 것이다.

　아이를 아동 일시 보호소에 맡긴다는 설정은 이 소설집에 실린 작품들
에서 반복적으로 나타나는 소설적 모티프이다. 「뭐 먹고 살까」「술 먹고
담배 피우는 엄마」「내 생의 알리바이」 등의 작중인물들은 모두 아이들
을 데리고 세상 살아나가기가 너무나 힘겨운 처지에서 자신의 아이들을
아동 일시 보호소에 맡겼던 체험을 공유하고 있다. 작가의 자전적 체험
에 바탕을 두고 있는 것으로 보이는 이러한 상황이 가장 실감나게 표현
되어 있는 작품은 아마도 「술 먹고 담배 피우는 엄마」일 것이다. 이 작품
에는 남편 없이 사는 삶이 힘에 겨워 아이들을 아동 일시 보호소에 맡기
고, 서울에 올라와 갖은 고생을 하다가 아이가 아프다는 연락을 받고 한
밤중에 아이들을 만나러 내려가는 한 젊은 엄마가 등장한다. 그런데 이
작품에서 흥미로운 것은 한밤중 기차 안에서 만난 털보라는 인물에 대한
그녀의 태도이다. 그의 행색으로 미루어 밑바닥 생활을 전전하며 거칠게
삶을 꾸려가고 있는 것이 틀림없어 보이는 털보와 한자리에 앉아 가게
된 여주인공은 그녀에게 술을 권하고 슬그머니 손을 그녀의 옷 속으로
밀어 넣는 털보의 속이 뻔히 들여다보이는 집적거림에 대해 다음과 같은
반응을 보인다.

물음체로 끝내주는 것은 좋은데 아세요? 하고 물으면서 흘낏 나를 보는 검은 테 안경 속의 눈빛이 어찌 냉랭하다. 저놈의 눈구멍은 어째 저리 서늘한가. 모른다, 어쩔래? 하고 싶은 것을 꾹 참고 나는 입술을 깨문다. 내내 굳어 있던 털북숭이 얼굴이 쭉 펴지고 있음을 나는 안 보고도 안다. 또다시 그놈의 두꺼비 같은 손아귀가 맹렬하게 내 몸 안으로 쳐들어오고 있는 것이. 나는 그래도 그 손을 떼어내지 못한다. 손바닥은 뜨겁다. 그 손이 좋은 게 아니고 그 손바닥의 뜨거움이 그다지 싫지 않다.(179쪽)

이 구절에서 털보에 대한 여주인공의 반응은 역시 기차 안에서 만난, 단정하게 앉아 『노동해방문학』이라는 잡지만을 열심히 읽고 있던 검은 테 안경의 젊은이에 대한 인상과 겹쳐 있다. 처음에 그녀는 그 검은 테 안경에 대해 선망에 가까운 호감을 가지지만, 그의 차가운 눈빛에서 전해져오는 왠지 모를 서늘한 거리감보다, 털보의 노골적인 손놀림에서 느껴지는 뜨거운 몸의 감촉에서 더 친숙하고 편안한 느낌을 받는다. 아마도 이 부분을 읽으면서 대개의 사람들은 낯선 남자의 노골적이고 뻔뻔스러운 집적거림에 대해 작중화자가 어떤 형태로든 불쾌감을 드러내는 반응을 기대하겠지만, 작가는 독자들의 그와 같은 예상을 비껴가면서 우리의 통념화된 감각의 허를 찌른다. 자신의 어깨를 끌어안는 털보의 생생한 심장의 고동 소리를 들으며 그녀가 "욕은 나오지 않는다. 생각보다 내가 많이 양순해졌다. 양순해지는 내가 나는 좋다. 그 부드러움, 그 녹아내리는 듯한 평화. 나는 그렇게 살고 싶다. 양순하게, 평화롭게"(188쪽)라고 생각하는 것 역시 털보의 손에서 느낀 그 싫지 않은 뜨거움과 무관하지 않다. 어떠한 이념이나 도덕적 판단 이전에 몸을 통해서 확인하는 가장 원초적이고 인간적인 친화감, 그 따스한 인간의 체온 앞에서 여주인공은 세파에 찌들어 거칠어질 대로 거칠어진 마음이 유순하게 풀어지면서 비로소 세상에 대한 마음의 경계 또한 풀리는 것을 느끼는 것이다.

그러나 그녀는 곧 그 따스함의 이면에 도사리고 있는 냉엄한 현실, 바로 "애기를 키울 능력이 없는 현실은 나를 애기엄마도 뭣도 아니게 만들"(171쪽)었지만, 그럼에도 불구하고 자신이 애기엄마이며, 아픈 아이를 만나러 아동 일시 보호소로 내려가고 있다는 현실에 대한 자각으로 돌아온다.

이러한 '애기엄마' 의식은 공선옥 소설의 작중인물들이 세계 안에 놓인 자신의 삶을 인식하는 가장 원초적인 정서적 코드이다. 그저 새끼들 데리고 따순 방에서 먹고사는 걱정 없이 아이들 잘 키우며 평화롭게 살아가는 당면한 삶의 목표 이외의 것은 그녀들의 삶에서 모두 부차적인 문제에 불과하다. 심지어 민중의 해방을 주장하는 이념조차도 당장 먹고사는 것이 위협받는 현실 앞에서 신랄한 빈정거림의 대상이 된다. 공선옥의 소설에서 이러한 애기엄마 의식은, 어떤 거창한 이념적 요구 이전에 다만 육체가 필요로 하는 최소한의 현실적 요구에 충실하게 발 딛고 살아가려는 의식이다.

여자주인공을 등장시켜 작가의 자전적인 삶과 연관된 이야기를 풀어가고 있는 다른 작품들과 달리, 남자주인공이 등장하는 「타관사람」에서도 애기엄마 의식은 여전히 인물들의 삶 속에서 주요한 정서적 코드로 작동하고 있다. 공사장에서 우연히 만난 동료 인부로부터 소개받은 낡고 허름한 비닐집에서 한겨울을 나게 된 갑철은 평생을 되는 일 하나 없이 을씨년스럽게 떠도는 삶을 살아온 사람이다. 그런 그에게 그 비닐집에서의 정착된 삶은 "꿈인가 생신가 싶어지는"(38쪽) 행운일 수밖에 없다. 그 비닐집에 그는 "그래도 세상에 유일한 제 피붙이"(39쪽)인 조카 홍기를 데려와 함께 살게 되는데, 그가 함께 사는 홍기를 위하여 하는 일은 마치 엄마가 자식에게 하는 일과 다를 바 없다. "홍기가 까르륵대면 평생 제 여자 없어도, 제 자식 없어도 살 것 같은 기분이 들었다. 홍기가, 내 따순 혈육이 있으므로"(39~40쪽)라는 구절에서 갑철이 홍기에 대해 느끼는 모성애적 친화감은 혈육이라는 강한 육친적 동질감에서 비롯되는 것이다. 갑철이 홍기에게 모성애적  사랑을 느끼는 것은 「어미」에서 영례가 뱃속의 아이로부터 이 세상을 헤쳐나갈 힘을 얻는 것과 다르지 않다.

　　그러나 공선옥의 소설에서 나타나는 이와 같은 애기엄마 의식이 여자로서 살아가는 삶의 방식에 대한 작가의 어떤 반성적인 자의식과 연결되어 있다고 볼 수는 없을 듯하다. 오히려 그녀의 소설에서 모성은 의문의 여지가 없는 원초적이고 당위적인 정서로 작중여성들의 삶을 지배한다. 공선옥 소설 속의 여성들은 그들이 처한 현실상황에 대해 어떤 자의식적 태도를 보이기보다는, 대개 각박한 현실의 무게에 허덕이면서 삶에 대한 즉자적이고 맹목적인 집착을 드러내 보이는 경향이 강하다. 소설에서 보다 중요한 문제는 작중인물의 자의식이 아니라 작가의 자의식이라는 견해에 비추어보아도, 작가 역시 생존의 본능에 갇혀 있는 작중인물들의 삶을 보다 넓은 사회문화적인 의미의 지평으로 이끌고 가려는 노력을 거의 보여주지 않는다. 공선옥의 소설에서도 가끔 여자로서 살아가는 삶에 대한 문제제기가 보다 의식적인 단계에서 다루어지는 경우가 없지 않다. 이 작품집에서는 「몸을 위하여」「그 푸른 바다 눈에 보이네」「내 생의 알리바이」 등을 그 예로 들 수 있을 것이다. 그러나 이들 작품에서 이러한 의식적인 문제제기는 대부분 그와 같은 문제의식을 뒷받침해주지 못하는 작품의 성글고 산만한 진행과정과 맞물려 일과성적인 어설픈 시도로 끝나고 만다. 공선옥의 소설로서는 드물게 작중인물의 내적 언술을 면밀하면서도 짜임새 있게 구성해나가고 있는 「내 생의 알리바이」와 같은 작품은 예외로 치더라도, 「몸을 위하여」와 같은 작품의 경우, 「뭘 먹고 살까」라는 작품에서 작가가 제시했던 "여성의 육체에 대해서 글을 쓴 적이 있어. 아니, 써보려고 했는데 잘 되지 않았어. 왜 여자아이들은 성징을 보이면 부끄러워해야 하고 남자아이들은 자랑스러워하는 거야? 왜 어린 여자나 늙은 여자나 그것을 감추어야 하는 거야?"(157쪽)라는 의문의 연장선상에서, 여자와 남자 사이의 몸에 대한 관습화된 인식과 관련된 성차(性差)의 문제를 다룬다는 참신한 발상에도 불구하고, 작품의 전체적인 서사구조는 매우 산만하게 풀어져 있다. 여주인공이 첫멘스에 대한 수치심으로 입은 상처와 그녀가 나중에 겪게 되는 불행한 삶을 하나의 서사 고리로 연결하려 한 작가의 무리한 의도가 이 작품을 단절과 비약으로 얼룩진 엉성한 작품으로 만들고 만 것이다.

아마도 공선옥 작품들의 이와 같은 산만한 서사구조는 그녀의 작품들이 대부분 치밀한 문학적 구성을 의식하고 씌어진 것들이기보다, 즉각적이고 즉자적인 글쓰기의 결과물인 듯하다는 느낌과 무관하지 않을 것이다. 그렇다면 그녀의 소설들이 보다 지속적인 생명력을 지니기 위해서는, 즉자적인 글쓰기의 욕망을 넘어, 글쓰는 행위 자체에 대한 작가의 자의식적 태도가 보다 더 강화될 필요가 있지 않을까? (1999)


## 3. 불륜, 일탈의 경계선에 선 불안한 욕망 : 전경린의 『내 생에 꼭 하루뿐일 특별한 날』

결혼이라는 이름으로 인간이 지향해야 할 사랑의 방식이 하나의 일률적인 도덕적 규범으로 자리잡기 시작하면서, 결혼이라는 제도적 틀을 벗어나는 불륜에의 욕망은 아마도 예술가들을 사로잡아온 가장 오래되고 매혹적인 소재 가운데 하나일 것이다. 그러나 일상화된 제도적 삶에 치명적인 균열을 가져오는 불길하고도 격정적인 욕망으로서의 불륜이라는 이 매혹적인 소재는 그 소재의 오래됨만큼이나 그 내부에 진부하고 상투화된 욕망의 코드들을 내장하고 있기도 하다. 이러한 상투화된 욕망의 코드들을 따라 불륜이라는 소재는 종종 우리의 천박한 호기심을 충족시키는 지극히 통속적이고 자극적인 욕망의 형태로 다루어지기도 한다. 그러나 또 달리 생각해보면, 불륜에의 욕망이 금기의 영역에 대한 인간의 어쩔 수 없는 은밀한 심리적 이끌림과 연결되어 있다는 점에서, 그리고 무엇보다 그러한 금기에의 이끌림을 인간의 내부에 가장 내밀하게 감추

어져 있는 성(性)이라는 강렬한 욕망의 코드를 통해 드러낸다는 점에서
그것은 근본적으로 통속성의 운명을 피해갈 수 없는 것인지도 모른다.
따라서 불륜이라는 소재에서 문제가 되는 것은 통속성 그 자체가 아니
라, 그 통속성의 내부에 불륜의 욕망을 둘러싸고 있는 제도적 금기에 대
한 얼마나 치열한 자의식적 긴장이 유지되고 있는가일 것이다. 어떤 의
미에서 불륜이라는 소재가 짊어져야 할 가장 힘겨운 싸움은 바로 추문과
의 싸움이다. 불륜에의 욕망은 도덕의 이름으로 그것을 하나의 추문으로
만들어버리는, 혹은 천박하고 자극적인 호기심의 대상으로 돌려버리려
는 집요한 제도적 욕망과의 싸움을 통해 힘겹게 자신을 둘러싼 추문의
음습한 늪지를 통과해나가야 한다. 자신을 추문으로 만들어버리려는 제
도적 욕망 그 자체를 추문으로 되돌려주는 역설적 긴장을 통해 불륜에의
욕망은 일탈의 경계선에 선 자신의 그 불안한 정체성을 추구해나가야 하
는 것이다.

　전경린의 『내 생에 꼭 하루뿐일 특별한 날』은 바로 그 불륜에 관한 소
설이다. 남편이 있는 여자가 남편이 아닌 남자와 불륜의 관계에 빠져드
는 내용을 다루고 있는 이 소설은 불륜을 다루는 소설에서 우리가 익히
보아왔던 이야기 구성의 틀을 거의 벗어나지 않는다. 어떤 의미에서 소
설의 내용 전체가 이미 우리에게 너무나 익숙해져 있는 그 진부하고 통
속적인 불륜의 코드들로 짜여 있다고 해도 과언이 아닐 정도이다. 여주
인공이 불륜의 상황 속에 빠져드는 것과 그로부터 벗어나오는 과정 모두
가 충분히 예측 가능한 스토리라인을 따라 움직이고 있는 것이다. 그런
점에서 이 소설은 결코 새로운 소설은 아니다. 소재 자체로만 본다면 진
부하고 통속적인 소설이라는 지적을 면키 어려울 것이다. 이 소설의 전
체 내용은 일인칭 화자로 등장하는 여주인공의 내면적 시점으로 진행된
다. 그리고 나와 효경, 규로 이루어진 삼각관계와 그에 대한 나의 내면적
인 반응 이외의 외부적인 배경은 마치 파스텔로 그린 흐릿한 풍경화처럼
작품의 전면으로부터 뒤로 멀찍이 밀려나 있다. 소설 속에서 여주인공의

불륜은 어느 날 그녀에게 찾아온 결혼생활에 대한 극도의 환멸로부터 시
작되는데, 그 환멸의 계기가 된 남편의 외도라는 사건은 소설의 앞부분
에서 잠깐 언급되는 정도로 소극적으로 처리되고 만다. 그에 비해 그 사
건이 여주인공에게 불러일으킨 마음속의 균열은 작가에 의해 매우 집요
하고도 세밀한 조명을 받고 있다. 중요한 것은 사건 그 자체가 아니라 사
건을 받아들이는 작중인물의 내면의 풍경이다. 따라서 이 소설에서 일어
나는 모든 사건들은 여주인공의 내면에 투영된 하나의 심리적 사건으로
서만 그 의미를 지닌다. 그리고 그 심리적 사건들은 철저하게 삼각관계
라는 불륜의 구도 내부에 머물러 있다.

　남편의 외도가 불러온 심리적 파장은 여주인공이 지금까지 몸담아온
안온하고 행복했던 결혼생활 내부에 심각한 균열을 가져오고, 그것은 그
녀에게 두통과 불면증과 수렁과도 같은 낮잠으로 이어지는 극도의 무력
감을 불러일으킨다. 그러나 처음에 그녀는 그녀가 지금까지 아무런 의심
없이 받아들여온 결혼생활을 순식간에 공허한 것으로 만들어버린 그 무
력감에 대해 완전한 무방비의 자세를 취한다. 그녀가 그 무력감의 정체
를 이해하고 결혼이라는 제도 자체에 대한 근본적인 회의, 혹은 환멸에
이르는 것은 규라는 남자와의 만남을 통해서이다. 남편 아닌 낯선 남자
와의 만남을 통해 그녀는 자신의 삶 내부에 잠재해 있던, 아니 결혼이라
는 제도 내부에 은폐되어 있던 기만과 허위에 대한 어떤 치명적인 인식
과 조우하게 되는 것이다. "머리를 한 대 맞은 것 같았다. 그는 제대로 본
셈이었다. 제도의 온실 속에서 복무하기보다는 차라리 남몰래 나빠지고
싶어하는 일련의 여자들이 있는 게 사실이라면, 나도 틀림없이 그 부류
니까"(88쪽)[3]라는 구절은 그녀의 무력감이 기실은 그녀 내부에 잠재해
있던 어떤 억눌린 욕망의 다른 모습이었으며, 이제부터 그녀의 삶이 제도
가 옹호하는 삶의 반대편에 설 것임을 암시하는 일종의 신호탄과도 같다.

---

3) 전경린, 『내 생에 꼭 하루뿐일 특별한 날』, 문학동네, 1999.

그러나 그녀와 규가 불륜의 사랑에 빠지게 되는 과정은 처음에는 일종의 게임의 방식으로 시작된다. 그것은 먼저 사랑한다라고 말하는 사람이 지는 게임이다. 순식간에 불륜의 관계 속으로 빠져든 격렬한 육체적 욕망 안에 놓인 이러한 게임의 법칙은 그들의 사랑이 여전히 제도에 의해 규정된 도덕적 억압의 틀로부터 자유롭지 못함을 암시한다. 이 소설에서 유부남과 유부녀의 만남이라는 설정은 그 관계가 아무리 강렬한 욕망과 사랑으로 충전되어 있다고 할지라도 결국은 그 관계를 하나의 추문으로 만들어버리는 제도적 삶의 완강한 벽을 뚫고 나가지 못하는 것이다. 그 제도의 벽은 그들의 관계 밖에만 있는 것이 아니다. 기실 더 은밀하고도 완강하게 그들의 관계를 가로막는 것은 끊임없이 타인의 시선으로부터 그 불륜의 관계를 숨기려는 그들의 의식 내부에서 작동하는 벽이다. 그들의 관계는 그들의 관계를 둘러싸고 있는 도덕적 추문에, 아니, 그보다는 그 추문에 대해 그들이 느끼는 심리적 억압에 짓눌려 있다. 추문이라는 이름의 이러한 내면화된 제도적 억압은 그들의 관계 밖에서뿐만 아니라 게임의 법칙이라는 이름으로 그들의 내부에서 집요하게 그 불륜의 관계를 따라다니는 것이다. 그 추문의 견고한 벽 앞에서 소설의 흐름은 예정된 수순으로 진행된다. 일정한 심리적 거리감에 의해 유지되던 그들의 격렬한 육체적 욕망이 서로에 대한 사랑의 확인으로 귀결되는 순간 게임의 법칙은 깨어지지만, 동시에 그들의 관계 또한 불륜의 예정된 운명처럼 파열되어버리고 여주인공의 삶은 텅 비어버린 황량한 폐허의 시간 속으로 내동댕이쳐지는 것이다.

전경린은 소설 속에서 끊임없이 묻고 있다. 결혼이란 무엇이고 가정이란 무엇인가, 그리고 그 속에서의 여자의 삶이란 무엇인가라고. 특히 남자들보다 결혼의 무게를 더 심각한 생의 무게로 받아들일 수밖에 없는 여자들에게 이 소설은 "아이란, 가정이란 그 아름다운 동화로 얼마나 많은 여자들을 유폐시키는가. 얼마나 많은 여자들이 이 생에서 실종되는가. 그럼에도 불구하고 나 여기 있다고 존재를 드러내지 않았어야 했을까"(114쪽)라고, 혹은 "누가 나를, 녹는 비누처럼 사라져가는 나를 이 탁한 나날 속에서 건져내어주었으면…… 나 아닌 것들은 다 털어내버리고 오직 나만으로 구별되고 싶었다"(119~120쪽)라고 말을 건넨다. 여기에서 불륜이라는 소재는 안락한 가정과 모성성의 신화로 여자들의 삶을 옭죄고 있는 결혼이라는 제도적 틀로부터 자아 발견과 진정한 자기 정체성과의 대면이라는 고통스러운 내적 성숙의 과정으로 옮겨가는, 삶의 거듭남을 위한 필연적인 통과제의의 한 방식으로 제시된다. 불륜의 관계가 진행되는 동안 여주인공이 겪는 크고 작은 내면적 파열과 일탈의 체험은 "그 작은 일탈도 나로서는 끔찍한 해방감이며 동시에 끔찍한 반란인 것이었다"(120쪽)라는 말처럼, 그녀에게 계속해서 이제까지와는 다른 삶의 가능성을 열어 보여주는 희열과 두려움의 체험으로 다가온다. 그 다른 삶의 가능성에 대한 열망은, 결혼이라는 제도에 의해 규정된 여성으로서의 삶이 아닌, 자신의 본래적인 자아에 이르고 싶다는 욕망으로 채워져 있는 것이다.

그렇다면 이 소설은 단순히 불륜에 관한 소설이라기보다 불륜이라는 소재를 통해 결혼이라는 제도적 신화 속에 매몰되어 있는 여성의 자기 정체성이라는 문제를 끌어안고 몸부림치는 소설이라고 말할 수 있을 것이다. 그녀에게 불륜의 시작은 결혼이라는 제도 속에 은폐되어 있던 여성으로서의 삶에 대한 자각의 시작을 의미하는 것이기 때문이다. 결국 이 소설이 보여주는 통속적인 불륜의 구도를 안으로부터 떠받치는 내적 긴장은 바로 작가가 제기하는 이러한 끊임없는 자의식적인 질문들로부터 오는 것이다. 다만 작품 속에서 불륜에의 욕망과 제도 사이의 결정적인 파열의 계기가 교통사고라는 외부적이면서 우발적인 사건을 통해 처리되고 있는 것은 아쉬운 부분이라 아니할 수 없다. 그 때문에 작품의 뒷부분에 가서 그 파열이 갖는 소설적 의미와 긴장이 다소 싱겁게 풀어져버리고 말기 때문이다. 그리고 또 하나. 이 작품에서 작가는 불륜의 사랑이 파열된 이후 여주인공이 느끼는 아들에 대한 그리움을 유달리 강조함으로써, 그녀가 불륜에 빠져드는 과정에서 작가 스스로 의혹을 제기했던 모성이라는 제도적 윤리의 틀 속으로 그녀를 다시 밀어넣으려는 듯한 태도를 보여주는데(규와의 관계가 진행되는 동안 아들은 그녀의 관심 대상에서 소외된 하나의 배경적 존재로 그려지고 있기 때문에 남편과 헤어진 후 그녀가 보여주는 아들에 대한 절절한 그리움은 다소 돌발적인 것으로 느껴진다), 이러한 태도 속에는 불륜의 사랑을 그려나가는 과정에서 보여주었던 제도적 삶에 대한 강한 거부의 몸짓을 모성이라는 제도적 윤리로의 복귀를 통해 희석시켜버리려는 작가의 어떤 타협의 몸짓이 숨어 있는 것은 아닐까? (1999)


### 4. 일상의 풍화작용 : 박자경의 『은행나무 아래로 오는 사람』

박자경의 소설들은 주로 일상이라는 좁은 삶의 울타리에 갇혀 살아가는 여자들이 겪는 자잘한 일상사와 그 일상사를 둘러싼 미세한 내면의 갈등들을 주요 내용으로 하고 있다. 그런 의미에서 그녀의 소설들은 일상성이라는 채널을 통해서 인간의 삶 속에 내재된 조각난 자아의 파편들과 채워지지 않는 욕망의 미립자들을 섬세한 내면성의 언어로 포착해내는 1990년대의 문학적 경향에서 크게 벗어나지 않는, 그리 새로울 것 없는 작품세계를 접하고 있다는 느낌을 준다. 그녀의 소설들이 보여주는 일상에 부대끼는 삶의 여러 모습들에서 우리는 특별히 극적인 사건도, 어떤 문제를 집요하게 파고들어가는 깊은 내면적 언술도, 정신의 심각한 침하를 드러내는 특별한 내적 상흔도 찾아볼 수 없다. 다만 그녀의 소설들은 자신이 처한 환경이나, 자신과 관계맺고 있는 사람들 사이에서 작중인물들이 겪는 자질구레한 일상적 불화의 양상들을 우울하면서도 차분하고 조밀한 언어의 그물망으로 엮어내고 있을 뿐이다.

그녀의 소설들에 등장하는 여성들은 대개 "나는 늙지도 젊지도 않은 나이, 연애를 하거나 공부를 하기에는 너무 늙었고, 아직 이루지 못한 꿈이나 모든 가슴 설렘을 포기하기에는 아직 너무 젊은 이삼십대가 지겹다. 무슨 일이든 저지르고 싶고 일어나기를 꿈”(84쪽)[4]꾸는, 희망을 가질 수도 버릴 수도 없는 어정쩡한 나이 속에서 허우적거리고 있는 인물들이다. 이십대 때 지녔던 삶에 대한 순정한 열정이 빠져나가버린 빈자리에, 오직 끊임없이 자신을 조여오는 회한과 상실감, 그리고 사회라는 거대한 조직의 한켠에 나의 구차스러운 생존을 의탁해야 한다는 뼈아픈 자각만이 남은 나이. 이루어지지 않는, 그러나 버릴 수도 없는 삶에 대한 막다른 희망이 불러일으키는 마음의 분란 때문에 욕구불만이 마음속에서 부글거리는 항상적인 정서가 되어버린 나이, “좀 다르게 살고 싶다는 꿈이 실은 얼마나 불온한 소망인지. 그 생각 자체가 악마를 부르는 어두운 언덕일지 모른다. 그러나 바로 이 마음이었을지 모른다. 가슴속으로는 불을 발로 밟아 끄면서도 얼굴은 고요를 지키고 있을 때, 잘 견뎌오던 인내의 벽을 뚫고 일시에 터져오르려는 자기 안의 마그마”(210쪽)를 끌어안고 사는 삼십대의 그녀들에게, 삶이란 불온한 소망과 고요한 얼굴 사이에서 끓어오르는 끊임없는 마음의 불화를 견디는 일일 뿐이다. 박자경의 소설들은 마음속에 갇혀버린 그 욕구불만의 마그마가 지리멸렬하고 무미건조한 시간의 흐름 속에서 풍화작용하면서 서서히 일상의 내면을 허물어뜨려가는 과정을 매우 실감나게 그려 보여준다.

다루는 소재나 그것을 다루는 방식에서 특별히 새로울 게 없으면서도 박자경의 소설들을 ‘꽤 괜찮은’ 작품으로 만들고 있는 것은 이미 우리의 전면적 현실이 되어버린 일상의 힘을 매우 사실적인 치밀함으로 그려내는 그녀의 솜씨이다. 어쩌면 늙지도 젊지도 않은, 희망과 절망 사이에 어정쩡하게 걸쳐져 있는 작중인물들의 삼십대라는 나이는, 일상에 침윤당해가는 삶의 공허함을 드러내기에 가장 적당한 나이인지도 모른다. 박자

---

4) 박자경, 『은행나무 아래로 오는 사람』, 문학동네, 1998.

경의 작품에서 이십대와 삼십대는, 1990년대의 다른 여성작가들과 마찬가지로 1980년대와 1990년대 사이에 걸쳐 있는 나이이다. 그러나 그것이 일상의 압도적인 힘 밑에서 허우적거리는 그녀의 작중인물들에게 어떤 특별한 의미를 갖는 것은 아니다. 그녀의 작품에서 간혹 나타나는 1980년대에 대한 회상 역시, 별다른 열정 없이 일상이라는 틀 속에서 우울하게 되새김질되는 덧없는 젊음에 대한 회한에 지나지 않는다. 모든 열정은 일상이라는 시간의 힘 앞에서 모래성처럼 허무하게 무너져버리고, 이제는 범부(凡夫)로 살아가는 만성화된 오욕의 시간만이 지루하게 이어지는 삶. 그 속에서 그들을 족쇄처럼 묶고 있는 것은 사회라는 냉혹한 조직 속에서 어떻게든 살아남아야 한다는 절박한 현실적 요구이다. 박자경의 소설에서 주인공으로 등장하는 인물들은 대부분 직장생활을 하고 있거나 직장생활의 경험이 있는 여성들인데, 박자경의 작가적 역량이 가장 잘 발휘되는 것은 조직이라는 시스템의 비인간적 생리가 그녀들의 삶을 어떻게 억압하고 길들여가는가를 그려나가는 장면에서이다. 특히 그녀가 작품집에 실린 몇몇 작품에서 그려 보여주는, 구조조정의 여파에 휩싸인 직장 안의 풍경은 IMF라는 최근의 상황과 관련해서 보다 생생한 현실감을 불러일으킨다. (1999)

## 5. 세상의 중심에서 생의 중심으로 : 박범신의 『향기로운 우물 이야기』

『향기로운 우물 이야기』에 실린 박범신의 소설들 속에는, 세상의 바깥에 서 있는 사람들, 세상의 중심으로부터 밀려나 치유할 수 없는 영혼의 상처를 지닌 채 불우한 생의 이면을 응시하는 사람들이 그들의 누추한 한 생의 둥지를 틀고 있다. 간신히 존재하는 생의 남루가 영혼의 신음처럼 묻어나오는 삶의 변방에서 그들이 마지막 남은 생에의 열망을 모아 할 수 있는 최선의, 혹은 최후의 일은 자신의 내면 속에 고치를 틀고 앉아 그들을 바깥으로 밀어내버린 이 세상을, 이 세상의 어두운 중심을 상처받은 영혼의 눈으로 하염없이 응시하는 것 뿐이다.

　박범신의 소설들 속에서 그 응시의 자세는 작중인물들의 삶 속에서 가장 본질적인 생의 영역을 이루고 있다. 「세상의 바깥」에서 세상의 중심이 요구하는 어떠한 가치기준에도 어울리지 못하는 박미숙은 육신으로부터 분리된 영혼의 눈이 되어 자신의 불행한 죽음을 응시한다. 그리고 세상이 요구하는 너무나 풍족한 조건들을 갖춘 정혜림의 육신 속에 깃들여 새로운 생을 얻게 된 이후에도, 그녀의 영혼은 정혜림의 삶을 사는 것이 아니라, 박미숙의 눈으로 정혜림의 삶을 바라보는 그 응시의 자세를 견지해나간다. 여기에서 박미숙과 정혜림의 관계는 영혼과 육신의 관계이면서, 또한 세상의 바깥과 안에 대응하는 관계이기도 하다. 박미숙은 정혜림의 육신을 통해 세상의 바깥쪽에서 그녀가 갈망했던 세계의 안쪽, 그 중심으로 진입하게 되지만, 동시에 그 육신을 통해서 세상의 안과 그 안의 중심을, 그리고 그 중심이 밀어내버린 세상 바깥쪽의 진정한 의미를 들여다보는 응시의 시선을 얻게 된다. 박미숙이 들여다본 세상의 중심은 사랑 없는 욕망으로 가득 찬 세계, "가까이 갈수록 더욱더 튼튼하고 잔인한 구조가 되어 저같이 하찮은 존재야 오로지 밖으로 튕겨낼 뿐"(38쪽)[5]인 세계이다. 박미숙은 정혜림의 육신을 통해 그녀가 스스로 죽음을 택함으로써 벗어나고자 했던 세상 바깥쪽의 세계를 자신이 뿌리내릴 생의 온전한 의미로 받아들이게 되고, 세상의 중심을 갈망하던 자기소외의 삶으로부터 벗어나 마침내 "저의 텅 빈 중심에서 솟구쳐나"(44쪽)오는 생의 중심으로 들어간다. 세상의 중심을 거부하고 "안과 바깥이 아예 존재하지도 않는"(46쪽) 생의 중심으로 들어감으로써 세상의 바깥은 비로소 세상의 진정한 중심에 우뚝 서게 되는 것이다.

　「가라앉는 불빛」의 작중화자 역시 직장에서 해고당한 후, 어린 시절

---

5) 박범신, 『향기로운 우물 이야기』, 창작과비평사, 2000.

어머니가 돌아가신 소읍의 한 찻집에 앉아 "제 중심에 불빛 하나 심지로 박고 있는"(163쪽) 갈앙(渴仰)산의 자꾸만 가라앉아가는 어두운 불빛을 응시하고 있다. 세상의 중심으로부터 밀려난 작중화자가 목마르게 우러르는 그 갈앙의 산을 통해 응시하는 것은 기실 "목마르게 우러르고 사모한 적이 한번도 없는…… 여기…… 텅 빈"(167쪽) 자신의 모습이다. "인생이란 것은 수평의 줄자 위에 그려진 눈금처럼, 시간이라는 절대성을 따라 가령 탄생, 성장, 대학, 취직, 결혼, 아이 따위가 스텝에 따라 배치돼 있으며, 그 보편적인 스텝을 좇아 사는 것이 삶의 중심인 줄"(165쪽) 굳게 믿고 있었던 작중화자에게 그 삶의 중심이 빠져나간 텅 빈 마음의 동공으로 갈앙산의 한가운데서 빛나는 희미한 불빛 하나가 비쳐드는 것이다. 세상의 바깥으로 밀려나버린 작중화자의 막막한 응시의 시선을 멀리서 응시하는 갈앙산의 희미한 불빛은, 저 아득한 생의 중심이 작중화자에게 송신하는  오래 전에 사라져버린 쓸쓸한 생의 전언(傳言)과도 같은 것이다.

　세상의 중심으로부터 밀려난 후 자신의 텅 비어버린 삶의 폐허와 고통스럽게 맞닥뜨리든, 세상의 중심으로 들어가기 위해 자신의 삶을 온통 폐허로 만들어버리든, 『향기로운 우물 이야기』에 삶의 둥지를 튼 인물들은 대부분 세상의 중심과 바깥 사이에 놓인 화해 불가능한 절망의 지대를 살아간다. 이를테면 「소음」은 속악한 욕망들로 들끓는 삶의 현실을 벗어나려는 남자의 신열에 찬 독백을 들려주고, 「향기로운 우물 이야기」는 그 속악한 삶의 한가운데로 들어가기 위해 만신창이가 되어버린 남자의 모습을 전해주고 있으며, 「내 기타는 죄가 많아요, 어머니」 역시 가짜의 탈을 뒤집어쓰고라도 기를 쓰고 세상의 중심을 향해 기어오르려다 실패하고 마는 한 남자의 기행(奇行) 어린 삶을 따뜻한 연민의 시선으로 그려내고 있다. 스스로 세상의 중심을 이루는 욕망의 속박으로부터 비껴서 있는 듯 보이지만, 사실은 어떠한 생의 가치도 자신의 삶 내부로 끌어들이지 못하는 "중심이 빈 인간"(58쪽)인 「별똥별」의 작중화자 역시 폐허의 삶을 살아가고 있기는 마찬가지이다. 그런 의미에서 이 작품의 작중 화자를 집요하게 따라다니는 알 수 없는 응시의 시선은 결국 생의 중심에서 벗어난 그 텅 빈 삶의 한가운데에 서식하는 불길한 죽음의 시선은 아니었을까?

그러나 이들 작품과는 달리 '들길'이라는 부제가 붙어 있는 두 편의 작품은, 세상의 안과 바깥의 경계가 없는, 혹은 그 안과 바깥 사이의 어떠한 영혼의 찢김도 존재하지 않는 농촌의 원시적인 삶의 풍경 속으로 우리를 안내한다. 세상의 중심에 의해 훼손되지 않은 균열 없는 영혼의 순박함이 마치 울타리를 치듯 인물들의 삶을 푸근하게 감싸안고 있는 세계, 그 세계는 세상의 중심에서 밀려난 세상 바깥의 세계이지만, 동시에 그 영혼들만의 오롯한 안의 세계이기도 하다. 박범신은 그 세계가 바로 우리가 오래 전에 상실해버린 생의 중심이라고 말하고 있는 것일까? 세상의 중심이 인간의 삶을 지배하는 세계 속에서 생의 중심이란 부재와 상실의 모습으로만 자신의 흔적을 드러내는 것이라면, 영혼의 순박함이 훼손되지 않은 채로 남아 있는 그 세계 역시 부재와 상실의 이름으로 우리에게 다가오는 오래된 기억 속의 공간일 뿐이다. 그러나 박범신의 소설세계에서는 다소 낯선 풍경이라고 할 수도 있을, 그 순진한 농촌풍경을 그려나가는 작가의 기름진 필치 속에서, 우리는 세상의 중심에 떠밀려 언제든 훼손되어버릴 듯한 안쓰러움으로 존재하는 그 세계에 대한 작가의 숨길 수 없는 진한 애정을 발견하게 된다. (2001)

3부

# 고전소설적 요소의 수용, 그 현재성의 의미
## —최인훈의 「춘향뎐」 「놀부뎐」 「구운몽」을 대상으로

## 1. 고전문학 수용의 두 가지 양상

한국문학을 고전문학과 현대문학으로 양분해온 국문학계의 오랫동안의 관행이 학자들 사이에서 반성의 대상으로 가시화되기 시작한 것은 대략 1960년대부터라고 할 수 있다. 그후 전통 단절론에 대한 비판과 더불어 근대문학의 기점에 대한 논의가 활발하게 이루어지면서, 고전문학과 현대문학을 이어주는 자생적인 연결고리를 찾으려는 노력이 학계에서 보다 많은 호응을 얻게 되었다. 고전문학의 현대적 수용에 대한 관심이 고조되기 시작한 것도 고전문학과 현대문학을 단절이 아닌, 하나의 통합된 흐름으로 파악하려는 그와 같은 분위기 속에서일 것이다. 그러나 학계 일부의 이러한 움직임에도 불구하고, 한국문학을 양분해온 이와 같은 고질화된 관행은 여전히 사라지지 않고 있다. 국문학계의 고답적이고 폐쇄적인 연구풍토와도 무관하지 않을 이러한 관행은, 시대의 변화를 따라

잡지 못하는 낡고 고루한 학문적 관점을 지양하고, 새롭고 개방적인 연구열기를 통한 적극적인 자기쇄신의 분위기를 일구어내는 데 일정한 장애요인으로 작용함으로써, 결과적으로 국문학계의 시대적 대응력을 약화시키는 데 기여해온 것으로 판단된다.

고전문학과 현대문학 사이의 이와 같은 완강한 벽을 무너뜨리려는 노력의 하나로 제기된 고전문학의 현대적 수용이라는 문제는, 그것이 단순히 전통의 계승이나 낡은 문화적 유산의 부활이라는 차원을 넘어서, 고전과 현대간의 생산적이고 창조적인 대화를 통해 고전적인 문학유산과 현대문학 모두를 풍요롭게 할 수 있는 매우 중요한 과제라는 점에서 긍정적 의미를 부여받을 수 있을 것이다. 고전문학의 현대적 수용이라는 문제를 보다 적극적으로 실현해나가는 방식으로는, 고전문학에 새롭고 현대적인 이론과 분석틀을 적용해서 고전문학에 접근해가는 학문적 방법론을 보다 다양하게 개발해내는 방식이 있는 반면, 현대문학작품들에 나타난 고전문학적 요소의 수용양상을 살펴 그 의미를 다각적으로 짚어내는 방식이 있을 수 있을 것이다. 이 글의 관심대상은 후자의 영역이다. 이 글은 고전문학에서 작품의 주요한 창작 모티프를 끌어오고 있는 최인훈의 몇몇 작품들을 대상으로 고전문학적 요소가 현대적인 형태로 변형 수용되는 양상을 구체적으로 분석해보고, 더 나아가 현대문학에 있어 고전적 전통의 현대적 수용이 현재의 삶을 문학적으로 형상화하는 유효한 방법론으로서 어떠한 생산적 의미를 가질 수 있는지에 관해서 함께 생각해보려는 의도하에 마련된 것이다.

고전적인 설화나 소설들의 기본골격, 혹은 모티프들을 소설창작의 주요한 발상적 근거로 활용하는 데 아마도 최인훈보다 더 적극적이고 뛰어난 재능을 보여주는 작가는 없을 것이다. 이것은 소설의 표현방식을 다양하게 개발해내고, 문학기법의 영역을 보다 폭넓게 확대해나가려는 작가의 실험정신과도 긴밀한 관련을 맺고 있는 것으로 보이는데, 최인훈의 작품들이 보여주는 이와 같은 적극적인 문제의식은 고전의 창조적 수용

252

의 한 전범을 보여주는 예로서 우리의 특별한 관심을 불러일으킨다. 최인훈은 그의 「구운몽」 「금오신화」 「열하일기」 「춘향뎐」 「놀부뎐」 「옹고집뎐」 등의 소설이나 「옛날 옛적에 훠어이 훠이」 등의 희곡작품들을 통해서 고전문학적 요소들의 활발한 차용을 시도하고 있다. 동명의 고전작품들에서 소설의 기본적인 발상을 빌려오고 있는 이들 작품은, 단순히 부분적인 모티프나 기법의 차용이라는 수준을 넘어서 보다 적극적인 문학적 패러디의 수준에까지 이르고 있다. 패러디는 기본적으로 풍자나 아이러니 등과 같은 기법적 특성들을 포함하고 있고, 이런 기법들 속에는 패러디의 대상이 된 텍스트의, 혹은 그 텍스트가 생산된 시대의 지배적인 관습체계에 대한 작가의 도전적인 해석의 관점이 내재되어 있다. 패러디는 특정 텍스트나 담론양식이 제공하는 문학적 체험의 관습화된 기대치 — 이때 그 관습화된 기대치는 특정 시대의 보편적인 삶의 양식과 긴밀한 관련을 맺고 있다 — 를 보존하면서 동시에 그것을 파괴하는 이중적인 작업을 수행한다. 그와 같은 이중적 기능을 수행하기 위해 패러디는 특정한 텍스트 및 특정 시대의 지배적 담론양식을 희화적인 기법으로 흉내내어 조롱하거나, 혹은 아이러니적 장치를 통해 재현하는 방식을 취한다. 그러나 그와 같은 모방은 풍자적인 뒤엎음을 위한 방법적 모방의 의미를 지니는 것이며, 따라서 패러디는 근본적으로 그것이 모방하고 있는 텍스트나 담론 속에 내포된 사회적, 혹은 제도적 관습들에 대한 반성적 사유의 산물이라고 할 수 있다.

패러디가 특정한 작품의 스타일이나 담론유형을 모방하면서도, 그와 같은 모방을 통해서 모방의 대상이 된 작품이나 시대의 지배적인 관습체계를 반성적으로 문제삼으려는 예술적 의도의 소산이라는 말은, 역으로 문학이라는 행위가 끊임없이 특정한 사회적 관습의 작용을 받고 있는 것임을 의미한다. 그럼에도 불구하고 문학은 또한 그 자신이 놓여 있는 특정한 사회적 관습에 저항하는 주요한 정신활동의 하나로서 사회 내부로부터 그 독특한 존재가치를 인정받는다. 즉 문학은 스스로 낡고 자동화된 관습의 틀을 거부하려는 내적 동력을 통해 낡은 관습의 쇄신을 유도해나감으로써, 낡은 관습과 새로운 관습 사이의 연속과 단절이라는 지속적 긴장관계를 만들어내는 것이다. 이런 점에서 최인훈의 소설들이 보여주는 패러디적 특성은 문학의 그와 같은 역할에 대한 깊이 있는 인식과, 그 역할을 보다 효과적으로 담당할 수 있는 문학의 방법적 장치들에 대한 진지한 모색의 결과로 이루어진 것이라 할 수 있다. 앞서 언급한 최인훈의 작품들이 지니고 있는 다층적이고 생동감 넘치는 패러디적 특성은, 고전문학이 지닌 전통의 요소들을 단순히 부활시키는 차원이 아니라, 그것에 대해 부단히 의문을 제기하고 그것과 대화를 나누고, 더 나아가서는 그 전통의 요소들을 과감히 변형시키거나 전복시킴으로써, 그것을 더욱더 날카롭고도 풍부한 현재적 의미로 재구성해내는 것이다.

최인훈의 작품에서 고전소설적 요소의 수용은, 기본적으로는 우리가 알고 있는 고전작품의 이야기 내용에 바탕을 두면서도 그것에 새로운 변형을 가함으로써, 변형의 대상이 된 작품들에 대한 독특한 해석의 관점을 제시하는 유형과, 고전소설의 이야기 내용 그 자체보다는 그것의 구조적 특성이나 발상적 근거를 빌려옴으로써, 고전소설적 요소의 수용을 현대적 삶(대개 고도의 정치적 의미를 지닌)에 대한 보다 심층적이고 정교한 우화적 접근의 장치로 활용하는 유형으로 나뉠 수 있다.「춘향뎐」「놀부뎐」「옹고집뎐」 등이 전자에 속하는 작품이라면,「구운몽」「금오신화」「열하일기」 등은 후자에 속하는 작품들이라고 할 수 있다. 전자의 작품들이 고전소설적 요소를 현대라는 시대적 배경으로 옮겨오기보다는, 동명의 고전소설이 지닌 이야기의 내용이나 인물들에 대한 보편화된 해석적 관습에 도전함으로써 고전작품들에 대한 우리의 상투화되고 자동화된 이해의 기대치를 깨뜨리는 효과를 노리고 있다면(따라서 이들 작품에서는 고전소설의 내용 그 자체뿐만 아니라, 그에 대한 보편화된 해석적 관점 속에 내포된 관습적 요소 또한 패러디의 대상이 되고 있다), 후자의 작품들은 현대의 삶을 이해하기 위한 소설적 장치로서, 고전소설의 요소들을 과감하게 변형된 형태로 차용해오고 있다. 그러므로 고전소설적인 요소의 차용이 직접적이고 표면적인 수준에서 행해지는 전자의 작품들에 비해, 후자의 경우에는 그러한 차용의 양상이 작품의 표면적인 단계에서는 거의 드러나지 않는다. 그것은 아마도 전자의 작품들이 고전소설의 내용 자체를 패러디의 대상으로 삼음으로써 그와 같은 작품들이 생산된 시대의 사회적 관습에 대한 반성적 사유를 시도하고 있다면, 후자에서 문학적 탐색의 직접적인 대상이 되는 것은 현대의 삶이 지닌 모순과 부조리이며, 고전소설적 요소는 바로 그 모순과 부조리를 보다 효과적으로 표현하기 위한 알레고리적 장치로서 기능하고 있기 때문일 것이다.

이 글은 앞에서 언급된 작품들 가운데 「춘향뎐」과 「놀부뎐」 「구운몽」 등의 세 편을 대상으로 최인훈의 작품들이 보여주는 고전소설적 요소의 재구성이나 차용의 양상들을 살펴보고, 그와 더불어 모델이 된 고전작품들에 대한 현대적 해석을 병행해나가는 과정을 취하게 될 것이다. 다시 말해 이 글은 최인훈의 작품에 나타난 고전소설의 수용양상에 대한 고찰을 그 기본적인 내용으로 하면서, 고전에 대한 현대적 해석의 문제를 그것과의 상호연관성하에서 함께 아우르려는 의도를 가지고 있다. 그렇다면 최인훈의 소설에서 고전문학의 수용이 지니는 특성과 그 의미, 그리고 그것을 바탕으로 고전의 현대적 수용 가능성을 다각적으로 진단해보기 위해서 필요한 다음 단계의 작업은 무엇보다도 논의의 대상이 된 각각의 작품들에 대한 보다 구체적이고도 세부적인 분석일 것이다.


## 2. 시대적 관습에 대한 패러디로서의 고전문학 수용 : 「춘향뎐」과 「놀부뎐」

### 1) 정절과 사랑 사이의 거리 — 고전 「춘향전」

고전 「춘향전」은 고전문학 분야에서 지금까지 다른 어떤 작품보다도 가장 활발한 논의의 대상이 되어온 작품이다. 수많은 이본들을 정리 대조하는 작업에서부터 작중인물들에 대한 성격분석에 이르기까지, 「춘향전」은 그 논문편수에 있어서나 연구열기에 있어서나 가히 고전문학의 대표격으로 내세워도 손색이 없을 정도의 연구성과를 이루어온 것이다. 이것은 「춘향전」이 우리에게 오랫동안 폭넓게 사랑받아온 작품일 뿐만 아니라, 그만큼 문제적인 성격을 지닌 작품이라는 사실을 말해주는 현상이라 아니할 수 없다.

　「춘향전」에 대한 논의에서 가장 기본적으로 전제되어야 할 것은, 말할 것도 없이 이 작품이 소설로서 읽혔을 뿐만 아니라, 조선조 후기 사회에서 판소리로 폭넓게 연행되었으며, 따라서 하나의 완결된 작품이 아닌, 30여 종에 가까운 이본들의 집합체로서의 유동적인 성격을 가진 작품이라는 점이다. 춘향과 이도령이 처음 만나는 장면을 둘러싸고 벌어졌던 '저항／무저항' 시비나 춘향의 신분과 관련된 학계의 다양한 견해차이 등은 결국 「춘향전」 자체의 이와 같은 유동적 성격에서 기인한 것이라고 할 수 있을 것이다. 『춘향전연구』 이래 「춘향전」에 대해서 누구보다도 많은 논문들을 발표해온 김동욱의 말대로, 「춘향전」의 판소리적인 메커니즘을 도외시하고는 도저히 이 작품의 진정한 본질에 가 닿을 수 없는 것이다. 「춘향전」의 각 이본들이 판소리가 공연되는 현장에서의 청중을 비롯한 작품 수용자층의 다양한 요구와 판소리 연행자들의 개성이 함께 맞물린 가변성을 지닐 수밖에 없기 때문에, 작중의 상황이나 인물들의 성격 또한 각 이본들마다 약간씩의 차이를 드러내고 있다. 김동욱은 「춘향전」이 지닌 이와 같은 판소리적 메커니즘이 「춘향전」 자체의 작품 구성과 맺고 있는 긴밀한 관련성을 다음과 같이 지적하고 있다.

　　춘향은 이를 지지하는 민중과 더불어 성장하였으며, 그의 변학도에 대한 반항도 이를 지지하는 민중의 것이 된 것이며, 춘향의 개성이 먼저 있고, 민중이 이에 호응한 것은 아니다. 이 논리는 본말전도같이 느껴질지 모르지만, 판소리에 있어서는 이 역설의 논리를 시인하지 않으면 안 될 것이

다.[1]

이런 춘향의 자기희생(변학도에 대한 수청거부로 인한 춘향의 고통 ─
인용자)을 민중에 넘겨주지 못하고 광대는 그 바톤을 이어사에게 넘겨
주었다. 여기에 「춘향전」의 한계성은 있는 것이다. 이와 동시에 이조 봉
건제도하에서 살아야 하는 타협도 있는 것이다.[2]

그렇다면 이 글의 논지와 관련해서 우리의 흥미를 끄는 것은 「춘향전」
에 나타난 춘향의 일련의 행위들이 당시의 보편적인 사회적 관습과 욕망
의 구조를 어떻게 반영하고 있는가라는 점이다.[3] 춘향과 이도령의 결합
이 유교적인 신분제도가 흔들리고 있던 조선조 후기의 시대상을 반영하
는 것이라는 견해는 이미 새로울 것이 없는 것이지만, 고전 「춘향전」에
서 춘향과 이도령의 결합이 춘향의 신분상승으로 귀결되는 결말은 유교
적인 신분질서가 여전히 당시의 사람들의 삶에서 강한 심리적 위력을 지
니고 있었음을 드러낸다. 춘향과 이도령의 결합은 유교적인 신분질서 자
체에 대한 위협이라기보다는, 신분질서 내에서의 신분이동이라는 소극
적인 의미만을 지니는 것이고, 춘향의 고통이 신분상승이라는 행복한 결
말로 보상받는 것은, 반상(班常)의 구분 자체를 폐기하고 신분질서로부
터의 해방을 이루려는 욕망보다는, 오히려 오랜 시간 동안 누적된 신분
제도의 완강한 구속력이 여전히 당시 사람들의 욕망을 강하게 지배하고
있었음을 역설적으로 시사하는 것이라고 볼 수 있을 것이기 때문이다.

---

1) 김동욱, 「춘향전 연구는 어디까지 왔나」, 한국고소설연구회 편, 『춘향전의 종합적 고
찰』, 아세아문화사, 1991, 170쪽.
2) 같은 책, 167쪽.
3) 여기에서 「춘향전」의 각 이본간의 부분적인 상이점들은 일단 무시하기로 하겠다. 그것
을 문제삼을 경우, 논의가 이 글의 의도와는 관계없이 지나치게 확장될 수 있는데다가, 이
글의 논의에서 필요한 「춘향전」의 기본적인 이야기 골격은, 그 부분적인 차이에도 불구하
고, 모든 이본들이 공통적으로 지니고 있는 것이라고 할 수 있기 때문이다.

춘향이 변학도의 수청을 거부하는 것 또한 여러 가지 의미로 해석될 수 있다. 가장 손쉽게 유추할 수 있는 것은 춘향의 그와 같은 행위를 당시의 유교적인 정절(貞節)의 개념에 입각해서 해석하는 시각이다. 춘향의 수청거부가 이른바 유교적인 '열녀 이데올로기'에 바탕을 두고 있다는 것은, 판소리가 다계층(多階層)적 향유물이었다는 점과 관련해서 좀 더 논의될 소지가 있다. 판소리계 소설이 지닌 양면구조를 논하면서 그 주제적 특징을 표면적 주제와 이면적 주제로 나누어 살핀 바 있는 조동일의 논리에 의하면, 「춘향전」은 표면적으로는 '열(烈)'이라는 당시의 유교적인 도덕이념을 내세우면서, 이면적으로는 "기생 춘향과 기생 아닌 춘향의 갈등에서 기생 아닌 춘향이 승리해서 신분적 제약을 극복하고 인간적 해방을 이루고자 하는"[4] 이야기이다.

그러나 신분적 제약을 넘어선 춘향과 이도령의 결합이 결과적으로 기존의 신분질서에 다시 편입되고 마는 작품의 결말과는 별개로, 춘향의 수청거부의 태도 속에는 유교적인 정조관념을 뛰어넘는 사랑의 의미가 내포되어 있다고 볼 수 있다. 춘향의 태도는 그와 같은 타율적 도덕이념이나 신분상승에 대한 이해타산적 욕망을 넘어서는 사랑의 진정성에 그 바탕을 두고 있는 것으로 보이기 때문이다. "만약 춘향의 저항 무저항을 신분상승의 면에서 따진다면, 춘향으로서는 변학도의 수청드는 것이 오히려 현실적이고 현명한 처사인지도 모르겠다. 이도령은 장래의 가능성을 안고 있을 뿐, 이도령이 과거에 합격하고 못 하고는 미지수에 속하는 문제이기 때문이다. 그러나 당당히 남원 부사로 내려온 변학도는 그런 고비를 넘긴 정4품의 당당한 양반인 것이다. (……) 이제까지는 이 인간적인 윤리구조인 열(烈)이니 절(節)이니를 내세우기에 급급해서, 애정을 거론한 적이 없었다. 또 이 애정이라는 것이 열이니 절이니 하는 윤리관

---

4) 조동일, 「판소리의 전반적 성격」, 조동일 · 김흥규 편, 『판소리의 이해』, 창작과비평사, 1984, 27쪽.

보다는 본원적인 것이 아닐까 한다"[5]라는 말이나, "춘향과 이몽룡의 관계는 계급적 측면보다는 오히려 그것을 초월하여 이루어진 젊은 남녀간의 애정으로 설명될 성질의 것이다"[6]라는 말들은 춘향의 태도 속에 내포된 그와 같은 근본적인 사랑의 의미를 지적하고 있는 견해들이라 할 수 있다. 이러한 견해들에 따르면, 「춘향전」이 진정으로 문제삼고 있는 것은, 정절을 지킨 데 대한 보상으로의 신분상승이 아니라, 그와 같은 도덕적 규범이나 현실적인 타산을 넘어서는 힘으로서의 사랑이다. 그렇다면 열녀로서의 춘향의 이미지는 유교사회의 제도적 틀을 벗어나지 않으면서 변학도로 대표되는 부패한 양반계층에 대한 비판을 수행하기 위해서 요구된 것이라고도 할 수 있을 것이다. 이러한 논의를 보다 극단으로 밀고 나간다면, 춘향과 이도령의 사랑을 둘러싸고 있는 신분적 제약은 역으로 그 사랑의 힘을 보다 극적으로 부각시키기 위한 하나의 이야기적 전략으로서의 의미를 지니는 것으로 볼 수도 있을 것이다. "물론 춘향은 자각한 기생이었다. 그러나 그 자각의 계기는 이른바 민중의식에 있었던 것이 아니라, 애정윤리에 있었다"[7]라는 지적은 「춘향전」이 지닌 이러한 특성을 잘 요약하고 있다. 결국 「춘향전」은 신분질서에 바탕을 둔 사회윤리와 사랑에 바탕을 둔 개인윤리 사이의 끊임없는 긴장관계를 보여주는 작품이라고 할 수 있다. 그러한 양자의 긴장관계가 춘향의 신분상승으로 인해 화해에 이르게 되는 이야기의 결말은 「춘향전」이 생산된 시대가 지닌 어쩔 수 없는 욕망의 한계였을 것이다.

### 2) 중세의 감옥을 탈출한 사랑 —「춘향뎐」

최인훈의 「춘향뎐」은 바로 고전 「춘향전」의 그러한 시대적 한계를 문제삼고 있는 작품이다. 이 작품은 춘향이가 옥에 갇혀 있는 장면에서부

---

5) 김동욱, 앞의 책, 173쪽.
6) 황패강, 「춘향전 연구」, 같은 책, 192쪽.
7) 같은 책, 197쪽.

터 시작되고 있지만, 춘향이가 변학도의 수청을 거절한 이유로 옥에 갇혀 있는 부분만 「춘향전」과 일치할 뿐, 작품의 내용은 「춘향전」의 내용을 완전히 재구성하는 방식으로 진행된다. 즉 이 작품에서 이몽룡은 암행어사로 나타나 옥에 갇힌 춘향을 구해주는 것이 아니라, 아버지가 역적 혐의로 유배지에서 사약을 받고 가족이 뿔뿔이 흩어지게 되는 멸문지화(滅門之禍)를 입는 것으로 꾸며지는 것이다. 따라서 이몽룡은 상거지꼴이 되어 옥에 갇힌 춘향을 상면하지만, 춘향을 옥에서 구해줄 능력이 있을 리 없다. 춘향은 다른 암행어사의 도움을 받아 옥에서 풀려나고, 오랜만에 이몽룡과 만단정회를 나누던 춘향은 새로 부임한 암행어사와 월매가 자신을 그 암행어사의 소실로 들여보내려는 계책을 꾸미고 있음을 알고는 이몽룡과 함께 야반도주를 하게 되는 것이다.

이 부분에서 이야기의 무대와 시간적 배경은 「춘향전」과 완전히 갈라지게 된다. 이제 이야기의 무대는 소백산맥 기슭으로 옮겨지며, 이야기의 전면에 부각되는 인물은 산삼을 캐러다니는 한 노인이다. 여기에서부터 작품은 그 노인의 시점으로 전개되는데, 이 부분의 내용을 잠깐 요약해보자. 그해 여름, 다른 해와는 달리 산삼의 그림자조차도 발견하지 못한 노인은, 어느 날 해질 무렵 소백산맥 깊은 골짜기에서 젊은 부부와 어린 아들이 살고 있는 한 민가를 발견하고 하룻밤 묵어갈 것을 청하게 된다. 그후 여전히 산삼을 발견하지 못한 채로 산에서 내려온 노인은 마을에 나붙은 방을 통해서 관가에서 역적의 혐의가 풀린 젊은 남녀를 찾고 있다는 사실을 알게 된다. 노인은 그 길로 다시 소백산맥 골짜기를 찾아갔으나 아무리 헤매어도 그 집을 찾을 수가 없었다. 그 대신 노인은 그 젊은 부인을 처음 보았던 때와 같은 그 "뉘엿거리는 저녁 햇빛 속에서"[8] 이제까지 본 적이 없는 유별나게 큰 산삼뿌리를 발견하게 되는 것이다.

---

8) 최인훈, 『우상의 집』, 문학과지성사, 1989, 317쪽. 앞으로 「춘향뎐」 「놀부뎐」의 인용은 모두 이 책에 의하며, 인용 쪽수는 본문에 괄호로 표기한다.

「춘향뎐」에서 춘향이 살았던 시대는 "가장 어두운 중세의 밤"이라는 말로 표현된다. "춘향은 가장 어두운 중세의 밤을 보낸 여자다. 구월 하순 남원의 그 밤에 달이 없었다는 뜻에서만이 아니다. 그녀의 마음도 이 밤처럼 캄캄하였다"(305쪽)라는 작품의 첫구절은 이 작품이 「춘향전」을 패러디의 대상으로 삼은 진정한 의도가 무엇인지를 잘 보여준다. 다음의 구절에서 보다 명시적인 표현을 얻고 있는 바대로, 이 작품에서 춘향이 갇혀 있는 옥은 중세시대 그 자체이며, 춘향이를 옥에 가둔 것은 변학도라는 한 개인이 아니라 당시 사람들의 의식을 지배했던 그 시대의 이데올로기, 혹은 그 시대의 관습화된 욕망의 구조 그 자체로 암시되는 것이다. 이 작품은 그와 같은 시대상황의 논리를 적용할 때, 변학도의 행위가 개인의 부도덕이라는 차원이 아닌, 다음과 같은 현실논리의 틀 속에서 새롭게 재해석될 수 있음을 시사한다.

신관 사또 변공(卞公)으로서는 춘향의 일 건을 풍류남아로서 '스타일 구겼'고 생각했던 것이요 장차 춘향을 어떻게 처분하려던 것인지 알 수 없다는 의견도 있을 수 있기 때문이다. 더구나 일설에 의하면 변학도의 전임지는 육진지방으로 북방의 오랑캐를 무찌른 용장(勇壯)이었다는 데 이르러서는 비록 구정권하에서일망정 국가의 공적 활동에서 공이 있는 자를 결석 재판에서 증거 없이 유죄 판결한다는 것은 근대 형법의 뜻에 어긋난다. 유부녀 공갈에 있어서도 불소급의 원칙이 있는 것인즉 평등법이 없었던 곳에 죄를 인정함은 모순이다. 그것은 개인 변학도가 감당할 죄가 아니요 구정권의 이데올로기에 돌려져야 할 화살이기 때문이다.(313쪽)

춘향이 이몽룡이 아닌 다른 암행어사에 의해 옥에서 풀려나고, 그 암행어사와 월매가 춘향을 암행어사의 소실로 삼으려 한다는 이야기의 설정은, "변학도는 어떻든 간에 더 정확히 말해서 변학도가 봉고파직이 돼서 무대에서 사라진 뒤에도 이몽룡 성춘향 양 인의 앞에는 여전히 캄캄한 밤이 기다리고 있었다는 말이다"(314쪽)라는 구절에서도 암시되는 것처럼, 춘향이 옥에서 풀려나와도 여전히 중세라는 옥에 갇혀 있는 상황임을 보여주고 있다. 춘향이 옥에 갇혀 있을 때뿐만 아니라, 옥에서 풀려나온 이후의 상황도 계속해서 '캄캄한 밤'으로 표현되고 있는 것은 이 때문이다. 춘향의 사랑을 제약하는 것은 변학도의 감옥이 아닌, 당시의 시대적 현실 그 자체였던 것이다. 춘향이 이몽룡과 야반도주하는 것은 바로 이 중세의 밤, 혹은 중세라는 감옥 그 자체를 탈출하는 것이며, 따라서 그 탈출은 궁극적으로 중세라는 신분질서 사회로부터의 탈출을 의미하는 것이다.

고전「춘향전」에서 춘향이 변학도의 수청을 거절하고 끝까지 정조를 지킴으로써 이몽룡의 정실부인이 되는 이야기의 결말이, 앞서도 지적한 바, 신분질서 자체에 대한 도전이 아니라, 신분질서 내에서의 신분상승을 향한 욕망의 한 발현이라고 한다면, 「춘향뎐」이「춘향전」에 대해서 반성을 가하는 것은 바로 그 부분이라고 할 수 있다. 「춘향뎐」이 이몽룡을, 장원급제한 암행어사가 아니라 몰락한 양반의 자제로서 "장모 눈치보는 기둥서방"(315쪽)으로 뒤바꾸고, 춘향을 암행어사의 소실로 들여보내려는 어머니 월매가 춘향에게 '적'으로 인식된다는 이야기의 설정은, 춘향과 이도령의 사랑이 유교사회의 제도권 내로 귀속되는 되는 것이 아니라, 제도적 욕망 그 자체로부터 근본적으로 자유로워질 때 그 진정한 의미를 얻게 된다는 작가의 「춘향전」에 대한 새로운 해석에 그 바탕을 두고 있다. 이 작품에서 춘향은 이몽룡을 통해 신분상승을 이루는 것이 아니라, 이몽룡과 야반도주함으로써 중세의 신분체계를 과감히 뛰쳐나오는 것이다. 따라서 이 작품에서 그려지는 춘향의 사랑은 신분상승이라는, 혹은 열녀 이데올로기라는 제도권 내부의 논리, 혹은 욕망과 타협하는 세속적 사랑이 아니라, 제도권의 세속적인 이해타산적 욕망을 뛰어넘음으로써 남녀간의 순수한 인간적 결합이라는 사랑의 본질적 의미에 더 가까이 다가서게 되는 사랑이다. "산등성이에서 뉘엿거리는 지는 해를

앞으로 받은 아낙네는 이 세상 사람 같지 않게 아름다웠다"(315쪽)라는
말에서 나타나는 것처럼, 산삼 캐는 노인이 만난 깊은 산속의 젊은 부부
가 매우 신비로운 모습으로 그려진다거나, 그후 노인이 그 젊은 부부의
집을 다시 찾을 수 없었던 대신, 그 집이 있던 자리에서 커다란 산삼뿌리
를 발견하게 된다는 전설적인 작중상황의 설정은, 이들의 사랑이 중세라
는 제도적 틀을 벗어난 자리에서 가능한 가장 진실한 사랑이라는 상징적
의미를 지니는 것임을 보여준다. 이와 관련해서 또다른 흥미를 끄는 것
은 산삼 캐는 노인이 엿들은 젊은 부부의 다음과 같은 대화내용이다.

> "씨팔놈의 세상 일 알아서 뭐할랍디여?"
> 그러자 웅얼웅얼하는 남정네의 목소리.
> "오메 속 뒤집는 소리 마씨요잉. 효도에도 양반상놈 있습디여?"
> 이번에는 남정네의 대구가 없다.
> (……)
> 노인은 깊이 잠들었다. 꿈에 노인은 산삼을 캐었다. 아주 큰 산삼을. 그
> 것은 주인 아낙네였다.(316~317쪽)

　여전히 당시의 신분질서에 대한 미련을 떨쳐버리지 못하고 제도권 내
로의 복귀를 꿈꾸는 듯한 남정네를 타박하는 아낙네의 거침없고 활달한
어투는 "애고 이게 뉘기시오. 아매도 꿈이로다. 보고지라 그리워한 임을
이리 쉬이 만날손가. 이제 죽어 한이 없네"나, "서방님 행색이 웬일이오"
(312쪽) 등의, 일정한 형식적 격식을 갖춘 이전의 춘향의 어투와 뚜렷하
게 구별될 뿐만 아니라, "산등성이에서 뉘엿거리는 지는 해를 앞으로 받
은 아낙네는 이 세상 사람 같지 않게 아름다웠다"라는 구절에서 연상되
는 신비스럽고 탈속적인 이미지와도 상충하는 것이라고 할 수 있다. 그
러나 사실 이러한 어투의 대비는 작가에 의해 의도된 매우 치밀하고도
정교한 형상화의 논리 위에서 나오는 것으로 보인다. 어느 정도 제도권

내의 형식적 틀을 갖춘 제도화된 어투와 거침없고 활달한 사투리의 대비
는 춘향이 선택한 사랑의 진정한 의미를 보다 효과적으로 드러내는 소설
적 장치라고 할 수 있기 때문이다.

　이 작품에서 소백산 기슭이라는 공간은 중세적 사회질서를 벗어난 하
나의 상상적 공간이며, 그 상상적 공간 속에서 노인이 젊은 아낙네 대신
에 캐낸 산삼 또한 이미 언급한 것처럼, 그 사회체제를 뛰어넘는 사랑의
진정한 의미에 대한 하나의 상징물임에 틀림이 없다. 이처럼 춘향과 이
몽룡의 진정한 사랑의 의미가 신비롭고 전설적인 상상의 공간 속에서 이
루어질 수밖에 없다는 것은, 노인이 두 젊은 부부의 일에 대해서 "평생
그 일을 입 밖에 내지 않았는데 어쩐지 그래서는 안 될 것 같다"는 생각
에 겹쳐서 "그 집에서 보낸 그날 밤 꿈의 칠흑 같은 어둠을 생각"하는 것
이나, "그 어둠인즉슨 남원의 성춘향이 그토록 사랑하면서 그토록 두려
워한 바로 그 어둠인지 어쩐지 혹은 그 어둠의 어느 만한 부분인지는 필
자로서도 물론 무어라 말하기 어렵다"(318쪽)라는 작가의 말에서 나타
나는 것처럼, 이 작품이 결말부분에서 다시 당시의 엄연했던 시대적 어
둠에 대한 인식으로 되돌아오고 있다는 사실과 무관하지 않다. 결국「춘
향뎐」이 중세라는 시대적 한계 속에 갇혀 있는 사랑의 의미를 새롭게 재
구성해가는 과정은 문학이라는 상상적 공간 안에서의 일인 것이다. 작가
가 그 재구성의 과정 속에서도 끊임없이 캄캄한, 혹은 칠흑 같은 중세의
어둠을 인식하는 것은, 이 작품에서 춘향의 이야기에 대한 새로운 해석
이 곧「춘향전」이 생산되었던 시대에 대한 반성과 동궤의 것이라는 사실
을 암시하는 것이다.


### 3)「흥부전」을 바라보는 두 가지 시각 ─ 고전「흥부전」

　고전소설「흥부전」에 대해서는 지금까지 이본연구나 근원설화에 관한
연구, 혹은 판소리로서의 〈흥보가〉에 관한 연구 등 여러 방면에서 연구
가 행해져왔지만, 이 글의 논지와 관련해서 특별히 우리의 흥미를 끄는

것은 「홍부전」에 나타난 인물들의 성격이나 그것의 사회적 배경에 관한 일련의 글들이다. 특히 작품의 주제나 인물들의 성격을 분석하는 논문들 가운데서 주목할 만한 것은, 「홍부전」의 주제를 단순히 권선징악이나 형제간의 우애를 권장하는 것으로 보는 초기단계의 피상적인 시각에서 벗어나, 인물들의 성격이 지닌 사회적 역학관계를 다각도로 고찰하려는 의욕적인 시도를 보이는 글들이다. 홍부와 놀부의 성격 비교에서 서로 대립된 견해를 보이고 있는 대표적인 논문들로는 조동일의 「홍부전의 양면성」과 임형택의 「홍부전의 역사적 현실성」을 들 수 있을 것이다. 조동일은, 「홍부전」이 단순한 설화의 소설화라기보다는 판소리의 단계를 거친 소설화라는 김동욱의 견해를 받아들여, 「홍부전」을 하나의 표본으로 판소리계 소설이 지닌 '고정체계면(固定體係面)'과 '비고정체계면(非固定體係面)'이라는 양면성과 '부분의 독자성'이라는 특유의 가변적이고 유동적인 특징을 정밀하게 분석하고 있는 앞의 논문에서, 홍부와 놀부라는 캐릭터가 지닌 성격의 중층화된 양상들을 상당히 설득력 있게 지적하고 있다.

（홍부는） 신분은 양반이나, 실생활은 전연 그렇지 못한 빈민 품팔이꾼이며, 그러기에 게으르고 의욕이 없으면서도 근면하기 이를 데 없고, 예의와 염치를 존중하면서도 무슨 염치없는 짓이든지 서슴지 않고 하지 않을 수 없는 것이 홍부가 지닌 심각한 내적 갈등이다.[9]

（놀부는） 돈을 위해서 살고, 돈을 모으기 위해서는 수단을 가리지 않는다는 그의 생활과 맞지 않는 일체의 기존도덕이나 관념을 저버렸기에, 생활과 의식 사이에 아무런 거리가 없기에, 놀부에게는 내적 갈등이라고는 없고 오직 외부의 적과의 대립 또는 갈등이 있을 뿐이다.[10]

---

9) 조동일, 「홍부전의 양면성」, 『홍부전연구』, 집문당, 1991, 279쪽.

조동일의 논리에 따르면, 흥부가 "게으르고 의욕이 없으면서도 근면하기 이를 데 없고, 예의와 염치를 존중하면서도 무슨 염치없는 짓이든지 서슴지 않"는 모순된 성격을 지니고 있는 것은 결국 판소리계 소설이 지닌 표면적 주제와 이면적 주제 사이의 갈등에서 오는 것이다. 여전히 사회의 관습화된 사고방식을 지배하면서도 조선조 후기의 변화하는 현실에 대한 대처능력을 상실해버린 기존의 낡고 무능한 유교적 도덕관념과, 변화하는 현실에 적극적으로 대처하려는 실리주의적인 새로운 사회 세력 사이의 갈등을 미묘하게 드러내면서, 양자의 욕망을 함께 충족시키기 위해서 「흥부전」은 그와 같은 자체의 모순을 감수할 수밖에 없었다는 것이다. 조동일은 여기에서 "흥부가 지닌 몰락 양반의 무능을 조롱하며 놀부의 진취적인 능력에 친근감을 갖는 관점"[11]이 이 시기 상공업 등을 통해서 경제적 부를 축적한 신흥세력의 욕망을 반영한 것임을 중시하면서, 은연중 흥부보다는 놀부 쪽에 작품의 비중을 두고 있다.

그 반면 임형택은 「흥부전」을 매우 도덕적인 관점에서 분석해나간 앞의 논문에서 "흥부라는 인물이 피나는 노력에도 굶주려야 되는 반면에 놀부라는 인물이 악질적인 행위에도 부자로 잘살고 있는 현실의 모순, 이것이 문제이다"[12]라는 말로 「흥부전」의 주제를 요약하면서, 흥부와 놀부에 대해 다음과 같이 논하고 있다.

우리는 흥부를 봉건사회 말기의 보수적이고 반시대적인 유형으로 처리해버린 점에 반대한다. 흥부를 무기력하며 게으르고 현실에 어두운 자로 보아넘긴 관점에 대해서도 수긍할 수 없다. (……) 흥부는 양심을 잃지 않고 근면으로 가난을 극복하려는 서민적인 인간상을 분명히 반영하고 있다.[13]

---

10) 앞의 책, 281쪽.
11) 같은 책, 309쪽.
12) 임형택, 「흥부전의 역사적 현실성」, 같은 책, 329쪽.

　　놀부는 철저히 반도덕적이고 반사회적이었다. (……) 놀부를 망친 것은
제비나 박씨의 신통력이 아니라 놀부 자신이었던 것이다. 그것은 그를 치
부하게 한 과도한 이익추구열, 바로 이것 때문이었다. 즉 놀부는 자신이 가
지고 있는 모순 때문에 멸망을 자초한 것이다.[14]

　　임형택 또한 조동일과 마찬가지로 「흥부전」이 상공업의 발달로 인한
조선조 후기 봉건사회의 해체적 징후를 일정 정도 반영하고 있으며, 놀
부의 반도덕적이며 반사회적인 성격이 기존의 "봉건윤리를 분해하는 작
용을 하고 있다는 점에서 역사적으로 일정한 진보적인 의미를 갖는"[15]
다고 말하면서도, 흥부와 놀부의 갈등을 기존세력과 신흥세력과의 갈등
의 한 양상으로 보는 조동일과는 달리, 조선조 후기에 생겨나기 시작한
그릇된 자본주의적 이해관계나 경제위주의 논리가 농촌공동체를 냉엄한
이익사회적 성격으로 변질시켜감에 따라 파생된 농촌사회 내부의 갈등
이 작품 속에 수용된 결과라고 보고 있다. 그러나 이러한 논리가 지닌 나
름대로의 타당성을 인정한다고 하더라도, 흥부와 놀부에 대한 인물분석
을 양극화된 긍부정의 도덕적 관점으로 몰아가는 임형택의 논조는 때로
매우 준엄할 정도로 완강한 것이어서, 마치 도덕 교과서를 다루는 것처
럼 문학 텍스트에 접근한다는 인상마저 불러일으킨다.

### 4) 관습화된 도덕적 명분의 허구성 ─ 「놀부뎐」

　　최인훈의 「놀부뎐」은, 굳이 말한다면, 「흥부전」에 대해서 임형택보다
는 조동일의 관점에 가까운 해석을 보여주고 있다. 「놀부뎐」은 제목 그
대로 「흥부전」을 완전히 놀부의 입장에서 재서술해나간 작품이다. 따라

---

13) 앞의 책, 327쪽.
14) 같은 책, 320, 347쪽.
15) 같은 책, 320쪽.

서 시종일관 판소리적인 서술체로 이 작품을 이끌어가고 있는 작중화자
는 놀부이다. 때로는 항변으로, 때로는 탄식으로 흥부＝선, 놀부＝악이
라는 기존의 고정관념을 신랄하게 비판하는 놀부의 목소리는, 작품의 서
두에서 다음과 같이 터져나온다.

> 세상의벗님네야 이내푸념 들어보오 광대글쟁이 심사를볼작시면 세상일
> 다아드키 못본일본드키 옥황상제염라대왕 승지노릇지낸듯이 남의일 제일
> 같이 잘도줏어섬기지만 무딘붓 함부로놀려 무고인생해친것이 가히 도척
> 의뺨치겠드(279쪽)

이처럼 놀부가 자신을 「흥부전」의 작중인물로 만들어낸 "광대글쟁이"
들을 격렬하게 통박하는 것으로 시작되는 이 작품이 이러한 서술방식을
통해서 문제삼는 것은 「춘향뎐」과 마찬가지로 놀부라는 허구의 인물을
창조해낸 당시의 시대적 욕망이다. 「놀부뎐」은 원전 내용에 대한 부분적
인 재구성에도 불구하고 「춘향뎐」과는 달리 「흥부전」의 판소리적인 서
술체를 그대로 유지하면서, 흥부를 긍정적인 인물로 부각시키는 「흥부
전」의 표면적인 문맥에서 드러나지 않던 놀부의 심리적 정황을 놀부 자
신의 직접적인 변설로 풀어나가고 있다. 놀부의 변설을 풀어나가는 과정
에서 이 작품은 도덕적인 선악의 차원에서 이해되어온 놀부의 성격이나
행위를 철저히 당대의 현실상황의 논리 위에서 보다 이해어린 시각으로
부각시키고자 노력하며, 그를 통해 놀부라는 허구의 인물이 내포하고 있
는 보다 다층위적인 사회적 의미를 읽어냄으로써, 「흥부전」이 생산된 시
대의 관습화된 욕망이나 상상체계를 보다 근본적인 반성의 대상으로 올
려놓는다.

먼저 「놀부뎐」은 흥부의 가난과 놀부의 부유함이 착하고 선하다는 두
인물의 인간적인 심성의 차이에서 비롯된 것이 아니라, 개인적인 노력의
차이에서 비롯된 것일 뿐만 아니라, 더 나아가서 위선과 허위에 가득한

양반사회로 대표되는 당시의 사회적 부패와 깊은 함수관계를 갖는 것임을 역설한다. 따라서 자신을 부정적인 인물로 만들어낸 "광대글쟁이"들에 대한 놀부의 항변은 곧이어 양반들에 대한 항변으로 이어지며, 그 항변 속에서 흥부와 놀부는 똑같은 피해자로 부각된다. 작품이 진행되는 순서를 따라가면서 그 과정을 좀더 상세하게 살펴보도록 하자.

「놀부뎐」에서 놀부가 흥부보다 잘살게 되는 것은 부모로부터 똑같은 양으로 물려받은 재산을 놀부가 조금씩 부지런히 늘려간 반면, 흥부는 일확천금의 허황된 꿈을 꾸다가 못된 무리에게 사기당했기 때문인 것으로 그려진다. 놀부는 "술집에가술거르기 초상난집의제복짓기 대사치르는집의 그릇닦기 굿하는집의 떡만들기 시궁발치의 오줌치기 해빙때면나물캐기 봄보리갈아보리놓기 이월동풍에가래질하기 삼사월부침질하기 일등전답의무논갈기 이집저집돌아가며이엉엮기 궂은날에는멍석맺기 시장갓에나무베기 곡식장수의역인서기"(281쪽) 등 진일 궂은일 가리지 않고 부지런히 재산을 모으는데, 놀부의 이와 같은 부지런함은 체면보다는 현실적인 이익을 중시하는 그의 실리주의적인 사고를 바탕으로 하고 있다. "세상이간사하여 자수성가에제살림하는놈 미워라하고 속떨떨사람실없어서 속아사는놈 옳다하니 그속이 번연한즉 사촌이논사면 배아픈게심사"(281쪽)와 같은 구절에서 놀부가 자신을 욕하는 사람들의 간사함을 비난하거나, "저먹을양식 갖고나다니 어느세상의 못된시러베아들놈이 오뉴월염병등의 헛소리잠꼬댄? 먹는입이일손이요 손마다일이고보면 가난할리만무커늘"(281쪽)에서 흥부의 가난함이 흥부 자신의 게으름에서 비롯된 것임을 통탄하면서, 놀부가 자신의 부유함이 정직한 개인적 노력에 의한 것임을 강변하는 것 또한 그와 같은 실리주의적인 사고방식을 바탕으로 하고 있다. 그러한 실리주의적인 사고는 "남에게 싫은소리없이 제울타리지켜질까 모진맘독한서슬없이 놓은빚걷히며 낱알을세고필육을사리는일않고 광이어찌찰?"(283쪽)라는 구절에서 나타나는바, 놀부의 인색함과 심술궂은 성격 또한, 못된 천성에 의한 것이라기보다는 재산을 늘리려는 모진 마음에서 어쩔 수 없이 생겨난 것이라는 놀부의 항변으로 이어지기도 한다. 다음 구절은 이 작품에서 놀부가 자신의 실리주의적인 논리를 어떻게 풀어나가고 있는지를 보여주는 예이다.

> 놀부이사람이 엽전속에길을보니 어느것이 높다하며 어느것을 낮다하랴 앉아서도돈이요 누워서도돈이요 이리돌려돈이요 저리돌려돈이요 풀어놓은돈이요 몰아놓은돈이요 (……) 대들면서돈이요 비껴놓고돈이요 바로놓고돈이요 되로주고돈이요 말로받고돈이요 (……) 오매불망돈생각 세상사람이다이같이하면 만물조화좋을시고 물산이홍왕하고 집마다고대광실 가난구제가절로되련만 가련쿠나우민들아 음흉컴컴양반놈들 겉차림에겉속아서 땡전없고땡톨없는놈들이 돈알기를 문둥이발싸개같이보며 궁색살림 뉘탓인듯하고 푼수없는관혼상제 패가망신을마다않는구ㄴ(283쪽)

놀부가 "이세상삶이 풍류아닌 춘추전국"(284쪽)이라고 생각하고 "객담은 개살구요 잇속이 할애비ㄹ"(285쪽)라고 생각하는 것은, "사서오경에 천치이치도 덕경을 통한선비님이 벼슬하면 가렴주구에 탐관오리정측임은 세상이치가 겉은공명이오 속은잇속이라 남죽이고제살자는것이관대 제욕심옥황상제께맡겼소하니 그아니우스운가"(284쪽)라고 양반의 허위의식을 야유하면서, 위선에 가득 찬 체면치레나 쓸모없는 탁상공론만을 일삼는 양반사회를 신랄하게 비판하는 것과 동일한 차원에서 이루어진다. 결국 놀부의 실리주의적인 현실논리가 궁극적으로 비판하는 대상은 허울좋은 도덕적 명분으로 위장한 양반사회의 부패한 탐욕과 도덕의 타락인 것이다. 이 작품을 지배하고 있는 놀부의 냉정한 실리주의적인 논리가 논리 그 자체의 긍부정적인 측면과는 별개로 설득력 있는 의미를 지니는 것은, 그러한 논리가 당시의 유교적인 도덕관념 뒤에 숨은 타락한 현실을 신랄하게 비판하는 하나의 효과적인 도구로 활용되고 있기 때문일 것이다.

「놀부뎐」에서 갑자기 큰부자가 된 흥부가 그 연유를 묻는 놀부에게 박씨를 물어다준 제비 이야기를 하는 부분은 그와 같은 현실주의적 논리가 가장 극명하게 드러나는 부분이다. 박씨 이야기를 다 들은 후의 놀부의 반응은 우리가 「흥부전」을 통해서 알고 있는 내용과 완전히 상반된 것이다. 즉 놀부는 "말을듣고보매 허황한듯에도 어이없고우둔하기그지없드 공부자이 귀신을모른다함이이천년전이요 (……) 밝은천지에 이무슨해괴한억설이란말인? 형제지간은 그렇거니와 이일이인근고을 관아에펴지는때 장차그일을어찌할것인?"(288쪽)라고 생각함으로써, 박씨를 물어다 준 제비 설화가 지닌 비현실성을 완전히 제거해버리는 것이다. 따라서 이 부분에서 흥부가 일확천금으로 갑자기 부유해진 것은 기실 착한 흥부에 대한 권선징악적 보상에 의한 것이 아니라, 흥부가, 아마도 당파싸움으로 잠시 파직당한 관리가 묻었을 보물궤짝을 우연히 발견했기 때문인 것으로 표현된다. 이처럼 「놀부뎐」이 「흥부전」이 지닌 설화적 요소들을 제거하면서 그것을 가차없는 사실주의적 상황으로 재구성해내는 것은, 「춘향뎐」이 춘향의 신분상승으로 귀착되는 결말부분을 춘향과 이도령의 야반도주로 뒤바꾸면서 하나의 전설적인 상황을 만들어내고 있는 것과 극명하게 대비되는 것이라 아니할 수 없다. 이 작품은 흥부를 큰부자로 만들고 놀부를 몰락케 하는 이야기 속의 비현실적 요소들을 깡그리 벗겨냄으로써 다음의 구절에서와 같이, 환상이 아닌 현실의 냉엄한 논리를 보여주는 것이다.[16)]

---

16) 「놀부뎐」이 박씨를 문 제비 이야기를 둘러싼 비현실적인 상황을 현실적인 상황으로 재구성하고 있는 반면, 「춘향뎐」이 「춘향전」이 지닌 당대의 현실적 욕망을 환상적인 상황설정을 통해서 해체시키고 있는 것은 분명 흥미로운 대조이다. 그러나 환상 벗겨내기와 환상 씌우기의 이러한 대립된 서술태도는 이들 작품에서 「춘향전」과 「흥부전」을 가능케 한 당대의 제도적 욕망에 대한 동일한 패러디의 효과를 지향하고 있는 것으로 보인다. 「흥부전」이 당시 사람들의 의식을 지배하고 있었던 현실적 욕망을 비현실적 상황의 설정에 의해 해소시키려 한 것이라면(따라서 그와 같은 비현실적 상황 자체가 당대의 심리적 리얼리티의 한

　　강남제비박씨받아 흥부이치부했다니이아니기막힌가. 어느세상에가난
한놈 박씨물어다주는 복제비있다던7 왜제비양제비가 너희를살리더냐 청
제비노제비가 너희를살리더냐 제비좋아하네 제비를기다리다 밭갈기를 잊
었으며 씨뿌리기잊었구ㄴ(294쪽)


　　이러한 현실주의적인 논리에 의해, 작중상황은 놀부가 "내동기어찌하
여 심지가날과같지못하여 남에게지고살고 청승더럭더럭 하분하여 고운
놈매하나더하였더니 참대같이뚫지못하고 꼬부랑그른길에들었구나"
(291쪽)라고 한탄하며, 흥부를 꾸짖어 보물궤짝을 도로 묻으러 가는 대
목 이후에 완전히 반전되어버린다. 그 보물은 놀부의 짐작대로 조석지간
으로 변하는 당파싸움에 의해 파직된 전라감사의 것이었고, 보물을 도로
파묻으러 갔다가 전라감사의 부하들에게 붙잡힌 흥부와 놀부는 계속되
는 고문과 닦달에 시달린 끝에 마침내 옥중원혼이 되고 마는 것이다.[17]
결국 흥부와 함께 옥에 갇혀 날마다 탐관오리의 돈 울거내는 매질에 시
달리던 놀부는 흥부에게 진한 우애의 정을 느끼며 "부귀가일장춘몽이요
철령넘어가는뜬구름이구ㄴ"(292쪽)라는 인식에 도달하게 된다. 놀부에
대한 긍정어린 시각과 부정어린 시각 사이의 미묘한 갈등의 균형관계를
유지하면서, 놀부가 지닌 양면적인 성격에 대한 해석적 관점의 주요한
토대를 제공해주던 이 작품의 현실주의적 논리는 이와 같은 작중상황의
반전에 의해 보다 복합적인 의미망을 지니게 된다.

<hr>

반영이라면), 「춘향뎐」에서 환상은 현실적 욕망의 상상적 실현이 아니라, 그에 대한 도전
이라는 전략적 의미를 지니는 것이라고 할 수 있다. 그렇다면 환상 벗겨내기와 환상 씌우기
의 서술전략은, 고전소설의 관습화된 담론방식으로서의 설화적 기법 자체를 해체하고 재
구성함으로써, 고전소설의 문학관습을 모방하면서 동시에 그 관습이 하나의 인위적 장치
임을 노출시키는 패러디적 기능과 긴밀하게 연결되어 있는 것이다.
17) 「흥부전」에서 놀부가 타는 박에서 튀어나와 놀부가 노비의 자식임을 밝히고, 그것을
빌미삼아 돈을 빼앗아가던 양반들이 여기에서는 놀부를 옥에 가둔 탐관오리로 바뀐다.

여기에서 무엇보다 우리가 주목해야 할 것은 「놀부뎐」이 보여주는 놀부의 실리주의적인 태도가 형제간의 우애라는 도덕적 규범과 대립하는 것이 아니라는 점이다. 오히려 놀부의 실리주의는, 그 양자를 대립시키는 고전적 관점의 허구성을 통박하는 놀부의 변설을 보다 설득력 있게 받쳐주는 중요한 역할을 하고 있다. 즉 「놀부뎐」은 놀부가 흥부의 게으름과 무능력함을 개탄하면서도, 결국은 놀부가 흥부와 함께 죽음을 당하는 상황을 설정함으로써, 놀부와 흥부를 도덕적인 선악의 논리로 대립시키는 당대의 관점을 넘어, 그 둘을 진정한 인간적 덕목으로서의 형제간의 사랑으로 결합시킨다. 따라서 이 작품에서 놀부의 실리주의적인 사고와 대립하고 있는 것은 기실 형제간의 우애 그 자체가 아니라, 형제간의 우애라는 인간적 덕목이 관습화된 도덕적 명분으로 봉건시대의 의식을 지배하는 방식이다. 안으로부터 우러나온 도덕이 아닌, 밖으로부터 강요되는 도덕이 가져오는 억압적인 흑백논리의 허구성에 대한 작가의 비판적 인식은 "세상일에 속에는속이있고 곡절뒤에곡절인데 겉보고속보지 않으니 제가저를속이며"(294쪽)라는 구절이나, "착한흥부가난하고 악한놀부부유하며 착한흥부부유차니 도둑놈이되었으며 악한놀부착하자니 재물목숨 잃고서야 이루었다"(295쪽)와 같은 구절들에서도 읽을 수 있다.[18] 탐관오리의 가혹한 수탈에 의해 재산을 모두 빼앗긴 채 옥사하게 되는 「놀부뎐」에서의 놀부와 흥부의 죽음이, 도덕적인 선악의 심판에 의한 죽음이 아니라 허위의식에 가득 찬 당시의 부패한 제도적 현실에 부

---

18) 이런 점에서 「춘향뎐」과 「놀부뎐」이 남녀간의 사랑과 형제간의 우애를 유교적인 정조 관념이나 형제간의 우애라는 정형화된 도덕적 틀이 아닌, 보다 순수한 심리적 현상의 차원에서 접근해들어가고 있다는 점은 새삼 주목을 요한다. 「춘향전」과 「흥부전」에서 춘향이 사랑의 성취를 이루거나 놀부가 자신의 탐욕에 의해서 파멸한다는 이야기의 설정이 유교적인 윤리체계와의 일정한 타협 아래 이루어짐으로써, 근본적으로 체제 내적 한계를 고스란히 반영하고 있는 것이라면, 「춘향뎐」과 「놀부뎐」에서 춘향이 야반도주하거나 놀부가 옥사하는 것은, 그러한 타협의 논리를 스스로 벗어던짐으로써, 이들 작품이 사랑과 우애라는 인간적 덕목을 유교체제에 대한 보다 근본적인 비판적, 혹은 저항적 코드로 설정하려는 태도의 한 표현이라고 할 수 있을 것이다.

딪쳐 좌초한 무력한 개인의 죽음으로 그려지는 것도, 고전 「흥부전」의 도덕적인 문맥을 보다 엄정한 현실주의적 논리로 재구성하려는 작가의 노력을 보여주는 것이다. 결국 「놀부뎐」은 놀부의 실리주의적인 사고와 형제간의 우애라는 인간적 덕목을 하나로 감싸안는 과정에서, 당시 유교 사회의 경제적 무능과 위선적인 도덕관념 모두를 반성의 대상으로 올려놓음으로써, 「흥부전」이 내장하고 있는 의미를 보다 다층위적인 시각으로 읽으려 한 작품이라고 할 수 있다.

## 3. 고전소설의 구조적 차용 ─ 「구운몽」

1) 둥글고 총체적인 환상의 세계 ─ 고전 『구운몽』

김만중의 『구운몽』에 관한 연구는, 김만중의 전기(傳記)적 사실과 관련된 작품의 창작배경이나 이본들에 대한 정리작업, 혹은 작품의 주제와 구조적 특성, 사상적 배경 등을 밝히거나, 분석심리학적 방법론을 적용한 작품해석 등, 다양한 형태의 연구성과들이 축적되어 있음에도 불구하고, 아직까지 작품의 제작연대나 원전의 표기문자에 관한 최종적인 논증이 이루어지지 않은 상태이다. 뿐만 아니라 필자가 살펴본 바로『구운몽』에 관한 연구는 그 양적인 축적에도 불구하고 질적인 성과는 그리 풍요로운 수준에 도달해 있다고 말하기 어려울 듯싶다. 사상적인 배경에 관한 연구만 해도, 유·불·선 삼교의 화합사상을 보여주는 작품이니, 불교적 사상이 지배적인 작품이니, 혹은 불교사상 중에서도『금강경』의 공(空) 사상을 중심으로 한 작품이니 하고 의견들이 분분한 듯하지만, 그 의견의 분분함만큼이나 그와 같은 논의들이『구운몽』이 내장하고 있는 문학적 의미를 풍부하게 발굴해내는 데 그다지 생산적인 기여를 해온 것 같지는 않다. 이를테면『구운몽』의 주제에 관한 논의에서도 대개는, 작품의 주제를 "인간의 부귀공명이란 한바탕 꿈에 지나지 않는다"[19]라거나,

"인생의 허무를 대각(大覺)하여 영생불멸의 불계(佛界)에 귀의한다" [20] 는, 혹은 "『구운몽』은 『금강경』을 바탕으로 공사상을 중심으로 한, 말하자면 인생의 부귀영화를 일장춘몽으로 보는 그 주지에 바탕된 작품이다" [21] 등으로 규정짓는, 다소 피상적인 수준의 논의가 일반화되어 있는 것으로 보인다. 물론 이와는 다른 해석을 시도하는 논문들이 없는 것은 아니지만, 이러한 논문들도 대개의 경우, 『구운몽』의 문학적 특성을 정밀하고도 설득력 있는 시각으로 밝혀놓는 데 있어 크게 만족할 만한 성과에 도달해 있다고 말하기는 어려울 것 같다.

그중에서도 조동일의 「『구운몽』과 『금강경』, 무엇이 문제인가?」라는 글은, 비록 그 길이는 짧지만, 『구운몽』에 대한 매우 시사적인 견해를 담고 있어 주목된다. 앞에서 거론한 『구운몽』의 주제에 대한 기왕의 관점들이 양소유의 세계보다는 성진의 세계에 보다 더 큰 비중을 둔 견해들이라고 할 수 있다면, 조동일은 이 글에서 성진의 세계보다는 양소유의 세계에서 소설로서의 『구운몽』의 진정한 문학적 본질을 찾아야 한다고 주장한다. 그것은 물론 소설 전체의 양적인 규모에서 양소유의 세계에 대한 묘사가 성진의 세계에 비해 훨씬 많은 분량을 차지하고 있다는 피상적인 이유 때문만은 아니다.

작자 김만중은 성진을 내세우기 위해서 양소유를 그렸다고 할지 모르나 그런 것은 아니다. 양소유는 꿈속의 인물이라고 하지만 양소유의 일생에서 일어나는 사건이 참으로 자세하게 실감 있게 그려져 있고, 자세하고 실감 있다고 인정되는 정도에 따라서 사실은 "양소유적인" 이 작품의 성패가 결정된다. (……) 독자도 자기를 양소유와 동일시하거나 양소유의 부인이 되는 팔선녀와 차례로 동일시하면서 이 작품에서 공감을 느꼈기 때문에 이

---

19) 박정의, 『구운몽의 사상적 배경 연구』, 동아출판사, 1970, 51쪽.

20) 이재수, 「구운몽고」, 『한국소설연구』, 선명문화사, 1979, 259쪽.

21) 정규복, 『구운몽연구』, 고려대 출판부, 1979, 266쪽.

작품이 그만큼 인기를 얻을 수 있었다. (……) 꿈속의 인물인 양소유는 그
만큼 실감이 있고, 꿈을 깬 인물이라고 하는 성진은 오히려 몽롱한 존재일
따름이다. (……) 작자든 독자든 누구도 성진으로서 살아가면서 이 소설
을 대하지는 않았다. 양소유의 세계에서 양소유만큼 순탄하게 욕망을 성취
해나가지는 않으면서 그러기를 바라는 사람들이 실제로 누리고 있는 삶이
꿈이라고 가정을 해본 것이다.[22]

결국 『구운몽』에 소설로서의 생명력을 부여하고, 이 작품을 무미건조
한 도덕 교과서가 아닌 문학적 고전으로서 지금까지 읽히게 만드는 힘은
성진의 세계가 아닌 양소유의 세계로부터 나오는 것이다. 조동일의 이와
같은 관점을 좀더 밀고나가보면, 『구운몽』을 창작하게 된 김만중의 진정
한 문학적 욕망은 양소유의 세계에 바탕을 두고 있지만, 『구운몽』이 양
소유의 세계에 들어가기 위해서 성진의 세계를 거칠 수밖에 없도록 구성
되어 있는 것은, 결국 고전소설 특유의 교훈적 특성이 작품 자체를 기본
적으로 간섭하고 있기 때문은 아닌가라는 생각 또한 가능해진다. 이런
점에서 본다면, 작품 속에서 성진의 세계는 결국 밖으로는 양소유의 세
계가 지닌 세속적 욕망의 덧없음을 보여주면서(이를테면 부귀영화는 일
장춘몽이라는 식의 주제를 통해), 동시에 안으로는 그것을 지속적으로 연
장시키는(양소유는 세속 현실에서의 모든 부귀영화를 누린 끝에 성진의 세
계 속에서 마침내 "불생불멸한 정과正果를 얻"[23]고 극락세계에 이른다) 역할
을 하는 것으로 볼 수 있다.

표면상 『구운몽』에서 성진의 세계는 현실세계로, 양소유의 세계는 꿈
의 세계로 설정되어 있지만, 보다 현실적인 실감에 가깝게 다가서 있는
것은 성진의 세계이기보다는 오히려 양소유의 세계라고 할 수 있다. 그

---

22) 김열규·신동욱 편, 『김만중연구』, 새문사, 1983, Ⅲ-17쪽

23) 이가원 역, 『구운몽』, 연세대 출판부, 1970, 326쪽. 앞으로 『구운몽』에 관한 인용은 모
두 이 책에 의하며, 인용 쪽수는 본문에 괄호로 표기한다.

것은 조동일의 지적대로 성진의 세계가 탈속화된 성불(成佛)의 논리가 지배하는 세계라면, 양소유의 세계는 유교적인 현실논리가 더 지배적인 세계이기 때문이기도 하고, 성진의 세계가 관념화된 이상세계인 반면, 양소유의 세계는 인간의 현실적 욕망이 지향하는 가장 궁극의 경지를 반영하는 세계이기 때문이기도 하다.

그런데 『구운몽』이 지닌 풍요로운 문학적 향취는 표면상 대립적인 것으로 설정되어 있는 성진의 세계와 양소유의 세계가 기실 배타적인 대립의 논리가 아닌, 상호결합의, 혹은 연속의 논리 위에 서 있다는 점에서 비롯된다고 볼 수 있다. 즉 작품 속에서 성진의 세계가 지닌 교훈적인 요소는 양소유의 세속적인 욕망의 현실을 폭넓게 포용하고 있는데(혹은 그 역일 수도 있다), 여기에서 "삶의 무상성에 대한 궁극적인 자각이 동양적 세계관 속에서 이루어지게 하기 위하여, 육관대사를 통해 서포가 양소유에게 내린 벌이 부귀영화인 것이"[24]라는 관점은 주목할 만하다. 흔히 궁극적인 깨달음의 경지에 이르기 위한 방법으로 세속적인 욕망으로 인한 가혹한 시련을 부과하는, 그럼으로써 깨달음의 경지와 세속적인 욕망을 대립적인 것으로 인식하는 고정관념을 과감하게 깨뜨리면서, 『구운몽』이 양소유로 하여금 모든 부귀영화를 누리게 하는 것은, "네 스스로 가고자 할 새 가라 함이니 어찌 머무리오. 또 네가 '어데로 가리오' 하니 네 가고져 하는 곳이 곧 너의 가히 돌아갈 곳이라"(55쪽)는, 혹은 "네가 이곳에 돌아오고져 할진대 내가 친히 다려올지니"(56쪽)라는 육관대사의 말대로, 외부적인 강제나 억압이 아닌 자발적인 순리와 조화를 따르는 세계관을 그 바탕으로 하고 있는 것이다.[25] 『구운몽』은 표면상으로는 이원적 구조를 취하고 있음에도 불구하고, 성진의 세계와 양소유의

---

24) 장경렬, 「구운몽의 이원구조와 문학적 형상화의 문제」, 『현대소설』 1991년 여름호, 254쪽.

25) 이는 성진이 양소유의 삶에서 성진의 삶으로 되돌아오는 것이 "네 흥(興)을 타고 갔다가 흥이 다하여 돌아왔으니"(324쪽)라는 말로 표현되는 것과도 상통하는 것이라 할 수 있다.

세계를 궁극적으로 종속구조나 단절의 구조가 아닌 연속구조로 설정함으로써 동양적인 순리와 조화의 세계관을 완벽하게 구현하고 있는 작품이라고 할 수 있다. 성진의 세계든 양소유의 세계든『구운몽』에는 삶을 위협하는 어떠한 대립이나 갈등도 존재하지 않는다. 행복과 구원은 약속되어 있고, 갈등은 고통이 아닌 즐김의 대상일 뿐이다. 빛과 안온함으로 충만한 둥그런 원의 세계, 그것이 바로『구운몽』의 세계인 것이다.

이러한 점과 관련지어볼 때, 꿈과 현실의 세계로 분리된『구운몽』의 구조적 이원성 자체는 실상 그리 큰 의미를 지니는 것이 아닐는지도 모른다. 이 작품에서 꿈의 세계와 현실세계는 고정된 것이기보다 상대적인 의미의 교차가 가능한 유동적인 것이기 때문에, 표면적인 구조적 이원성이라는 틀만을 가지고『구운몽』을 파악하려고 할 경우, 이 작품이 지닌 풍요로운 문학적 성취의 상당부분을 놓칠 우려가 있다.[26) 작품 속에서

---

26) 구운몽의 이와 같은 구조적 특성과 관련해서 안창수는, "수도자적 깨달음에 도달하는 성진의 삶이 환몽구조라는 형식에 의해 드러남으로써 성진의 깨달음은 관념적으로밖에 실현되지 못하고 있었는데, 이것은 환몽구조라는 형식이『구운몽』의 내용을 일정한 방향으로 제약하는 구속적 장치로서의 역할을 하고 있었기 때문이다"(「구운몽에 나타난 형식과 내용의 관계」,『영남어문학』16집, 1989, 171쪽)라고 함으로써, 성진의 깨달음이 지닌 관념성이 환몽구조라는 형식의 제약에서 비롯된 것이라고 말하고 있다. 그러나 필자가 판단건대, 성진의 깨달음의 세계가 지닌 관념성은, 형식의 제약에 의한 것이라기보다는, 앞서도 말한 것처럼,『구운몽』속에 내재된, 세속적 현실세계와 관념적 이상세계 사이의 욕망의 역학관계에서 비롯되는 것으로 보인다. 꿈과 현실을 대비시켜, 양소유의 세속적 욕망의 세계를 꿈의 세계로 처리한『구운몽』의 형식적 특성 또한 그와 같은 역학관계와의 관련성 속에서 파악되어야 할 것이다. 따라서 성진의 세계가 지닌 관념성은 형식 그 자체의 영역에서보다는 그와 같은 문학형식을 가능케 한 보다 근본적인 세계관의 영역에서 찾아져야 할 것으로 보인다. 특히 성진의 세계가 아닌 양소유의 세계에 작품의 무게중심을 둘 때, 그러한 관념성의 한계는 처음부터 예정되어 있었던 것이라고도 할 수 있다. 왜냐하면 이 경우 성진의 깨달음은, 깨달음 그 자체로서의 독자적인 의미보다는 양소유의 세계를 받쳐주고 완성해주는 보조적인 역할로서의 의미가 더 클 것이기 때문이다(양소유의 삶은 그것이 표면상으로는 성진의 세계에 종속되어 있는 형태를 취하고 있음에도 불구하고, 매우 세밀하고 구체적으로 묘사되어 있는 반면, 성진이 깨달음에 이르게 되는 과정은 구체적인 형상화의 과정 없이 후일담의 형식으로 간단하게 처리되어버리고 마는 것 역시 이와 무관하지 않을 것이다). 오히려『구운몽』의 환몽구조는 그것이 표면적으로는 이원적인 형태를 취하고 있지만,

278

성진의 세계와 양소유의 세계 중 어느 쪽이 진정 현실의 세계이고 꿈이
세계인가를 가늠하기가 어려울뿐더러(앞서도 말한 것처럼, 어떤 면에서는
작품 속에서 현실 세계로 설정된 성진의 세계가 더 환상적인 세계로 느껴진
다), 각각의 세계 내부에서도 현실적인 요소와 환상적인 요소는 부단히
뒤섞이면서 서로의 경계를 넘나들고 있는 것이다. 따라서 이 작품은, 표
면상 현실과 꿈의 이원적인 세계로 구성되어 있지만 기실은 꿈과 현실의
구분이 무의미한 세계, 즉 꿈과 현실이 끊임없이 서로를 끌어당기고 뒤
섞이면서 결국은 하나의 둥글고 총체적인 환상의 세계를 만들어내고 있
는 것이다.[27]


　2) 사랑에 이르는 길 ―「구운몽」
　최인훈의 「구운몽」은 김만중의 『구운몽』과는 어떠한 이야기상의 유사
성도 지니고 있지 않다. 『구운몽』의 내용을 현대적으로 재구성하기보다
는 『구운몽』이 가지고 있는 특정 요소를 매우 복잡하고 교묘한 형태로
차용해오고 있는 이 작품에서 『구운몽』과의 연결고리를 찾자면, 보다
심층적인 단계에서의 구조적 유사성에 주목할 수밖에 없다. 즉 최인훈의
「구운몽」이 김만중의 『구운몽』으로부터 빌려오는 것은 꿈과 현실의 이
원구조, 아니 보다 정확히는 다원구조라는 독특한 구조적 특성이라고 할
수 있는 것이다.
　「구운몽」은 모종의 정치적 반란이 진행되고 있는 현대적 상황(물론 소

---

내부적으로는 현실적 요소와 환상적 요소를 자유롭게 넘나드는 다원화된 복합성을 지님으
로 해서 작품의 미학적 성취를 이루는 데 매우 중요한 기여를 하고 있는 것으로 보인다.
27) 이러한 형식적 특성은 "네 이르되 '꿈과 세상을 나누어 둘이라' 하니 이는 네 꿈을 오히
려 깨지 못하였도다. 장주 꿈에 꿈에 나뷔 되었다가 나뷔 장주 되니 어이 거짓 것이요 어이
참 것인 줄 분변ㅎ지 못하나니 이제 성진과 소유 어이는 참이요 어이는 꿈이뇨"(324쪽)라
는 작품 내의 육관대사의 말과도 부합하는 것이라 할 수 있다. 이렇게 본다면 이원구조임에
도 꿈과 현실의 경계가 불분명한 『구운몽』의 형식적 특성은 그 자체로서 작품의 내용을 가
장 효과적으로 받쳐주고 있는 것이 아닌가?

설 속에서 그것은 하나의 알레고리적 상황으로 나타나지만, 굳이 특정 시기를 거론한다면 4·19혁명을 전후한 상황이 그 시대적 모델이 되었을 것이다) 을 시대배경으로, 고전 『구운몽』이 지니고 있는 꿈과 현실의 복합적인 상호관련 양상을, 주인공 독고민이 겪는 기이한 상황과 그 상황을 둘러싸고 있는 또다른 몇 겹의 이야기 층위가 복잡하게 뒤얽혀나가는 과정을 통해 매우 독특한 방식으로 활용하고 있다. 그러나 『구운몽』에서 성진과 양소유가 서로 동일인물이지만, 의식상으로는 별개의 인물로 그려짐으로써 인물들의 의식 속에서 뚜렷한 내면적 단절이 이루어지고 있는 것과는 달리, 「구운몽」에서의 독고민은 그를 둘러싸고 벌어지는 갖가지 환상적인 상황의 변화에 극심한 혼란을 겪으면서도 독고민으로서의 의식상의 연속성을 유지하고 있다. 물론 독고민이 작품 속에서 사라지고 작품의 무대가 완전히 다른 이야기 층위로 옮아가면서 독고민이 이끌어가던 이야기의 층위와는 다른 인물들이 등장하게 되는 작품의 끝부분까지 고려한다면, 「구운몽」에서의 인물들의 의식상의 단절은 『구운몽』보다 더 두드러진다고 할 수 있다. 의식상의 단절에도 불구하고 성진과 양소유가 동일인물임이 명백한 『구운몽』과는 달리, 독고민이 사건의 중심이 되는 이야기 층위와, 다른 이야기 층위에서 그와 유사한 인물로 추정할 만한 인물 사이에는 그들을 동일인물이라고 단정할만한 명확한 연결고리가 전혀 제시되어 있지 않기 때문이다.

실상 최인훈의 「구운몽」은 그 구성이 고도로 정교한 은유의 방식으로 직조되어 있기 때문에, 작품이 지니고 있는 각각의 혼란스러운 이야기 요소들을 분석해서 그것을 하나의 정돈된 의미체계로 묶어내기란 매우 지난한 일에 속한다. 일단 작품은 주인공인 독고민의 꿈으로부터 시작된다. 춥고 어두운 관 속에 누워 있는 그를 어떤 "부드럽고 따뜻한 목소리"[28] 가 끌어내지만, 관 밖으로 나오자 아무도 없다는 내용의 꿈을 서술한 뒤, 관

---

28) 최인훈, 『광장 / 구운몽』, 문학과지성사, 1991, 173쪽. 앞으로 「구운몽」에 대한 모든 인용은 이 책에 의하며, 인용 쪽수는 본문에 괄호로 표기한다.

속에서 걸어나오는 독고민의 모습은 곧바로 춥고 어두운 밤 자신의 낡은 아파트로 돌아오는 현실의 상황으로 연결된다. 이 상황에서 독고민이 처해 있는 것은 미래에 대한 어떠한 희망도 없는 가난하고 황량한 삶이다. 그런데 이야기는 독고민이 오래 전에 그의 사랑을 배신하고 도망간, 그의 '첫사랑의 여자'인 숙이로부터 온 편지(사실 그 편지에는 발신인이 적혀 있지 않고, 따라서 그것이 숙이로부터 온 편지라는 구체적인 증거는 없다. 다만 독고민에 의해 그것이 숙이의 편지로 받아들여질 뿐이다)를 받고, 편지에 적힌 대로 '미궁다방'으로 숙이를 만나러 가는 부분에서부터 기이하고도 환상적인 상황 속으로 진입하게 된다. 숙이는 독고민의 삶 속에서 유일하게 행복했던 순간을 같이한 미군부대의 소위 '양부인'으로, 이전에 독고민의 예금통장을 가지고 달아났던 여자이다. 그녀의 도주는 그에 대한 그녀의 행실로 미루어 처음부터 예측 가능한 것이었지만, "증류수처럼 순수"(178쪽)하게 숙이를 사랑했고, 지금도 여전히 사랑하고 있는 독고민에게는 그녀의 그러한 실체가 보이지 않는다. 미궁다방에서의 재회가 이루어지지 못한 후, 독고민은 그야말로 미궁과도 같은 상황에 연속적으로 빠져들게 되는데, 그러한 상황 속에서 그는 끊임없이 "어디선가 많이 본 여자 같"(181쪽)은, 혹은 더 구체적으로는 "왼쪽 뺨에 까만 점이 눈을 끄"(208쪽)는 여자들을 만나게 된다. 특히 '왼쪽 뺨에 있는 까만 점'이 숙이의 대표적인 신체적 특징이라는 점을 염두에 둔다면, 작품 속에 등장하는 '왼쪽 뺨에 까만 점이 있는 여자'들은 모두 숙이라는 동일한 한 인물에게로 수렴되는 것으로 볼 수 있다.[29]

숙이를 만나지 못하고 돌아오는 몹시 추운 겨울밤에 독고민이 "때는

---

[29] 작품 속에는 숙이까지 포함해서 여덟 명(작품 속에서 김용길 박사가 보는 책 속의 관세음보살 사진까지 포함하면 아홉 명일 수도 있지만, 그 관세음보살을 작중인물로 보기는 어렵다)의 '왼쪽 뺨에 까만 점이 있는 여자'들이 등장하는데, 굳이 의미를 부여하자면 이들을 팔선녀의 한 변형으로 볼 수도 있겠다. 그러나 그러한 숫자상의 일치가 이 작품에서 어떤 특별한 의미를 가지고 있는 것 같지는 않다.

아직 이를 텐데 지나는 사람이 통 없"(183쪽)는 황량한 거리를 지날 때
부터 독고민에게는 기이한 상황들이 연속해서 닥쳐온다. 그 기이한 상황
은 "마치 궤도에 올라앉은 기관차처럼, 벗어나서 달리려고 기를 쓰면 쓸
수록"(199쪽) 점점 더 그를 혼란스러운 미궁 속으로 이끌고 들어간다.
그가 제일 먼저 부딪히게 되는 상황은 한 떼의 사람들이 모여 소란스럽
게 문학에 대해 떠들면서 시 낭송을 하고 있는 어느 찻집 안이다. 그런데
몸을 녹이면서 그들의 소란을 지켜보고 있던 독고민에게 사람들이 갑자
기 마치 이전부터 알아왔던 사람을 대하듯 독고민을 "존경과 사랑에 넘
친 얼굴"(191쪽)로 바라보며, 그에게 한 말씀해줄 것을 간절히 요구한
다. 독고민이 두려움으로 찻집을 뛰쳐나오자, 그들은 소리를 지르면서
그를 쫓아나온다. 그들에게 쫓기면서 독고민은 생각한다.

도대체 그녀는 왜 편지했을까. 나오지도 않을 자리에 그를 불러낸 속셈
은 무엇이었을까? 그리고 그 찻집에서 민이더러 선생님이라 부르면서 자
꾸 무엇인가 말해달라던 그 사람들은 대체 왜 그랬을까. 그 모든 일이 숙의
편지와 줄이 닿아 있는 성싶었다. 혹시 그 사람들은 그녀와 잘 아는 사일지
도 모른다.(193쪽)

위의 구절은 숙이와의 재회가 이루어지지 못한 후, 닥쳐오는 일련의
상황들이 궁극적으로 어떠한 의미를 갖는가를 암시해주는 하나의 단서
라고 할 수 있다. 여기에서 우리의 주목을 끄는 것은 독고민이 쫓겨 달아
날 때, 정체불명의 '혁명군 방송'이라는 이름으로 스피커에서 흘러나오
는 다음과 같은 말이다.

우리. 자유란 낱말을 사랑만큼이나 애틋이 불러봐야 하는 시대를 살아
야 했던 우리. 공화국이란 낱말을 사랑이란 낱말만큼이나 애틋하게 소리내
야 하는 시대를 살아야 했던 우리. 배들은 가라앉았습니다. 굴뚝은 꺾어졌

습니다. 꽃은 짓밟혔습니다. 공원은 더럽혀졌습니다. 연인들은 강간당했습니다. 우리는 일어섰습니다. 상어보다 날카로운 배를 다시 짓기 위하여. (……) 오, 그리고 연인들을 뺏아내기 위하여. 압제자들에게 죽음을 안겨주기 위하여 시민 여러분 무기를 잡으십시오.(200쪽)

사랑이란 말은 여기에서, 압제자들에게 항거하는 것이 강간당한 연인들을 빼앗아오는 일에 비유됨으로써, 자유와 동일한 차원의 의미를 지니게 된다. 이처럼 연인들의 사랑과 정치적 자유를 동일한 위상 위에 올려놓을 경우, 독고민에게 첫사랑의 여자였던 숙이가 미군부대의 양부인이라는 사실은 매우 상징적인 의미를 지니고 있는 것으로 보인다. 즉 독고민이 숙이에게 품었던 첫사랑이 그가 세계에 대해 품은 때묻지 않은 이상을 의미하는 것이고, 양부인인 숙이가 타락한 정치현실과 등가적인 의미를 갖는 인물이라면, 독고민의 첫사랑과 그 첫사랑의 배반은 순수한 이상과 타락한 현실 사이의 관계를 암시하는 메타포로 볼 수 있을 것이기 때문이다. 결국 「구운몽」의 미궁과도 같은 상황 속에서 끊임없이 숙이의 환영과 만나게 되는 독고민의 행적은, 그 행적의 배경을 이루고 있는 모종의 반란상황과 겹쳐지면서 보다 폭넓은 정치사회적 의미를 지니게 된다.

찻집의 사람들에게 쫓기던 독고민은 엉겁결에 어떤 낯선 집으로 뛰어들게 되는데, 이번에는 한 떼의 노인들이 그를 사장님이라고 부르면서 그 집 안으로 데리고 들어간다. 집 안에서는 은행의 도산위기에 대처하기 위한 모종의 회의가 진행중이다. 여기에서도 그 낯선 사람들은 독고민에게 그들이 처해 있는 상황을 구원해줄 한 말씀을 요구하고 독고민은 다시 겁에 질려 뛰쳐나오게 되는데, 이와 같은 일련의 혼란스러운 상황의 와중에서 독고민의 귀에는 서로를 비방하는, 정체를 알 수 없는 혁명군 방송과 정부군 방송이 어지럽게 들려온다.

민은 하늘을 보았다. 여전히 수없이 많은 탐조등 불줄기가, 안타깝게 도시의 하늘을 헤매고 있었다. 폭격은 없다고. 혁명. 누가 혁명을 일으킨 것일까. 스피커의 부름에도 불구하고, 거리에 나오는 사람은 하나도 없다. 인적이 끊긴 채 거리는 괴괴하고, 총소리 한 방 들리지 않는다.(211쪽)

모종의 위기의식으로 가득 찬 작중상황을 뒷받침하면서, 긴장된 분위기를 고조시키고 있는 혁명군과 정부군의 방송은 실제로 정체를 알 수 없는 하나의 풍문일 뿐이다. 다시 말해 작품 속에서 혁명의 상황은 하나의 풍문으로만 존재할 뿐인 것이다. 그러나 여기서 또 한 가지 기이한 것은 독고민만이 그와 같은 혁명군과 정부군의 소리를 들을 뿐, 미궁과도 같은 환상의 회로 속에서 등장하는 대부분의 인물들은 그러한 소리를 전혀 의식하지 못하고 있는 것이다. 어쨌든 이후에도 독고민은 계속해서 발레리나들이 춤추고 있는 넓은 홀에 뛰어들거나, "결론을 내려고 한 죄", 혹은 "잊어버리지 않는 죄" 등 기이한 죄명을 가진 죄수들이 갇혀 있는 감방을 둘러보다가, 그 자신 또한 "인생을 살지 않았으며 살았으되 마치 풍문 듣듯 산" 죄로 체포되어 감옥에 갇히기도 하고, 감옥에 갇히는 순간 낯선 술집에서 낯선 사람들에게 둘러싸여 한바탕의 소란을 겪은 후 또다시 누군가에게 다급하게 쫓기는 어지러운 행각을 계속한다. 이러한 과정이 이어지면서, 이제 그를 쫓아오는 사람들은 무한정 불어나, 찻집의 사람들과 은행의 관리들, 발레리나들, 술집의 사람들이 사방에서 그를 붙잡으려고 달려오는 상황이 벌어지게 된다.

독고민을 둘러싼 수수께끼 같은 상황은 마침내 독고민이 반란군의 수괴로 지목되어 광장에서 총살을 당하는 급박한 상황으로까지 치달려가는데, 그는 총살당하기 직전 마침내 숙이를 만나게 되지만, 이미 정부군 관리의 부인이 된 숙이는 그를 전혀 알아보지 못한다(혹은 않는다). 결국 이것은 독고민에 대한 숙의 최종적인 배신을 의미하고, 곧이어 총살을 당한 독고민에게 그가 이전에 만났던 늙은 발레리나가 다가온다. 그리고 독고민의 주검을 대한 그녀의 눈에서 눈물이 흐르는 순간, 그녀는 왼쪽 뺨에 까만 점이 있는 젊은 여인으로 변모한다. 그녀는 독고민의 몸에서 방탄조끼를 벗겨내고, 독고민은 반란군의 수령으로 그녀와 함께 반란군의 사령부로 간다. 그곳의 커다란 스크린 속에는 그가 이전에 만났던 빨간 넥타이를 맨 시인, 은행 감사역, 미라라는 젊은 발레리나와 에레나라는 술집 여자들이 모두 모여 있다. 결국 이 일련의 사건들은 독고민이 피신을 위해서 왼쪽 뺨에 까만 점이 있는 그 여인과 함께 반란군의 사령부를 떠나는 것으로 종결되고, "이튿날 아침"으로 시작되는 다음 단계의 이야기는 지금까지와는 완전히 다른 시공간대로 옮겨진다. 그런데 여기에서 반란군 사령부에서의 감사역의 다음과 같은 말은 우리에게 지금까지 전개된 복잡한 사건들의 얼개를 이해할 수 있는 매우 흥미로운 단서를 제공해준다.

　감사역은 빨간 넥타이, 미라, 에레나의 세 사람을 가리켰다.
　"저 동지들을 근위사단에 프락치로 심어놓지 않았더라면, 수령은 지금 이 자리에 탈없이 계실 수 없었을 겁니다. 그 방탄복은?"(262쪽)


그렇다면 지금까지 독고민이 영문도 모른 채 지나쳐왔던 상황이 기실은 작품 속에서 끊임없이 하나의 풍문으로만 제시되던 혁명적 상황의 실체 그 자체였단 말인가? 다소 도식적인 감이 있지만, 「구운몽」을 혁명에 대한 하나의 알레고리로 받아들인다면, 독고민이 지나쳐왔던 상황들은 각각 문학과 예술, 혹은 경제나 형법체계 등의 사회 각 분야를 암시하는 하나의 은유적 의미로 이해할 수 있을 것이다. 다시 말해 독고민이, 혁명군과 정부군 방송이 마치 작품의 배경음처럼 끊임없이 교차되는 가운데, 문학에 관해서 떠들썩한 토론이 벌어지고 있던 찻집이나 은행관리들이 모여 있던 집, 혹은 발레리나들이 춤을 추던 넓은 홀과 술집 등에서 그들을 구원해줄 한 말씀을 간절하게 종용받거나, 감옥에 갇히고, 결국 총살까지 당하게 되는 것은, 독고민이라는 인물 자체가 하나의 혁명적 인자(因子)로서 사회의 각 분야를 편력하는 알레고리적 상황으로 해석될 수 있는 것이다. 「구운몽」의 이러한 알레고리는 표면상 매우 정치적인 성격을 띠고 있지만, 기실은 정치적 차원을 넘어서는 훨씬 큰 의미의 진폭을 지니고 있는 것으로 보인다. 독고민이 자신도 모르는 사이에 어지러운 혁명의 상황 속으로 뛰어들어, 부패한 현실에 대한 반란군의 수령으로 지목되는 것은, 그가 숙이라는 여자를, 그 여자의 타락과 기만에도 불구하고 끝까지 순수한 마음으로 사랑한다는 점 때문이다.[30] 여기에서 독고민의 숙이에 대한 순수한 사랑은 혁명과 긴밀한 의미상의 상관관계를 지니게 되는데, 혁명의 실패를 민중의 배반으로 규정하고, 민중과의 공동전선을 파기할 것을 주장하는 빨간 넥타이의 주장에 대해 은행 감사역은, 부패한 현실을 구원할 수 있는 혁명의 진정한 에너지는 오직 그러한 배반까지도 감수하는 사랑에 있음을 다음과 같이 역설한다.

그렇습니다. 그들은 배반했습니다. 그러나 생각해보십시오. 사랑이란 먼 것입니다. 사랑이란 아픈 것입니다. 어두운 것입니다. 그리고 젊은 동지여. 당신은 그들의 배반이 당신에게 상처를 주었다고 합니다. 당신의 자존심을 다쳤다고 합니다. 그러나 생각해보십시오. 지금부터 이천년 전에, 신의 아들조차도 그들에게 버림받았던 것입니다. (……) 당신의 입술에 미움의 말을 담아서는 안 됩니다. 미움은 가장 아름다운 마음도 썩이고 마는 독입니다. 선을 행하기 위해서도 증오해서는 안 됩니다. (……) 그들이 싫대도 사랑해야 합니다.(257쪽)

---

30) 앞서 말한 대로 독고민이 그가 거치는 각각의 상황 속에서 계속 숙이의 분신들이라 할 수 있는, '어디선가 본 듯한 여인', 혹은 '왼쪽 뺨에 까만 점이 있는 여인'을 만나는 것 또한 이런 점에서 매우 의미심장하다. 그녀들의 모습은 현실 속에서 배반으로 끝나버린, 그러나 독고민의 의식 속에서 끝까지 순수한 갈망의 대상으로 남아 있는 사랑의 환영에 다름아닐 것이기 때문이다.

"피닉스는 또다시 날까요? 사랑이 있는 한 날 것입니다"라는 반란군의 암호 또한 사랑과 혁명의 상관성에 대한 의미있는 암시를 담고 있다. 그러나 독고민을 둘러싼 일련의 상황이 종결된 "이튿날 아침", 지금까지와 전혀 다른 시공간의 층위로 옮아간 이야기의 무대는 병원이고, 독고민은 그 병원 앞에서 얼어죽은 시체로 발견된다. 이 부분에서 독고민이 죽은 장소가 병원 앞이라는 점과 그가 얼어죽었다는 점 또한 간과할 수 없는 의미를 담고 있는 것으로 보인다. 작가는 왜 독고민의 죽음을 그런 식으로 처리했을까? 이것은 환상의 영역 속에서는 독고민이 부활하지만, 현실의 영역 속에서는 얼어죽을 수밖에 없다는 냉혹한 현실논리의 한 반영일까?[31] 그런 의미에서 환상의 영역에서 벌어지던 혁명적 상황이 병원이라는 현실상황으로 대체되는 것 또한 작가의 치밀한 의도가 만들어낸 서사적 장치로 받아들일 수 있지 않을까?

그런데 여기에서 또 한 가지 흥미로운 것은 이 이야기 층위에서 등장하는 김용길 박사의 과거가 독고민의 그것과 매우 흡사한 것으로 제시된다는 점이다. 뿐만 아니라 여기에는 아들을 "4월의 그날"에 잃은 한 늙은 간호부가 등장하는데, 그녀는 얼어죽은 독고민에게서 자신의 죽은 아들과 닮은 모습을 본다(그 간호부 또한 총살당한 독고민을 구해준 앞서의 늙은 발레리나와 흡사한 모습으로 묘사된다). 이처럼 이 작품에 등장하는 인물들은 각기 서로 유사하거나 중첩된 이미지들을 나누어 가지고 있는 경우가 많다. 특히 이 작품의 마지막 서사의 층위에서, 영화의 시사회가 끝난 후, 거리를 걷는 두 남녀는 이러한 중첩된 이미지들의 최종적 완결로서의 의미를 지니는 인물들이라 할 수 있다. 작품 속에는 이들이 지금까

---

31) 「구운몽」을 4·19에 대한 알레고리라는 차원에서 생각한다면, 이러한 상황설정을 4·19가 지닌 정신적 층위와 현실적 층위, 다시 말해 역사 속에서 끊임없이 부활하는 혁명정신으로서의 4·19와 실패한 혁명이라는 실제적 사건으로서의 4·19의 대비로 이해할 수도 있지 않을까?

지 동일한 신체적 특징을 지닌 것으로 묘사됐던 인물들과 같은 인물이라는 어떠한 명시적인 표현도 제시되어 있지 않지만, 이들 두 남녀를 특징 짓는 빨간 넥타이와 왼쪽 뺨의 까만 점은, 전혀 다른 서사층위에 놓여 있는 인물들을 하나의 고리로 연결하는 제유적 표상이다. 왼쪽 뺨에 까만 점이 있는 여자가 말할 것도 없이 숙이와 같은 신체적 특징을 공유하고 있다면, 빨간 넥타이를 맨 남자는 이전에 등장했던 빨간 넥타이를 맨 시인 및 빨간 넥타이를 맨 의사와 같은 특징을 공유하고 있는 데다가, 독고민과 같이 '민'이라는 이름으로 불리고 있다. 그렇다면 이 남자는 시인일 수도 있고 의사일 수도 있고 독고민일 수도 있고, 혹은 그 셋을 모두 합한 인물일 수도 있다. 작품의 끝부분은 이들 두 남녀가 "훈풍이 한들거리는 오월의 밤, 음력 사월 초파일"의 거리를 걸으며 사랑을 나누는 모습을 다음과 같이 아름답게 묘사하고 있다.

　　남자는 잡고 있던 여자의 겨드랑 밑으로 팔을 넣어, 등판으로 거슬러올라가서, 두 손바닥으로 여자의 부드러운 뒤통수를 꼭 붙들어서 꼼작못하게 만든 다음, 입을 맞춘다. 오랫동안.
　　하늘에는 꽃불. 땅에는 훈풍과 아름다운 가락. 플라타너스 잔가지가 간들간들 흔들린다. 잎사귀가 사르르 손바닥을 비빈다.
　　그들의 입맞춤은 아직 끝나지 않았다.(279쪽)


　　여기에서 독고민과 숙이를 닮은 두 남녀가 나누는 사랑에는 어떠한 고통이나 배반의 그늘도 엿보이지 않는다. 위의 인용문은 환상의 공간과 현실의 공간을 자유롭게 넘나들면서 고도로 정교하고 현란하게 짜여 있는 「구운몽」의 세계를 일관되게 아우르는 기본구도가 결국은 사랑의 배반에서 사랑의 실현에 이르는 과정에 다름아님을 보여준다. 특히 '민'으로 불리는 빨간 넥타이의 남자가 시인이면서 의사이기도 하다는 것은 이들의 사랑의 실현이 지니는 궁극적인 의미에 대한 하나의 암시가 되어준다. 시인과 의사는 각기 인간의 정신과 육체에 대한 치유의 영역을 담당하는 자들이 아닌가? 타락한 세계가 부여하는 끊임없는 배반의 고통에도 불구하고 구원과 치유의 유일한 희망으로 남아 있는 사랑, 그것이 바로 빨간 넥타이의 남자와 왼쪽 뺨에 까만 점이 있는 여자 사이의 긴 입맞춤으로 완성되는 「구운몽」의 마지막 결론일 것이다. 작품 속에서 두 남녀가 나누는 다음과 같은 대화는 그러한 결론을 다시 한번 확인시켜준다.

> "그런 시대에도 사람들은 사랑했을까?"
>
> (……)
>
> "깡통. 말이라고 해? 끔찍한 소릴? 부지런히 사랑했을 거야. 미치도록. 그밖에 뭘 할 수 있었겠어."(279쪽)

여기에서 우리는 다시 고전 『구운몽』에 대한 논의로 돌아가보자. 앞서 우리는 『구운몽』이 표면적으로는 이원적 구조를 취하고 있지만, 내부적으로는 꿈의 요소와 현실의 요소가 끊임없이 서로 착종되는 다원구조적인 특성을 지님으로써 조화와 순리의 갈등 없는 둥근 원의 세계를 보여주고 있다고 말한 바 있는데, 『구운몽』의 이러한 세계관은 조선시대의 체제 내적 욕망의 완벽한 구현을 보여주는 것이라고 할 수 있다.[32] 거기에는 개인과 그가 몸담고 있는 체제 사이의 어떠한 대립이나 갈등도 존

---

32) 혹자는 성진의 세계로 대표되는 불교적 세계관이 당시의 유교사회에서 차지하던 주변적인, 혹은 체제 외적인 위상을 들어 이러한 해석을 반박할지도 모른다. 그러한 반박은 이 소설이 김만중의 유배시에 씌어진 것이며, 따라서 당시 사회의 정치적 이념에 대한 일정한 회의를 반영하고 있는 것이라는 견해와 상통하는 것이기도 하다. 그러나 이미 언급한 대로 성진의 삶은 양소유의 삶과 대립하기보다 상호보족적인 연속의 관계에 놓여 있다고 할 수 있으며, 이런 관점에서 본다면 『구운몽』에서 나타나는 불교사상이 온전한 의미에서의 사상적 독자성을 지니고 있다고 하기는 어렵다. 『구운몽』에서 불교사상은 유교사회가 지향하는 삶의 이상적 가치와 맞물린 것으로서, 유교사회의 체제 내적인 관점이라는 제한된 의미영역(이를테면 당시 사대부계층의 가치관과 맞아떨어지는) 안에서 수용된 것으로 보는 것이 타당할 것이다.

재하지 않으며, 개인의 행위는 끊임없이 그들의 삶의 완전한 전범인 체제 내의 지배적인 가치체계에 의해 설명되고 합리화된다. 사회 내부에 그들의 삶이 기댈 확고한 규범과 가치관이 건재하므로, 그들은 자신의 내면에서 삶의 새로운 전범을 찾기 위해 고뇌할 필요가 없다. 모든 것은 정돈되어 있고 혼란은 더 이상 존재하지 않는다.

그러나 「구운몽」의 세계는 한마디로 혼란 그 자체이다. 모든 것이 뒤죽박죽이고, 상황은 끊임없이 개인의 의식과 어긋나거나 예상을 빗나가는 알 수 없는 불가사의로 다가온다. 독고민의 의식과 그의 주위에서 벌어지는 갖가지 기괴한 사건들 사이의 낯선 괴리감은 끝끝내 해소되지 않는다. 독고민은 끊임없이 밀어닥치는 혼란스러운 상황에 휩쓸리면서도 그 상황의 실체로부터 완벽하게 소외되어 있다. 상황은 그에게 계속해서 실체가 아닌 풍문의 모습으로 다가오고, 혼란은 그 자신의 개인적인 이해와 조정의 한계를 넘어서 있다. 더군다나 「구운몽」의 세계가 보여주는 혼란스러움은 기존의 체제를 전복시키려는 혁명의 상황과 불가분의 관계를 맺고 있다. 다시 말해 『구운몽』의 정돈된 세계가 체제 내적 욕망이 여전히 보편적인 삶의 기준이 되는 세계라면, 「구운몽」의 혼란스런 세계는 기존의 체제가 심각한 도전에 직면함으로써, 체제 내적인 삶의 이념이 더 이상 개인의 의식의 정체성을 지탱해주지 못하는 세계이다. 다음의 인용문은 이와 같은 개인적 정체성의 혼란을 사회체제와의 상관성을 넘어서는 보다 폭넓은 문제의식의 차원으로 밀고나간다.

이와 같은 일의 테두리를 넓힌다면 개인의 유일성과 동일성이 뿌리에서 다시 살펴져야 한다. A는 A이면서 A가 아니다? 그것은 인간을 '현재'와 '여기'라는 시간과 공간의 두 축(軸)으로 완고하게 자리주어진 좌표로부터, 허(虛)의 진공 속으로 내놓음을 말한다. 그리고 개인은 시공에 매임 없이, 인류가 겪은 얼마인지도 모를 기억의 두께 속에 가라앉아, 급기야 그 개인성을 잃고 만다. 바다에 떨어진 한 방울의 물처럼, 그것은 미궁(迷宮)

속에 빠진 몽유병자 같은 상태일 거다. 그 속에서 끝까지 개체의 통일성을 지킬 수 있는 힘은 무엇일까.(265쪽)

위의 인용문에서는 개인의 유일성과 동일성에 대한 물음을 "인류가 겪은 얼마인지도 모를 기억의 두께"라는 광범위한 역사적 시간성의 개념과 관련지어 풀이하고 있지만, 그럼에도 불구하고 이 말은 「구운몽」에서 벌어지고 있는 상황을 이해하기 위한 하나의 의미있는 단서를 제공해준다. 「구운몽」에 등장하는 인물들이 상황의 변화에 따라 그 정체가 변화하면서 계속해서 서로의 개체적 특징들을 공유하는 것은, 그들의 개인성이 고정된 실체가 아닌, 유동적이고 가변적인 것임을 의미한다. 즉 「구운몽」 속의 인물들은 그 누구도 자신만의 고유한 정체성을 주장할 수 없다. 그들은 한 사람의 개인이면서 한 사람의 개인이 아니고, 실체이면서 또한 하나의 환영이다. 「구운몽」의 인물들은 '실체－환영'으로, '현재／여기'라는 시공간과 허의 진공이 끊임없이 오버랩되는 불완전한 존재의 층위를 떠도는 일종의 부유물과도 같은 존재들인 것이다.

그러나 여기에서 우리의 관심을 끄는 것은 개인의 정체성과 '현재／여기'라는 시공간의 축으로 이루어진 현실세계 사이에 놓인 상관관계이다. 성진과 양소유가 동일인물이라는 내적 연결고리가 분명하게 제시되는 『구운몽』의 세계가 개인의 정체성에 대한 믿음이 흔들리지 않던 시대의 반영이라면, 「구운몽」의 세계는 개인의 유일성과 동일성에 대한 믿음이 더이상 인간의 내적 정체성을 보장해주지 못하는 시대, 다시 말해 통합된 세계관의 상실과 더불어 개인의 내적 의식의 분열이 삶의 보편화된 징후가 되어버린 시대를 반영한다. 독고민이 "미궁 속에 빠진 몽유병자" 같이 떠도는 혼란스러운 환상의 세계는 외적인 현실상황에 대한 알레고리이면서 동시에 현대인의 내면적 상황에 대한 알레고리이기도 하다. 여기에서 환상과 현실의 중첩구조는, 현실계와 초월계가 서로를 끌어안으면서 총체적인 연결고리를 이루는 『구운몽』과는 달리, 진실과 거짓, 혹은 나와 타자, 실체와 환영이 어지럽게 뒤섞이면서 삶의 정체성을 뒤흔드는 현대적 상황과 긴밀하게 맞물려 있다. 『구운몽』의 세계가 환상조차도 실체로 받아들이는 세계라면, 「구운몽」의 세계는 실체조차도 환영으로 의심받는 세계이다. 전자의 세계에서 환상적 체험은, 비현실적이거나 초자연적인 영역에 속해 있으면서도 삶의 보편적 질서를 벗어나지 않는 친숙한 체험의 양식으로 존재하지만, 후자의 세계에서는 삶의 현상적 질서가 낯설고 위협적인 환상의 영역으로 전이됨으로써 현상적 질서 그 자체의 당위성이 끊임없이 의심받고 있는 세계이다. 그렇다면 인간의 삶을 지탱해주는 개체의 통일성과 유일성, 혹은 그에 대한 보편적인 믿음들이 무너져가는 세계에서, "끝까지 개체의 통일성을 지킬 수 있는 힘"은 무엇일까? 이미 살펴본 것처럼, 「구운몽」은 그것을 사랑이라고 결론짓는다. 부패하고 타락한 외부세계에 대한 구원의 힘으로서뿐만 아니라, 개체적 통일성을 상실한 현대인의 분열된 의식세계를 치유하기 위한 힘으로서의 사랑, 아마도 이것이 최인훈이 그의 「구운몽」에서 제시하고자 했던 혁명의 진정한 의미일 것이다. 『구운몽』에서의 각몽(覺夢)의 의미가 세속을 초월한 불도(佛道)의 완성을 지향하는 것이라면, 「구운몽」의 세계에서 각몽이란 바로 세속 현실 속에서의 사랑의 완성을 의미하는 것이다.


## 4. 글을 맺으며

지금까지 살펴본 대로, 고전문학적 유산으로부터 창작의 주요 모티프를 빌려오고 있는 최인훈의 일련의 소설들은 문학양식의 새로운 차원을 개발해내려는 강한 실험적 욕구의 소산이라고 할 수 있으며, 그와 같은 실험정신의 밑바탕에는 최인훈 문학 전반의 공통된 관심사라고 할 수 있는 근대성에 대한 첨예한 문제의식이 내재되어 있다. 개인을 체제 속의 한 수동적 구성인자로서가 아니라, 체제와 마주선, 혹은 체제와 대립하는 능동적 주체로서 인식하는 근대적 개인의식은, 「춘향뎐」과 「놀부뎐」
에서도 패러디적 관점의 주요한 바탕을 이루고 있다. 이를테면 이들 작
품은 고전 「춘향전」과 「흥부전」을 새롭게 재구성하는 과정에서, 춘향과
놀부를 이른바 '중세'의 체제 내적 욕망과 충돌하는 문제적 개인으로
부각시키고 있는데, 그를 통해 두 인물은 고전의 세계로부터 빠져나와
억압적인 사회체제 속에서 개인적 주체로서의 삶의 자리를 선택하는 근
대적 인간으로 부활하는 것이다. 조화와 순리의 고전적 세계관을 담고
있는 『구운몽』을 혼란과 갈등으로 이루어진 현대세계에 대한 알레고리
의 구조적 발판으로 끌어들이고 있는 「구운몽」 역시도 체제와 개인간의
근대적인 역학관계에 대한 첨예한 문제의식으로부터 나온 것이라고 할
수 있다.

그런데 여기에서 한 가지 흥미로운 것은 이들 작품의 발상적 모태가
된 고전소설들이 대개 완강한 유교적 사회체제가 해체의 조짐을 보이면
서 서서히 근대적인 인식의 징후들이 형성되어가기 시작하던 시기에 생
산된 작품들이라는 점이다. 조선조 말기의 대표적인 민중적 서사양식인
판소리계 소설을 그 패러디의 대상으로 하고 있는 「춘향뎐」과 「놀부뎐」
은 말할 것도 없고, 「구운몽」이나 「열하일기」 「금오신화」 등의 창작 모티
프를 제공한 고전소설들 또한, 조선조 중기 이후부터 서서히 형성되기
시작한 근대적 인식의 징후들, 혹은 최소한 당시의 봉건체제에 대한 심
리적 저항의 징후들과 무관하지 않은 작품이라고 할 수 있다. 다시 말해
이들 고전작품들(혹은 그 작품의 저자들)은 대개가 적극적으로든 소극적
으로든 봉건과 근대가 충돌하는 접점에서의 긴장을 보여주고 있는 것이
다.[33] 그러나 이들 작품이 지니고 있는 그 긴장된 의식이란 여전히 봉건

---

33) 이를테면 필자가 앞에서 조선시대의 체제 내적 욕망의 완벽한 구현을 보여주고 있다고
말한 『구운몽』의 경우도, 이 작품이 사대부계층에 의해 씌어진 점만으로 이미 하나의 시대
적 파격이었다. "소설은 유학자들이 배격했던 것이다. 소설은 정사(正史)를 흐리게 하고,
가치관의 혼동을 초래한다고 했다. 그러나 김만중은 소설의 가치를 옹호하고, 자기 자신이

체제 내부에서 누적되어온 욕망과 의식의 간섭하에 있는 것이고, 따라서 봉건체제의 강력한 체제 내적 흡인력을 뚫고 나갈 만한 힘을 갖춘 것이 었다고 말할 수는 없다. 비록 그 긴장이 근대성의 어떤 징후들을 내재하고 있을지라도, 이들 작품이 그 긴장을 드러내는 방식은 여전히 봉건적인 양식을 통해서인 것이다. 최인훈의 소설들은 징후적인 형태로나마 이 고전작품들 속에 내포되어 있는 근대적 요소를 발판으로 삼아, 그것을 지금/여기에서의 삶과 관련된 날카로운 현재적 물음과 연결시킨다. 결국 고전문학을 우리가 몸담고 있는 첨예한 현재적 관심사 속으로 불러내는 이와 같은 소설적 실험은, 억압적인 체제와 대립하는 개인의 모습을 통해서 체제와 개인간의 진정한 관계의 의미를 묻는 최인훈의 일관된 문학작업의 한 연장선상에 놓이는 것이라고 할 수 있을 것이다. (1993)

---

소설을 썼다"(조동일, 『한국문학사상사시론』, 지식산업사, 1986, 215쪽)라는 말이나, "김만중은 문학은 도를 전하는 것이 아니고 감동을 주는 것이라고 믿었다"(같은 책, 212쪽)라는 말이 보여주는 것처럼, 양반이 소설을 쓴다는 것 자체가 당시 사회를 지배했던 이문위도(以文爲道)의 주자학적 전통에 대한 일정한 비판의식 없이는 불가능한 행위였을 것이기 때문이다.

# 폐쇄와 부정의 회로
— 이상(李箱) 소설론

## 1. 이상의 모더니즘, 혹은 시대와의 불화의 형식

근대 이후의 한국문학사에서 가장 많은 논의의 대상이 되어온 작가를 꼽을 때, 우리는 주저없이 '이상'이라는 이름을 떠올릴 수 있을 것이다. 이상에 관한 논의가 본격적으로 시작된 1950년대는 물론이고, 그가 작품활동을 하던 1930년대부터 지금까지 그에 대한 글들은 끊임없이 쏟아져나오고 있다. 이러한 현상은 김기림이 다소 흥분된 어조로 "그가 죽은 뒤 한국 현대문학이 반세기나 후퇴했다"[1]라고 말할 정도로, 그의 문학이 현재의 시점에 비춰보아도 여전히 유효한 선구적인 첨단의 문학이라는 점, 그리고 그의 작품의 독특하고 실험적인 표현양식이 다른 어느 작가보다도 다양한 비평적 논의를 촉발할 수 있는 가능성을 안고 있기 때

---

[1] 김기림, 「고 이상의 추억」, 『조광』 1937년 6월호, 313쪽.

문일 것이다. 그러나 지금까지의 연구는 많은 경우 이상의 문학을 그의 기이한 개인사적 행적과 혼동하거나, 단지 시대로부터 돌출해나온 한 특이한 문학적 개성의 소산쯤으로 간주함으로써, 그의 문학과 그가 활동했던 시대적 상황 사이에 놓인 복잡한 긴장관계를 충분히 규명하지 못해왔다는 것이 이 글이 지닌 기본적인 문제의식이다. "'나'에 있어서 일상현실과의 단절은 속중(俗中)의 일상현실을 외면한 고고한 결벽증으로서의 고립의식"[2]이라거나, "과연 상(箱)의 언어는 바로 이 '불우의 천재'를 남들과 자기자신에게 증명하기 위한 쇼우에 지나지 않았다"[3]와 같은 평가에서도 우리는 이상의 문학이 안고 있는 문제의식을 시대와 분리된 개인적 차원의 문제로 한정지으려는 시각의 일단을 엿볼 수 있다. 이러한 대부분의 논의들은 이상 문학이 지닌 대립구조와 그로부터 야기되는 절망과 부정의 다양한 양상들을 어떤 역사적 진공 안에 놓인 것으로 간주하려는 경향이 있다. 그러나 '속중의 현실로부터의 고립을 자처한 불우의 천재가 자신의 존재를 증명하기 위해 보여준 쇼우'를 탓하기 전에 우리가 먼저 거론해야 할 것은, 그 고립과 불우와 '쇼우'가 지닌 본질적 의미이다. 왜 이상은 고립을 자처한 '불우의' 천재일 수밖에 없었는가? 왜 그는 자신의 존재증명을 위해 '쇼우'라는 포즈를 취할 수밖에 없었는가? 이러한 물음의 끝에서 우리는 시대의 압력을 누구보다도 치열한 자기분열의 삶으로 끌어안았던, 자신의 시대와 끝내 화해할 수 없었던 이상의 절망과 만나게 되는 것이다.

이상이 활동하던 1930년대는 사회·경제·문화를 통틀어 식민지에 대한 일제의 탄압이 가장 극렬한 양상으로 나타나던 때였다. 이런 상황 속에서 정치사회적 문제의식의 자유로운 표출이 불가능했을 것임은 불문의 여지가 없을 것이다. 자기의 내적 에너지를 자유롭게 발산할 수 있는

---

2) 천이두, 「내성적 자의식적 소설론」, 『현대문학』 1968년 11·12월호, 294쪽.
3) 정명환, 「부정과 생성」, 『한국인과 문학사상』, 일조각, 1965, 359쪽.

사회적 통로가 차단되고, 사회 내의 모든 문화활동이 검열에 의해 부당하게 통제받고 있는 상황 속에서 작가가 선택할 수 있는 길은 많지 않았을 것이다. 자유로운 정신활동을 가로막는 폐쇄적인 상황의 압력 속에서, 일제에 영합하거나 현실도피적이며 자족적인 감상적 회고주의의, 혹은 탐미주의의 문학세계에 안주하지 않고 당시의 한국작가가 할 수 있는 일은 무엇이었을까? 그것은 주어진 조건 내에서나마 최소한도의 대사회적 발언을 위한 통로를 찾아내는 일이었을 것이다. 이상에게 있어 그러한 작업은 소설의 안정된 서술기법을 버리고 역설과 아이러니 등과 같은 불안정한 소설기법을 작품 속에 과감히 끌어들이는 것이었다. 이를테면 당시 한국문단에서는 낯선 체험일 수밖에 없었을 순차적인 시간의 흐름에 의한 스토리 전개의 파괴라든지, 의식의 흐름을 따라가는 혼란스러운 내적 독백의 기법들이 그것이다. 그러나 이상의 소설이 보여주는 근대적 실험은 단순히 서구적 모더니즘 기법을 차용해옴으로써 확보되었던 것은 아니다. 그의 실험적 시도가 지니는 보다 근본적인 의미는 "소수의 몇몇 작품에서 성공할 수 있었던 것은 그의 실험정신이 한국문학의 조건 안에서 이루어졌기 때문"[4]이라는 사실이다.

채만식의 소설에서 풍자적 기법이 요청되었던 시대적 배경과 유사한 맥락에 놓이는 이상 문학의 아이러니적 기법은, 근본적으로 당시 사회에 대한 작가의 부정적 인식에 깊이 침윤되어 있으면서도, 표면적으로는 개인적인 기행이나 이상(異狀)심리의 형태를 취함으로써 당시의 철저했던 검열의 손길을 피할 수 있었던 것으로 보인다. 그의 작품의 주요한 서사적 골격을 이루고 있는 기형적인 부부관계는 그러므로 식민지 사회의 문화적 기형성이라는 차원을 넘어 정치적 기형성의 차원에까지 맞닿아 있는 것으로 볼 수 있다. 이상의 작품에서 나타나는 기법적 실험은 이처럼 그가 살았던 시대에 대한 부정적 인식과 그것을 표현할 수 없는 상황의

---

4) 천이두, 앞의 책, 293쪽.

압력 사이의 팽팽한 긴장 속에서 이루어진 것이다. 그러므로 이상 문학의 형식적 불안정성은 시대와 자신의 삶에 대한 깊은 내면적 좌절과 응시의 결과로서, 그 시대의 어떤 작가보다도 복잡하고 비극적인 양상을 지니는 것이다. 이상 문학의 모더니즘은 폐쇄된 사회에서 스스로를 폐쇄하고 폐쇄된 자신과 폐쇄한 사회를 치열하게 응시한 결과로 얻어진 것이다.

문학에 있어서 시대의 흐름과 연관된 사회구조의 변화는 필연적으로 그에 따르는 형식의 변화를 요구한다. 골드만은 사회와 문학작품 사이의 구조적 상동관계를 주장한 『소설사회학을 위하여』에서 "한 작품 내에서의 스타일이나 문학적 혹은 예술적 장르의 질적인 변화는 그것이 중대한 기술적 변화를 내포하고 있을지라도 결국은 그러한 표현수단을 창조하는 새로운 내용으로부터 온다"[5]라고 말하고 있다. 이때 새로운 내용이란 사회구조적 현실의 변화를 의미하는 것일 터인데, 오늘날 문학작품 속에서 행해지는 전통적 형식의 파괴는 사회구조의 변화에 대응하는 문학적 인식의 구조적 변화를 반영하는 것이다. 따라서 진정한 의미의 형식적 변화란 단순히 문제성을 가지는(having a problematic) 것이 아니라 그 자체가 문제적 형식이 되는(being problematic)[6] 것이다. 작가는 만일 그가 진정한 의미에서의 리얼리스트라면 형식의 낡은 틀을 파괴하고 부단히 새로운 형식에 이르고자 할 것이기 때문이다. 새로운 형식이 지니는 리얼리즘의 효과는 "예술작품은 그 형식적 성질에 의해서, 또 그것을 구성하기 위해 사용하는 기교 때문에 현실적인 것을 나타낸다"[7]는 의미의 그것이다.

이런 맥락에서 살펴볼 때, 매우 사적인 의식의 혼란상태 속에 갇혀 있

---

5) L. Goldmann, *Towards a Sociology of the Novel*, trans. Alan Sheridan, Tavistock Pub., 1978, p. 28.

6) G. Lukács, *The Theory of the Novel*, trans. Anna Bostock, MIT Press, 1978, p. 73.

7) M. Zéraffa, *Fictions—the Novel and Social Reality*, trans. Catherine Burns & Tom Burns, Penguin Books, 1976, p. 10.

298

는 것으로 보이는 이상의 작품이 기실은 식민지라는 상황의 압력 속에 놓인 개인적 삶의 어려움을 고도의 우회적인 기법으로 드러내 보이는 것이라는 판단이 그리 부적절한 것은 아닐 것이다. 이런 의미에서 이상의 문학이 보여주는 형식실험은, 김현이 적절하게 지적하고 있는 것처럼 "새것에 대한 경사를 의미하는 것이 아니라 그가 표현되어야 할 것과 표현해야 하는 기교 사이에는 떼어낼 수 없는 긴밀한 관계가 있다는 것을 인식한 결과"[8]라고 해야 할 것이다.

이상 문학의 난해한 형식미학은 시대와 개인 사이의 불화를 드러내는 절망의 폐쇄회로를 보여준다. 그의 작품에서 많은 논자들의 오해를 불러일으키는 주인공의 반사회적, 혹은 비사회적 행위 역시 절망의 폐쇄회로 속에 갇힌 개인의 존재양식과 밀접한 관련이 있다. 그러므로 이상 문학의 모더니즘적 성과를 제대로 이해하기 위해서는, 식민지의 현실상황과 관련해서 그의 문학의 내면적 토대를 형성하고 있는 시대와 개인 사이의 불화의 의미를 제대로 규명하는 작업이 필요하다. 특히 새롭고 낯선 형식실험이 가한 충격이 이상의 개인적 기행(奇行)에 대한 흥미로운 일화들과 맞물리면서, 그와 같은 형식실험의 사회구조적 문맥에 대한 논의가 상대적으로 소홀히 다루어져온 지금까지의 사정을 감안하면 더욱 그렇다. 이런 점에서 이상의 작품 속에서 나타나는 '나'와 '아내' 사이의 갈등은 근본적으로 근대소설의 주요한 테마를 형성해온 개인과 집단 사이의 갈등을 표상하는 것이기도 하다. 다시 말해 이상 문학의 모더니즘은 식민지 상황이 안고 있는 근대성의 모순을 자기 삶의 불가피한 실존적 조건으로 받아들인 한 문제적 개인의 치열한 내적 자의식의 소산인 것이다.

---

8) 김윤식·김현, 『한국문학사』, 민음사, 1973, 193쪽.

## 2. yes와 no를 동시에 말한다는 것

중세 봉건사회로부터 근대적 시민사회로의 체제 이동은 주지하다시피 개인이 자신을 사회의 수동적 구성인자가 아닌, 독자적인 인격을 갖춘 사회적 주체로 인식해나가는 과정을 의미한다. 그러나 중세시대의 붕괴는 또한 공동체적인 삶의 기반 위에서 개인의 삶을 이끌던 초월적 가치체계의 붕괴를 의미하는 것이기도 했다. 근대인들에게 주어진 개인적 주체의 실현이란 동시에 개인의 자아실현을 사회와의 외롭고 힘겨운 싸움의 양식으로 바꿔버린 투쟁의 과정이기도 했다. 집단의 초월적 가치는 개인의 이기적 욕망에 그 자리를 내주고, 좌절된 자아실현의 욕망은 개인의 내면에 고통스러운 자의식의 분열로 자리잡는다. 어떤 의미에서 근대 이후의 소설은 사회 속에서 좌절된 자아실현의 욕망을 개인의 분열된 내면세계 속에서 필사적으로 복구해내려는 절망적인 가치추구의 이야기이기도 하다. 근대소설에서 아웃사이더, 혹은 문제적 개인의 등장은 이와 같은 초월적 가치관의 몰락과 깊은 관련이 있다. 분열된 자의식으로 일그러진 문제적 개인은 그의 내면에서 자아의 명징함과 사물의 절대적 본질에 대한 이성적 요구를 안고 세계의 근본적 모호성에 부딪힌다. 이러한 그의 행위는 본질적으로 이 세계에 대한 거부의 행위이다. 그러나 개인은 집단을 떠나서는 살아갈 수 없다. 개인은 집단과의 관계를 유지할 때에만 비로소 개인으로서의 존재근거를 확보하게 되는 것이다. 골드만 식으로 표현한다면 "산다는 것은 필연적으로 이 세계에서 산다는 것을 의미"[9]하기 때문에, 그의 거부는 언제나 세계 안에서의 세계의 거부가 될 수밖에 없다. 그러므로 문제적 개인이 끌어안을 수밖에 없는 실존적 고통은 이 세계에 대해 yes와 no를 동시에 말하는 것, 즉 이 세계를 받

---

9) L. Goldmann, *The Hidden God*, trans. Philip Thody, Routledge & Kegan Paul Ltd., 1976, p. 48.

300

아들이지 않으면서 이 세계에서 살아가는 고통이다. 그의 삶은 피할 수 없는 내적 긴장으로부터 출발하는 것이다.

루카치에 의하면 초월적 가치를 상실한 우발적인 세계와 문제적 주인공은 서로를 결정지어주는 두 개의 그러나 근본적으로는 하나의 현실이다. 그가 문제적 주인공이 아닐 경우, 그에게 이 세계는 명확하고 정돈된 가치규범으로 다가온다. 삶의 과정 속에서 그가 겪는 어려움이나 장애요인은 행동상의 일시적인 후퇴를 가져올망정 그의 내면을 위협하는 치명적인 파괴력을 발휘하지는 않는다. 그러나 바깥세계가 개인의 이념(ideas)과 더이상 일치하지 않을 때, 그 이념은 개인의 내부에서 주관적인 현상, 곧 이상(ideal)이 된다. "이념의 실현 불가능성, 경험적 의미로는 비현실성, 즉 이념의 이상으로의 전환은 즉각적이고 의문 없는 개인의 유기적인 삶의 본성을 파괴한다."[10] 제도적 욕망의 주체로서의 개인이 문제적 개인의 자리로 옮겨오는 것은 이 지점에서이다. 이때 사회적 아웃사이더로서의 문제적 개인은 파편화된 현실 속에서 총체성의 세계를 추구하는 자이다. 그러나 결국 그가 보게 되는 것은 그가 추구하는 가치와 그가 놓인 현실 사이의 좁혀질 수 없는 간극이다. 그 때문에 소외된 개인들이 추구하는 진정한 가치란 사회, 혹은 제도와의 끊임없는 마찰을 통해 부재의 양식으로서만 그 모습을 드러낸다. 루카치는 이에 대해 다음과 같이 말한다.

작가의 아이러니는 신이 없는 시대의 부정적 신화이다. 그것은 의미를 향한 의도화된 무지의 태도이며 악마들의 부드럽고 사악한 움직임들에 대한 묘사, 그리고 그 움직임들의 단순한 사실 이상의 것을 드러내지 않으려는 것이다. 그러나 그 속에는 알려는 욕망과 알 수 있는 능력을 넘어서, 그가 궁극적이며 진정한 실체, 즉 존재하지만 현존하지 않는 신과 진실로 조

---

10) G. Lukács, ibid., p. 78.

우(遭遇)하고 그 신을 훔쳐보고 이해했다는 깊은 확신 ― 단지 형식화(form-giving)에 의해서만 표현될 수 있는 ― 이 들어 있다. 아이러니가 소설의 객관성이라는 것은 이러한 이유에서다.[11]

인간의 지각적 현실 너머에서 우연히 마주치게 되는 신, 그 궁극적이고 진정한 가치의 현현(epiphany)은 기실 부재의 현현이다. 아이러니의 의도화된 무지는 그 부재의 현현을 향해 나아가는 언어적 양식이며, 부재의 존재로 현현하는 신과 부드럽고 사악한 악마들의 현실 사이에 가로놓인 화해할 수 없는 거리의 미학적 표현이다. 인간의 지각이 세속적 현실의 언어 안에 갇혀 있는 것이라면, 신은 그 세속적인 지각 너머에 존재하는 것이다. 따라서 아이러니의 의도화된 무지는 소설이 신의 부재에 대해 말하는 형식이 아닌 신의 부재를 사는 형식, 다시 말해 부재 그 자체의 형식화를 통해 신이 없는 시대의 부정적 신화를 주조해낸다. 소설은 신에 대한 갈망과 악마들의 부드럽고 사악한 현실 사이의 긴장을 그대로 소설의 육체로 옮겨옴으로써 신이 부재한 세계의 절망을 온몸으로 증거하는 것이다. 이때 그 소설의 육체는 "사회현상들의 커다란 범주를 고찰함으로써가 아니라 개인성 속으로 깊이 내려옴"[12]으로써, 즉 개인의 삶 속에 깊숙이 관여함으로써 구현되는 것이다. 소설은 이제 자신의 조각난 육체 자체를 통해서 개인의 삶 속에 가로놓인 신과 악마 사이의 거리를 절망적으로 드러내 보이는 것이다.

이상은 의도화된 무지라는 아이러니의 형식적 논리를 가장 효과적으로 활용하고 있는 작가 가운데 한 사람이라고 할 수 있을 것이다. 특히 「날개」의 경우가 그 대표적인 예인데, 이상의 이러한 아이러니적 기법 속에는 개인의 세계부정과 세계의 개인부정 사이의 극명한 내적 긴장이 작용하고 있다. 그의 아이러니 속에는 루카치의 아이러니를 받쳐주는 부

---

11) G. Lukács, ibid., p. 90.
12) M. Zéraffa, ibid., p. 20.

재의 현현으로서의 신이라는 표상 자체가 존재하지 않는다. 루카치의 개념 속에서 존재하지만 현존하지 않는 신은, 부재를 통해서 끊임없이 아이러니의 세계에 총체성의 세계를 향한 어떤 내적 추진력을 부여하는 것이다. 그러나 이상의 아이러니는 부재 그 자체의 막다른 골목일 뿐이다. 절망은 가치추구의 과정에서 발생하는 것이 아니라, 가치추구의 에너지가 완전히 소진된 지점에서 마치 주검의 표지처럼 봉두난발의 머리로 어두운 골방 속에 홀로 누워 있는 것이다.

　19세기와 20세기 사이에 낀 이상의 삶은 19세기와 20세기 그 어느 쪽에서도 자신의 삶을 기탁할 존재의 가치기반을 발견할 수 없었던 삶이다. 일제의 식민지 침략과 더불어 빠르게 밀려들어오기 시작한 서구문물과 근대적 삶의 징후들은 이상에게 분명 하나의 매혹으로 다가올 수밖에 없었을 것이다. 서구의 근대로부터 누구보다도 민감하게 자아실현의 이상을 받아들인 이상은, 그러나 또 누구보다도 날카롭게 식민화된 국가에서 일제라는 채널을 통해 받아들인 그 근대적 욕망의 허구성을 간파해낸다. 왜냐하면 당시의 식민체제는 "봉건적 기반에서 풀려난 사람의 추상적인 자유와 그 자유를 조장하면서 그것을 무의미한 것이 되게 하는 모순된 체제"[13]였기 때문이다. 봉건의 세계로 돌아갈 수도 모순에 가득 찬 근대성의 세계 속에 아무 갈등 없이 자신의 삶을 실어버릴 수도 없게 된 상황에서, 이상은 근대적인 자아실현의 욕망을 하나의 허구로 만들어버린 시대상황과의 불화를 삶의 치명적인 내적 균열로 끌어안는다. 근대적 욕망으로 자신을 세우고 그 근대적 욕망에 의해 자기 파멸의 길을 걸어간 이상, 우리는 그에게서 한국적 근대성의 모순과 절망을 가장 치열하게 자신의 전 생애로 끌어안은 한 비극적 근대인의 초상을 보는 것이다.

---

13) 김우창, 『궁핍한 시대의 시인』, 민음사, 1978, 21쪽.

## 3. 폐쇄와 부정의 역설적 의미

이상의 작품을 통해 현저히 드러나는 것은 '나'와 '아내'로 표상되는 사회에 대한 개인의 화해 불가능한 갈등의 양상들인데, 타락한 세계에 대한 부정적인 인식에서 비롯된 이러한 갈등은 그의 소설 속에서 대부분 삶의 일상화된 가치규범으로부터의 의도적 일탈이라는 형태로 나타난다. 그것은 타락한 사회 속의 개인이 자신의 도덕적 정당성을 역설적으로 확인하는 방식인 동시에, 일상적 가치규범을 자발적으로 무력화하는 자기파산의 길을 선택함으로써 사회의 제도적 모순과 맞서는 방법이기도 하다. 이때 자발적인 자기 파산의 문학적 형식은 "그러나 소설가들이 이러한 사회의 모욕을 기존질서와 공식적 문화에 대해 그 자체로 모욕적인 형식의 도움을 빌려 표현하지 않았더라면 이러한 항의는 사문으로 남아 있었을 것이다"[14]라는 미셸 제라파의 말처럼, 개인에게 가해지는 사회의 모욕에 대응하는 문학의 모욕적 형식에의 추구, 다시 말해 제도화된 문학형식의 파기를 요구한다. 이상의 소설들이 때로 난삽하고 완결되지 못한 듯이 보임에도 불구하고, 그가 문학형식의 근대성에 대해 누구보다도 투철한 자각을 보여줄 수 있었던 것은 그의 형식실험이 한국적 근대성의 본질에 대한 치열한 자기 성찰과 맞물려 있기 때문이었을 것이다. 그것을 확인하기 위해 우리는 이제 이상의 작품 속으로 좀더 깊숙이 들어가보기로 하자.

이상이 본격적으로 문학을 시작한 것은 그가 총독부의 건축기사직을 사임한 후부터라고 해야 할 것이다. 이 점은 그의 문학의 본질을 규명하는 중요한 단서를 제공해준다. 사실 직업에 대한 회의는 이상 문학의 기본바탕을 이루고 있는 중요한 요소 가운데 하나이다. 그의 작품은 거의 모두가 일인칭 서술자 시점으로 되어 있어 자전적인 느낌을 주는데, 작

---

14) M. Zéraffa, ibid., p. 25.

품 속에 등장하는 나는 대부분 직업이 없거나, 있어도 자신의 삶을 "일급
일원 사십전과 맞바꾼"[15] 하찮은 인쇄공 따위에 지나지 않는다. 이와 같
은 이상의 직업관에는 당시 식민지 상황에 대한 비판적 자각이 내재되어
있다. 그것은 그의 작품 중의 한 구절, "요컨대 우리는 숙명적으로 사상,
즉 중심이 있는 사상생활을 할 수가 없도록 돼먹었거든"(1권, 60쪽)에서
도 나타나는 것처럼, 식민지 체제가 요구하는 것이 삶에 대한 내면적 성
찰과 사유의 능력이 아닌 단순한 기능적 지식에 지나지 않는다는 자각이
다. 이러한 체제순응적 지식은 개인의 경제적 생활수단인 직업을 보장해
준다. 그러나 이상에게 직업이란 "양심이 증발해버린 뒤의 것"(1권, 92
쪽)이다. 이상은 직업을 버림으로써 스스로 사회의 중심적 위치에서 주
변적 위치로, 생산적 삶에서 잉여적인 삶의 자리로 물러선다. 이러한 물
러섬은 당시 현실의 구조적 모순을 첨예하게 인식한 식민지 지식인의 소
극적인 저항의 자세로 받아들일 수 있을 것이다. 그러나 그것은 또한 사
회 안에서 자신의 생산적인 삶의 자리를 확보하고자 하는 그의 욕망을
방해하는 타락한 사회에 대한 인식과 더불어, 그로 하여금 자기 생존의
정당성을 위협하는 실존적인 회의, 즉 자신이 아무런 쓸모없는 잉여적
존재라는 불안감과 끊임없이 마주서게 한다. 그러므로 그는 문학을 통해
자신의 실존적 삶의 근거를 확보하고자 하는 노력과, "膏肓에 든 이 文學
病을—이 溺愛의, 이 陶醉의… 이 굴레를 제발 좀 벗고 飄然할 수 있는 제
법 尺量나가는 인간이 되고 싶소"[16]에서처럼, 자신의 무기력하고 소모적
인 삶에 대한 회의 사이에서 끊임없는 긴장을 겪고 있다. 이상의 작품 도
처에서 나타나는 나와 아내 사이의 비정상적인 동거, 혹은 부부생활은,
이처럼 직업을 가지고 정상적인 일상인으로 살아갈 수 없는 이상의 자의

---

15) 문학사상자료연구실 편, 『이상소설전작집 1』, 갑인출판사, 1977, 91쪽. 이후 이 책에
대한 인용은 본문의 괄호 안에 권수와 쪽수로만 표기한다.
16) 문학사상자료연구실 편, 『이상수필전작집』, 갑인출판사, 1977, 208쪽. 이후 이 책에 대
한 인용은 본문의 괄호 안에 쪽수로만 표기한다.

식적 고뇌를 날카롭게 드러내 보여준다.

그의 작품들 속에서 주인공은 언제나 직업을 가진 아내에게 기생하는 무능하고 직업 없는 남편으로 등장하며, 그와 아내의 관계는 서로에 대한 애정이 아닌, 속임과 기만으로 맺어진 불구의 관계이다. 그들에게 정상적인 부부생활을 불가능케 하는 요인은 "지성의 극치를 흘낏 좀 들여다본 일이 있는"(1권, 14쪽) 나의 현실에 대한 부정적인 인식과 아내가 가진 직업이다. 이상의 거의 모든 작품에서 여자는 창부이거나 복잡한 남자관계를 가진 불륜의 여인으로 등장하는데, 이러한 여인과의 생활은 "여자의 牛―그것은 온갖 것의 牛이오―만을 領收하는 생활"(1권, 14쪽)을 의미하며, 나는 "그런 생활 속에 한발만 들여놓고 흡사 두 개의 태양처럼 마주 쳐다보며 낄낄거리는"(1권, 14쪽) 생활을 계속하는 것이다.

이상의 작품 속에서 나타나는 이와 같은 분열된 의식은 그가 이 세계를 부정하면서도 결코 그로부터 벗어날 수 없다는 사실에서 비롯된다. 벗어날 수 없는 세계 속에서의 절망적인 탈출욕구는 그의 작품 속에서 나와 아내 사이에 끊임없이 되풀이되는 만남과 헤어짐이란 파행적인 관계양상으로 나타난다. 이러한 파행적 관계는 나의 승낙 없는 아내의 외출과 수없이 부정의 냄새를 묻히고 돌아오는 아내의 귀가, 그리고 그 부정의 정체를 파악하기 위해 "가지가지 재주를 다 피워가면서 아내를 고문"(1권, 70쪽)하면서도 "어디에도 천사는 없다. 천사는 다 결혼해버렸기 때문이다"((1권, 70쪽)란 절망적 인식으로 부정한 아내를 받아들일 수밖에 없다는 역설에 의해 유지되는 것이다. 나에게 있어 아내는 '미망인'이면서 '여왕봉', 즉 끊임없이 벗어나고픈 타락한 현실이면서 동시에 그의 실존을 가능케 하는 유일한 현실이기도 하기 때문이다. 그의 소설 속에 등장하는 나는 그러한 아내에게 위축되고 짓눌린, 아내로부터 끊임없이 위협받고 있는 무능한 남편이다.

하루 나는 금홍이에게 몹시 얻어맞았다. 나는 아파서 울고 나가서 사흘

을 돌아오지 못했다. 너무도 금홍이가 무서웠다.(1권, 140쪽)

이상의 작품 속에서 이와 같은 나의 위축된 모습은 사회의 주도적인 삶의 자리로부터 밀려난 식민지 지식인이 느끼는 어떤 피해의식과도 무관하지 않을 것이다. 그는 점점 왜소해지고 사회의 외곽으로 밀려나며 생산성으로부터 멀리 떨어진 잉여적인 삶―이상이 이국적인 이름의 다방을 운영했다거나, 그의 수필 등에서 엿보이는 한자나 외국어 남용 등의 현학취미 등도 이러한 삶의 방식과 무관하지 않을 것이다―의 자리로 전락한다. 자신이 사회의 잉여적 존재라는 생각은 그가 사회로부터 얻은 지식이 쓸모없는 지식이라는 생각, 즉 자신이 "박제가 되어버린 천재"(1권, 14쪽)라는 인식과 하나로 연결되어 있다. 자신이 가지고 있는 재능과 지식이 사회 속에서 제대로 활용될 수 없는 잉여적인 것임에 대한 비관적 인식은, 그의 작품 속에서 "知性, 흥 知性의 힘으로 세상을 조롱할 수야 얼마든지 있지. 있지만 그게 그 사람의 생활을 '리이드' 할 수 있는 根本에 있을 만한 힘이 되지 않는 걸 어떡허나?"(1권, 61쪽)와 같은 자조적인 어조를 통해서 표현되기도 한다. 나에게 자기실현의 길을 열어주는 대신 자기 고립의 무력감만을 안겨주는 쓸모없는 지식은, 그로 하여금 끊임없이 "亂麻와 같이 갈피를 잡을 수 없는 얼마간의 비극적인 자기탐구"(1권, 204쪽)에 몰두하게 한다. "와글와글 들끓는 여러 나"(1권, 191쪽)로 표현되는 이러한 자기 분열은 그를 끊임없이 세상사에 서먹서먹한 무능한 일상인으로 남아 있게 하는 것이다. 이것은 이상의 작품 속에서 나타나는 포즈, 혹은 권태의 의미와도 밀접한 관련을 맺고 있다.

연애기법에마저 서먹서먹해진 知性의 極致를 흘낏 좀 들여다본 일이 있는, 말하자면 일종의 精神奔―者 말이오. (……) 나는 아마 어지간히 인생의 諸行이 싱거워서 견딜 수 없게쯤 되고 그만둔 모양이오. 굳바이.(1권, 14~15쪽)

　진실한 애정관계를 가질 수 없는 나의 아내에 대한 태도는 "연애기법에마저 서먹서먹해진" 포즈로 나타난다. 그에게 있어 "감정이란 어떤 포우즈"(1권, 15쪽)이며, 이때 포즈란 근본적으로 믿음과 신뢰가 결여된 상태에서 나타나는 행위, 즉 행위의 안팎이 일치되지 않는 상태를 의미한다. 그의 비극은 "암만 봐두 마누라의 얼굴이 왼쪽으로 좀 비뚜러져 보이는"(1권, 89쪽) 것이며, "마누라의 얼굴이 왼쪽으로 좀 비뚜러져 보이거든 슬쩍 바른쪽으로 한번 비켜설 수 없는"(1권, 97쪽) 데, 그리고 그렇게 비뚜러져 보이는 채로 어쩔 수 없이 아내와 함께 살아갈 수밖에 없는 상황의 폐쇄성에 있는 것이다. 여기에서　포즈는 나에게 기만적인 세상에 대해 나도 똑같은 기만으로 맞섬으로써, 세상과의 최소한의 관계만을 유지하려는 자기폐쇄적 성격을 띠게 된다.

　그러나 이상의 작품에서 이러한 상황의 폐쇄성이 단순히 아내의 도덕적 타락 그 자체에서 비롯되는 것이라고 말할 수는 없다. 이상의 소설들, 이를테면 「날개」와 「봉별기(逢別記)」의 경우, 작중화자인 나는 아내의 부정에 대해 분노나 시기심, 슬픔 따위의 어떠한 감정적 동요도 드러내 보이지 않는다. 부정한 아내에 대한 이와 같은 감정적 무기력은 물론 부정한 아내에 대한 절망감을 은폐하는 하나의 포즈이다. 그러나 이들 작품에서 나를 극도의 절망 속으로 몰아넣는 것은 아내의 매춘보다는 오히려 아내의 기만이다. 예를 들어 「봉별기」에서의 나는 아내인 금홍의 매춘행위에 대해 어떠한 감정적 동요나 도덕적 편견도 드러내 보이지 않을 뿐 아니라, 심지어는 아내의 매춘행위를 도와주기까지 한다. 물론 이러한 아내의 부정행위가 나에게 괴롭지 않은 것은 아니지만, 나를 괴롭히는 보다 본질적인 문제는 아내가 나에게 자신의 매춘행위를 숨기고 있다는 사실이다. 이상은 「19세기식(十九世紀式)」이라는 글에서 다음과 같이 말하고 있다.

貞操는 禁制가 아니고 양심이다. 이 경우의 양심이란 도덕성에서 우러나온 것을 가리키지 않고 '절대의 애정' 그것이다.(127쪽)


이상의 작중인물들이 아내에게 원하는 것은, 사회 내부의 제도적 가치 속에 편입되는 도덕적 규범으로서의 정조가 아니라, 제도적 가치를 뛰어넘는 보다 본질적 가치로서의 애정과 믿음의 자유로운 교환이다. 여기에서 절대적 애정이란 말 속에는 어떠한 윤리적 억압으로부터도 벗어난 상태에서 자발적이고 순수한 자유의지에 의해 이루어지는 인간관계에 대한 이상의 깊은 원망(願望)이 깃들여 있다. 그러므로 기만의 포우즈로 연결된 관계는 제도화된 윤리적 규범의 파탄 이전의 보다 본질적인 인간관계의 파탄을 보여주는 것이다. 이상의 작품 속에 등장하는 나와 여자들 사이의 관계는 인간과 인간, 혹은 인간과 세계 사이에 놓인 그와 같은 기만의 관계성을 극명하게 드러내 보여준다. 이상의 작품 도처에서 나와 여자들 사이의 관계는 '승부' '도박' '시합' '도전' '씨름' 혹은 '애호(愛好)하는 가면' '사기' '서로 음모를 내포한 암중모색' '패러독스에 의한 복수' 등으로 표현되고 있다. 나와 여자들 사이에 놓여 있는 것은 "승부 없이 계속되는 시합"(1권, 65쪽), 즉 서로에게 속고 속이는 포즈와 그로 인한 나의 자의식의 고통스런 긴장상태인 것이다. 그리고 그 포즈의 이면에 숨어 있는 것은 속는 나와 속이는 나, 그리고 그 속고 속이는 관계를 괴로운 시선으로 바라보는 또다른 나 사이의 끊임없는 자기 분열이다.


결코 뒤를 돌아다보거나 해서는 못쓴다. 어디까지든지 私心 없이 패배한 **체**하고 걷는 **체**한다. 失心한 **체**한다.
나는 사실은 좀 어지럽다. 내 쇠약한 심장으로는 이런 自若한 體操를 장시간 계속하기가 썩 어려운 것이다.(1권, 202~203쪽, 강조―인용자)

　　사람들은 나를 보고 짐짓 기이하기도 해서 그러는지 驚天動地의 육중한 경륜을 품은 사람인가 보다고들 속는다. 그러니까 그렇게 하는 것이 내 시시한 자세이나마 유지시킬 수 있는 유일무이의 비결이었다. 즉 나는 남들 좀 보라고 낮에 잔다.(1권, 198쪽)

　　위의 인용문은 기만의 포우즈가 나에게는 내면의 불안과 분열을 은폐하고 세계 속에서 "내 시시한 자세이나마 유지"하기 위한 최소한의 생존조건이라는 것을 보여준다. "屠場에 들어가는 소, 죽기보다 싫은 서투르고 근질근질한 포우즈"(1권, 212쪽)는 억압과 기만으로 가득 찬 세계 속에서 내가 살아남기 위한 최소한의 자기방어라는 의미를 갖는 것이다. 그러나 내가 취하는 기만의 포즈는 그가 아내에게 "속고 또 속고 또또 속고 또또또 속았다"(1권, 216쪽)라고 생각하는 극도의 절망감 속에서 무기력한 자기방기의 늪으로 빠져들고, 아내와 나 사이의 관계를 간신히 지탱해주던 기만의 포즈는 "포우즈가 不動姿勢에까지 高度化할 때 감정은 딱 공급을 정지"(1권, 15~16쪽)한 상태인 권태에 그 자리를 내주게 된다.
　　이상에게 있어 권태는 "무수한 표정의 말뚝이 공동묘지처럼 내게는 똑같이 보이기만 하는"(214쪽) 일상의 무미건조한 다반사에 대한 인식과 관련된 것이지만, 보다 근본적으로는 이러한 인식을 가능케 한 당시의 시대적 상황과 그 상황에 처한 식민지 지식인의 삶의 조건과 긴밀하게 연관되어 있는 것이기도 하다. 권태가 가치추구에 대한 적극적인 의욕과 기도(企圖)가 상실된 심리상태를 의미하는 것이라면, 이상에게 그것은 근본적으로 이 세계가 가치추구의 대상이 아니거나, 어떠한 가치추구나 실현도 허용하지 않는 닫힌 사회라는 인식과 맞물려 있는 것이다. 이상에게 권태는 세계를 향한 적극적인 가치추구의 의욕이 좌절된 상태에서 의식이 어떠한 대상에 대해서도 지속적인 흥미를 느끼지 못하는, 의식 속에 과부하된 감정적 무기력의 상태이다. 이처럼 외부로 발산되지 못하고 의식 내부에 고여 있는 삶의 에너지는 "내가 앉아 있는 데는 그런 웅덩이가 있다. 내 앞에서 물은 조용히 썩는다"(173쪽)라는 구절에서 엿보이는 것처럼, 나로 하여금 자신의 삶이 끊임없이 부패하고 있다는 생각에 사로잡히게 한다.

그러나 이상의 작품에 나타나는 부부관계가 기만과 속임수로 점철된 관계임에도 불구하고 작중화자인 나는 때로는 아내를 고문하고 때로는 용서하고 때로는 무관심을 가장하며 "아내라는 꽃에 매달려 사는 도무지 형언할 수 없는 거북살스러운 생활을 계속"(1권, 18쪽)할 수밖에 없다. 이미 말했듯이 아내는 내가 발딛고 서 있는 유일한 현실이기 때문이다. 낭만적 환상이나 거짓된 자기 위안에 빠지지 않고 이 세계에서 사는 것은 그러므로 거북살스러운 권태의 삶이다. 여기에서 권태는 극단적인 자기 방기와 극단적인 자기 혐오 사이에서 끊임없이 동요하는 황폐한 실존의 영역이다. "나는 내 마음의 평화 따위가 다 그리워졌다. 즉 나는 시체다. 시체는 생존하여 계시는 만물의 영장을 향하여 질투할 자격도 능력도 없는 것이리라는 것을 나는 깨닫는다"(1권, 221쪽)라는 나의 말에서 그 황폐한 실존의 영역은 이미 죽음의 영역과 겹쳐 있다. 나의 삶은 "그저 한없이 게으른 것, 게으르자, 시끄러워도 그저 게으르기만 하면 된다"(1권, 148쪽)란 말의 고통스러운 반복에 의해 유지되는 삶이며, 그와 같은 게으름, 혹은 권태 속에는 이미 이상의 삶과 문학에서 지속적인 배경음을 이루는 자살에의 욕망이 깔려 있다.

"생명에 뚜껑을 덮었고 사람과 사람이 사귀는 버릇을 닫았고 그 자신을 닫은"(1권, 153쪽) 그에게 "죽음은 식전의 담배 한 모금보다도 쉽다."(1권, 155쪽) 그러나 삶의 무의미성과 삶의 절대성 사이에서의 실존적 회의는 주인공으로 하여금 유일한 탈출구로서 죽음을 갈망하게 하면서도 "그렇건만 죽음은 결코 그의 창호를 두드릴 리가 없다고 미리 넘겨짚게"(1권, 55쪽) 만든다. 그러나 삶이 죽음에 의해서밖에 구원받을 수 없다는 생각은, 폐쇄된 삶의 질곡을 뛰어넘어 자신이 추구하는 이상적인 삶으로 나아가고 싶다는 욕망과의 갈등 속에서 그에게 괴로운 실존적 결단을 요구한다. 삶과 죽음 사이의 진퇴양난 속에서 이상이 막연히, 그러나 끊임 없이 가고자 한 곳은 동경(東京)이었다. 동경으로 가고자 하는 욕망은 이 상의 작품 도처에서 다음과 같이 나타난다.

몽롱한 가운데서 나는 이 땅을 떠나리라 생각했다. 머얼리 동경으로 가 버리리라. 갈 테야. 갈 테야. 가버릴 테야(동경으로).(1권, 92쪽)

어디로 갈까. 나는 만나는 사람마다 동경으로 가겠다고 호언했다. (……) 하여간 이것은 영영 빈털터리가 되어버린 李箱의 마지막 空砲에 지나지 않 는 것만은 사실이겠다.(1권, 144쪽)

그러나 이상의 동경행은 결과적으로 식민지적 삶의 질곡을 뛰어넘으 려 한 그에게 그 속으로 더 깊숙이 들어가게 한 꼴이 되었다. 동경은 그 가 동경했던 근대문화의 중심지 이전에 식민지 문화의 중심지였기 때문 이다. 그곳에서 그가 만난 것은 실망과 환멸, 그리고 과거에 대한 짙은 회한뿐이었다. 그가 동경에서 보낸 편지 중의 두 구절을 인용해보자.

나는 참 동경이 이따위 卑俗 그것과 같은 시로모노인 줄은 그래도 몰랐 소. 그래도 뭐이 있겠거니 했더니 과연 속빈 강정 그것이오.(220쪽)

과거를 돌아보니 회한뿐입니다. 저는 제 자신을 속여왔나봅니다. 정직 하게 살아왔거니 하던 제 생활이 지금 와 보니 회피의 생활이었나봅니다. 정직하게 살겠습니다. 고독과 싸우면서 오직 그것만을 생각하며 있습니 다.(228쪽)

이상이 죽음 대신 마지막 유일한 탈출구로 꿈꾸었던 동경에서의 환멸 과 자신의 과거에 대한 회한은 그의 죽음을 앞당기는 결정적인 독소였

다. 불령선인(不逞鮮人)으로 지목되어 일경(日警)에 체포 수감되는 동경
에서의 이상의 행적은, 이상이라는 근대적 자아가 당면한 시대적 질곡에
대한 하나의 극명한 상징이다. 이런 의미에서 이상의 죽음은 또한 어떠
한 타협의 욕망에도 기대지 않고 마지막 순간까지 자신의 절망에 정직하
고자 했던 그의 치열했던 삶의 또다른 이름일 뿐이다.

　이상의 작품 속에서 개인과 세계의 대립양상은 대부분 분절되고 파편
화된 내적 독백의 형식을 통해 나타나고 있다. 그의 소설을 구성하고 있
는 것은 이야기(사건)가 아니라 아무런 사건도 일어나지 않는 삶, 즉 이
야기에서 패배한 자의 불안한 내면적 정황이다. 그의 소설들이 안정된
이야기 구조가 아니라 불안정하고 혼란스런 독백의 형식을 취하고 있는
것은 이상의 자폐적인 삶의 형식과 긴밀하게 맞물려 있는 것이다. 이상
의 소설이 보여주는 내적 아이러니의 형식은, 집단화된 가치규범의 상실
과 더불어 개인의 삶을 지배하기 시작한 세계의 모호성과 불확정성을 근
대적인 문학양식으로 끌어안는 방식이라고 할 수 있다. 이러한 차원에서
아이러니는 본질적으로 은폐를 통한 드러냄의 문학양식이다. 따라서 얼
핏 난해하게 보이는 이상의 작품을 제대로 이해하기 위해서는 뒤집어 읽
기라는 반어적 독법이 동원될 필요가 있다. 이러한 반어적 독법은 이상
의 거의 모든 작품에 적용되는 것이지만, 그중에서도 「날개」와 「지주회
시(蜘蛛會豕)」가 지니는 의미는 각별하다. 그것은 이 두 작품이 그의 다
른 어느 작품보다도 아이러니적 기법에 있어 탁월한 완결성을 보여주고
있고, 작가의 정교한 현실인식이 고도의 역설적 구조 속에 치밀하게 녹
아들어 있기 때문이다. 이런 점에서 「날개」와 「지주회시」에 대한 정밀한
분석은 우리를 이상 문학에 대한 심층적 이해에 좀더 가깝게 다가설 수
있게 해줄 것이라고 믿는다.


1) 벽과 꺾인 날개 사이에서 말소된 삶 ― 「날개」
　「날개」와 「지주회시」에서 작중인물들을 지배하는 것은 근대세계를 지

배하는 '돈'이라는 가치체계이다. 근대화된 세계에서 돈은 혈연이나 지연 등에 의한 전통적 인간관계를 파괴하고 인간관계를 새롭게 재편성하는 중요한 요소로 떠오르는데, 「날개」 속에서 이러한 돈의 역할은 나와 아내, 그리고 이름을 알 수 없는 내객들이라는 단순하고 제한된 인간관계 속에서 상당히 복합적인 양상으로 나타난다.

우선 이 작품의 주인공인 '나'는 두 가지의 대립적인 성격, 즉 퇴행적인 유아적 치매상태와 극도로 지적인 자의식 상태를 혼합적으로 보여준다. 그의 유아적 퇴행성은 "고무밴드가 끼어 있는 부드러운 사루마다를 입고 그리고 아무 소리 없이 잘 놀았다"(1권, 22쪽)[17]와 같은 구절에서 나타나는 것처럼, 외부세계에 대해 의도적으로 무관심한 태도나, 일상적으로 긴요하게 사용되는 물건들―예컨대 아내의 직업상 꼭 필요한 화장품이나 거울, 혹은 돈―을 극히 유희적으로 다루는 태도로 나타난다. 이를테면 그에게 있어 돈은 돈이 지닌 사회적 교환가치를 상실한 "그것이 내 손가락에 닿는 순간에서부터 고 벙어리 주둥이에서 자취를 감추기까지의 하잘것없는 촉감이 좋았을 뿐이지 그 이상 아무 기쁨도 없는" 단순한 물체에 지나지 않는다. 그의 이러한 행위들은 현실적으로 무능한 지식인의 자의식적 권태를 보여주면서 동시에, 일상적 가치들에 대한 그의 심리적 거부를 드러내주는 것이다.

작중화자의 이러한 퇴행성과 표리관계를 이루는 것이 작중화자가 즐겨 사용하는 '연구하다'라는 말이다. 그가 어두운 방, 축축한 이불 속에서 연구하는 것은 "왜 아내는 늘 돈이 있나 돈이 많은가"이며, "내 아내의 직업은 무엇일까" "왜 아내는 나에게 돈을 놓고 가나" 그리고 그 돈을 놓고 가는 행위가 쾌감 때문이라면 "어떤 종류의 쾌감일까" 등이다. 이러한 의문들은 모두 작품내용의 핵심을 이루고 있는 것으로, 작품의 전개과정은 결국 작중화자가 그 의문의 실체와 직면하게 되는 과정이다.

---

17) 「날개」에 대한 모든 인용은 『이상소설전작집 1』에 의하며, 인용 쪽수는 따로 밝히지 않는다.

이 작품에서 "흡사 유곽이라는 느낌이 없지 않은" 33번지가 당시의 사회를 대변하는 것이라면, 창부로 등장하는 아내의 직업은 그 사회 속에서 살아가는 일상인들의 삶을 암시하는 것으로 볼 수 있을 것이다. 그 33번지에는 "해가 들지 않으며", 해가 들어도 그들은 모른 체한다. "창호가 똑같고 아궁이가 똑같은" 그곳에서, 엘리어트가 말한 이른바 삶 속의 죽음(death in life)을 살고 있는 사람들을 맺어주는 관계의 고리는 돈과 감각적 쾌감을 연결하는 사물화된 교환구조이다. 돈이 지니는 의미는 작품이 전개되어가는 과정에서 다양한 양상으로 표출되는데, 돈은 먼저 아내의 알 수 없는 외출이나 이름 모를 내객들의 내방과 연관된다. 작품 속에서 아내의 외출은 아내가 사회와 관계맺는 행위, 곧 내객들에게 쾌감을 제공하는 대가로 돈을 벌어들이는 아내의 직업을 의미한다. 이때 돈은 사회와 개인을 연결하는 타락한 욕망의 기호이다. 그러나 아내가 매일 밤 그의 머리맡에 놓고 가는 돈은, "하나의 방이 가운데 장지로 말미암아 두 개로 나누어진" 불완전한 부부생활에서 아내가 남편에게 자신의 부정을 묵인해달라는 조건으로 내놓는 일종의 묵계, 혹은 심리적 보상의 수단으로 볼 수 있다. 그러나 "돈을 쓰는 기능을 완전히 상실한" 나에게 아내가 주는 돈은 '벙어리' 속에 들어가는 외에 아무런 의미가 없다. 우리는 여기에서 벙어리를 아내에 의해 강요된 묵계와 그에 대한 나의 무력감을 암시하는 메타포로 읽을 수도 있다. 다음 구절은 그러한 나의 무력감을 좀더 분명하게 보여준다.

어느 날 나는 그 벙어리를 변소에 갖다넣어버렸다. 그때 벙어리 속에는 몇 푼이나 되는지는 모르겠으나 그 은화들이 꽤 들어 있었다.

나는 내가 지구 위에 살며 내가 이렇게 살고 있는 지구가 질풍신뢰의 속력으로 광대무변의 공간을 달리고 있다는 것을 생각했을 때 참 허망하였다. 나는 이렇게 부지런한 지구 위에서는 현기증도 날 것 같고 해서 한시바삐 내려버리고 싶었다.

그러나 나는 드디어 그 묵계를 파괴한다. 제목 '날개'가 시사하는 대로, 묵계의 파괴는 여러 단계의 복잡한 과정을 거쳐 나의 최후의 필사적인 탈출의지로 나아간다. 묵계의 파괴는 우선 그의 외출로부터 비롯된다. 내객이 아내에게 돈을 놓고 가는 것이나 아내가 그에게 돈을 놓고 가는 것이 일종의 쾌감 때문이라는 것을 깨달은 주인공은, 그 쾌감의 실체를 체험해보기 위해 외출을 결심한다. 이 작품 속에서 나의 외출은 두 개의 사건을 준비하는데, 그 하나는 "내 눈으로 절대로 보아서는 안 될" 아내의 부정의 현장을 목격하는 것이고, 또 하나는 33번지에 살게 된 이래 그와 아내 사이에 이루어진 최초의 동침이다. 여기에서 그가 아내로부터 받은 돈 오원을 되돌려줌으로써 이루어지는 아내와의 동침은, 그와 아내 사이의 묵계의 파괴인 동시에 그에 대한 아내의 기만의 시작을 의미하는 것이다. 돈 오원을 아내 손에 주면서 "무엇이라고 설명할 수 없는 쾌감"을 느낀 후로 그는 계속 외출을 시도하게 된다. 그러나 아내와 나 사이의 묵계의 깨어짐은 또한 "아내에게 돈을 주고 아내의 방에서 자보는" 비정상적인 부부관계를 초래한다. 즉 나와 아내의 동침은 돈을 부정하는 행위를 통해 이루어지지만, 또한 돈을 매개로 할 때만 비로소 가능해진다는 모순을 보여줌으로써, 묵계의 깨어짐을 의미했던 아내와의 동침은 결국 아내의 부정에 대한 또다른 묵계의 의미를 띠게 되는 것이다. 그러므로 여기에는 돈이 아내와 나, 더 나아가서는 사회집단과 나 사이의 진정한 관계를 가로막는 것이면서, 또한 그것을 가능케 하는 유일한 것이라는 인식이 내재되어 있다.

이상의 이와 같은 현실인식은 아내의 부정에 대처하는 나의 태도에서 더욱 첨예하게 드러난다. 아내의 부정의 현장을 목격한 뒤에 "나는 깜짝 놀라 아마 인제서야 벼락이 내리려나보다 하고 숨을 죽이고 두꺼비 모양으로 엎드려 있"는다. 그리고는 아내의 방에서 자보는 기쁨을 위해 의식적으로 아내의 부정에 대해 무관심한 태도를 취한다. 그것은 비록 타락해 있을지라도 아내만이 그에게 가능한 유일한 현실이기 때문이다. 그는 아내의 부정을 목격하면서도 "모르는 체하는 수밖에 없었다. 왜? 나는 어쨌든 아내의 방을 통과하지 아니하면 안 되니까……" 그러므로 나는 끈질기게 아내와의 동침을 시도한다. 그러나 그가 아내에게 접근하려는 끈질긴 시도는 그에 대한 아내의 기만을 더욱 부채질하는 결과만을 낳는다. 아내의 기만은 작품 속에서 최면약 '아달린'을 통해 이루어지는데, 그때까지 아내의 부정에 대해 무관심한 태도를 취해온 나는 아달린을 발견했을 때 거의 까무라칠 것 같은 배신감과 함께 "인간 세상에 아무것도 보기 싫은" 극단적인 절망감을 느끼게 된다. 그에게 궁극적인 절망감을 안겨주는 것은 아내의 부정 자체가 아니라, 그 부정을 은폐하려는 아내의 기만행위인 것이다. 그리고 이러한 절망감으로부터 그가 확인하게 되는 것은 "우리 부부는 숙명적으로 발이 맞지 않는 절름발이"라는 것이다.

그러나 나는 이 발길이 아내에게로 돌아가야 옳은지 이것만은 분간하기가 좀 어려웠다. 가야 하나? 그럼 어디로 가야 하나?

그에게 주어진 유일한 현실인 아내에 대한 배신감은 그를 막다른 골목으로 몰아넣으며, 미스코시 백화점 옥상 위에서 그가 "날자. 날자. 한번만 더 날아보자꾸나"라고 외치는 것은 실존의 막다른 골목으로 내몰린 자가 마지막으로 취하는 필사적인 탈출의지의 표현으로 볼 수 있을 것이다. 그러나 폐쇄된 상황 속에서 무력한 개인의 탈출의지는 스스로를 죽음으로 몰아가는 비극적인 결말을 초래할 수밖에 없다. 결국 그의 꺾인 날개, 혹은 "희망과 야심의 말소된 페이지"는 개인의 비극을 넘어 시대의 비극적 상황을 암시하는 것이며, 작중화자의 '날자'란 말의 필사적이면서 절망적인 되풀이는, 그가 보여주는 가장된 퇴행성과 더불어 타락한 사회와 "숙명적으로 발이 맞지 않는" 개인의 실존적 한계상황을 극명하게 드러내는 것이라고 할 수 있다. 우리는 작중화자의 이러한 자멸적인 날갯

짓 속에서 당시 사회 속에서 문제적 개인이 감당할 수밖에 없었던 타락한 사회의 무게와 자의식적인 고뇌의 크기를 동시에 읽게 되는 것이다.

### 2) 관계의 폭력에 맞서는 절망의 역동성 ―「지주회시」

「날개」가 이상의 대표적인 작품으로 많은 논자들의 집중적인 조명을 받아온 데 비해, 「지주회시」는 이상의 문학이 한꺼번에 거론되는 자리에서 몇몇 구절이 인용되는 경우를 제외하면, 이상 문학에 대한 논의의 장에서 상대적으로 소외되어온 편이라고 할 수 있다. 아마도 그것은 어떤 질의 편차 때문이라기보다, 자동기술적 서술방식이나 띄어쓰기 무시, 혹은 작중화자의 혼란스러운 의식의 흐름 등으로 인해, 「지주회시」가 「날개」에 비해 일견 접근하기 어려운 난삽하고 난해한 양상을 보이고 있다는 점과 무관하지 않은 듯싶다. 실제로 「지주회시」의 주인공은 「날개」의 주인공보다 훨씬 더 불안정하고 복합적인 성격을 보여주고 있다. 「날개」의 '나'가 외부상황에 대해 의도적인 무지를 가장함으로써 적어도 표면적으로는 정서적 평온상태를 유지하고 있는 것처럼 보이는 데 비해, 「지주회시」의 '그'는 보다 첨예한 자의식과 분열적인 성격을 보여준다. 또한 「날개」는 일인칭 시점을 통해 서술되면서도 주인공이 상황에 대해 상당히 객관적인 거리를 유지하고 있는 반면, 「지주회시」의 서술방식은 삼인칭 시점을 취하고 있음에도 불구하고 훨씬 더 자기고백적이고 주관적이다. 그것은 아마도 「날개」의 주인공이 상황에 대한 의도적 무지를 가장함으로써 상황의 압력으로부터 비껴서 있는 듯한 자세를 취하는 반면, 「지주회시」의 주인공은 상황에 대한 첨예한 자의식을 통해 보다 더 능동적으로 상황과 맞서려는 자세를 보여주고 있다는 점과 무관하지 않을 것이다. 등장인물의 경우에도, 「날개」의 경우에는 나와 아내와 내객들로 인물의 수가 극히 제한되어 있는 반면, 「지주회시」는 그와 아내, 오(吳), 마유미, R카페 사장, A취인점 전무, 오의 아버지 등으로 인물의 수가 다양하고 그 관계도 복잡하게 얽혀 있다.

「지주회시」의 대립적 서사구조는 이미 그 제목에서부터 암시된다. 지주회시란 '지주(거미)가 시(돼지)를 만나다' 란 뜻으로 작품 속에서 인물과 인물 사이의 관계, 혹은 인물과 상황과의 관계를 함축적으로 대변하는 말이다. 이재선은 이러한 관계를 "인간개체의 절대적 수성(獸性)의 냉혹성"[18]에서 기인한 것으로 파악하고 있지만, 필자가 보기에 그것은 근본적으로 인물에게 가해지는 폭력적인 상황의 압력과 밀접한 연관을 맺고 있는 듯하다. 이런 점에서 보다 설득력을 갖는 것은 차라리 다음과 같은 말이다.

　「지주회시」의 세계는 젊은이의 인간성을 왜곡시키는 일제의 정치(비뚜러진 젊음[정치])가 지배하고 모든 인간관계와 인간적 가치를 돈의 견지에서 이용하고 돈으로 환산하는 도덕적으로 타락한 종말적인 세계이다.[19]

「지주회시」의 인간관계는 거미로 표상되는 그와 그의 아내, 그리고 주인공에 의해 양돼지로 지칭되는 인물들인 A취인점 전무, R카페 사장, 마유미 사이의 대립으로 이루어져 있으며, 그의 친구인 오는 그 대립관계의 중간지점쯤에 놓여 있는 인물로 나타나고 있다. 그러나 이 작품에서 이와 같은 대립관계는 전자와 후자의 인물유형 사이에서만이 아니라, 기실 동일한 인물유형 안에서도 작용하는 인간관계의 가장 본질적인 양상이다. 작품 속에서 모든 인물들을 연결하는 것은 근본적으로 뺏고 뺏기는 관계, 즉 돈과 성욕으로 매개되는 물질적 이해관계이다. 이와 같은 뺏고 뺏기는 관계는 그와 그의 아내, 오와 마유미, A취인점 전무와 그의 아내 등, 모든 인물들의 관계 속에 침투해 있으며, 그 관계는 구체적이든 암시적이든 언제나 폭력의 형태로 나타난다. 작품 속에서 빈번히 동원되

---

18) 이재선, 『한국현대소설사』, 홍성사, 1979, 420쪽.

19) 이보영, 『식민지시대문학론』, 필그림, 1984, 408쪽.

는, 뒤집어엎다, 발로 밟아 죽이다, 빨아먹다, 찌그러지다, 발광하다, 빠득빠득 버티다, 살을 저며 먹이다, 이를 북북 갈아젖혀가며 기를 쓰고 빼앗다 등과 같은 말이나, 쇠같이 독한 꽃, 비린내 나는 입, 칵 막힌 머리, 더덕더덕 붙은 볼따구니, 악착한 끄나풀 등의 과격한 느낌을 주는 표현들은 그러한 관계의 폭력성을 보다 실감나게 전달한다. 이와 같은 언술상의 폭력적 징후들은 작품 도처에서 발견되는데, 그가 그의 아내를 때린 A취인점 전무를 경찰서에서 만나는 다음 장면에서도 그것을 엿볼 수 있다.

(그는) 와이셔츠자락이바지밖으로꾀져나온이양돼지에게말을건넨다. "뵈옵기에퍽몸이약하신데요" "딴말씀" "딴말씀이라니" "딴말씀이지" "딴말씀이지라니" "허딴말씀이라니까" "허딴말씀이라니까라니" [20]

이처럼 이 작품 전체를 지배하고 있는 폭력성의 징후들은 주인공이 상황을 바라보는 분노라는 정서적 코드와 겹쳐 있다. 작품 속에서 주인공의 혼란스러운 의식의 흐름을 떠받치고 있는 것은 분노와 무력감 사이의 심리적 갈등이며, 분노와 무력감의 결합은 이 작품에서 주인공의 혼란스러운 내적 독백을 이끌고 가는 대표적인 정서적 코드이다. 식민 체제의 경제구조적 모순을 대표하는 미두(米豆)에 대한 주인공의 다음과 같은 말에서도 상황에 대처하는 그의 무력감이 잘 나타나고 있다.

조 — 바내다안다 — 너이들이얼마에사다가얼마에파나 — 알면무엇을하나(강조 — 인용자)

---



320

"알면무엇을하나"라는 주인공의 자조적 인식은 그를 "시끄러워도모른척하고그저게으르기만하는" 일과 "일개추잡한취한으로화하는" 일과 거의 매일 밤 계속되는 아내에 대한 폭행으로 이끈다. 그러나 이 작품 속에서 아내는 「날개」의 아내와는 달리, 주인공에게 아달린을 먹이는 위협적 존재가 아니라, 주인공과 동일한 상황의 억압 아래 놓여 있는 약하고 보잘것없는 존재이다. 따라서 그가 아내에게 느끼는 감정 속에는 연민과 혐오가 복합적으로 뒤얽혀 있으며, 그 혐오감이 폭력적인 형태로 나타날 때도 그의 아내에 대한 폭력에는 어떤 동질의식이 내포되어 있다. 이런 의미에서 그의 아내는 그의 분신, 다시 말해 동일한 자아의 서로 다른 국면으로 보이기도 한다. 그가 아내에게 가하는 폭력은 현실로부터 벗어나고자 하는 그와, 생활을 위해 어쩔 수 없이 현실에 묶여 있는 또다른 그 사이에 일어나는 격렬한 갈등양상으로 비쳐지기도 하는 것이다.

「지주회시」에서 아내에 못지않게 중요한 의미를 지니고 있는 인물이 그의 친구로 등장하는 오이다. 오는 주인공과 함께 화가가 되기를 꿈꾸다가 아버지의 파산으로 인해 생활전선으로 뛰어든 인물이다. 그러므로 오는 주인공과 순수한 젊은 시절의 추억을 공유하고 있으면서도 현실적으로는 대립된 생활방식의 소유자로 등장한다. 화가가 되려는 꿈을 포기한 후 그가 무력하고 울분에 찬 현실부정의 방향으로 나아갔다면, 오는 부패한 현실의 수락으로 삶의 방향을 틀어버린 것이다. 다음 구절은 오에 대한 그의 상반된 심리를 잘 보여준다.

두루마기처럼기다란털외투 ― 기름바른머리 ― 금시계보석박힌넥타이핀 ― 이런모든吳의차림이한없이그의눈에거슬렸다. 어쩌다가저지경이되었을까. 아니, 내야말로어쩌다가이지경이되었을까(돈이었다)사람을속였단다. (……) 자네도공연히꾸물꾸물하지말고청춘을이렇게대우하라는것이었다(거침없는吳이야기) 어쩌다가아니 ― 어쩌다가나는이렇게훨씬물러앉고말았나를알수가없었다. 다만이런吳의저속한큰소리가맹탕거짓말같기

도하였으나또아니부러워할래야아니부러워할수없는형언안되는것이확실
히있는것도같았다.

　그러나 미두와 여급들로부터의 착취, 친구에 대한 사기 등으로 치부
(致富)를 해나가는 오의 삶 또한 그의 삶과 마찬가지로 현실적인 조건들
속에 수동적으로 갇혀 있는 삶이다. "뭇는장부를뒤져주소씨명을차곡차
곡적어내려가면서미남자인채로생동생동(살고)있었다"라는 구절에서
'살고' 라는 말을 괄호로 묶은 것에는 아마도 그러한 의미가 내포되어 있
을 것이다. 오의 삶이 기만적인 현실논리 속에 갇혀 있음을 보여주는 가
장 첨예한 예가 바로 오와 마유미의 관계이다. 오와 마유미와의 관계는
철저하게 뺏고 뺏기는 관계의 논리에 종속되어 있다. "그래도저런끄나
풀을한마리가지는게화장품이나옷감보다는훨씬낫읍니다"라는 마유미의
말은 "저를빨아먹는거미를제손으로기르는세음이되는" 그들의 관계가
돈과 성욕의 교환을 매개로 한 이기적 욕망의 틀 안에 갇혀 있음을 여실
히 보여준다. 성(性)은 이상의 다른 작품들과 마찬가지로 여기에서도 작
가의 현실인식을 은유적 문맥으로 옮겨오는 소설의 주요한  장치로 사용
되고 있다. 이상 소설의 모든 여성인물들이 창부나 카페의 여급으로 등
장하는 것은 바로 이러한 맥락에서이다. 성이 타락해 있다는 것은 그것
이 순수한 애정에 의해서가 아니라 돈에 의해 거래되는 상품으로서의 성
격을 지니기 때문이다. "그러나역시그는그의안해와조금도틀린곳을찾을
수없는너무나많은그의안해들을보고소름이끼쳤다. (……) 그는이왔다
갔다하는똑같이생긴화장품 — 사실화장품의高하가그들을구별시키는외
에는표난데라고는없었다"라는 작품 속의 한 구절은, 타락한 성과 돈으
로 표상되는 근대적 교환구조가 근대적 개인성의 신화를 허구화시키는
현상에 대한 작가의 날카로운 인식이 담겨 있다.
　그러나 「지주회시」의 그 역시, 「날개」의 나와 마찬가지로 아내가 벌어
들이는 돈에 의존할 수밖에 없는 무력한 생활인이다. "기괴망칙한현상

322

즉배가고프다는상태"는 그로 하여금 현실에의 치사스런 구속을 강요하며, 그러므로 그에게는 배가 고픈 것이 "한심하고부끄러운일"이다. 이처럼 '한심하고 부끄러운' 생존의 논리로 주인공의 삶을 억압하는 현실은 작품 속에서 "안개로하여흐릿하고공기는제대로썩어들어가는지쉬지근하다. 또—과연거미다"로 표현된다. 아내-돈-나-방(房)을 넘어 그가 놓여 있는 현실 전체가 거미로 표상화되고 있는 것이다. 이 속에서 그는 "방덧문을첩첩닫고일년열두달을수염도안깎은" 채 산 채로 고립되어 있다. 그의 고립은 그의 게으름과 마찬가지로 억압적인 상황 속에서 죽음 대신 선택한 최소한의 자기 방어 기제라고 할 수 있다. 그러나 주인공의 그와 같은 최소한의 생존공간마저 R카페 사장의 발에 차여 충계 밑으로 굴러떨어진 아내와 아내에 대한 위자료조로 들어온 십원짜리 지폐 두 장과 같은, "잔인한 '관계'를가지고담벼락을뚫고들어오는" 세상에 의해 간단없이 파괴된다. 그에게 체념적인 울분을 불러일으키는 세상과의 '잔인한 관계'는 그를 끊임없이 분열된 의식의 갈등 속으로 몰고 들어가는 것이다.

작품 속에서 주인공의 분열된 의식은 물리적 시간의 단위들이 어지럽게 뒤엉킨 의식의 흐름 속에서 주인공의 혼란스러운 내적 독백이라는 형식을 통해 표출된다. 이 작품의 특징적인 표현양식인 띄어쓰기의 무시나 빈번한 줄표와 괄호의 사용은, 대사와 지문의 경계를 없애고, 과거와 현재와 미래라는 시간의 단위를 해체함으로써, 사고와 행동간의 뚜렷한 분절이 없는 주인공의 무력하고 우유부단한 의식의 혼돈상태를 효과적으로 드러낸다. 과거의 기억과 현재의 행위가 겹치고, 서로 논리적인 맥락이 닿지 않는 비약적이고 불연속적인 연상들이 무질서하게 뒤섞인 의식의 혼돈상황을 포착하는 방식에서 「지주회시」가 보여주는 표현기법은 매우 효과적인 기능을 담당하고 있는 것이다.

「지주회시」의 결말은 닫힌 현실에 대처하는 방식에 있어 「날개」보다 더 도전적이고 적극적인 양상을 보여준다. 「날개」의 '날자'라는 외침 속에 내재된 상승 욕구가 탈출의 불가능성을 암시하는 다분히 관념적인 수사하고 한다면, 「지주회시」가 선택한 것은 상승이 아닌 하락, 다시 말해 현실 속에서의 '굴러떨어짐'의 수락이다.

　　손에쥐인돈20원 ― 마유미 ― 10원은술먹고10원은팁으로주고그래서마유미가응하지않거든이양돼지라고그래버리지. (……) 안해야또한번전무귀에다대이고양돼지그래라건어차거든두말말고층계에서내리굴러라.

　여기에서 "두말말고층계에서내리굴러라"라는 말 속에 담긴 것은 폭력의 대가로 지불된 모욕적인 돈을 모욕적인 방식으로 되돌려줌으로써 타락한 현실과의 타협을 자발적으로 거부하는 태도이다. 이것은 현실에 대한 수동적 방어가 아니라, 양돼지를 양돼지라고 서슴없이 말함으로써 현실로부터 가해져오는 폭력에  능동적인 맞서려는 태도이다. 따라서 '내리구르다'는 「날개」에서의 '날다'라는 말 속에 내재된 의미의 보다 적극적인 변용으로 볼 수 있을 것이다. '날자'라는 외침이 현실이라는 벽에 대한 수동적 절망의 표현이라면, 내리구르는 행위 속에서 우리는 어쨌든 현실의 벽에 개입하려는 보다 역동적인 절망의 징후들을 감지할 수 있기 때문이다.


## 4. 이상, 한국 근대문학의 축복과 저주

　이상의 문학은 본질적으로 미완성의 문학이다. 이것은 비단 그가 젊은 나이에 요절한 작가라는 사실만을 의미하는 것이 아니다. 「날개」나 「지주회시」 같은 뛰어난 작품들은 예외로 하더라도, 그의 소설들은 대개 서사적 완결성의 형식을 취하기보다 산발적으로 흩어진 독백적 언술들의 느슨한 결합이라는 인상을 주는 경우가 많다. 그의 소설과 수필이 수시로 서로의 경계선을 넘나들고 있으며, 때로 그의 소설이 수필적인 단상의 형태로 나타나는 것도 이러한 인상과 무관하지 않다.

이상이 그의 생애와 작품을 통해서 보여주는 것은 그 자신의 말처럼, 19세기와 20세기, 즉 봉건과 근대, 혹은 순응적 집단윤리와 비순응적 개인윤리의 틈바구니에 긴 파산된 자아의 모습이다. 이러한 자아의 파산을 몰고 온 것은 물론 그의 일생을 괴롭혔던 자의식의 분열이다. 그러나 이상의 삶이 지닌 더 본질적인 비극과 한계는 그가 자신의 삶 내부에, 한용운의 불교나 윤동주의 기독교, 육사의 지사정신과 같은, 자의식의 분열을 지탱해줄 어떠한 초월적인 가치체계도 지니고 있지 않았다는 데 있다. 우리가 그의 작품 속에서 만나게 되는 캄캄한 실존의 어둠 속에는 어떠한 낭만주의적 구원의 그림자도 서려 있지 않다. 그의 삶과 문학은 철저하게 가치지향적 통합이 아니라 가치폐쇄적인 분열의 방향으로 나아갔던 것이다. 어쩌면 이상 문학의 미완성적인 특성 또한, 그로 하여금 삶에 대한 어떠한 생산적 기획도 불가능하게 만들었을 자의식의 그 고통스러운 분열상태와 무관하지 않을 것이다. 그의 문학이 평자들에 의해서 "현실이나 역사에 대체할 만한 가치세계를 정립하지 못했다"[21]든가, "적극적 가치창조로의 급격한 전환"[22]을 이루지 못했다는, 혹은 "이상의 문학이 끊임없이 열려 있는 정신적인 생성과정 속에서 단계적인 것이었더라면 아마도 보다 나은 결실을 맺을 수 있었을 것이다"[23]란 말로 비판받고 있는 것도, 그의 문학이 지닌 이러한 특성 때문일 것이다. 이상에겐 그가 살아내야 할 좌절된 현실만 있었을 뿐, 그가 추구해야 할 반대항의 세계가 존재하지 않았다. 비록 그것이 가치분열의 혼돈으로부터 출발한다 하더라도, 예술이 지향하는 것은 본질적으로 어떤 통합된 가치의 세계이다. 그런 의미에서 예술의 창조는 가치의 분열과 통합 사이에서 이

---

21) 문덕수, 「이상의 작품세계」, 『성곡논총』 8집, 1976, 263쪽.

22) 정명환, 「부정과 생성」, 같은 책, 364쪽.

23) 오생근, 「자아의 진실과 허위」, 『문학사상』 1977년 4월호, 234쪽.

루어지는 끊임없는 변증법적 과정이라고 할 수 있을 것이다. 가치체계로부터 완전히 차단된 분열상황 속에서는 어떠한 예술행위도 완성의 경지에 도달할 수 없을 것이기 때문이다.

그러나 이상 문학의 진정한 의미는 그의 문학이 끌어안은 바로 이 치명적인 분열의 상황 속에서 찾아져야 할 것이다. 이상이 한국문학사에서 차지하는 독특하고 주목할 만한 위상은 그가 근대인의 절망을 그 극단의 지점까지 밀고 갔다는 데 있기 때문이다. 그런 의미에서 우리는 한국작가 중 그 누구도 이상만큼 절망하지 않았다고 감히 말할 수 있다. 이상의 절망은 선택적이거나 방법적인 것이 아닌, 그가 당면한 전면적인 실존의 상황 그 자체였다. 이상의 문학은 어떠한 낭만적 환상에도 기대지 않고 꿈과 현실 사이의 메워질 수 없는 괴리를 바라보려고 한 식민지 지식인의 정직한 자기 응시의 소산이다. 그가 꿈꾸었던 현실이 무엇이었는지 그의 작품 속에서 구체적인 언급이 없으므로 정확히는 알 수 없으나, 그의 생애와 작품을 통해 우리는 그것이 사랑과 미(美)를 향한 개인의 열정이 자유롭게 구가되는 사회를 의미하는 것이 아니었을까라고 막연히 짐작해볼 수는 있다. "오빠가 글을 쓰지 않고 그림만 그렸더라면 더 오래 사시지 않았을까 가끔 그런 생각이 들 때가 있습니다"[24]라는 이상의 누이동생의 말은 그런 의미에서 더 가슴아픈 울림으로 다가온다.

이상이 그림을 포기하고 또한 안정된 직장으로서의 건축기사직을 포기하고 문학을 선택한 것은 아마도 기만적인 현실에 속고 싶지 않다는 어떤 자존의 논리, 혹은 근대성의 현실과 근대성의 꿈 사이에 놓인 허구성에 대한 날카로운 인식과 연결되어 있을 것이다. 짐작건대 죽음에 이르기까지 이상의 의식을 지배했던 것은 속고 싶지 않다는 생각과 속고 있다는 생각 사이의 끈질긴 의식의 숨바꼭질이었던 것 같다. 그를 죽음으로 이끌었던 것 또한 자신이 최후의 탈출지로 꿈꾸었던 동경(東京)에

---

24) 김옥희, 「오빠 이상」, 『현대문학』 1962년 9월호, 142쪽.

속았다는 생각이 아니었던가! 자신의 시대를 가장 암울하게 그러나 가
장 정직하게 살아낸 한 실존적 아웃사이더가 남긴 삶의 흔적으로서의 이
상 문학의 비극과 한계는 바로 한국적 근대의 비극과 한계로 직결된다.
그렇기 때문에 이상의 문학은 한국의 근대문학이 짊어진 하나의 축복이
자 고통스러운 저주일 수밖에 없다. (1986/2001)

문학의 신비와 우울
ⓒ 박혜경 2002

1판 1쇄 | 2002년 3월 27일
1판 2쇄 | 2004년 11월 7일

지 은 이 | 박혜경
펴 낸 이 | 강병선
책임편집 | 김현정 손미선
펴 낸 곳 | (주)문학동네
출판등록 | 1993년 10월 22일 제406-2003-045호

주     소 | 413-756 경기도 파주시 교하읍 문발리 파주출판도시 513-8
전자우편 | editor@munhak.com
전화번호 | 031) 955-8888
팩     스 | 031) 955-8855

ISBN  89-8281-465-5  03810



**www.munhak.com**